HEARTCRAFT

HEARTCRAFT

SALLY DARK

The Forbidden SIN

DU SPIELST MIT MIR

©2022 Heartcraft Verlag
Landwiese 21, 35085 Ebsdorfergrund
2. Auflage
Covergestaltung und Buchsatz: Heartcraft Design
Text: Sally Dark

ISBN: 978-3-98595-131-4
Bestellung und Vertrieb: Nova MD GmbH, Vachendorf
Druck: buecherdrucken24.de

Bibliografische Information der Deutschen Nationalbibliothek:
Die Deutsche Nationalbibliothek verzeichnet diese Publikation in der Deutschen Nationalbibliografie; detaillierte bibliografische Daten sind im Internet über http://dnb.d-nb.de abrufbar.

VORWORT

Willkommen zurück, mein Blümchen!

Ich nehme dich auf die letzte Reise meiner Sin-Reihe mit und schenke auch Nathan seine Geschichte.

Er ist anders als sein Vater und doch wirst du hier und dort über die Ähnlichkeit der beiden schmunzeln müssen.

Du wirst auf einen Bad Hero der etwas anderen Art treffen und dennoch wirst du dich in ihn verlieben.

Hier und dort kommen alte Bekannte mit ins Spiel, die dir ein ehrliches Lächeln entlocken werden oder aber auch ein amüsiertes Augenrollen.

Ebenso wirst du einen Bad Boy kennenlernen, ihn verfluchen und gleichzeitig anbeten und dich zwangsläufig fragen, was mit deinen Moralvorstellungen nicht stimmt. Aber keine Sorge, Liebes. Es ist okay, sich der dunklen Seite hinzugeben und sich für den falschen Weg zu entscheiden.

Deswegen genieße einfach diese Fahrt, die trotz allem anders sein wird, als du es gewohnt bist.

Bist du bereit für actiongeladene Spannung? Intrigen, die dich bis ins Mark erschüttern? Geheimnisse, die wohl immer solche bleiben sollten? Heiße Szenen? Oder eine verbotene Liebe?

Dann … viel Spaß beim Lesen meiner Bad-Hero-Romance der etwas anderen Art …

Dunkle Grüße
Sally Dark

PROLOG

Heute

Ich war auf dem Weg zur Arbeit. Es pisste mal wieder wie Sau in dieser lauten und überfüllten Stadt. Ich hasste sie. New York war dreckig und einfach zu überladen von Leuten, die meinten, etwas Besseres zu sein.

Doch meine Familie lebte hier nun mal, meine Freunde ebenso. Hier war mein Leben, also blieb ich.

In der Kneipe meines Vaters, in der ich arbeitete, angekommen, schüttelte ich mich wie ein nasser Hund aus. Mein schwarzes Haar klebte mir dabei wild auf der Stirn. Mum würde jetzt wieder ihre typische Predigt halten, mein Gesicht sei zu hübsch, um es mit diesen langen Zotteln zu verdecken. *Mütter eben.*

Meine Mum machte sich immer wegen allem Sorgen. Sie war wirklich eine zu gute Seele, das sagte mein Dad auch immer.

»Hey, Nat, du siehst scheiße aus«, zog mich der beste Freund meines Vaters und Mitbesitzer dieser Kneipe amüsiert auf. Ich zeigte ihm den Mittelfinger und ging nach hinten.

Onkel Ryan. Ich mochte diesen verrückten Vogel sehr. Er war anders als mein Dad. Auch wenn er behauptete, früher wäre mein Vater der Schlimmere gewesen, so konnte ich davon heute nichts mehr sehen. All die wilden Geschichten, die ich schon von Ryan gehört hatte, wollten einfach nicht zu diesem muskelbepackten, jedoch stillen und ruhigen Riesen, der mein Vater war, passen.

Und er selbst wollte mir nie großartig etwas über seine Vergangenheit erzählen. Außer, dass sie sehr dunkel war und er viele Dinge getan hatte, die er noch heute bereute.

Mum meinte, mich immer damit zu trösten, dass ich nicht nur aussah wie eine junge Version meines Vaters, sondern dass ich auch sein Temperament besaß.

Doch ich erkannte nur die äußerlichen Ähnlichkeiten. Vom Charakter unterschieden wir uns meiner Meinung nach sehr.

Mein Vater war ruhig, wo ich aufbrausend war. Er war still, wo ich laut war. Dad bewahrte die Ruhe, wo ich ausflippte und alles kurz und klein schlagen könnte.

Wie konnte uns Mum auch nur im Ansatz vergleichen? Außer eben vom Aussehen her, das ich definitiv von ihm hatte – das konnte ich nicht leugnen.

Ich war meinem Vater wie aus dem Gesicht geschnitten. Uns unterschied nur sein nun nicht mehr schwarzes Haar, denn inzwischen war es leicht graumeliert, ebenso wie sein Bart. Und unsere Körpergröße. Ich war kein Zwei-Meter-Riese so wie er, sondern einen guten Kopf kleiner.

Ansonsten hatte er mir meine grünen Augen sowie den sportlich gebauten und muskelbepackten Körperbau vererbt. Darüber war ich dankbar, es kam gut bei den Ladys an.

Auch hier unterschieden wir uns gewaltig. Meine Eltern führten eine glückliche und nahezu perfekte Musterehe. Mein Vater verehrte meine Mutter, als wäre sie seine Göttin. Es war schon fast anstrengend. Nein, es *war* anstrengend, deshalb war ich auch froh, mit 20 bei meinem besten Freund Nick eingezogen zu sein.

Dennoch verstand ich dieses Eheding nicht. Gut, ich wollte natürlich nicht, dass mein Dad meine Mum betrog, trotzdem konnte ich einfach nicht nachvollziehen, wie man nur mit einer Frau zusammen sein konnte und das schon für so lange Zeit. Und dann noch bei all der Auswahl hier.

Die Kneipe meines Vaters und Onkel Ryan war wirklich gut besucht. Jeden Abend war das *Devils* gefüllt.

Meine Mum sah es eigentlich nicht so gern, dass ich hier arbeitete, anstatt zu Ende zu studieren oder bei ihr in ihrer eigenen kleinen Bibliothek auszuhelfen. Das wäre dann allerdings wirklich zu viel des Guten gewesen, obwohl ich gestehen musste, dass ich ebenso wie meine Mutter eine Schwäche fürs Lesen hatte. Doch deshalb musste ich noch lange nicht bei ihr arbeiten oder weiter meine kostbare Lebenszeit mit einem sinnlosen Studium verschwenden.

Ich hatte mein Jurastudium abgebrochen. Mich nervte und langweilte all der Rotz, den man dort lernte. Es war immer dasselbe und das in Dauerschleife. Das kotzte mich einfach nur an.

Gut, jetzt war es auch nicht großartig anders. Ich stand auf, machte mich für die Arbeit zurecht, meistens mit einem Mordskater, und kam wieder hierher in die Kneipe meines Vaters. Die einzige Abwechslung boten mir die vielen heißen Girls.

Mein bester Freund und Mitbewohner Nick natürlich immer mit dabei. Mein Vater hatte ihm vor ein paar Monaten einen Job gegeben. Er meinte, Nick würde sonst noch erschossen im Hinterhof landen. *Als würde er sich damit auskennen.*

Zum Glück kannte mein Dad meinen anderen besten Freund Jack nicht. Er hatte es schon faustdick hinter den Ohren. Er vertickte alles, was es auf dem Markt gab. Er hatte mich und Nick kürzlich in das Geschäft seines großen Bruders mit reingeholt, da dieser von meinen Taschenspielertricks beeindruckt war. Ich weiß, kein Talent, auf das man stolz sein sollte, wenn man Leuten, ohne dass sie es merkten, die Butter vom Brot klauen konnte – doch wenn ich nun mal gut darin war, warum nicht nutzen?

Wenn mein Vater davon wüsste, würde er wohl sein für mich nicht vorhandenes Temperament wieder herauskramen und mir in den Arsch treten. Ich wusste, dass er etwas gegen Drogen hatte. Onkel Ryan sollte damit früher seine Probleme gehabt haben, aber gut, jeder hatte ja wohl seine Jugend gehabt. Nur mein Dad anscheinend nicht.

Jack hatte uns den Auftrag gegeben, etwas hier im *Devils* zu verticken. Da ich an der Bar arbeitete, sah ich darin kein Problem.

Hinten im Umkleideraum angekommen schälte ich mich erst einmal aus meiner patschnassen Jacke, dann trocknete ich mir meine Haare mit einem kleinen Handtuch ab.

»Nathan?«, ertönte die tiefe Stimme meines Vaters.

»Hier hinten.«

Ich hörte seine schweren Schritte näherkommen, bis er schließlich hinter mir zum Stehen kam.

»Du bist spät dran«, ermahnte er mich.

Ich verdrehte nur die Augen. Eigentlich hatte ich ein wirklich gutes Verhältnis zu meinem Vater, keine Frage, nur unterschieden wir uns einfach in so vielen Bereichen, dass es schwierig war, mich ihm mitzuteilen.

Meinen Alkoholkonsum hieß er auch nicht gut, doch Ryan besänftigte ihn immer, oder eher zog er ihn dermaßen mit alten Geschichten auf, dass mein Vater es jedes Mal aufgab, mit ihm darüber zu diskutieren, und mich folglich einfach machen ließ. Hauptsache, es artete nicht aus. Wenn er wüsste, was wir hier schon für Partys nach Ladenschluss geschmissen hatten. Scheiße, das waren ganze Orgien gewesen, an denen sich ein halbnackter, verschwitzter und zugedröhnter Körper an dem anderen rieb. Wir hatten schließlich immer den besten Stoff am Start.

»Sorry, Dad. Es pisst wie Sau.«

»Aha. Na, dann komm jetzt, ich brauche deine Hilfe im Lager und die Bar muss auch von gestern noch auf Vordermann gebracht werden.« Damit ließ er mich wieder allein.

Genervt seufzte ich auf und fragte mich wie so oft, was ich hier machte.

Ich sperrte meinen Rucksack mit den verschiedenen Pillen, Gras und Koks in meinen Spind, dann folgte ich meinem Vater ins Lager. Wir sortierten, stapelten und räumten über eine Stunde herum, bis wir endlich fertig waren. Eigentlich bräuchte ich nach dieser Arbeit wieder eine Dusche. Mir lief die Suppe nur so und meinem Dad auch. Er hob sein Shirt und wischte sich mit dem Saum das schweißnasse Gesicht ab.

Wenn man sich seine Erscheinung so ansah, passte seine nun ruhige Art gar nicht zu seinem zutätowierten Körper. Vor allem nicht das 'Fuck the System' auf seinem Hals. Jedes Mal, wenn ich dieses oder seine Tätowierungen auf seinen Knöcheln sah, wurde ich neugierig und wollte mehr über seine Vergangenheit wissen, doch er erzählte mir nie etwas. Er meinte immer, er wollte mich nicht negativ beeinflussen. *Was kann er schon groß gemacht haben, außer vielleicht ein paar Autos zu klauen?*

»Deine Mutter bräuchte die Tage deine Hilfe in der Bibliothek. Vielleicht nimmst du deinen Kumpel mit, damit er nicht so viel Scheiße im Kopf hat.«

Er reichte mir eine Flasche Bier, dann setzte er sich auf einen Kastenstapel und nahm einen kräftigen Schluck.

»Was hast du eigentlich gegen Nick?«, fragte ich ihn und lehnte mich mit dem Rücken an die Wand ihm gegenüber.

Er fuhr sich durch sein graumeliertes, schwarzes Haar, ehe er mich ansah, dann zuckte er mit den Achseln.

»Nichts. Ich kenne nur solche Kerle wie ihn. Gibt man ihm keine Beschäftigung, bauen sie Scheiße. Deshalb wollte ich ja, dass ihr beide hier arbeitet.«

»Was heißt denn wir beide?«, hakte ich nach. *Was redet er da?*

Mein Vater begann, leise zu lachen, dann schüttelte er tadelnd den Kopf.

»Junge, du denkst, ich bin dumm, oder? Ich weiß, dass du nur am Saufen, Ficken und Scheißebauen bist, sobald ich dir den Rücken zudrehe. Ich lass dir einfach nur deinen Spaß. Jeder Mann – oder dummer Junge – muss sich die Hörner abstoßen, damit er erwachsen werden kann. Also hab deinen Spaß, tob dich aus und dann, in ein paar Jahren, wirst du erwachsen und wirst die ganze Scheiße satthaben. Vertrau mir.«

Er prostete mir demonstrativ zu, ehe er noch einen kräftigen Schluck nahm. Ich hingegen sah ihn einfach nur baff an. *Er weiß von meinen Geschäften? Nein, unmöglich.* Dann wusste er von den Partys hier. *Gut, das ist das kleinere Übel.*

»Du tust so, als wärst du früher genauso gewesen wie ich«, beschwerte ich mich bei ihm, um abzulenken, und nahm ebenfalls einen großen Schluck. Er begann erneut leise zu lachen.

»Nathan, ich war weit schlimmer als du, deshalb versuche ich, dich und deinen kleinen Freund ja etwas zu zügeln. Ich kenne die Anzeichen, noch sind sie harmlos und ich lasse dir deinen Spaß. Aber glaub nicht, ich schaue zu, wie du dich in irgendeine illegale Scheiße reitest.« Seine Stimme sowie Miene hatten sich verdunkelt. So hatte ich meinen Vater selten gesehen. Klar, er konnte furchteinflößend sein und ich wusste auch, dass er ordentlich zuschlagen konnte, allein schon von seiner Statur her, und dennoch war mir dieser Mann gerade fremd, was seine Aussage schon wieder nahezu lächerlich machte.

Ich schüttelte ungläubig den Kopf. Mit einem leichten Lächeln auf den Lippen prostete ich ihm zu.

»Alles klar, Dad, ich hab's verstanden«, amüsierte ich mich beinah schon über ihn.

Seine Miene verhärtete sich noch etwas mehr, sodass mein freches Lächeln sofort in sich zusammenfiel.

»Nathan, du kannst gern deinen Spaß haben, aber verarsch mich nicht. Ach, und der Rotz in deiner Tasche …« Er nickte auf meine Hosentasche, in die ich mir vorhin ein paar kleine Päckchen mit Pillen eingesteckt hatte.

»… den entsorg mal ganz schnell. Mein Sohn nimmt keine Drogen. Ich dachte, das hatten wir schon vor Jahren geklärt?«

Ich starrte ihn einfach nur an. Ich hatte keinen blassen Schimmer, was ich sagen sollte. Woher wusste er davon? Er hatte mich nicht gesehen, da war ich mir sicher.

»Also morgen früh bei deiner Mutter in ihrem Laden. Das heißt, trink nicht zu viel.« Damit wollte er sich erheben und mich einfach mit all meinen Fragen zurücklassen.

»Was soll das ständig, Dad? Dieses Geheimnis um deine Vergangenheit, dann kommst du mit solch kryptischer Scheiße an, erzählst mir aber doch nichts Genaueres«, beschwerte ich mich lautstark bei ihm. Wieso machte er nur so ein Geheimnis um sich und seine Vergangenheit?

Mein Vater blickte mir nachdenklich entgegen, ehe er den Kopf in den Nacken legte und zur Decke gewandt zu sprechen ansetzte.

»Junge, das ist eine lange Geschichte. Glaub mir einfach, dass ich weiß, wovon ich spreche. Ich will dich nur vor dem Knast bewahren. Das ist kein Ort für dich.«

Bei seinen Worten lachte ich kalt auf, ich konnte es mir nicht verkneifen.

»Was weißt du denn schon bitte vom Knast? Dad, du tust gerade so, als wärst du ein Schwerverbrecher gewesen, der wer weiß was alles angestellt hat«, spottete ich bitter.

Die Miene meines Vaters wurde streng und unergründlich. Ich konnte plötzlich rein gar nichts mehr in ihr lesen. Als wäre er ein anderer Mensch. Er erhob sich von den Kisten und funkelte mich mit denselben grünen Augen wie den meinen wütend an.

»Ich war acht Jahre im Knast, also weiß ich, wovon ich rede. Mit solch einer Scheiße fängt es an, für das schnelle Geld nur ein paar kleine Pillen oder sonst was verticken. Doch das Geld reicht nie, also meint man, die Dinge größer auffahren zu müssen, und reitet sich damit nur noch tiefer in die Scheiße. Also sei nicht dumm und spring ab, bevor du entweder wie ich im Knast landest oder tot im Hinterhof. Beides wäre scheiße und beides würde deiner Mutter das Herz brechen – und wie du weißt, habe ich etwas dagegen, dass deiner Mutter wehgetan wird, also lass es einfach gut sein.«

Mit verhärteter Miene stand er dicht vor mir, dann klopfte er mir fester als nötig auf die Schulter und verließ das Lager.

Ich blieb völlig verwirrt und mit all den neuen Infos überfordert zurück. *Hat mein eigener Vater mir gerade gedroht?*

Ich verdrängte all die wirren Gedanken und Fragen, die sich in meinem Hirn nur so überschlugen, und machte mich an die Arbeit, denn die Bar hatte soeben geöffnet.

Die Hälfte der Schicht hinter mich gebracht, in der ich nahezu kein Wort mit meinem Vater geredet hatte, beschloss ich, mir eine Belohnung abzuholen, und genehmigte mir einen kleinen Flirt. Denn die süße Brünette an einem der hinteren Tische, die mich mit ihren Blicken beinah verschlang, sah mehr als vielversprechend aus.

Also informierte ich Ryan, dass ich Pause machen würde, dann ging ich mit einem Bier für mich und einem Sex on the Beach für sie, den ich gerade gemixt hatte, auf sie zu.

Wir kamen schnell ins Gespräch und noch schneller nach hinten in den Umkleideraum. Beinah rekordverdächtig hatte ich die Kleine hier abgeschleppt – oder doch eher sie mich? *Ach, auch egal!*

Sie drängte mich ungeduldig zu den Spinden und drückte mich mit dem Rücken dagegen. Kaum lehnte ich an dem Metall, riss sie mir auch schon mein Hemd auf.

»Immer langsam, Honey«, neckte ich sie, dann fanden unsere Lippen wieder zueinander. Mit Zungenpiercing neckte ich sie und spielte mit ihrer Zunge. Ich wusste, wie gut mein Piercing bei den Ladys ankam, erst recht, wenn ich sie weiter abwärts damit beglückte.

Ihre Hände waren überall und nirgendwo. Sie machte mich damit ganz verrückt.

»Hast du ein Kondom bei dir?«, schnurrte sie sexy in mein Ohr. Ich fasste mir in die hintere Hosentasche, doch zu meiner Verwunderung war dort keins. *Komisch, ich habe immer eins bei mir.*

»Warte, ich muss kurz zu meinem Spind.«

Sie schob schmollend die Unterlippe nach vorne, ließ mich dann jedoch gewähren. Ungeduldig zog ich meinen Rucksack heraus und fand schnell, was ich gesucht hatte. Ich ließ ihn einfach auf dem Boden stehen und widmete mich wieder der Kleinen.

Bestimmt drängte sie mich erneut gegen die Spinde, nahm mir das Kondom aus der Hand und öffnete schnell meinen Gürtel. *Mann, hat die Kleine es eilig.*

Ich wollte ihr ebenfalls die Hose öffnen, doch als sie meinen bereits steifen Schwanz aus seinem Gefängnis befreit hatte, ging sie vor mir auf die Knie. Ich blickte fragend zu ihr nach unten, dachte ich eigentlich, die Sache hier würde anders ausgehen.

Ein verruchtes Lächeln von ihr, dann nahm sie ihn in den Mund.

»Fuck!«, entfuhr es mir knurrend, ich schloss meine Augen und lehnte meinen Kopf am Spind an. Ich genoss diesen geilen Blowjob in vollen Zügen. Die Kleine hatte es echt drauf, ich war schon kurz vorm Kommen, obwohl ich das so eigentlich nicht geplant hatte. Haltsuchend krallte ich mich in ihr braunes Haar und auch ein lautes Stöhnen konnte ich mir bei dieser Vorstellung nicht verkneifen.

Sie stellte Unaussprechliches mit meinem Schwanz an und brachte mich von Minute zu Minute mehr um den Verstand.

Doch dann erhöhte sie das Tempo weiter, und als sie auch noch mit geübtem Druck meine Eier zu massieren begann, kam ich sofort. Meinen heißen Samen pumpte ich ihr in den Rachen. Nachdem ich wieder halbwegs im Hier und Jetzt angekommen war, leckte sie mir meinen Schwanz noch anständig sauber, ehe sie ihn aus dem Mund nahm und zu meiner Überraschung auch wieder zurück in meine Shorts schob.

Ich blickte sie fragend an, doch ehe ich was sagen konnte, spürte ich einen harten Schlag auf den Kopf. Kaum begriff ich, was hier gerade passiert war, sackte ich auch schon bewusstlos zu Boden. Das Letzte, was ich sah, waren ihre bernsteinfarbenen Augen vor mir, wie sie mich beinah entschuldigend musterten, dann wurde alles schwarz.

* * *

»Nathan? NATHAN! Komm, wach auf!«, hörte ich die besorgte Stimme meines Vaters.

Stöhnend erwachte ich mit gigantischen Kopfschmerzen. Ich versuchte, mich daran zu erinnern, was passiert war.

»Hey! Nicht wieder schlapp machen. Konzentrier dich und sag mir, warum du hier bewusstlos mit offener Hose liegst?«, fragte mich mein Vater streng.

Dann fiel es mir plötzlich wieder ein. Ich rappelte mich wie von der Tarantel gestochen auf und sah mich panisch um.

»Fuck!«, entfuhr es mir entsetzt.

»Was ist?«, hakte er nach, doch ich konnte mich gerade echt nicht um ihn kümmern. Denn die Kleine und ihr Was-auch-Immer hatten mir meinen Rucksack gezockt. Meinen Rucksack mit einem Drogenwert von mindestens 50.000 Dollar.

Jack hatte mir so viel gegeben, damit ich es eben hier bunkerte und alles bequem verticken konnte, bis es leer war und ich Nachschub bekam.

Ich schaute in meinen Spind, doch auch dieser war leergeräumt worden, ebenso wie meine Hosentaschen.

Scheiße, war das peinlich, dass ausgerechnet ich, der mit den schnellen Fingern, von einer kleinen Fotze mit wohl noch schnelleren Fingern bestohlen worden war. Und dann auch noch auf so eine billige Art und Weise. Ich schlug mit der flachen Hand wütend gegen den Spind.

»Nat? Klärst du mich mal auf?« *Fuck, was soll ich ihm sagen?*

Nein, viel wichtiger, was sollte ich jetzt tun? Nicht nur Jack würde mich umbringen, wenn er erfuhr, dass ich das Zeug verloren hatte, sondern auch sein Bruder. Der erst recht. Mit dem war nicht zu spaßen. *Scheiße, verdammt!*

»Nat?« Ich blickte wieder zu meinem Vater.

»Ich hab Scheiße gebaut«, erklärte ich kleinlaut.

Er schnaubte spöttisch.

»Davon gehe ich aus, wenn du hier während deiner Arbeitszeit bewusstlos und mit heruntergelassener Hose liegst, mein Junge.«

Schön, dass er noch Witze reißen kann.

»Nein, im Ernst Dad, ich habe wirklich Scheiße gebaut. Es ist alles weg.«

»Was ist weg?«, fragte er alarmiert.

Ich fuhr mir durch mein Haar und wich seinem Blick aus.

»Die Drogen. Das ganze Zeug. Alles weg.«

»Na, darum hatte ich dich auch gebeten«, entgegnete er nüchtern. Ich schüttelte den Kopf und fuhr mir erneut durchs Haar.

»Ja, aber wenn, dann hatte ich vor, es seinem Besitzer wieder zurückzugeben. Das waren Drogen im Wert von 50.000 Dollar. Die spül ich nicht mal eben im Klo runter, Dad.«

»Scheiße, Nathan, wie dumm kann man sein und das hier in den Spind sperren?«

Perplex sah ich ihn an. Ich hatte irgendwie mit einer anderen Art von Standpauke gerechnet. Er fuhr sich über sein Gesicht, ehe er mich wieder ansah.

»Von wem ist das Zeug?«, fragte er mich, doch ich schüttelte den Kopf.

Er verzog mahnend eine Braue.

»Du verarschst mich, oder? Du willst mir nicht sagen, von wem du das Zeug hast? Und wie soll ich dir dann bitte helfen? Denn ich werde dir keine Kohle geben, wenn ich nicht weiß, wer mein hart erarbeitetes Geld bekommt, damit er meinem Sohn nicht den Arsch aufreißt«, erklärte er nüchtern.

Wieder sah ich ihn einfach nur perplex an. *Warum reagiert er schon beinah gelassen darauf?*

»Junge, sieh mich nicht so an, als wäre ich ein Alien. Ich sagte dir, ich habe schon weitaus Schlimmeres durch als das hier. Das hier ist Kindergarten, glaub es mir einfach. Also, wer ist es?«

»Jacks Bruder.«

Er verdrehte nur die Augen.

»Jack und weiter?«, wollte mein Vater wissen.

»Jack Winter.«

Plötzlich verdunkelte sich seine Miene.

»Der Sohn von Jackson Winter?«

Ich nickte.

»Scheiße!«

Nun fuhr er sich durch sein Haar und wandte sich von mir ab.

»Was ist? Kennst du ihn?«

»Ja. Er war mit mir zusammen im Knast. Es ist nicht gut ausgegangen mit uns. Er sagte, er hätte noch eine Rechnung mit mir offen. Wenn er mitbekommt, dass mein Sohn Schulden bei ihm hat, dann wird es unschön«, brummte er ungehalten.

Langsam, aber sicher glaubte ich ihm die Knastnummer und fragte mich zwangsläufig, was er wohl angestellt hatte, um acht Jahre dort zu landen und dann noch einen wie Winter zu kennen.

»Ich klär die Sache für dich. Sag nur nichts deiner Mutter davon.«

Tadelnd hob ich eine Braue. Das aus dem Mund meines Vaters. Er verehrte meine Mutter und den Boden, auf dem sie lief. Es wunderte mich, dass er bereit war, sie so einfach zu belügen.

»Du willst die Sache für mich klären?«, fragte ich ihn erstaunt.

»Ja. Ich und Ryan werden ihm mal einen kleinen Besuch abstatten. Er bekommt sein Geld, plus einen kleinen Bonus, dafür vergisst er deinen Namen und Gesicht. Erledigt.« Er sprach es so nüchtern aus, als würden wir uns hier gerade über das Wetter unterhalten.

Da fragte ich mich doch zwangsläufig, wer zum Teufel mein

Dad wirklich war?! Und wie konnte er so ein Saubermann werden, mit solch einem normalen Leben und einer Frau wie meiner Mutter?

Auf all das hatte ich keine Antworten und ich wusste, nun war auch nicht der Zeitpunkt, um meinen Vater danach zu fragen. Doch irgendwann würde ich es tun und würde nicht ruhen, bis er mir alles erzählte. Ich sollte doch wissen, wer mein eigener Vater war, oder etwa nicht?

Hatte ich nicht die Wahrheit mit all seinen Gesichtern verdient? Wie viele Gesichter hatte mein Vater wirklich? Und wer verdammt nochmal war die kleine Fotze mit den bernsteinfarbenen Augen und den flinken Fingern?

Welches Spiel hatte sie hier mit mir gespielt und wieso hatte ich das Gefühl, als wäre es noch lange nicht zu Ende?

Scheiße, ich hasste es, wenn solche Fragen offenblieben. Da wurde man doch verrückt, oder?

KAPITEL 1

Nathan

»Scheiße, Nat, wie kann man nur so dumm sein? Wie konntest du dir von einer kleinen Fotze all den Stoff zocken lassen? Jack, aber vor allem sein Bruder Cameron, machen dich kalt, wenn sie davon Wind bekommen. Und lange wirst du es ihnen ja wohl kaum verschweigen können!«, schimpfte mein bester Freund Nick flüsternd mit mir, als wir gerade Bücher in die Regale räumen wollten.

Wie mein Vater es von mir verlangt hatte, half ich heute zusammen mit Nick meiner Mutter in ihrer eigenen Bibliothek.

Ich sah mich kurz in dem kleinen Gang, in dem wir standen, um, stellte sicher, dass meine Mutter uns nicht hörte, dann sprach ich mit ebenfalls gesenkter Stimme.

»Die Kleine war nicht allein! Sie sollte mich nur ablenken, damit ihr Macker mir meinen Stoff zocken konnte«, verteidigte ich mich kleinlaut.

Doch ich wusste, dass ich mir das eigentlich sparen konnte. Hier konnte ich mich nicht rausreden. Ich hätte niemals meinen Rucksack mit dem Stoff einfach auf dem Boden stehen lassen dürfen, um die Kleine flachzulegen. *Verfickte Scheiße!*

»Das erklärt aber noch immer nicht, was du jetzt machen willst?«, hakte Nick tadelnd nach.

Verzweifelt fuhr ich mir durch mein wildes Haar und stöhnte leise auf. Was stellte er so verfickt schwere Fragen? Woher sollte ich das denn wissen?

»Und dein Alter? Er will sich tatsächlich drum kümmern? Mann, meiner hätte mich umgebracht, wenn er davon wüsste.«

Nick schüttelte ungläubig den Kopf. Ja, ich konnte auch nicht ganz glauben, wie mein Vater gestern reagiert hatte. Als wäre es das Normalste der Welt. Keine große Sache oder überhaupt der Rede wert, dass er mit dem Vater von Jack redete und meine Schulden bei diesem beglich. Ich wollte allerdings nicht, dass mein Vater meine Schulden zahlte. Dass er mich aus der Scheiße zog. Das war mein Bier und ich allein sollte mich aus dieser mächtigen und vor allem stinkenden Scheiße herausziehen, ohne Daddy in meinem Rücken. So weit kam es noch, dass ich mit meinem Vater dort einmarschierte. Nein, sicher nicht!

Ich wollte gerade erneut zu sprechen ansetzen, da unterbrach mich die zarte Stimme meiner Mutter.

»Nathan? Seid ihr fertig?«

Sie kam in den kleinen Gang, in dem wir uns befanden und in dem wir eigentlich einen ganzen Bibliothekswagen voller Bücher ordentlich und nach dem peniblen System meiner Mutter einräumen sollten. Doch wir hatten noch nicht ein Buch verräumt.

»Oh, ich sehe schon, ihr seid heute hochmotiviert, Jungs«, rügte uns meine Mutter.

Entschuldigend lächelte ich ihr entgegen und kratzte mich verlegen am Hinterkopf. Auch Nick lächelte beschämt.

»Entschuldige, Mum. Wir werden jetzt anfangen«, versprach ich ihr.

»Ja, wir machen uns gleich an die Arbeit, Mrs. Cunningham«, versicherte ihr auch Nick.

Sie lächelte uns nur wissend zu, dann ließ sie uns allein.

Ich liebte meine Mutter wirklich sehr. Sie war einfach zu gut für diese Welt. Deshalb machten wir uns sofort an die Arbeit, damit wir ihr auch wirklich eine Hilfe waren. Außerdem würde Dad wahrscheinlich ausflippen, sollten wir hier nur faul rumstehen – schließlich hatte er es uns extra aufgetragen. Er mochte meine Unzuverlässigkeit nicht, aber vor allem, was meine Mutter betraf, war Dad besonders streng mit mir. Ein einziges Mal hatte ich in meiner Jugend meine Stimme gegen sie erhoben, und es war auch das einzige und erste Mal gewesen, dass mein Vater mir gegenüber laut und wütend geworden war. Scheiße, er hatte ausgesehen wie der fucking Hulk höchstpersönlich!

Doch gerade vermied ich es, meinen Vater erneut wütend zu machen, schließlich hatte ich dieses Mal wirklich Scheiße gebaut und seinen Zorn verdient.

Noch immer wunderte ich mich darüber, dass er nicht in die Luft ging. Aber wieso flippte er nicht aus? Eigentlich sollte ich froh darüber sein, statt mir genau deswegen den Kopf zu zerbrechen.

* * *

Nach Stunden des Ein- und Umräumens waren wir endlich fertig. Es hatte wesentlich mehr Zeit in Anspruch genommen als gedacht, deshalb konnten wir nur für eine schnelle Dusche und zum Umziehen nach Hause, denn anschließend mussten wir zu unserer Schicht im *Devils* antreten. Auch hier galt wieder das Motto: nichts tun, was Dad verärgern könnte.

Miene Mutter schimpfte über meinen Vater, dass er uns zu hart rannahm, als wir gingen. Sie mochte es im Allgemeinen nicht, dass ich in seiner Kneipe arbeitete. Meine Mutter schien weiterhin die Hoffnung zu haben, dass ich mein abgebrochenes Jurastudium wieder aufgreifen würde. Doch da könnte sie lange warten. Ich sah mich einfach nicht in einem Spießeranzug vor Gericht stehen. Wo ich stattdessen in ein paar Jahren stehen würde, wusste ich zu diesem Zeitpunkt auch nicht.

Sicher würde ich nicht mein Leben lang in der Kneipe meines Vaters jobben. Das war sein Baby, sein Traum, nicht meiner. Ich zog hier nur meinen Nutzen daraus und er war glücklich, dass ich was tat. Alle gewannen.

Bevor meine Mutter noch auf die dumme Idee kam, meinen Vater her zu zitieren, um ihn zu rügen, mich nicht so hart ranzunehmen, sahen wir zu, dass wir nach Hause kamen. Nicht nur, weil ich keine Lust auf eine Diskussion hatte, sondern auch, weil sie eigentlich immer gleich ausgingen. War Mum mal wütend auf Dad, geigte sie ihm untypisch temperamentvoll die Meinung und beinah jedes Mal beendete mein Vater ihre Diskussion damit, dass er ihr etwas mit seiner tiefen und ruhigen Stimme zuflüsterte und sie dann küsste. Darauf konnte ich heute gut verzichten.

* * *

Knapp zwei Stunden später kamen wir pünktlich im *Devils* an. Die Kneipe war schon voll und mein Vater zapfte gekonnt ein Bier nach dem anderen, während Jenny, eine der Kellnerinnen, bediente. Ich war heute ebenfalls hinter der Bar eingeteilt, wie fast jeden Abend eigentlich. Onkel Ryan, mein Dad und ich teilten uns die Arbeit hinter dem Tresen.

Nick war wie immer im Lager und zum Abräumen eingeteilt. Aber auch das hatte seinen Grund, er war nicht sonderlich gut hinter der Bar.

Ich liebte die Kneipe der beiden. Man fühlte sich hier wohl, mit der warmen Holzeinrichtung. Alles war aufeinander abgestimmt und doch war es nicht zu viel. Die Tische und Stühle passten farblich zusammen, gleichzeitig hatten sie auch einen rauen Touch. Die Theke der Bar war gepflegt und das dunkle Holz passte hier perfekt. An den Wänden hing nicht zu viel Deko und doch wirkten sie nicht zu leer mit den verteilten Nummernschildern oder Neonleuchten.

Mein Vater begrüßte uns mit einem knappen Nicken, dann zapfte er weiter. Wir gingen nach hinten, um uns unsere Arbeitskleidung anzuziehen. Eigentlich bestand diese nur aus einer schwarzen Jeans und einem ebenfalls schwarzen Shirt mit dem Logo der Kneipe darauf. Mehr nicht. Wer wollte, konnte noch eine Schürze tragen, das war jedoch kein Muss.

Nur mein Vater und Ryan trugen keine richtigen Arbeitsklamotten, aber das war nicht nötig. Jeder wusste einfach, wer hier der Chef war. Die Präsenz meines Vaters war schon mehr als einnehmend. Der breitgebaute und voll zutätowierte Körper tat sein Übriges. Auch hier fragte ich mich wieder, wie meine Eltern zusammenpassten. Mein Vater, der, wie ich nun erfahren hatte, Ex-Knacki, Kettenraucher und volltätowierte Hulk, und dann meine Mutter, die gütigste und reinste Seele, die es wohl je geben würde. Und dennoch schien sie seine Eigenschaften zu lieben, ebenso wie seine Tätowierungen.

Dad hatte sich an ihrem ersten Hochzeitstag vor knapp 22 Jahren einen roten, angebissenen Apfel auf den rechten Handrücken stechen lassen. Es stand für den Spitznamen meiner Mutter, er nannte sie ganz kitschig *Schneewittchen*, selbst heute noch.

Ich konnte darüber nur den Kopf schütteln. Wie vernarrt konnte man in eine einzige Frau bitte sein? Ich würde es nie verstehen.

Klar hatte ich auch schon Freundinnen gehabt, doch nie etwas

Längeres oder gar Ernstes. Ich hatte meinen Spaß mit ihnen, mit den einen länger, mit den anderen kürzer, je nachdem, wie es mir entweder in den Kram passte oder wie anhänglich sie waren. Wer mochte schon Kletten?

»Fuck, Nat!«, keuchte Nick erschrocken auf, als er zum letzten Mal vor unserer Schicht sein Handy checkte. Mein Dad sah es nicht gern, wenn wir während der Schicht an unseren Handys hingen, statt zu arbeiten. Dafür bezahlte er uns schließlich nicht, so seine Aussage. Er war streng, doch ich konnte ihn verstehen. Das hier war nun mal sein Baby und er führte es mit Herz und Leidenschaft. Das respektierte ich.

»Was ist?«, fragte ich ihn stirnrunzelnd. Doch statt mir zu antworten, drehte er es in meine Richtung, sodass ich es selbst lesen konnte.

Ich beugte mich etwas dem leuchtenden Display entgegen und las die Nachricht, die er in WhatsApp erhalten hatte. Doch schon der Name über dem Chat ließ mich hart schlucken. Die Nachricht war von Jack und er erkundigte sich nach dem Stoff und wie es lief. Nick und ich sollten gemeinsam das Zeug verticken.

»Fuck, er will vorbeikommen? Heute?!«, raunte ich fassungslos und richtete mich wieder zu meiner vollen Größe auf. *Scheiße! Das ist nicht gut!*

Jack würde sicher einen Blick auf den Stoff werfen wollen, um zu sehen, wie viel wir schon an den Mann gebracht hatten und wann wir Nachschub bräuchten.

»Scheiße!«, brummte ich rau auf und fuhr mir verzweifelt durchs Haar.

»Und jetzt?«, fragte Nick missmutig.

Er wirkte angepisst. Verständlich. Sein Arsch hing hier schließlich mit in der Scheiße und er konnte nicht einmal etwas dafür.

»Fuck, Nick, ich weiß es nicht! Ich weiß ja nicht einmal, wer mir den Stoff gezockt hat. Ich erinnere mich nur an die Kleine, doch die wird kaum so dumm sein und sich hier je wieder blicken lassen. Also keine Ahnung!«

Ein Schnauben kommentierte meine Rede, sowie ein vielsagender Blick, sonst sagte er nichts mehr dazu. Was sollte er auch sagen? Jack würde im Laufe des Abends hier auftauchen und wir müssten ihm verklickern, dass ich alles verloren hatte.

Da gab es keine Ausrede oder einen schlauen Plan. Ich hatte es verkackt und fertig. Ich würde für meine Schuld aufkommen und alles tun, um meine Schulden zu bezahlen. Ohne die Hilfe meines Vaters, verstand sich.

KAPITEL 2

Haley

Kanntet ihr das? Wenn man alles hatte und doch nicht glücklich war? Ich schon.

Ich hatte alles und irgendwie nichts. Denn das Geld, der Luxus, dieses Leben, sie gehörten nicht mir, sondern ihm. Ich war nur sein kleines Frauchen, das winken und lächeln sollte. Oder wie gestern dem süßen Barkeeper mit den smaragdgrünen Augen aus dem *Devils* zur Ablenkung einen blasen. *Fuck, diese Augen!*

Ich hatte ja sonst kein schlechtes Gewissen, wenn ich jemanden ausnahm oder für Cam reinlegte. Aber bei ihm, Mr. Sexy-Lächeln, kratzte es an mir. Doch ich musste es abschütteln. Dafür hatte ich weder die Zeit, noch konnte ich es mir leisten, mich von einem Kerl ablenken zu lassen. Ich hatte hier schließlich eine Rolle zu spielen. Die Rolle des kleinen Frauchens, das alles tat, was ihr Freund, Chef und Zuhälter – und was er nicht noch alles für mich sein wollte – verlangte. Denn Cam machte man nicht wütend und man schuldete ihm auch nichts. Beides traf irgendwie auf mich zu.

Ich schuldete ihm leider eine ganze Menge. Nicht nur mein Leben, sondern auch einen Haufen Kohle, den ich wohl für den Rest meines Lebens bei ihm abzuzahlen hatte – mit solchen

Aufträgen wie gestern. Das kam davon, wenn man den Hals nicht vollbekam.

Vor einigen Jahren, als ich noch ein kleines, armes, mittelloses Waisenkind gewesen war, das auf der Straße lebte und zusehen musste, wie es an Essen und einen halbwegs sicheren Schlafplatz kam, hatte ich meine schnellen Fingerfertigkeiten etwas über- und den verschissenen Dealer unterschätzt. Wenn ich bei dem einen Tütchen, das ich ihm heimlich aus seiner Hosentasche gezockt hatte, geblieben wäre, säße ich nun nicht in diesem Luxus-Penthouse mit Ausblick auf irgendeinen verschissenen Park, dessen Name mir nicht egaler sein könnte. Ich wäre frei und könnte selbst bestimmen, wessen Schwanz ich lutschte, mit wem ich flirtete und bei wem ich wohnte.

Ja, wäre ich doch damals nur bei diesem einen verfickten Tütchen geblieben …

Aber nein! Ich hatte mir gleich drei weitere aus seiner Tasche zocken müssen, beim dritten hatte es auch der Idiot mitbekommen. Fuck, der hatte zuschlagen können. Keine Ahnung, was er noch alles mit mir angestellt hätte, wäre Cam nicht aufgetaucht. Er hatte meine Schulden gezahlt und mich mit zu sich genommen, um sich um meine Wunden zu kümmern. Von denen hatte ich einige gehabt.

Jung und dumm, wie ich damals gewesen war, hatte ich ihm seine Selbstlosigkeit sofort abgekauft. Monatelang hatte er mich kostenlos bei sich wohnen, schlafen und essen lassen, bis er mich darum „gebeten hatte“, etwas für ihn zu erledigen. Erst dann war mir klargeworden, dass ich einen Pakt mit dem Teufel eingegangen war, ohne es zu wissen. Und heute, drei Jahre später, wusste ich es definitiv. Dennoch war Abhauen nicht drin. Cam war kein Mann, den man einfach verließ. Vor allem nicht mit dieser mächtigen Familie in seinem Rücken.

Jackson Winter, sein Vater, war einer der mächtigsten Männer der Drogenszene. Er hatte sich über die Jahre ein riesiges Imperium aufgebaut. Selbst sein eigenes, er nannte es Labor, besaß er, wo er seine eigenen Drogen herstellen ließ. Allerhand Stoff, für jeden etwas dabei. Ich sah zwar zu, dass ich die Finger von dem Dreckszeug ließ, dennoch hielt ich es manchmal doch nicht ganz ohne aus. Oder wenn Cam meinte, ich hätte mit ihm und seinen Leuten ordentlich mitzufeiern. *Sagte ich schon, dass ich kein eigenes Leben besitze?*

* * *

Ich ging die geschwungene Treppe mit dem dunklen und edlen Holz zu ihm in den großzügigen Wohnraum nach unten. Obwohl ich hier schon seit drei Jahren wohnte, fühlte ich mich noch immer fremd. Wie ein Parasit, der nicht hierher, sondern abgestoßen gehörte.

»Warum hat das so lange gedauert?«, tadelte mich Cam kühl.

Ich hasste es, wenn er mich mit ihr strafte, seiner kalten Stimme, dann fühlte ich mich wie eine seiner Schlampen. Gut, ich war strenggenommen eine seiner kleinen Schlampen, die jederzeit für ihn bereitzustehen hatte. Dennoch wusste ich, dass ich einen höheren Stellenwert als all die anderen hatte. Cam hatte einen Besitzanspruch auf mich gestellt. Ich gehörte ihm, ohne Wenn und Aber, und ich fickte oder fasste niemand anderen an, außer er verlangte es von mir.

»Was gibt es denn?«, lenkte ich ihn mit meiner süßen Stimme ab und trat dicht vor ihn.

Mit meinen großen, bernsteinfarbenen Augen sah ich zu ihm auf und bildete mit meinen vollen und sinnlichen Lippen ein laszives Lächeln. Cam schnaubte missmutig auf, ehe er mit leichtem Druck meine Kehle mit seiner großen Hand umschloss. Bestimmt zog er mich an sich heran, den Blick hart auf mich gerichtet.

»Wem gehörst du?«, raunte er dicht an meine Lippen.

Ein Schauer zuckte durch meinen Körper. Ich würde gern behaupten, durch Abweisung oder Ekel, doch leider war dem nicht so. Nicht nur.

»Dir«, wisperte ich ergeben und senkte die Lider, da ich seinem intensiven Blick nicht mehr standhielt.

Nach einem Augenblick strichen seine Lippen hauchzart über die meinen, dann ließ er schlagartig von mir ab. Erschrocken öffnete ich die Augen und sah ihn verwirrt an.

»Gut. Und jetzt komm. Mein Vater erwartet uns«, befahl er mir rau.

Unterwürfig nickte ich, dann folgte ich ihm und wir verließen sein Penthouse. In seinem Sportwagen und auf dem Weg zu dem Lager seines Vaters legte er wie immer besitzergreifend seine große Hand auf meinen nackten Oberschenkel. Ich trug ein kurzes Sommerkleid, weil ich wusste, dass Cam mich so am liebsten sah, zumindest außerhalb seines Bettes.

Ich schwieg, so wie eigentlich fast immer, wenn wir allein waren. Was sollte ich auch großartig über mich erzählen? Ich war ein Waisenkind. Hatte keine Eltern oder eine Familie. Keine glückliche Vergangenheit, aus der ich witzige oder unterhaltsame Anekdoten zum Besten geben könnte. Nicht, dass es Cam interessieren würde.

Ich wusste nichts über meine Eltern, wo ich herkam. Ich hatte nur den Namen von meiner Mutter erhalten. Das war alles, was man mir in dem Heim, wo ich aufgewachsen war, über meine Mutter gesagt hatte.

Haley McCallum, das war alles, was ich von meiner Mutter

bekommen hatte. Sie gab mir meinen Namen und ihren Nachnamen. Natürlich hatte ich versucht, mit diesem an Informationen über sie heranzukommen, nur leider war McCallum keine Seltenheit und ich hatte sonst nichts über sie, nicht einmal ihren vollen Namen wusste ich. Doch über die Jahre wurde es mir unwichtiger und jetzt, 25 Jahre später, nachdem ich so viel Scheiße allein und ohne sie durchgestanden hatte, war es auch egal, wer sie war oder warum sie mich damals so einfach weggegeben hatte. Denn nun könnte sie mir auch nicht mehr helfen. Keiner könnte das.

In der Tiefgarage zu dem geheimen Labor angekommen stiegen wir aus und gingen die dunklen Gänge entlang. Früher hätten mich keine zehn Pferde hierhergebracht. Dunkel, modrig, unheimlich und dann noch mit einer Schar von Männern allein. No way!

Doch an Cams Seite rührte mich so oder so keiner an, der an seinem Leben hing, und er ließ es nur in seltenen Fällen wie gestern zu, wenn er mich und meine flinken Finger benötigte. Was das gestern für einen Nutzen gehabt hatte, wusste ich noch immer nicht.

»Du sagst keinen Ton!«, befahl er mir kühl.

Ich blickte von der Seite zu ihm auf und verzog irritiert die Brauen. Warum sagte er mir das? Ich sprach ohnehin nicht besonders viel und hier erst recht nicht. Was sollte ich hier auch großartig reden?

Cam hatte mich während seines Befehls nicht angesehen und auch jetzt, als er durch die massive Metalltür ging, würdigte er mich keines Blicks. Ich folgte ihm noch immer mit krauser Stirn und wartete gespannt darauf, was nun passieren würde.

Hinter der Metalltür verbarg sich eine große Halle, in der sich Tisch an Tisch reihte, mit allen möglichen Instrumenten und Gerätschaften, mit denen sie die unterschiedlichsten Drogen herstellten.

Fuck, wenn das die Bullen mitbekamen, wir wären alle am Arsch. Hier lagerten Drogen in Milliardenhöhe. Was hier minütlich an Geld über den Tisch ging, war beinah abartig. Ich hatte mich noch immer nicht daran gewöhnt.

Früher musste ich ebenfalls Drogen verticken. Heute eher selten. Eigentlich war ich nur noch Cams kleines Täubchen, dazu da, ihn glücklich zu machen. Er nannte es noch immer Schuldenabzahlung. Gut, wenn er meinte. Mich fragte man ja so oder so nicht.

Außerdem hätte es mich schlechter treffen können. Schließlich sah Cam unheimlich gut aus. Mit seinem großen und breitgebauten Herkuleskörper. Seinem braunen, kurzen Haar, das sein scharfgeschnittenes Gesicht noch mehr in Szene setzte. Dann noch sein kaltes Lächeln, welches mir – warum auch immer – einen Schauer über meine Wirbelsäule jagte. Und natürlich seine starken und von unzähligen Tattoos überzogenen Arme.

Cam war auch nicht immer ein Arschloch. Er war es einfach nur gewohnt, zu bekommen, was er wollte, und ebenso war er dazu erzogen worden, skrupellos und eiskalt zu sein. Immer darauf bedacht, als Gewinner herauszugehen. Schlauer als sein Vater zu sein, der in seiner Jugend wohl einige Fehler begangen hatte. Warum ihm heute keiner mehr ans Bein pisste und er nicht im Visier der CIA oder sonst wem stand, glich einem Wunder oder einer wirklich guten Taktik. Wahrscheinlich Letzteres. Ja, bei dieser Familie ganz sicher Letzteres.

Nur sein jüngerer Sohn Jack fiel etwas aus der Reihe. Ehrlich gesagt konnte ich ihn gut leiden. Er war anders als sein Vater und sein Bruder. Er hatte tatsächlich noch ein Herz und zeigte es zu ihrer Schande auch des Öfteren mal, wo er es eigentlich nicht sollte.

Jack und ich waren gleich alt und doch konnten unsere Leben nicht unterschiedlicher sein. Aber so war das nun mal, wenn man in einer der mächtigsten Familien in Bezug auf Drogen aufwuchs, die es in den Staaten gab. Und mit einem sechs Jahre älteren Bruder wie Cam pisste dir so oder so keiner mehr ans Bein.

»Heute mit Anhang, mein Junge?«, holte mich die tiefe Stimme seines Vaters aus meinen Gedanken.

Mein Kopf ruckte in seine Richtung und ich zog ihn wie automatisch ein. Ich mochte seinen Vater nicht. Vor allem nicht, wenn er mich so lüstern ansah wie jetzt.

Einmal war ich mit ihm allein gewesen, weil Cam uns beide wegen eines schiefgelaufenen Drogendeals versetzt hatte. Ich war mir sicher, das war die schlimmste Nacht meines Lebens gewesen. Cam wusste natürlich nichts davon und ich wäre sicher nicht die Dumme, die es ihm sagte. Ich hing schließlich an meinem Leben. Ich war eine Überlebenskünstlerin – von daher tat ich selten Dinge, die mich den Kopf kosten könnten.

Nur sein kleiner Bruder wusste davon. Durch Zufall, einen dummen Zufall. Er hatte mich aus dem Büro seines Vaters humpeln sehen. Grün und blau, das Gesicht von Tränen übersät. Wir haben nie über diesen Vorfall und das Aufeinandertreffen gesprochen. Was hätte er auch großartig sagen sollen? Schließlich wusste er, was sein Vater dort drinnen mit mir angestellt hatte, und welcher Sohn wollte schon so etwas von seinem Vater erfahren, geschweige denn solch ein Gespräch mit ihm führen und dann noch bei dieser Art von Mann, der er nun mal war. Ich konnte es ihm wirklich nicht verübeln und nahm es ihm auch nicht krumm. Ich selbst wollte ja nicht einmal darüber sprechen, geschweige denn daran erinnert werden.

Cam bedachte seinen Vater mit einem strengen Blick. Er mochte es nicht, wenn man mich so ansah, außer natürlich es nutzte ihm was.

»Was gibt es jetzt? Du meintest, es wäre dringend?!«, lenkte er seinen Vater von mir und meinen nackten Schenkeln ab.

Verzögert nahm er den Blick von mir und sah zu seinem Sohn. »Ja. Hat gestern alles geklappt?«

Bei den Worten seines Vaters wurde ich hellhörig, versuchte es mir jedoch nicht anmerken zu lassen. Doch Cam bemerkte es natürlich. Er sah kurz mit einem undurchdringlichen Blick zu mir, schien zu überlegen, dann sah er wieder zu seinem Vater, nur um mit einem knappen und unbefriedigenden: »Ja«, zu antworten. *Ernsthaft jetzt?*

Sein Vater nickte nur zufrieden, dann brachte er seinen Sohn auf den neusten Stand der Bestellungen, Deals und was nicht noch alles. Dabei hätte mich das andere Thema viel mehr interessiert.

Was sollte das hier werden? Ich verstand es wirklich nicht. Wieso sollten wir gestern den Stoff von dem süßen Barkeeper mitgehen lassen? Was übersah ich? Und wer war der Kerl mit den smaragdgrünen Augen von gestern wirklich? Spielte er eine größere Rolle, als ich eigentlich geglaubt hatte? Denn in meiner Version war er ein einfacher Barkeeper gewesen, dem ich seinen Stoff hatte zocken sollen. Warum Cam höchstpersönlich mitgekommen war und mir dabei geholfen hatte, machte mich nun im Nachhinein noch etwas skeptischer als gestern.

Gestern hatte ich es als typisches Cams-Besitzanspruchs-Ding abgetan. Manchmal durfte ich keinen Schritt ohne ihn gehen. Ich dachte, gestern wäre wieder so ein Tag gewesen. Doch da hatte ich mich wohl getäuscht. Hier ging etwas Größeres ab und die Tatsache, dass mich Cam vorgewarnt hatte, still zu sein, dass er seinem Vater nur vage Aussagen zur Antwort gab und sich nun 'geschickt' außer Hörweite begeben hatte, sagte mir, dass hier etwas gewaltig stank.

Ob ich Mr. Sexy-Lächeln vielleicht einfach nochmal einen Besuch abstatten sollte, um es herauszufinden? Bei ihm hätte ich sicherlich bessere Chancen, etwas zu erfahren, als bei Cam, das stand fest.

KAPITEL 3

Angepisst und angespannt stand ich vor meinem Elternhaus und atmete noch einmal tief durch. Mein Blick wanderte das raue Gemäuer einmal nach oben.

Meine Eltern wohnten in einem von außen unscheinbaren und für den ein oder anderen auch unansehnlichen, alten Gebäude. Es war noch völlig intakt und erweckte durch seine Ziegelsteine nur den Anschein, als hätte es schon bessere Tage gesehen. Keine Ahnung, warum meine Eltern es damals zusammen mit Onkel Ryan gekauft hatten. Der verrückte Vogel und ewige Junggeselle wohnte auch hier. In dem Haus verbargen sich zwei gigantische und eigentlich recht luxuriöse Lofts. Meine Eltern wohnten wie ich damals auch in dem unteren, Ryan in dem oberen. Im Keller hatte mein Vater sein eigenes kleines Fitnessstudio, in dem er eigentlich die meiste Zeit verbrachte, wenn er nicht arbeitete.

Ich hatte oft mit ihm dort unten als Jugendlicher trainiert, mir Tipps und Tricks von ihm zeigen lassen, wie man die Übungen richtig ausführte. Er wusste es schließlich am besten.

Noch einmal tief durchgeatmet ging ich hinein. Ich wusste auch nicht genau, wieso ich so nervös war. Schließlich widersprach ich meinem Vater sonst nicht. Was er sagte, war Gesetz. Das war schon immer so und würde wohl auch immer so bleiben. Wahrscheinlich war ich jetzt deswegen so nervös. Weil ich ihm nun sagte, dass ich mich allein um meinen Scheiß kümmern würde. Es widerstrebte mir mit jeder Faser meines Körpers, dass mein Vater – mein Daddy – mir den Arsch retten sollte. Nein! Das kam nicht infrage.

Ich benutzte meinen Schlüssel, sperrte die untere Tür auf und wollte mich auf den Weg nach oben machen, da hörte ich die laute Musik meines Vaters aus seinem Trainingsraum ertönen und stoppte auf der Treppe.

Super! Musste ich ihn unbedingt bei seinem Training erwischen? Ich hatte eigentlich keine Lust, mit Hulk zu reden. Dr. Banner in menschlicher Form war mir da lieber. Doch da wir uns hier nicht in einem Comic befanden, war das wohl reines Wunschdenken.

Seufzend ergab ich mich meinem beschissenen Schicksal und ging nach unten in den Keller und weiter in den Trainingsraum.

Dad lag auf seiner Hantelbank und stemmte mal wieder unzählige Gewichte. *Mal ehrlich, wie konnte ein Mensch so viel stemmen und das jeden fucking Tag?*

»Dad?«, sprach ich ihn im ruhigen Ton an, als er mich noch immer nicht bemerkt hatte, selbst als ich neben ihm stand. Er machte unbekümmert weiter. Erst als er seinen Trainingssatz beendet hatte, wuchtete er die schwere Hantelstange in die Halterung über seinem Kopf, dann blickte er mich schwer keuchend an.

»Was gibt's?«, brummte er.

Dad mochte es nicht, bei seinem Training unterbrochen zu werden. Manche Dinge würden sich wohl nie ändern. Wahrscheinlich stemmte er mit 70 auch noch seine Gewichte. Ja, ich war mir sicher, dass er das dann auch noch tat. Bei dem Gedanken musste ich ein Schmunzeln unterdrücken. Stattdessen lehnte ich mich mit vor der Brust verschränkten Armen hinter mich an die Wand und blickte an ihm vorbei.

»Ich wollte mit dir reden«, begann ich gedankenverloren.

Mein Blick rutschte auf meine nun überkreuzten Beine nach unten. Dad richtete sich bei meinen Worten auf. Noch immer mit schwerem Atem wischte er sich mit einem kleinen Handtuch den Schweiß aus seinem Nacken und Gesicht, dann fixierte er mich mit harter Miene. Ich hasste es, wenn er mich so ansah. Nichts konnte ich dann aus seinem Blick lesen. Trocken schluckte ich, doch was brachte es, weiter um den heißen Brei herumzureden?

»Ich werde meinen Scheiß allein klären. Du brauchst dich nicht darum zu kümmern.« Meine Stimme klang fest, ich war beinah stolz auf mich. Auch mein Blick fand während des Sprechens den meines Vaters.

Seine Miene veränderte sich nicht, zumindest nicht sofort. Erst nach einem Augenblick, als er aufstand und mit donnernden Schritten auf mich zukam, verhärteten sich seine Gesichtszüge noch mehr.

Ich richtete mich zu meiner vollen Größe auf, auch die Verschränkung meiner Arme und Beine löste ich, als er bei mir ankam. Natürlich war ich dennoch kleiner als mein alter Herr. Scheiße, was musste er auch so ein fucking Riese sein?

»Und wie willst du es *klären*?« Beinah verächtlich knurrte er mir das letzte Wort entgegen, dabei baute er sich vor mir zu seiner vollen und leider einschüchternden Größe auf. *Täusche ich mich, oder will er mir hier gerade Angst machen?*

»Das lass meine Sorge sein«, konterte ich mutig.

Eine seiner schwarzmelierten Brauen wanderte abschätzig nach oben.

»Junge, du hast es nicht einmal geschafft, vernünftig zu dealen. Wie willst du dann deinen Arsch aus der Scheiße ziehen? Jackson Winter ist nicht mal eben ein kleiner Gangster, der sich für deine Scheiße interessiert. Du hast seinen Stoff verloren, also ist es deine

Visage, die er demolieren lässt, bis du blechst. So einfach ist das. Da gibt es keine Gnadenfrist und deinen Hundeblick interessiert da auch keinen. Nat, du hast Scheiße gebaut, aus der du dich nicht mehr allein ziehen kannst. Sei wenigstens Manns genug und nimm meine Hilfe an. So habe ich dich nicht erzogen, zu einem ehrenlosen Mann, der seine Schuld nicht eingestehen kann«, tadelte mich mein Vater.

Alles in mir begann zu brodeln, als ich ihn verächtlich schnaubend an seiner Schulter anrempelte und an ihm vorbeistürmte. Ich brauchte Abstand.

»Genau, Dad! So hast du mich nicht erzogen! Dass ich mich hinter dir verstecken muss. Denn das nenne ich ehrlos! Ich werde sicher nicht Daddy vorschicken, damit er meine Dinge klärt, während ich was …? Am besten noch zu Hause bleibe oder die Regale in Mamis Bibliothek abstaube? Ganz sicher nicht! Ich gehe zu Jackson Winter und werde es ihm erklären. Werde meine Strafe wie ein Mann annehmen und meine Schulden abbezahlen. ALLEIN!«

Er hatte sich zu mir gewandt und sah mich mit wutverzerrter Miene an. Seine Fäuste öffneten und schlossen sich immer und immer wieder. Seine tätowierten Knöchel traten bei jedem kräftigen Schließen weiß hervor. Ich war mir sicher, meinen Vater noch nie so wütend gesehen zu haben, und ich wünschte mir, nicht dabei zu sein, wenn dieser Zorn aus ihm herausbrach.

»Du denkst, das alles hier sei ein Spiel, oder? Und es würde reichen, wenn du etwas den Kopf einziehst und Reue zeigst. Du bist nichts weiter als ein dummer Junge, Nathan! Ich dachte, ich würde dich beschützen, wenn ich dir nichts über meine Vergangenheit erzähle. Doch anscheinend war genau das mein Fehler in deiner Erziehung. Wer hätte denn ahnen können, dass du das Talent, dich in irgendeine Scheiße zu reiten, von mir erben würdest? Ich hatte die Hoffnung, dass die Reinheit und unendliche Liebe deiner Mutter ausreichen würden. Doch dem war anscheinend nicht so. Also komm mit hoch, dann reden wir.«

Mit gerunzelter Stirn sah ich zu meinem Vater nach oben. Ich verstand nicht einmal die Hälfte von seiner Ansprache.

»Dad, was zum Teufel redest du da? Und warum soll ich jetzt mit dir nach oben gehen?«, fragte ich ihn verständnislos. Mein Vater war schon an mir vorbei und in Richtung Tür gegangen.

»Das erfährst du, wenn du deinen Arsch jetzt mit mir nach oben schwingst. Denn für dieses Gespräch brauche ich definitiv etwas Härteres als Wasser.«

Demonstrativ hielt er seine Sportflasche hoch, dann wandte er sich endgültig von mir ab und verließ den Raum. Ich brauchte tatsächlich noch einen Moment, um das alles zu verstehen.

Wollte mein Dad mir nun endlich etwas aus seiner Vergangenheit erzählen? Wie ferngesteuert folgte ich ihm nach oben in das Loft. Ich liebte mein Elternheim. So rau es von außen aussah, so gemütlich war es von innen eingerichtet worden. Hier spiegelten sich meine Eltern perfekt wider.

Raue und unverputzte Wände und die Außenfassade repräsentierten meinen Vater. Die hellen Holzmöbel, Teppiche und verspielte, aber dennoch geschmackvolle Dekoration meine liebenswerte Mutter.

Ebenfalls zierten viele Bilder mit Erinnerungen ihre Wände. Von ihnen als Paar, als sie jung waren, oder auch Bilder von Onkel Ryan und meinem Dad. Manchmal war noch ein junger Kerl mit auf den Bildern. Mum erzählte mir, es sei ein verstorbener Freund meines Vaters gewesen.

Ebenso befanden sich mehrere Fotografien von meiner Mutter und ihrem Vater in einem Regal. Mum hatte mir viel über meinen Großvater erzählt. Dass er ein Held gewesen sei. Ein guter

Mensch. Und dass ich stolz sein könnte, von ihm abzustammen. Von solch einem ehrenwerten Mann. Dad pflichtete ihr jedes Mal mit einem anerkennenden Lächeln und Kopfnicken bei.

Als ich ein leises Klirren aus dem hinteren Wohnbereich wahrnahm, wandte ich mich ihm wieder zu. Mein Vater war gerade dabei, gleich zwei Gläser seines guten Whiskeys, den ich nicht einmal ansehen durfte, ohne mir eine einzufangen, einzuschenken. Etwas verwundert folgte ich ihm und setzte mich auf die dunkle Ledercouch, während er sich in seinen schweren Sessel fallen ließ und sich sofort eine seiner heißgeliebten Zigaretten anzündete.

Mit in den Nacken gelegtem Kopf und geschlossenen Augen rauchte er seine zwischen die Lippen geklemmte Kippe, während er sein volles Glas in seiner Hand drehte.

Ich beugte mich nach vorne, nahm meinen dort für mich abgestellten Drink von dem Couchtisch und genehmigte mir einen kräftigen Schluck. *Fuck, ist das gutes Zeug!* Er brannte regelrecht meine Kehle hinunter und doch schmeckte er vorzüglich, mit seiner rauchigen Note, die sich schmeichelnd auf meine Zunge legte.

Mit schiefgelegtem Kopf beobachtete ich ihn dabei, wie er wohl noch immer mit sich rang. Gut, zugegeben, Dad war kein großer Redner. Das wusste ich. Also ließ ich ihm einfach die Zeit, die er benötigte. Ich war auch viel zu neugierig, um jetzt irgendetwas Dummes zu tun und zu riskieren, dass er mir doch nichts erzählte.

»Egal was ich dir hier jetzt erzähle, machst du nur eine Sache wie ich damals, prügle ich dich windelweich. Und ja, ich meine das todernst, Nathan!«, ertönte die tiefe und dennoch ruhige Stimme meines Vaters. Dafür hatte er einfach ein Talent.

Etwas erschrocken über seine Drohung schluckte ich trocken

und nickte. Was sollte ich sonst tun?

Er blickte mich noch einen Augenblick prüfend an, dann nahm auch er seinen ersten großen Schluck.

»Ich werde dir nichts über meine Taten erzählen oder davon, warum ich im Knast gelandet bin. Es reicht, wenn du weißt, dass es nicht wegen Drogen oder irgendeiner kleinkriminellen Scheiße war. Hier geht es einzig und allein darum, dass du verstehst, in was für eine Scheiße du dich mit Jackson Winters Brut geritten hast. Nicht mehr und nicht weniger. Also stell am besten keine Fragen, du wirst keine Antwort auf sie erhalten.«

Nachdenklich zog ich die Stirn kraus, doch ich blieb stumm und blickte meinem Vater nur auffordernd entgegen. Ich wollte unbedingt mehr über ihn und seine schwarze Vergangenheit erfahren, was oder wie viel war mir ganz egal. Schließlich wartete ich darauf, seitdem ich denken konnte.

»Winter war in meinem Trakt. Er wurde wegen seiner Drogenscheiße erwischt und eingebuchtet. Anscheinend hat er wohl jetzt aus seinen Fehlern gelernt und es besser gemacht. Soweit ich weiß, hat er ein riesiges Imperium aufgebaut. Aber da wirst du mehr Informationen haben als ich.«

Mein Vater schenkte mir einen strengen Blick. Ich zog leicht den Kopf ein.

»Ich weiß nicht viel über das Geschäft von Jacks Vater oder seinem älteren Bruder. Jack hat mich gefragt, ob ich mir etwas dazuverdienen will, und ich habe ja gesagt. Da gab es kein Bewerbungsgespräch mit Familie Winter, wo ich alle kennengelernt und ihnen die Hand geschüttelt habe, Dad. Er gab mir den Stoff und meinte, wenn er leer ist, bekomme ich Nachschub. Das war's«, erklärte ich ihm achselzuckend. Dad schüttelte bedauernd den Kopf.

»Allein für diese Dummheit müsste ich dir eine verpassen«,

brummte er missmutig.

»Andere Väter würden mir eher fürs Drogenverticken oder für die Scheiße, in der ich jetzt stecke, eine Tracht Prügel geben. Nicht, weil ich zu dumm war, mir mehr Informationen über meinen – nennen wir es mal – Nebenjob, zu besorgen«, amüsierte ich mich mit einem leichten Schmunzeln über ihn und die Situation. Aber ich hatte doch recht. Welcher Vater reagierte schon so? Auch Dads Mundwinkel zuckte verdächtig.

»Ich kann das gerne noch nachholen. Kein Problem«, drohte er schlecht, denn sein immer breiter werdendes Grinsen verriet ihn. Doch es hielt nicht lange an, dann fiel es in sich zusammen und sein Gesichtsausdruck wurde wieder ernst und nachdenklich. Eine weitere Kippe folgte sogleich, kaum hatte er die erste ausgedrückt. Ebenso, wie er uns beiden kommentarlos nachschenkte.

»Nat, das hier ist kein Spaß. Du hast wirklich Scheiße gebaut. Mit diesem Psychopathen Winter ist nicht zu spaßen. Ich musste ihm im Knast nicht nur einmal zeigen, wo sein Platz ist. Und dass es gesünder für ihn wäre, wenn er mich in Ruhe lässt. Er hat also noch eine Rechnung mit mir offen und wenn er erfährt, dass ausgerechnet mein Sohn Schulden bei ihm hat, was meinst du, macht er dann mit dir? Vor allem, wenn du so dumm bist und allein dort auftauchst? Ich bin immer dafür, dass ein Mann seine Scheiße allein beseitigen sollte. Doch manchmal geht es nicht anders. Und das hier ist so ein Fall. Also nochmal: Ich bitte dich nicht, sondern ich sage dir, dass ich und Ryan das übernehmen werden und du brav zu Hause bleiben wirst, bis ich die Sache für dich geklärt habe. Es ist besser so.«

Ich starrte ihn einfach nur an. Es dauerte tatsächlich einen langen Augenblick, bis ich seine Worte in ihrem vollen Ausmaß verstand. Doch als es mir klar wurde, beugte ich mich vor und donnerte unsanft mein Glas auf den Couchtisch vor mir. Die

Hälfte der goldbraunen, teuren Flüssigkeit schwappte über. Doch es war mir egal. Auch der finstere Blick meines Vaters kümmerte mich gerade nicht.

»Verarschst du mich?! Das ist alles, was ich von dir bekomme, und dennoch erwartest du von mir, dass ich wie ein dummer Junge zu Hause bleibe und Daddy machen lasse?!«, schrie ich ihn regelrecht an und erhob mich.

»Du bist ein dummer Junge, Nathan. Ein dummer und unwissender Junge, der keine Ahnung hat, mit wem er sich angelegt hat«, hielt mein Vater noch immer ruhig dagegen, dabei rieb er sich müde die Augen. *Verarscht er mich?!*

»Weil du mir nichts erzählst, Dad! Deswegen!«, brüllte ich ihm verzweifelt entgegen und ballte meine Fäuste.

Mein Vater hatte seine Kippe im Aschenbecher ausgedrückt, dann lehnte er sich wieder in seinem Sessel zurück und musterte mich mit seiner harten und unergründlichen Miene. Es war zum Verrücktwerden mit ihm und seiner scheiß Geheimniskrämerei!

»Ich sagte, ich werde dir nichts erzählen.«

Noch immer behielt er seine ruhige und doch bestimmte Stimme bei. Da setzte es in mir aus.

Ein Knurren, wie ich es nicht von mir kannte, presste sich aus meiner Kehle, als ich kraftvoll und völlig unüberlegt den Couchtisch mit der vollen Flasche, dem Aschenbecher und meinem befüllten Glas packte und umwuchtete. Schnaufend, mit geballten Fäusten und außer mir vor Wut stand ich dicht vor meinem Vater und funkelte zornig auf ihn herab.

Die Tatsache, dass er mich hier wie einen dummen Jungen behandelte, mir noch immer nichts preisgab und obendrein noch über mich und mein Leben bestimmte, machte mich rasend. Ich konnte mich nicht mehr zurückhalten. Aber damit hatte ich schon immer meine Probleme gehabt.

»Du willst mir nichts von deiner Vergangenheit erzählen?! Schön! Dann halt dich auch aus meiner Zukunft raus! Ich regle meinen Scheiß allein! Ich brauch dich nicht, ich scheiß auf dich! Ich scheiß auf den Ratschlag eines Ex-Knackis!« Ich spuckte ihm die Worte nur so verächtlich entgegen.

Jetzt konnte ich gehen. Zwar wäre es mir lieber gewesen, wenn ich mein Elternhaus mit Informationen verlassen hätte, hier konnte ich jedoch nicht länger bleiben.

Ich wollte mich gerade von meinem Vater abwenden, um zu gehen, da sprang er auf, packte mich plötzlich unsanft am Kragen meines Sweatshirts und hob mich dicht vor sein Gesicht.

Die Miene meines Vaters war wutverzerrt und seine Muskeln zitterten, ich spürte es ganz deutlich. Noch nie hatte ich ihn so gesehen.

Trocken schluckte ich und sah ihm mit geöffnetem Mund entgegen. Ich wusste wirklich nicht, was nun passieren würde. Der Griff um meinen Kragen wurde immer fester, die Atmung meines Vaters beschleunigte sich gefährlich. Ebenso presste sich ein unheimliches Knurren aus seiner Kehle, das mich unweigerlich an einen tollwütigen Wolf erinnerte. *Scheiße!*

»Blake? … BLAKE! Lass ihn los!«, ertönte plötzlich die panische Stimme meiner Mutter.

Dad blickte sich kurz zu ihr um, dann, als sich unsere Blicke wieder trafen, war der wütende Sturm aus seinen grünen Iriden verschwunden. Nur seine harte Miene zeigte, wie sehr es noch in ihm tobte.

»Dann klär deinen Scheiß allein!«, raunte er dicht an mein Gesicht.

Mit einem kräftigen Schubser, der mich beinah mein Gleichgewicht gekostet hätte, ließ er von mir ab und griff sofort nach seinen Zigaretten. Meine Mutter stürzte mit besorgter Miene auf mich zu, dann blickte sie fragend zwischen uns beiden hin und her.

»Würde mich einer von euch bitte aufklären?!«, forderte sie ungewohnt streng. Dad seufzte angestrengt, ehe er sich müde mit der Hand über sein Gesicht fuhr und sich wieder in seinen schweren Sessel fallen ließ.

»Du wolltest doch immer, dass ich unserem Sohn von meiner Vergangenheit erzähle. Da hast du das Resultat«, scherzte mein Vater bitter und belog damit ganz offensichtlich meine Mutter. Er wollte ihr noch immer nichts hiervon und von meiner Dummheit erzählen?

Meine Mutter wollte gerade das Wort an mich richten, aber ich hatte keine Erklärung für sie und tat mich ohnehin immer schwer, diese reine Seele zu belügen.

»Es geht mir gut, Mum. Ich muss jetzt auch los!« Damit machte ich auf dem Absatz kehrt, ignorierte ihre zarte Stimme, die mir noch etwas hinterherrief, und sah zu, dass ich wegkam.

Meine Gedanken überschlugen sich regelrecht, als ich mein Elternhaus verließ.

»Fuck!«, fluchte ich leise auf und kickte einen Stein mit meinem Schuh weg.

Ich war am Arsch! Nicht nur, dass ich gerade meinen Vater beleidigt und wütend gemacht hatte. Nun wusste ich auch nicht, wie es weitergehen sollte. Ich wollte zwar meinen Scheiß allein klären, doch hatte ich eher gehofft, mit ein paar mehr Informationen hier wegzugehen. Informationen, die mir sagten, mit wem genau ich es zu tun hatte. Allerdings war ich keinen Deut schlauer als zuvor und hatte obendrauf noch meinen Vater verärgert. *Scheiße, verdammt!*

Doch Drücken war nicht. Ich würde zu Jack und seiner Familie gehen und es ihnen erklären. Meine Schulden abbezahlen. Wie, war mir ganz egal. Ich war vielleicht ein verlogener, kleiner Taschenspieler, dennoch hatte ich Ehrgefühl.

KAPITEL 4

Das vermehrte und verdammt nervige Klingeln der Tür und dann noch das Surren meines Handys riss mich erbarmungslos aus dem Schlaf. Stöhnend hielt ich mir meinen schmerzenden Kopf. Ich soff seit zwei Tagen durch. In die Kneipe war ich auch nicht mehr gegangen. Ich konnte meinem Vater gerade nicht gegenübertreten. Es war zu festgefahren zwischen uns, zu angespannt.

Blind tastete ich nach dem Drecksding, dann nahm ich mit einem genervten Brummen ab.

»Mann, Nat! Endlich! Für was hast du denn ein Handy, wenn ich dich seit Tagen nicht erreiche?«

Plötzlich war ich hellwach. Scheiße! Hätte ich mal auf mein Display gesehen, statt einfach verpennt abzuheben.

»Jack, ich kann jetzt nicht«, versuchte ich ihn abzuwimmeln.

»Laber keine Scheiße, schwing deinen versoffenen Arsch aus deinem Bett und mach mir die Tür auf. Ich steh seit 'ner halben Stunde davor und klingle Sturm. Sag mal, wie viel hast du gesoffen, dass du das nicht hören konntest? Und wo ist Nick? Oder liegt der neben dir und ist genauso klinisch tot wie du?«

Mein malträtiertes Hirn brauchte einige Sekunden, um sein Gelaber zu verstehen.

»Du bist hier?«, fragte ich deshalb zur Sicherheit noch einmal nach, die Stimme vom vielen Alkohol kratzig, und richtete mich leicht in meinem Bett auf. *Fuck, nicht gut!*

Sofort protestierte mein Körper, aber vor allem mein Kopf. Ein unsagbarer Schmerz schoss durch meinen Schädel.

»Komm, jetzt beweg dich. Ich werd auch nicht jünger. Und ich denke, wir haben etwas Wichtiges zu klären, findest du nicht auch?«

Mit einem Mal saß ich in meinem Bett und ignorierte den stechenden Schmerz. *Fuck! Er weiß von dem Stoff!*

»Okay.« Mehr kam mir nicht über die Lippen. Dann legte ich auf und schälte mich aus meinem Bett.

Wankend öffnete ich ihm die Tür. Doch ich wartete nicht darauf, dass er reinkam. Ich ließ einfach die Wohnungstür einen Spaltbreit offen und ging in die Küche. Ich brauchte dringend eine Schmerztablette und Wasser. Sehr viel Wasser.

Als ich gerade dabei war, zwei Wasserflaschen aus dem Kühlschrank zu holen, hörte ich hinter mir die Tür. Ich blickte mich nicht nach meinem Freund um, sondern genehmigte mir erst einmal meine dringend benötigte Tablette. Erst danach wandte ich mich ihm zu und schob ihm wortlos eine der beiden Flaschen über den Tresen.

Jack fing sie geschickt ab, dann fand sein Blick wieder den meinen. Abschätzig und mit erhobener Augenbraue musterte er meine schreckliche Erscheinung. Ja, ich musste nicht in den Spiegel sehen, um zu wissen, wie verdammt beschissen ich aussah.

Ich wusste nicht genau, was ich nun sagen sollte. Daher beschloss ich, einfach ihn sprechen zu lassen. Schließlich war er auch zu mir gekommen, dann sollte er auch anfangen.

»Du siehst genauso scheiße aus, wie du dich anhörst«, merkte er unnötigerweise an.

Kommentarlos nahm ich einen großen Schluck aus meiner Flasche. Was sollte ich auch zu dem Offensichtlichen noch sagen?

»Was ist mit dem Stoff passiert, Nat?«, fragte er mich dann geradeheraus. Das mochte ich an Jack so. Er war erbarmungslos ehrlich.

Etwas unsicher und nervös begann ich an dem Papier der Wasserflasche herumzupulen.

»Es ist weg. Alles. Es wurde mir vor ein paar Tagen gezockt. Ich weiß, ich hätte zu dir kommen sollen. Doch ich wusste beim besten Willen nicht, wie ich dir das erklären sollte. Oder deinem Alten. Aber, Jack, ich schwöre, ich werde jeden Cent zurückzahlen!«

Ich meinte es, wie ich es sagte. Ich würde meine Schulden zurückzahlen.

Jack wirkte nun nachdenklich und nicht mehr angepisst. Stirnrunzelnd beobachtete ich ihn, wie er wohl zu überlegen schien.

»Du musst zu meinem Vater und ich habe keine Ahnung, wie er reagieren oder was er mit dir machen wird. Aber, Nat, das hier ist kein Spaß! Du hast Drogen im Wert von über 50.000 Dollar verloren. Also halt dich mit deinen dämlichen Sprüchen zurück und tu alles, was er von dir verlangt. Hast du das verstanden?«

Sofort nickte ich. Natürlich hatte ich das verstanden. Ich war ja nicht blöd und wusste, was mich alles erwarten könnte.

»Gut. Dann mach dich frisch, in der Zwischenzeit rufe ich meinen Vater an und informiere ihn, dass wir kommen. Wir gehen am besten gleich. Du solltest nicht noch länger warten.«

Wieder nickte ich, dann ging ich ins Badezimmer, um eine schnelle Dusche zu nehmen. Schließlich konnte ich schlecht zu seinem Vater gehen, wenn ich aus jeder Pore meines Körpers den Alkohol nur so ausschied.

Knapp eine dreiviertel Stunde später befanden wir uns in einer

Tiefgarage. Ich war noch nie hier gewesen. Irgendwie hatte ich geglaubt oder eher gehofft, das Gespräch mit seinem Vater bei Jack zu Hause führen zu können und nicht in einem unheimlichen Bunker. Dazu noch allein und ohne, dass jemand wusste, wo ich war.

Ich hatte Nick nur eine Nachricht hinterlassen, dass ich die Sache nun mit Jack klären würde, mehr nicht.

»Woher wusstest du eigentlich, dass ich euren Stoff verloren habe?«, fragte ich Jack, während wir einen langen Gang entlanggingen. Unsere Schritte hallten in dem engen Korridor wider. Er sah mich kurz von der Seite an, ehe sein Blick wieder nach vorne fand.

»Ich habe es heute Morgen auch nur durch Zufall erfahren und genaue Infos oder um wen es sich handelte, wusste ich auch nicht. Doch du meidest mich seit Tagen, dazu dein reumütiger Blick und dein nervöses Auftreten – das sagt mir einfach, dass ich mit meinem ersten Gedanken recht hatte und du derjenige bist, von dem die Rede war«, erklärte er mir ehrlich und führte mich immer weiter ins Innere dieses Teufelslabyrinths.

Ich verstand zwar nur die Hälfte von dem, was er mir sagte, doch als wir vor einer großen Metalltür stoppten, blieb mir keine Zeit mehr, um es zu hinterfragen.

»Ich versuche, dir so gut es geht zu helfen, aber, Nat, ich kann nichts versprechen.«

Erneut nickte ich stumm. Ich wusste, dass er mir hierbei nicht helfen konnte. Eigentlich sollte er nicht einmal hier sein und sich womöglich noch mit seinem Alten anlegen. Nicht meinetwegen. Ich hatte die Scheiße gebaut, hatte mir auf die dümmste Art und Weise seinen Stoff zocken lassen, also stand ich auch allein dafür gerade. So einfach war das.

Mein Freund tauschte noch einen intensiven Blick mit mir,

dann öffnete er die Tür und wir gingen in eine riesige Halle. Als ich verstand, wo ich mich befand und was das volle Ausmaß bedeutete, sah ich fassungslos zu Jack. *Fuck!* Ja, das beschrieb meine jetzige Situation perfekt.

Ich wusste ja, dass Jacks Familie Einfluss hatte, und auch, dass sie im Drogengeschäft an der Spitze stand, doch das hier, das, was sich mir hier gerade bot, damit hätte ich im Leben nicht gerechnet. *Ich bin so gut wie tot!*

Wir steuerten auf seinen Vater zu, der mitten in der Halle stand und auf seinem Handy herumtippte. Mit ausgetrocknetem Mund und schwitzigen Händen kamen wir dicht vor ihm zum Stehen.

»Vater, hier sind wir. Du kennst doch noch meinen Freund Nathan?«, eröffnete Jack das Gespräch.

Sein Vater blickte verzögert von seinem Smartphone auf, dem er, als wir bei ihm ankamen, noch immer mehr Beachtung schenkte als seinem Sohn mit seinem Besuch. Nachdenklich runzelte er die Stirn.

Ich hasste seine überhebliche Art. Er kannte mich. Schließlich war ich seit Jahren mit seinem Sohn befreundet, ging in seinem Haus ein und aus. Auch wenn wir noch kein privates Wort miteinander gesprochen hatten und ich mir sicher war, er kannte nicht einmal meinen vollen Namen, nach den Erzählungen meines Vaters erst recht nicht, war ich ihm dennoch nicht fremd, so wie er es hier gerade darstellte.

Auch als mich Jack ins Geschäft geholt hatte, hatte ich erst einmal vor ihn treten müssen. Zwar hatte das Gespräch, wie das alles genau ablaufen würde, sein älterer Sohn Cameron mit mir geführt, aber dennoch war er dabei gewesen und wusste, wer ich war.

Schlagartig änderte sich sein Blick und seine Miene verzerrte sich vor Wut.

»Du musst lebensmüde sein, Junge!«, grollte er gefährlich und schon bemerkte ich im Augenwinkel, wie sich zwei muskelbepackte Gorillas dicht hinter ihm postierten. *Scheiße!*

»Vater, warte! Lass ihn doch erst einmal erklären!«, schaltete sich Jack ein und stellte sich leicht vor mich. Doch ich wollte nicht, dass mein Freund wegen meiner Dummheit auch noch Stress mit seinem Alten bekam. Ich würde für meinen Fehler geradestehen, warum wollte das nur keiner verstehen?

Bestimmt und mit erhobenem Haupt schritt ich an Jack vorbei. Dass mein Magen gerade Loopings machte und mir schlecht vor Panik war, wegen dem, was nun folgen würde, musste ich mir ja nicht anmerken lassen. Schließlich stand Jackson Winter vor mir, einer der gefährlichsten Männer der Drogenwelt.

»Sir, Sie werden jeden Cent von mir zurückbekommen! Das schwöre ich. Ich tue alles, was Sie von mir verlangen! Ich stehe für meine Fehler ein!«

Ich hatte beschlossen, gleich Nägel mit Köpfen zu machen. Schließlich schien er schon davon zu wissen, sonst wäre er wohl kaum so wütend. Warum und woher er diese Information hatte, würde mich zwar brennend interessieren, wenn nicht einmal Jack sich sicher war, doch ich befand mich gerade nicht in der Position, um lästige Fragen zu stellen, das wusste ich. Also tat ich es nicht. Denn eigentlich bestand mein Plan darin, lebend aus der Sache hier rauszukommen. Mal sehen, ob es mir gelingen würde.

Seine Miene hatte sich etwas geglättet, doch als sich ein teuflisches Lächeln auf seinen Lippen ausbreitete, verspannte ich mich noch etwas mehr. Dennoch bemühte ich mich, mir nach außen hin nichts anmerken zu lassen.

»Ja, du wirst mir jeden verschissenen Cent zurückzahlen. Mit Zinsen versteht sich. Aber zuerst ist es an der Zeit, dir Grünschnabel eine Lektion fürs Leben zu erteilen. Ich denke, danach wirst du nie wieder unvorsichtig mit meinem Stoff umgehen!«

Jack wollte sofort nach seinen Worten protestieren und stellte sich erneut schützend vor mich, doch das Nächste passierte so schnell, dass wir beide nicht reagieren konnten.

Sein Vater schnipste, dann setzten sich seine zwei Gorillas auch schon in Bewegung. Der eine packte Jack und schleifte ihn gewaltsam aus der Halle, der andere schlug so schnell und fest zu, dass ich nicht einmal blinzeln konnte.

Keuchend ging ich zu Boden, als er mir den kräftigen Schlag in die Magengegend verpasst hatte. Kurz überlegte ich, ob ich mich gegen diesen Affen zur Wehr setzen sollte. Ich wusste, viel würde ich nicht ausrichten können. Es widerstrebte mir, mich hier einfach von ihm verprügeln zu lassen. Doch ich wusste auch, dass dies schon Teil meiner Schuldenabzahlung war und ich es nur schlimmer machen würde, sollte ich nun etwas Dummes tun. Also ließ ich mich nach allen Regeln der Kunst von diesem Schläger verdreschen.

Bereits nach dem fünften Schlag schmerzte mein gesamter Körper und dennoch gab ich außer dem keuchenden Luftauslassen keinen Ton von mir. So weit kam es noch, dass ich hier heulend und bettelnd um Gnade winseln würde wie ein geschlagener Köter. Mein Vater hatte mir Stolz und Ehrgefühl mit auf den Weg gegeben, und wenn ich ihn schon mit meiner Dummheit enttäuschte, dann könnte ich wenigstens hier mein Gesicht wahren. Auch wenn von diesem wohl gleich nicht mehr allzu viel zu sehen sein würde, so wie der Wichser mit seinen Stiefeln meine Fresse bearbeitete.

Mein Gesicht pochte taub, metallischer Geschmack breitete sich auf meiner Zunge aus und ich spuckte blutig auf den Boden. Die Ohnmacht zerrte an meinem Verstand, wollte mich mit sich in die Tiefe reißen, aber ich hielt mich mit purer Willenskraft am Bewusstsein fest, als ich weiter von ihm einsteckte. Erst dann hörte der Affe auf.

Verzerrt und kaum auszumachen, von wo die Stimme herkam, nahm ich Jacks Vater wahr, wie er zu mir sprach.

»Ich hoffe, das war dir eine Lehre, meine Junge. Ich will jeden Cent bis Ende der Woche wiedersehen! Ach, und richte deinem Vater doch Grüße von mir aus. Er wird sich sicher noch an mich erinnern. Ich für meinen Fall tue es!«

Seine Worte hallten in meinem malträtierten Schädel wider und doch konnte ich nicht reagieren, mich nicht bewegen.

»Schafft mir das Stück Scheiße hier raus und setzt ihn am besten hinter der Kneipe seines Vaters ab. Er will seinen Goldjungen sicher wiederhaben«, befahl er einem seiner Gorillas, dann hörte ich seine schweren Schritte, wie sie sich von mir entfernten.

Unsanft wurde ich am Kragen gepackt und hinausgeschleift. Ich konnte mich nicht wehren, ließ es einfach über mich ergehen und wartete, bis mich die Bewusstlosigkeit endlich erbarmungslos oder doch eher rettend in ihre schwarze Umarmung hüllte.

KAPITEL 5

Haley

Ein paar Stunden zuvor …

Auch nach Tagen hatte ich nichts aus Cam herausbekommen oder irgendetwas herausgefunden. Es machte mich verrückt. Ich mochte es nicht, wenn ich nicht wusste, was gespielt wurde. Und dass hier etwas gespielt wurde, war klar. Doch ich hatte noch immer ums Verrecken keine Ahnung, was der süße Barkeeper mit den smaragdgrünen Augen damit zu tun hatte. Oder warum ich ihm den Stoff hatte zocken sollen. Was hatte er Cam oder seinem Vater nur getan? Das alles ergab so wenig Sinn.

Ob ich Jack fragen sollte? Diese Frage hatte ich mir nicht nur einmal gestellt und nun war es wohl an der Zeit, nach diesem letzten Strohhalm zu greifen. Auch wenn ich wusste, dass es mir eine Menge Ärger mit Cam einhandeln könnte. Schließlich wollte er nicht, dass ich darüber etwas erfuhr, also hatte ich meine Nase auch aus dieser Angelegenheit, die mich laut ihm nichts anging, rauszuhalten.

Doch mein Bauchgefühl sagte mir, dass ich dem nachgehen sollte. Also beschloss ich, erst Jack auszufragen und dann Mr. Sexy-Lächeln aufzusuchen. Ich wusste, ich spielte hier riskant und wenn Cam hiervon erfuhr, keine Ahnung, was er dann mit mir anstellen würde. Doch mein Bauchgefühl sagte mir, dass ich genau das hier tun sollte, und dieses hatte mich noch nie im Stich gelassen.

* * *

Keine halbe Stunde später fand ich mich vor Cams Elternhaus wieder. Ich hasste diesen Ort, aber vor allem den Mann, der dort wohnte, abgrundtief. Doch Jack wohnte nun mal noch immer zu Hause, warum auch immer. War ja nicht so, als würde er nicht genug verdienen. Aber jedem das seine. Ich glaubte, wenn ich in solch einem Elternhaus statt im Heim aufgewachsen wäre, würde ich auch so lange es ging dort wohnen. Schließlich handelte es sich hierbei um einen wahren Palast, dagegen war Cams Penthouse nichts, trotz all seines Luxus.

Einen Augenblick zögerte ich noch vor der großen Eichenholztür. Ich wusste nicht, ob sein Vater auch zu Hause war, und wollte ihm unter keinen Umständen je wieder allein begegnen. Was dieser Mann dort drinnen mit mir angestellt hatte, war barbarisch gewesen.

Er hatte mich in alle meine Löcher gefickt, schmerzhaft und erniedrigend. Immer und immer wieder. Unfreiwillig. Und doch hatte ich nichts dagegen ausrichten können – mich nicht wehren können. Tage später hatte ich nicht richtig laufen, geschweige denn auf die Toilette gehen können.

Zum Glück rührte Cam mich nicht an, wenn ich ihm erzählte, ich würde meine Periode haben. 'Zufällig' war sie eben in diesem Monat damals drei Tage länger gegangen, sodass meine vielen Blutergüsse und Wunden wenigstens etwas hatten heilen können. Danach hatte ich darauf geachtet, dass Cam sie, bis sie richtig verheilt waren, nicht zu Gesicht bekommen hatte.

Es war schrecklich und demütigend gewesen, dass ich mich hatte verstecken müssen. Mich hatte schämen müssen, obwohl ich nichts Falsches getan hatte. Außer es mir anzumaßen, mit einem kurzen Rock bei seinem Vater auf meinen – nennen wir ihn mal *Freund* – zu warten. Und dennoch war ich diejenige gewesen, die sich geschämt hatte. Die sich und die Wunden, die er mir zugefügt hatte, hatte verstecken müssen. Damit es nicht rauskam. Denn ich war mir ziemlich sicher, Cam hätte mir kein Wort geglaubt, und wenn doch, hätte sein Vater ihm eine perfekt durchdachte Lügengeschichte aufgetischt. Ich hätte nur verlieren können. Also verhielt ich mich still. Deshalb war es kein Wunder, dass ich nun wie ein kleines Nervenbündel vor dieser verschissenen Tür stand und mir mit aller Kraft mein Zittern verbot.

Ich klingelte und keinen Augenblick später wurde mir von einem der vielen Bediensteten geöffnet. Unbehaglich wie immer trat ich ein und bat darum, Jack anzutreffen. Daraufhin wurde ich angewiesen, im großen Salon Platz zu nehmen und auf sein Kommen zu warten. Dankbar nickte ich der jungen und freundlichen Angestellten zu, dann tat ich, worum ich gebeten wurde, und ging in den Salon.

Wie immer, wenn ich in diesem nahezu herrschaftlichen Haus war, blickte ich mich staunend um. Mit all den vielen exorbitant teuren Gemälden und schicken Möbeln, den Perserteppichen und den Kristallvasen.

Ich würde mich wohl nie an all den Luxus und das viele Geld gewöhnen, passte einfach nicht in diese Welt. Ich hatte es schließlich die letzten Jahre versucht und noch immer fühlte ich mich völlig fremd.

Als ich Stimmen hörte, wandte ich mich zu dem großen Türbogen um und erblickte einen verschlafenen Jack. Gut, es wunderte mich nicht wirklich, dass er um diese Uhrzeit noch schlief, schließlich war es keine zehn Uhr. Aber ich brauchte einfach Antworten und Cam war noch immer nicht von seiner Arbeit nach Hause gekommen, also musste ich die Zeit nutzen.

Jacks Miene erhellte sich etwas, als er mich erblickte. Auch wenn wir uns nicht viel zu erzählen hatten, so wusste ich, dass wir uns schätzten. Ich mochte Jack. Er war einfach anders als sein Bruder und sein Vater. Vor allem als sein Scheusal von Vater.

»Haley, was machst du denn hier und das noch um diese Uhrzeit?«, begrüßte er mich vorhersehbar.

Ich schüttelte schmunzelnd den Kopf und setzte mich auf eines der mit edlem Stoff bezogenen Sofas. Jack folgte mit einem ergebenen Seufzen meiner stummen Bitte und ließ sich müde auf einen der herrschaftlichen Sessel mir gegenüber fallen. Keinen Augenblick später betrat die freundliche Angestellte von vorhin den Raum und stellte frischen Kaffee und Spritzgebäck auf einem Silbertablett serviert auf den kleinen Holztisch zwischen uns.

Ich nickte ihr dankbar zu, dann nahm ich eine der Tassen von dem Tablett. Wenigstens anständigen Kaffee gab es hier und zum Glück kannte diese eine Angestellte meinen Kaffeegeschmack. Schwarz, heiß und stark. *Göttlich.*

Nachdem ich den ersten Schluck genüsslich und mit einem inneren Stöhnen getrunken hatte, schenkte ich Jack wieder meine volle Aufmerksamkeit.

»Es tut mir leid, deinen Schönheitsschlaf zu stören, Dornröschen. Doch ich brauche deine Hilfe. Cam und dein Vater planen etwas und ich weiß nicht, ob mir dieses Etwas gefällt. Ich verstehe die Zusammenhänge nicht und hoffe, dass du mir helfen kannst. Weißt du etwas über das *Devils*?«

Kaum hatte ich den Namen der Kneipe ausgesprochen, schien Jack plötzlich hellwach zu sein. Er setzte sich aufrecht in seinen

Sessel, die Miene dabei stark verhärtet. *Hier stimmt doch etwas nicht!*

»Weißt du etwas darüber? Über die Kneipe? Den Besitzer oder Angestellte, denn ich sollte dort …« Jack ließ mich nicht aussprechen und unterbrach mich untypisch unwirsch.

»Nein, Haley, ich kenne die Kneipe nicht! Und es ist mir auch scheißegal, was du oder mein Bruder dort wieder Perverses angestellt habt. Mich interessiert euer krankes Sexleben nicht. Bist du etwa deswegen um diese Zeit hierhergekommen?! Um mich wegen meinem Bruder, der dir vielleicht ein paar zu hart auf deinen Knackarsch gegeben hat, aus dem Bett zu jagen? Boah, nerv wen anders damit.« Damit stand er auf und ließ mich doch tatsächlich allein.

Völlig perplex über sein merkwürdiges Verhalten, blieb ich noch kurz sitzen und fasste in meinem Kopf zusammen:

Genaugenommen hatte ich nichts, war keinen Deut schlauer und noch neugieriger als vorher. Doch eins wusste ich: Ich konnte nun mit absoluter Gewissheit sagen, dass hier etwas gewaltig stank.

Also hieß es, die nächste Station anzulaufen. Ich würde heute Abend, wenn die Kneipe öffnete, nach dem süßen Barkeeper sehen. Mal sehen, was er dazu zu sagen hatte.

Gut, erst einmal musste ich hoffen, dass ich mir keine von ihm einfing. Aber ich war mir ziemlich sicher, ihn ebenso wie beim letzten Mal um den Finger wickeln zu können.

* * *

Stunden später, nachdem ich Cam, so gut es ging, aus dem Weg gegangen war, da er mich beim Lügen eigentlich immer erwischte, fand ich mich vor dem *Devils* wieder.

Ich war etwas nervös, das musste ich mir eingestehen. Schließlich wusste ich nicht, wie Mr. Sexy-Lächeln reagieren würde, mich wiederzusehen. Erfreut würde er im ersten Moment garantiert nicht sein, da war ich mir sicher. Doch es brachte nichts, hier draußen dumm rumzustehen. Also atmete ich noch einmal tief durch, dann ging ich rein.

Drinnen angekommen begrüßte mich gleich der typische Kneipengeruch nach Zigarettenqualm, gemischtem Männer- und Frauenparfüm und Alkohol. Und dennoch mochte ich diesen Geruch hier, er wirkte vertraut und irgendwie auch nach Zuhause. Es klang vielleicht verrückt, doch schon beim letzten Mal hatte ich mich hier unglaublich geborgen gefühlt. *Okay, ja, das klingt definitiv verrückt.*

Unauffällig sah ich mich um und ging durch die Kneipe bis zur Bar. Doch ich konnte nirgends den süßen Barkeeper von letztens entdecken.

Vielleicht hat er die spätere Schicht?, schoss es mir dann durch den Kopf. Also beschloss ich, mich an die Bar zu setzen und zu warten. Vorsichtig Fragen stellen konnte ich immer noch, auch ohne Namen.

Als ich mich an die Bar setzte, wandte sich mir ein Mann mit braungraumeliertem Haar zu. Er hatte braune Augen und scharfgeschnittene Gesichtszüge. Mit einem Cocktailmixer in der Hand lächelte er mich eine Spur zu freundlich an. *Träum weiter, alter Mann!*

Doch wenn es mir half, an Informationen zu kommen, würde ich auch etwas mit ihm flirten.

»Na, Schätzchen, was kann ich für dich tun?«, fragte er mich mit rauchiger Stimme und sein Lächeln wich einem frechen Grinsen. Innerlich verdrehte ich die Augen. Doch da ich etwas von ihm wollte, legte ich stattdessen meine Arme auf dem Tresen ab und drücke durch das Auflehnen meine Brüste weiter nach oben. Dann schenkte ich ihm mein süßestes Lächeln.

»Deinen stärksten Cocktail, den du kannst.«

Sein Grinsen wurde regelrecht jungenhaft. Ganz klar war hiermit sein Jagdinstinkt geweckt. Auch er stützte nun seine Arme auf dem Tresen mir gegenüber ab und beugte sich weit über die Bar, damit ich ihn wegen der Musik besser verstehen konnte.

»Bist du sicher, dass du Mäuschen das auch aushältst?«

Ich zuckte mit den Schultern, was seinen Blick schnell wieder in mein Dekolleté führte.

»Ich bin ein großes Mädchen. Ich schaff das schon«, säuselte ich und zwinkerte ihm zur Krönung noch zu. Daraufhin lachte er rau auf, doch dann richtete er sich wieder auf und machte sich daran, mir meinen gewünschten Drink zu mixen.

»Wo ist dein Kollege?«, fragte ich ihn, als er dabei war, meinen Cocktail in das Glas umzufüllen. Kurz blickte er irritiert auf, schien wohl nicht ganz zu verstehen, was ich meinte.

»Na, der junge Barkeeper«, half ich ihm auf die Sprünge. Seine Augenbraue wanderte kurz nach oben, ehe sich seine Miene wieder erhellte und er herzhaft zu lachen begann.

»Du meinst Nat? Grüne Augen, schwarze Wuschelhaare und immer im Flirtmodus bei sowas Süßem wie dir?«

Ich nickte. Er reichte mir meinen Drink und so, wie er mich ansah, würde er wohl nicht weitersprechen, ehe ich probiert hatte. Also tat ich ihm den Gefallen, schnappte mir das Glas und nahm einen kräftigen Schluck aus dem Strohhalm, nur um im nächsten Moment meine Augen zusammenzukneifen und kräftig zu husten. *Verdammt, ist der stark!*

Wieder ein amüsiertes Lachen.

»Vorsichtig, Schätzchen. Nicht, dass du mir hier noch vom Stuhl fällst«, scherzte er über mich.

Doch auch wenn der Drink stark war, musste ich gestehen, dass er verdammt gut schmeckte. Daher nahm ich gleich noch einen Schluck, nur dieses Mal bedachter. Dabei blickte ich ihm auffordernd entgegen.

»Zu deiner Frage …«, begann er, als er sich wieder an die Arbeit machte und ein Bier zapfte.

»Ich weiß nicht, wo Nat ist. Seine Schicht beginnt eigentlich jetzt. Aber das kommt bei dem kleinen Scheißer schon mal vor. Die Jugend von heute, was? Kein Verlass mehr«, scherzte er dümmlich und zwinkerte mir dabei zu.

»Keine guten Angestellten habt ihr hier«, kommentierte ich das Offensichtliche.

Ich verstand nicht, wieso sie ihn dann nicht rauswarfen, wenn er wohl mehr ein Taugenichts war als eine Hilfe. So gute Cocktails konnte er doch gar nicht mixen, dass man ihn deshalb behielt. Er hatte mir zwar beim letzten Mal einen Sex on the Beach gemixt, doch da ich einen Auftrag gehabt und gewusst hatte, dass Cam mich genauestens beobachtete, hatte ich keinen Schluck davon getrunken.

Der Barkeeper zuckte mit den Schultern.

»Als Sohn vom Chef kann man sich sowas schon mal erlauben. Außerdem macht er gute Arbeit und ist auch sonst ein guter Kerl mit dem Hang, sich in Schwierigkeiten zu bringen. Warum fragst du nach ihm? Hat er dich abserviert? Nicht zurückgerufen, wie er es versprochen hat? Oder ist er morgens einfach aus deinem Bett geschlichen, ohne eine Nachricht zu hinterlassen? Wenn ja, nimm es ihm nicht übel, der Junge weiß noch nicht, was gut ist. Er ist jung und dumm.« Mit diesen Worten wandte er sich von mir ab und verteilte seine in der Zwischenzeit vollgezapften Biergläser an seine Gäste, die mit mir an der Theke saßen.

Ein Ladykiller war Mr. Sexy-Lächeln also auch, interessant. Doch eigentlich wunderte es mich nicht. Schließlich fand ich ihn auch nicht gerade hässlich. Schlauer war ich durch dieses Gespräch hier jedoch auch nicht geworden. Außer, dass ich nun wusste, dass er der Sohn des Besitzers war und 'Nat' hieß.

Ob ich in seinem Spind nachsehen sollte? Immerhin wusste ich, welcher es war, und dieses billige Zahlenschloss hätte ich in wenigen Sekunden geknackt.

Da ich keine andere Möglichkeit sah, trank ich meinen starken Drink mit wenigen Zügen aus, dann verabschiedete ich mich auf die Toilette, nur um dann in den Mitarbeiterraum abzubiegen, wo ich dem jungen Barkeeper letztens einen geblasen hatte.

Zielstrebig ging ich auf den Spind zu, sah mich noch einmal unauffällig um, damit ich mir sicher sein konnte, auch wirklich allein zu sein. Dazu musste ich meinen Finger in den Bügel einhaken und etwas daran ziehen, um Spannung aufzubauen. So konnte ich spüren, wann eine Zahl an dem richtigen Platz war. Dafür benötigte man etwas Fingerspitzengefühl und Geduld – oder, in meinem Fall, Übung. Binnen weniger Sekunden hatte ich das Schloss fachmännisch geöffnet und verschaffte mir somit Zugang zum Innern. Doch zu meiner Enttäuschung musste ich feststellen, dass dort nichts weiter als paar Shirts, eine Hose, Handtuch und Pflegeprodukte zu finden waren. Nichts Persönliches oder Brauchbares.

Grübelnd stand ich vor dem geöffneten Spind und überlegte, was ich nun tun sollte. Ich hatte nichts herausfinden können. Weder durch Jack, noch das hier, und da dieser Nat nicht aufgetaucht war, auch nicht über ihn. Es war frustrierend, wo ich doch genau wusste, dass hier etwas gewaltig stank.

Völlig in meinen Gedanken versunken schloss ich die Spindtür, um dann zurück an die Bar zu gehen, bevor mein Fehlen doch noch auffiel. Doch plötzlich spürte ich einen heißen Atem in meinem Nacken. Ich wollte mich gerade umdrehen, aber da wurde ich schon mit kräftigem Griff an meinem Nacken gepackt und mit meinem Gesicht gewaltsam gegen die Spindtür gedrückt.

Erschrocken keuchte ich auf und versuchte, mich aus diesem erbarmungslosen Griff zu befreien, doch es war zwecklos. Mein Angreifer hielt mich eisern gefangen, keine Aussicht auf Flucht.

Warum muss ich meine Nase auch immer und überall reinstecken?!

KAPITEL 6

Dicht an sie gepresst stand ich hinter ihr und atmete ihren betörenden Duft nach Lavendel und etwas Lieblichem ein. *Fuck! Was macht sie hier?*

Schließlich war es doch ihre Schuld, dass ich so scheiße aussah und mich noch beschissener fühlte.

Gefühlt tat mir jeder Knochen weh und wenn ich nicht gerade eben hinter der Kneipe aus meiner Bewusstlosigkeit aufgewacht wäre, wäre ich sicher nicht hier. Wenn mein alter Herr mich so sah … scheiße, daran wollte ich gar nicht denken.

Mein gesamter Körper bebte vor Anspannung. Ich musste mich stark beherrschen, um sie nicht noch härter anzupacken. Aber mal ehrlich, wie bescheuert konnte die Kleine bitte sein, ausgerechnet wieder hier aufzutauchen? Und um was zu tun? Mich wieder abzuzocken! Ihr fucking Ernst?!

»Was machst du hier und dann schon wieder an meinem Spind? Hat dir mein gesamter Stoff noch nicht gereicht? Brauchst du Nachschub? Sorry, Honey, bin blank«, flüsterte ich ihr rau ins Ohr.

Selbst meine Stimme bebte, so wütend war ich. Doch konnte man es mir nach diesem Scheißtag verdenken?

»Lass mich los!«, spuckte sie zischend über die Schulter und begann in meinem Griff erneut zu zappeln. Etwas niedlich war sie ja schon, das konnte ich nicht verleugnen. Und damn, was für ein Arsch, der sich gerade verlockend gegen meine Mitte drückte.

Konzentrier dich, Nat!, mahnte ich mich im Stummen. Schließlich war die kleine Fotze hier nun fällig, aber nicht zum Vögeln, sondern um mir verdammt nochmal zu sagen, was hier los war. Doch als ich ihren waffenscheinpflichtigen Hintern ausblendete, spürte ich plötzlich etwas anderes, dass sich gegen meine Mitte drückte. *Ihr Handy.*

Sie hatte ihr Handy in ihre Arschtasche gesteckt. Wodurch würde ich besser Informationen bekommen als über ihr Telefon? Dort speicherte man schließlich heutzutage alles. Ohne weiter darüber nachzudenken, glitten meine Finger geschickt, schnell und vor allem unauffällig in ihre Arschtasche. Damit sie mich nicht bemerkte, schob ich mein Bein grob zwischen ihre Schenkel und spreizte sie somit, ebenso wie mein Griff um ihren Nacken zunahm.

Wieder ließ sie ein zischendes Geräusch aus, doch das kümmerte mich recht wenig. Ich hatte, was ich wollte. Unauffällig schob ich mir ihr Handy in meine eigene Gesäßtasche. Meine flinken Finger hatten mich noch nie im Stich gelassen. Jetzt hieß es nur noch, Antworten zu bekommen. Wie, entschied die Kleine selbst.

»Zwei Möglichkeiten, Honey. Entweder du erzählst mir freiwillig, was du hier willst und warum du mir meinen Stoff gezockt hast, oder ich muss etwas nachhelfen. Option zwei würde mir sogar noch etwas besser gefallen, denn ich lasse mich von kleinen Schlampen nicht gern abzocken!«

Meine Lippen dicht an ihr Ohr geführt raunte ich ihr die Worte hinein. Dabei berührten meine Lippen immer und immer wieder beim Sprechen ihre Muschel.

Mir war nicht entgangen, dass sich ihre Atmung beschleunigt

hatte und dass ihr Puls regelrecht raste. Sie war nervös, aber nicht ängstlich.

»Als würdest du nicht noch immer meinen Lippen um deinen Schwanz nachtrauern. Ach, und kommst du eigentlich immer so schnell?«

Das kleine Miststück provozierte mich hier doch tatsächlich, und als würde das nicht reichen, nein, wandte sie sich zur Krönung auch noch, soweit es mein erbarmungsloser Griff zuließ, zu mir um und lächelte mir frech entgegen. Zwar blitzte etwas in ihren bernsteinfarbenen Augen auf, wahrscheinlich wegen meines demolierten Gesichts, doch sie hielt ihre Fassade recht gut aufrecht und ging nicht darauf ein.

»Vorsichtig, Honey! Ich hab es nicht so mit der Selbstbeherrschung, musst du wissen«, drohte ich dunkel in ihr Ohr.

»Na, wie es aussieht nicht nur damit. Leicht zu manipulieren, abzuzocken und schlecht zu vögeln kannst du auch noch auf deine Liste packen«, setzte sie rotzfrech nach. *Fuck!*

Da verlor ich sie, meine Beherrschung. Mit einem gefährlichen Knurren löste ich mich leicht von ihr, nur um sie in der nächsten Sekunde blitzschnell und vor allem schmerzhaft umzudrehen und mit ihrem Rücken und Kopf gegen den Spind zu donnern. Sie keuchte erneut wegen meiner für sie wohl überraschenden Dominanz auf und sah mich mit geweiteten Augen an.

Meine Hand fand wie von selbst ihre Kehle und ich übte gezielt Druck aus. Das Miststück hatte es ganz klar übertrieben, das sollte sie ruhig merken.

»Du kleine Fotze! Pass genau auf! Du sagst mir jetzt sofort, warum du mir meinen Stoff gezockt hast! Und dann beschaffst du mir die Kohle wieder – und wenn du dich dafür in deinen süßen Knackarsch ficken lassen musst. Ich will meine Kohle wiederhaben!«

Es war mehr ein animalisches Knurren als richtige Worte. Meine Beherrschung war mir entglitten und, ganz ehrlich, ich war auch gerade nicht sonderlich scharf darauf, sie wiederzufinden. Und vielleicht bekam ich so schneller Informationen aus ihr heraus.

»SPRICH!«, brüllte ich sie dann nach einer Weile, in der sie mich nur herausfordernd angesehen hatte, an. Dabei schlug meine andere Hand gewaltsam gegen den Spind direkt neben ihrem Kopf. Es schepperte ohrenbetäubend, was sie dazu brachte, erschrocken ihre Lider aufeinanderzupressen. Doch sonst rührte oder sagte sie nichts. *Fuck! Will sie mich verarschen?*

Meine Hand schloss sich noch fester um ihre Kehle, schränkte sie nun definitiv in ihrer Atmung ein und auch meinen Körper presste ich wieder gegen ihren. Nagelte sie somit erneut fest. Gab ihr keinen Ausweg zur Flucht und hatte auch nicht vor, diese Tatsache zu ändern.

»Nat? Verdammt, Nathan!«, ertönte die tiefe Stimme meines Vaters und schon wurde ich gewaltsam von der Kleinen weggerissen und grob am Kragen meiner Jacke gepackt.

»Was ist hier los? Und verdammte Scheiße, wie siehst du eigentlich aus? Was ist passiert, Nat?«, brummte er streng.

Seine Stimme ließ keine Widerworte zu. Doch mir war gerade scheißegal, was er von mir wollte und was nicht, denn die kleine Diebin verpisste sich gerade, ohne mir auch nur irgendetwas gesagt zu haben.

»Fuck, Dad, lass mich los!«, brüllte ich ihn an und befreite mich aus seinem Griff, dann versuchte ich, sie noch einzuholen. Doch ich kam nicht einmal bis zur Hintertür, die in den Hinterhof hinausführte, da packte mich mein Vater schon wieder grob an meiner Schulter und zog mich zu sich zurück.

Als sich unsere Blicke trafen, zog ich doch etwas den Kopf ein, so wütend, wie mein alter Herr mich gerade ansah.

Mit festem Griff an meiner Schulter und durchbohrendem Blick sah er auf mich herab und zwang mich regelrecht mit seiner einnehmenden Präsenz dazu, mich zu beruhigen. Ich schloss für einen Moment die Augen, atmete tief durch, dann sah ich ihn wieder an.

»Geht's wieder?«, fragte er mich trocken.

Ich nickte nur, dann ließ er von mir ab. Es wunderte mich etwas, dass er wohl genau zu wissen schien, dass ich gerade völlig meine Beherrschung verloren hatte. Und wenn er nicht gekommen wäre, ich wüsste nicht, was ich mit der kleinen Fotze angestellt hätte.

»Also? Was ist passiert?«, forderte er streng zu wissen und nickte mit seinem Kinn auf mein Gesicht.

Leicht wandte ich mich von ihm ab und fuhr mir über den Nacken. Scheiße, ich wollte mit ihm nicht darüber reden und doch wusste ich, dass mir gar nichts anderes übrigblieb.

»Jack hat mich zu seinem Vater mitgenommen. Er wollte mir helfen, es zu klären. Hat nur leider nicht so geklappt. Ende«, erzählte ich ton- und detaillos meinen beschissenen Tag.

Abschätzig hob mein Vater eine seiner schwarzen Brauen. Dabei arbeitete sein Kiefer angestrengt. Täuschte ich mich oder musste er gerade ebenfalls um Beherrschung ringen?

»Du warst bei Winter? Obwohl ich sagte, ich klär das für dich?! Und dann? Lässt du dich verprügeln und aus Frust lässt du es dann an einem unschuldigen Mädchen aus? Hab ich alles richtig zusammengefasst?«, fragte er mich und ich hörte deutlich den drohenden Unterton heraus.

Mit nun verschränkten Armen und verhärteter Miene stand er dicht vor mir und musterte mich erbarmungslos.

»Fuck, nein, Dad! Ich wollte es eben allein klären! Woher hätte ich denn wissen sollen, dass der Vater meines besten Freundes mich so zurichten würde und das anscheinend nicht unbedingt wegen seinem Stoff. Sondern weil er sich an dich erinnert. Das sollte ich dir zumindest ausrichten, als er seinen verfickten Gorilla von mir abgerufen hat. Und die Kleine war es, die mir den Stoff gezockt hat, und du hast sie gehen lassen! Jetzt erfahr ich nie, warum!«, schnauzte ich ihn angepisst an.

Er hatte nur ein verächtliches Schnauben für mich übrig, ehe er sich ungeduldig seine Kippen aus der Jeans fischte, sich eine aus der Schachtel schnipste, um sie sich anschließend zwischen seine Lippen zu klemmen und anzuzünden. Nachdem er einen tiefen Zug genommen hatte, glätteten sich seine Gesichtszüge etwas. Von entspannt war er zwar noch weit entfernt, aber gut, es war ein Anfang.

»Ich hatte dir gesagt, was Winter für ein Kerl ist und dass er noch eine Rechnung mit mir offen hat. Aber gut, vielleicht hast du die Tracht Prügel auch einfach mal gebraucht, um endlich den Ernst der Lage zu verstehen. Denn das hier ist immer noch kein Spiel, Nat! Wie und warum du die Drogen verloren hast, ist scheißegal! Winter wird es wahrscheinlich nicht einmal um die Drogen gehen. Er hat herausgefunden, dass du mein Sohn bist, der Rest war ihm egal. Das da …« Er deutete mit seinem Kinn auf mein Gesicht, ehe er fortfuhr. »… war nur, um mir zu zeigen, was er alles mit dir machen kann und dass es reine 'Großzügigkeit' seinerseits war, dich wieder gehen zu lassen. Mehr war das nicht. Du hast dumm gehandelt, indem du ihn unterschätzt hast! Also wirst du jetzt aus deinen Fehlern lernen und mich das für dich klären lassen! Denn die nächste Auseinandersetzung überlebst du nicht und das, mein Junge, lasse ich nicht zu!«

Ich wollte protestieren, denn ich würde sicher nicht Daddy vorschicken. Die Meinung vertrat ich noch immer und würde ich wohl auch immer tun. Doch als sich seine Miene noch mehr verfinsterte und er seine geballten Fäuste links und rechts herunterhängen ließ, überlegte ich es mir anders und biss mir kräftig auf den Kiefer.

Kotzt mich das alles an! Und alles nur wegen dem kleinen Miststück! Wenn ich sie das nächste Mal in die Finger bekomme … FUCK!

Doch wenigstens hatte ich nun ihr Handy. Daraus würde ich sicher etwas über sie herausfinden. Bis dahin hieß es abwarten und meinen Alten wohl nicht weiter verärgern. *Leichter gesagt als getan …*

KAPITEL 7

Haley

Mein Puls raste wie verrückt und meine Kehle und mein Nacken prickelten noch immer von seinem groben Griff. *Fuck!*

Ich war ehrlich etwas überrascht, dass er so zupacken konnte. Nicht wegen seiner Statur oder Kraft, sondern einfach, weil ich ihn nicht so eingeschätzt hatte. Irgendetwas in mir hatte gehofft, dass er einer von den Guten war, obwohl er einen Rucksack voller Drogen mit sich rumschleppte.

Mit schnellen Schritten sah ich zu, dass ich hier wegkam. Erst zwei Straßen später hielt ich keuchend und mir die Seite haltend an. *Scheiße, ich war schon mal besser in Form.*

Nachdem sich meine Atmung wieder einigermaßen beruhigt hatte, fasste ich mir in meine Gesäßtasche, um mein Handy herauszuziehen. Ich wollte sichergehen, dass mich Cam nicht zu erreichen versucht hatte. Schließlich hatte ich ihm nicht gesagt, wo ich war, und er mochte es nicht, wenn er nicht genauestens über meinen Umgang und Aufenthalt Bescheid wusste.

Doch als ich in meine beiden hinteren Taschen gegriffen hatte, musste ich schockiert feststellen, dass mein Handy weg war. *Ob ich es an der Bar vergessen habe?*

Aber dann fiel mir ein, dass ich es dort nicht in die Hand

genommen hatte. Auch sonst nirgends in der Bar. Ich hatte es die ganze Zeit über in meiner Hosentasche gehabt und nun war es weg. Ich überlegte und zerdachte, ging alles in meinem Geiste noch einmal genau ab. Bis mir ein Gedanke durch den Kopf schoss. … *Ne, oder?!*

Dieser kleine Wichser hatte mir doch tatsächlich mein Handy gezockt. Es konnte nicht anders sein. *Wie hat er das nur angestellt? Und viel wichtiger: Wie konnte ich das nicht merken? ICH?!*

Innerlich fluchend und mehr als angepisst machte ich mich auf den Heimweg. Was hatte ich mir nur dabei gedacht? Hatte ich mir hiervon wirklich etwas erhofft? Informationen von einem kleinen Drogendealer zu bekommen? Doch stattdessen ließ ich mich von ihm bedrohen und zu meiner größten Schande auch noch abzocken. Und wie verfickt gut er auch noch war. Ich hatte wirklich nichts mitbekommen. *Okay, mein Hübscher, du willst Krieg? Kannst du haben!*

* * *

Eine Stunde später schlich ich geräuschlos in unser Penthouse und betete, dass Cam meine Abwesenheit noch nicht bemerkt hatte. Doch Gott, oder was auch immer dort oben zwischen den Wolken saß und meinte, sich über mich lustig machen zu müssen, hatte sich noch nie für meine Gebete interessiert. Wieso machte ich mir eigentlich noch die Mühe, auf etwas Glück zu hoffen?

Natürlich war Cam meine Abwesenheit aufgefallen und natürlich hatte er mehrfach versucht, mich zu erreichen. Sein in den Hörer geknurrtes: »Verdammt, Haley, wenn du nicht bald an dein Handy gehst, passiert was!«, als er gerade die Treppen zu mir nach unten kam, hatte es mir verraten.

Dann, als er mich schließlich erblickte, blieb er kurz auf dem

Treppenabsatz stehen, nahm langsam sein Handy runter, dann sah er mich einfach nur durch den großzügigen Wohnraum an, der uns trennte.

Mein Fluchtinstinkt meldete sich sofort, doch ich würde den Teufel tun und vor ihm abhauen. Wie angewurzelt blieb ich einfach an Ort und Stelle stehen, als er sich regelrecht schlendernd in Bewegung setzte. Wie ein Wolf, der seine Beute einkreiste, kam er auf mich zu.

»Wo warst du?«, fragte er emotionslos und doch konnte ich den Sturm in seinen dunklen Iriden deutlich erkennen.

Trocken schluckte ich, dann blickte ich, als er bei mir angekommen war, unsicher zu ihm auf. Ich wusste gerade nicht, welcher Cam vor mir stand. Er hatte zu viele Gesichter und konnte sie binnen Sekunden wechseln. Von sanft zu grob. Von liebenswert zu grausam. Von ruhig zu einem unaufhaltsamen Orkan. Er war wie eine Naturkatastrophe. Nicht vorhersehbar und unerbittlich.

»Heute Morgen war ich bei deinem Bruder und jetzt wollte ich einfach nur frische Luft.«

Das Lügen war mir noch nie schwergefallen. Doch leider war Cam einfach zu gut darin, meine zu durchschauen. Deshalb versuchte ich mich mit der Halbwahrheit und hoffte, es würde funktionieren.

Er war nun dicht an mich herangetreten. Sein Blick kalt, seine Miene hart und ausdruckslos. Doch sein Körper verriet ihn. Seine Muskeln zuckten unkontrolliert und arbeiteten angestrengt unter seiner Haut. Ich konnte das hypnotische Zucken unter seinem Shirt deutlich sehen.

»Du warst bei meinem Bruder? Warum?«

Ich versuchte mir meine Verwunderung darüber, dass er tatsächlich nichts davon gewusst hatte, nicht anmerken zu lassen.

Ich war mir sicher gewesen, dass er zumindest das mitbekommen hatte. Schließlich hatte er seine Augen und Ohren überall.

Unerwartet spürte ich seine Finger meine Seite nach oben streichen. Über meinen Arm bis hin zu meinem Hals. Er legte seine große Hand um meine Kehle und zog mich an ihr dichter an sich heran, zeigte mir damit, dass er die Macht über mich hatte. Doch diese Geste war eigentlich nicht nötig, das wusste ich auch so. Mein ganzer Körper schrie nach ihm. Auch wenn er mich hier gerade nach allen Regeln der Kunst dominierte und Macht über mich ausübte, stand ich bereits in Flammen. Ich konnte nichts dagegen tun. Ich war ihm mit Haut und Haar hörig, ob ich wollte oder nicht.

»Ich habe dich gesucht. Du bist heute Nacht nicht nach Hause gekommen, bist nicht an dein Handy gegangen. Ich habe mir Sorgen gemacht«, wisperte ich an seine Lippen, da er mich dicht vor diese gezogen hatte.

Sein Daumen streichelte mir über meine Kehle, seine restlichen Finger umschlossen immer noch meinen Hals.

»So?«, raunte er dunkel zurück.

Ich nickte ergeben und senkte meine Lider. Mein Körper bebte bereits für ihn und er wusste es. Cam wusste, wie er mich anzupacken hatte, damit ich keine Kontrolle mehr über meinen Körper hatte. Ich war verdammt nochmal machtlos. Doch bei dem heißen Sex, den wir hatten, war das wohl auch kein Wunder.

Seine Lippen strichen zart über meine, dann drückte er mich noch immer an meiner Kehle gepackt nach hinten, bis ich die kalte Metalltür an meinem Rücken spürte. Sofort nahm sein Mund den meinen gefangen.

»Wem gehörst du?«, knurrte er erregt zwischen seinem dominanten Kuss.

Cam liebte es, zu hören, dass ich nur ihm gehörte. Schließlich war es auch so. Ich gehörte ihm, voll und ganz. Ob ich das wollte, war nebensächlich.

»Dir!«, stöhnte ich, als seine andere Hand meinen Schritt fand. Er rieb mit gekonntem Druck über meiner Hose, mein Lustzentrum, und machte mich damit verrückt.

Mir war es ganz recht, dass das Gespräch in diese Richtung lief. So entging ich dem Ärger und vielleicht stimmte ich ihn milde, wenn ich ihm nach unserem fantastischen Sex gestand, dass ich mein Handy verloren hatte.

Ungeduldig griff ich an seinen Gürtel, doch ein drohendes Knurren an meinen Lippen ließ mich in der Bewegung innehalten. Cam mochte es nicht, wenn ich über unser Lustspiel bestimmte, zumindest nicht in einer Situation wie dieser.

»Arme hoch!«, befahl er rau.

Langsam ließ ich von seiner Hose ab und streckte die Arme nach oben aus.

»Lass sie dort!«, lautete sein nächster Befehl.

Ich nickte gehorsam, hielt meine Hände zusammen und drückte meine Handrücken gegen das kalte Metall ausgestreckt über meinem Kopf.

Sofort nahm mich sein Mund wieder gefangen. Forsch und doch heiß schob er mir seine Zunge in den Mund und nahm mich damit völlig ein. Cam beherrschte diesen Kuss, diese Situation und mich voll und ganz. Und leider genoss ich das hier gerade viel zu sehr. Ich wusste, dass es falsch war. Toxisch war. Seine Besessenheit von mir war giftig und nicht gesund und doch genoss ich genau das daran so sehr. Dass ihn allein die Vorstellung, mich zu verlieren, wahnsinnig werden ließ. Auch wenn er es niemals zugeben würde, so wusste ich, dass es so war. Und das war der Grund, warum ich diese Momente mit ihm so genoss. Mich fallen ließ und mir erlaubte, etwas für ihn zu empfinden. Weil ich wusste, dass genau das hier, in diesem Augenblick, echt war.

Ich wusste, wie lächerlich sich das anhörte, doch so waren wir nun mal und da ich so oder so keine andere Wahl hatte und bei ihm bleiben musste, wieso dann nicht das Beste daraus machen?

Mit einem Ruck riss er mir die Knöpfe meiner Jeans auf und zog sie mitsamt dem Slip nach unten bis zu meinen Kniekehlen. Ich schlüpfte umständlich aus einem Hosenbein, dann strampelte ich mir das lästige Stück Stoff von den Füßen.

Cam befreite währenddessen seinen Schwanz aus seiner Hose. Sofort danach hob er mich auf seine Hüften und rammte sich mit seiner gesamten, imposanten Länge in meine Nässe. Ich stöhnte laut auf.

Den Kopf in den Nacken geworfen, die Lider geschlossen und noch immer die Arme zusammengefasst über unseren Köpfen, ließ ich mich hart von ihm gegen die kalte Metalltür ficken.

Cam hielt mich mit einer Hand unter meinem Arsch gepackt fest, die andere ließ er nach wie vor an meiner Kehle und drückte bei jedem harten Stoß fester zu.

Seine Bewegungen wurden immer kräftiger, sein Knurren lauter. Plötzlich nahm er die Hand von meiner Kehle und riss mein Shirt und meinen BH nach unten, legte damit meine Brüste frei und biss sofort in meinen harten Nippel, als er ihn zu Gesicht bekam. Ich wölbte mich seinen Lippen regelrecht entgegen und stöhnte nur noch lauter, als er meine Knospe zwischen seine Lippen sog.

Es war die reinste Folter, ihn jetzt nicht zu berühren. Seine starken Muskeln unter seiner erhitzten Haut arbeiten zu spüren. Und das wusste er. Genau deswegen durfte ich meine Arme nicht runternehmen, das war meine Strafe, dafür, dass ich nicht erreichbar gewesen war.

Heute fiel sie wohl ziemlich glimpflich aus, im Vergleich zu sonst, wenn ich ihn mal wieder verärgerte und er mir deshalb keinen Orgasmus gestattete. Fuck! Das grenzte an Folter, wenn er das tat. Mich fickte und fickte und immer wieder fickte, nur um mich dann doch nicht kommen zu lassen. Ich konnte nur hoffen, dass er das heute nicht vorhatte, sonst drohte ich sicher, zu zerspringen. Dafür war der Tag zu aufwühlend gewesen, als dass ich das nun durchstehen könnte.

Sein Mund kümmerte sich noch immer abwechselnd um meine Brüste, während sein Schwanz sich immer und immer wieder hart in meine Nässe drängte. Meine inneren Muskeln zogen sich schon rhythmisch um seine Härte zusammen. Ich spürte, wie sich die Hitze in mir aufbaute.

Meine Lippen bereits geschwollen vor Erregung, mein Rücken, der sich noch immer wölbte, damit ich mich ihm und seinen Liebkosungen an meinen Brüsten entgegenrecken konnte, und mein Stöhnen, das immer flehender wurde, brachten mich meiner Erlösung Stück für Stück näher.

»Noch nicht, Baby!«, knurrte er drohend und biss mir extra fest in einen meiner Nippel.

Ich schrie spitz auf, dann versuchte ich zwanghaft, den Orgasmus, der sich bereits explosiv in mir aufgebaut hatte, zurückzuhalten. Zu meiner Folter wurden seine Stöße immer sanfter, bis Cam am Ende nur noch tief in meiner Nässe verweilte und sein Becken kreisen ließ.

Ich hechelte bereits und drohte jede Sekunde, zu zerspringen.

»Bitte, Cam!«, bettelte ich bebend um meine Erlösung.

Ein leises Lachen ertönte, dann folgte der nächste Biss in meine Brustwarze, bis er endlich wieder Fahrt in seinen Stößen aufnahm und mich wenige Augenblicke später hart und heiß gegen die Tür fickte.

»Jetzt«, stöhnte er mir heiser in mein Ohr, rammte sich noch einmal besonders tief und kraftvoll in mich und katapultierte mich dadurch in eine andere Dimension.

Ich kam erst wieder so richtig zu mir, als sich Cam von mir löste. Mit wackligen Knien und zittrigen Gliedern zog ich mir meine Jeans und meinen Slip wieder zurecht, dann lehnte ich mich durchgevögelt, wie ich nun mal war, an die Tür und schmunzelte ihn vorsichtig an.

»Geh duschen und dann komm wieder runter. Das Essen wird gleich hier sein.«

Er hatte sich ebenfalls wieder bekleidet, ehe er sich von mir abwandte und wieder sein Handy zückte. Cam war ständig am Arbeiten und damit durchgehend am Telefon. Gut, aber mit solch einem Drogenimperium, wie es sein Vater und er führten, hatte man eben keine geregelten Arbeitszeiten.

Mit noch immer zittrigen Knien ging ich, wie er es mir befohlen hatte, nach oben, um zu duschen. Ich hatte auch einen Bärenhunger und der Caterer, von dem Cam unser Essen zubereiten und bringen ließ, kam immer pünktlich und kochte wahre Köstlichkeiten.

Im Badezimmer angekommen entledigte ich mich gleich meiner Klamotten und stieg in die geräumige Dusche. Hier hätte eine ganze Footballmannschaft Platz, so groß war sie.

Als das heiße Wasser mir über meinen Kopf lief, begannen meine Gedanken wieder zu kreisen. Was für ein verrückter Tag war das heute bitte gewesen? Nichts war so gelaufen, wie ich es geplant oder erwartet hätte.

Angefangen von Jack, wo ich mir sicher gewesen war, ihm Informationen zu entlocken. Doch stattdessen hatte er mich untypisch für ihn angeschrien und stehen gelassen. Dann Mr. Sexy-Lächeln, den ich wohl von den dreien heute am meisten unterschätzt hatte. Bei ihm hätte ich wirklich nicht mit solch einer Dominanz gerechnet, und wenn ich jetzt so darüber nachdachte, machte mich unser Spiel, das sich hier gerade entwickelte, irgendwie an. Und seine Finger! Fuck, wie schnell und geschickt sie waren. Auch wenn ich es nicht wollte, doch ich musste bei dem Gedanken, wie ich ihm die Sache mit meinem gezockten Handy heimzahlen würde, breit schmunzeln.

Und Cam? Was war heute mit ihm? Ich war mir sicher, dass er wusste, dass ich log. Warum vögelte er mich dann in den Himmel, anstatt mich zu bestrafen oder wenigstens anzuschreien? Ich verstand es wirklich nicht. Doch ich beschloss, es dabei zu belassen. Schließlich versuchte ich hier, etwas vor ihm geheim zu halten und zusätzlich noch an unerlaubte Informationen zu gelangen. Je unauffälliger und gefügiger ich mich verhielt, desto besser war es für mich.

Dennoch würde ich auf jeden Fall wieder in die Kneipe gehen. Schließlich hatte ich mit diesem kleinen Wichser noch eine Rechnung offen. Vielleicht aber auch wegen der Neugier, was zum Teufel mit seinem Gesicht passiert war. Wer hatte ihn so zugerichtet? War es womöglich meine Schuld?

Schluss jetzt, Haley!, mahnte ich mich im Stummen selbst.

Ich durfte nicht so über ihn denken. Er durfte mir nicht leidtun und erst recht durfte es mir nicht leidtun! Ein schlechtes Gewissen machte alles nur kompliziert, deswegen stellte ich meins immer ab. So war es leichter und auch besser für alle Beteiligten. Gefühle und Emotionen zerstörten einen nur. Machten einen schwach und nahmen einem die Sicht auf die wichtigen Dinge.

Nachdem ich meine Körperpflege beendet hatte, stieg ich aus der Dusche und griff nach meinem Handtuch, das ich vorher auf dem Waschtisch vorbereitet hatte. Vor dem Spiegel wandte ich mich leicht um und blickte über meine Schulter in ihn hinein, um das Tattoo auf meinem Rücken sehen zu können. Ich liebte dieses Tattoo abgöttisch und könnte sicher niemals genug davon bekommen. Es symbolisierte mich und mein Leben einfach perfekt.

Ich brauchte noch eine Sitzung, dann war es endlich fertig. Wir wollten lieber nicht darüber sprechen, wie teuer und schmerzhaft dieses schwarze Tintenbild auf meiner Haut war. Okay, wegen des Gelds musste ich mir jetzt nicht so viele Sorgen machen. Cam zahlte es schließlich für mich. Es hatte mich zwar etwas gewundert, dass er mein Motiv nicht hinterfragte, doch vielleicht wusste er insgeheim, dass ich mich nach meiner Freiheit sehnte? Meine imaginären Flügel ausstrecken und fliegen wollte. Nur leider war ich nicht frei und fliegen konnte ich auch nicht. Erst recht nicht mit Cam an meiner Seite. Er begleitete mich auch zu jeder einzelnen Sitzung.

Und dennoch, ich liebte es einfach. Meine verborgenen Schwingen, die mich überall hintragen sollten, wenn ich es nicht konnte. Die mich fliegen lassen sollten, wenn ich mal wieder im Dreck lag. Die mir Kraft gaben, wenn ich erschöpft von meinem Leben war. Sie waren all das und doch noch so vieles mehr.

Ja, vielleicht war es albern, so viel von einem Tattoo zu erwarten. Zu glauben, es würde einem Kraft geben. Doch so war es nun mal und wenn es mir dabei half, mein beschissenes Leben mit all seinen Höhen und Tiefen zu meistern, warum dann nicht?

Brauchte nicht jeder seine kleine Zauberformel fürs Leben?

KAPITEL 8

Die Diskussion gestern Abend mit meinem alten Herrn war noch eine ganze Weile gegangen. Beide waren wir stur und hielten an unseren Standpunkten fest. Dad an seinem, er würde das für mich regeln, und ich an meinem, er solle sich gefälligst raushalten und mich meinen Scheiß allein regeln lassen.

Er war der Meinung, Winter wäre gefährlich und ich sollte mich nicht in diese Belange einmischen, die nämlich eigentlich seine wären. Ich konnte darüber nur den Kopf schütteln. Was erwartete er auch von mir? Mein Vater erzählte mir ja nichts und mit seinen unscheinbaren, kleinen Andeutungen konnte ich wirklich nichts anfangen. Was wusste ich unterm Strich denn schon von dem großen Blake Cunningham? Außer, dass er acht Jahre im Knast gesessen und mehrfach Scheiße gebaut hatte, sich dort mit Winter angelegt und sich ihm zum Feind gemacht hatte, wusste ich nichts.

Es war zum Verrücktwerden! Und eine Lösung hatten wir auch nicht gefunden. Onkel Ryan war brüllend dazwischen gegangen und hatte unsere hitzige Auseinandersetzung auf heute verschoben. Wenn wir beide wieder klar im Kopf waren und vor allem, wenn ich mich um meine Verletzungen gekümmert und mich ausgeruht hatte.

Murrend stimmten wir ihm zu. Widerwillig ließ ich mich noch von Onkel Ryan verarzten, da er der Meinung war, meinen Vater und mich nun trennen zu müssen, um eine weitere Auseinandersetzung zu vermeiden.

Doch mehr als meine Augenbraue tapen zu lassen und das Blut aus meinem Gesicht zu wischen, ließ ich nicht zu. Ich war schließlich kein kleiner, dummer Junge mehr. Ich konnte mich selbst um meine Wunden kümmern. Zum Glück bestand Ryan nicht darauf, mein Shirt zu heben, sonst hätte er dort meine zahlreichen blauen Flecken gesehen, die sich über meinen zum Teil tätowierten Oberkörper erstreckten.

Scheiße! Mein gesamter Oberkörper bestand nur aus einem einzigen Schmerz. Ich hatte ja schon öfter mal während einer Prügelei eine abbekommen, denn ich ging ihnen nicht unbedingt aus dem Weg. Schließlich war ich kein Schlappschwanz. Doch so, wie dieser verschissene Gorilla mich verdroschen hatte, hatte ich im Leben noch keine Tracht Prügel erhalten.

Grübelnd lag ich mit nur Shorts bekleidet in meinem Bett und starrte an die Zimmerdecke. Ich wusste nicht so recht, was ich jetzt tun sollte. Weder mit meinem Dad, mit Winter oder den Schulden noch mit ihr, der kleinen Diebin.

Gedankenverloren griff ich nach ihrem Handy, das ich gestern auf meinen Nachttisch gelegt hatte. Es war mit einem Pin gesichert und somit kam ich nicht an irgendwelche Informationen. Doch das stellte eigentlich kein Problem dar, denn mein bester Freund Nick kannte sich zum Glück besser mit diesen Dingern und all dem Technik-Kram aus als ich.

Ich würde ihn einfach gleich, wenn ich mich endlich aus meinem Bett geschält hatte, darum bitten, es sich anzusehen.

Da es ja alles nichts half, erhob ich mich ächzend. Mein Körper streikte, doch dafür hatte ich keine Zeit, also mussten er und somit ich da nun durch.

Mehr schlurfend als wirklich gehend schleppte ich mich ins Badezimmer, um mich erst einmal zurechtzumachen. Außerdem wollte ich mich nochmal bei Tageslicht und mit halbwegs klarem Verstand ansehen. Einen Brummschädel hatte ich zwar immer noch, doch nun schwindelte es mich wenigstens nicht mehr.

Ein Blick in den Spiegel verriet mir, dass ich schrecklich aussah. Mein Gesicht war mit blauen und schwarzen Flecken übersät, mein Oberkörper ebenso. In meiner linken Augenbraue klaffte ein Cut und meine Nase pochte noch immer leicht geschwollen. Ebenso wie meine Lippe aufgeplatzt war. Kurz gesagt: Ich sah scheiße aus und genauso fühlte ich mich auch.

Nachdem ich eine wohltuende Dusche genommen und mich in meinem Zimmer vollständig bekleidete hatte, ging ich mit ihrem Handy bewaffnet in unsere offene Küche. Dort saß Nick mit einer großen Tasse Kaffee und versuchte wohl, gegen seinen Kater anzukämpfen. Doch als er mich und meine schreckliche Erscheinung endlich zu Gesicht bekam, fiel ihm beinah vor Schreck die Tasse aus der Hand.

»FUCK! Nat, was zum Teufel ist denn mit dir passiert?!«, entfuhr es ihm sichtlich geschockt.

Ich bediente mich erst einmal an unserer Medikamentenschublade und warf mir ein paar Schmerztabletten ein, ehe ich mir ebenfalls einen großen Kaffee einschenkte, bevor ich ihm eine Erklärung lieferte. Nachdem ich den ersten heißen Schluck genommen hatte, wandte ich mich ihm zu.

»Bevor ich dir sage, was gestern passiert ist, tu mir einen Gefallen und knack mal das Handy für mich. Ich will alles wissen, was dort drauf ist. Termine, Chatverläufe, E-Mails, einfach alles.« Damit schob ich ihm das Telefon von der Kleinen über den

Tresen zu. Nick stoppte es und hob es mit gerunzelter Stirn an, um es sich ansehen zu können. Es war ganz klar das Handy eines Mädchens, das sah man schon von Weitem, mit dieser schwarzen Glitzerhülle.

Gerade wollte Nick zum Protest ansetzen, da klingelte es an unserer Tür Sturm.

Nick und ich wechselten kurz einen intensiven Blick. Ich wusste genau, was seiner zu bedeuten hatte, er musste es nicht aussprechen. Er fragte sich sicher, ob mein Problem von gestern vor der Tür stand und dort weitermachen wollte, wo er aufgehört hatte.

Doch ich schüttelte nur leicht den Kopf, stellte meine Tasse ab und ging durch unseren Wohnraum, um dem ungeduldigen Störenfried zu öffnen.

»Pack es ein und tu mir einfach den Gefallen, ohne Fragen zu stellen, okay?«, sprach ich über die Schulter gewandt zu ihm und ging weiter Richtung Klopfen.

Ich hatte keine Bedenken, es könnte wieder einer von Winters Gorillas sein, schließlich hatte er mich gestern gehen lassen, damit ich meine Schulden bei ihm zurückzahlte und meinem Vater etwas ausrichtete.

Nick hatte das Handy, wie ich ihn gebeten hatte, eingesteckt und war mir gefolgt. Er war ein knapp 1,90 m großer Footballspieler, zumindest von der Erscheinung her. Auch sonst war er mit seinem scharfgeschnittenen Gesicht, den wachen Augen und dem kurzgeschorenen Haaren schon eine Klasse für sich. Mit ihm legte man sich besser nicht so schnell an. Und wenn wir beide vor einem standen, nicht mit uns. Ich sah zwar nicht ganz so bullig aus wie mein bester Freund, aber dennoch machte ich eine recht gute Figur neben ihm.

Schwungvoll öffnete ich die Tür und als ich erkannte, wer vor uns stand, haderte ich kurz mit mir, ob ich ihm in die Arme fallen oder ihm die Tür vor der Nase zuschlagen sollte.

Jack stand untypisch geknickt vor mir und musterte mich mit großen und entsetzten Augen.

»Fuck, Nat! Es tut mir so leid!«, entfuhr es ihm leise. Ich sah es ihm an, er meinte es ehrlich.

Deshalb trat ich einen Schritt zur Seite und nickte ihm zu, damit er eintreten konnte. Er nickte dankbar und trat ein.

»Klärt mich mal einer von euch beiden auf? Was ist denn gestern passiert? Und wieso habe ich verdammt nochmal nichts davon mitbekommen?«, schimpfte Nick mit uns.

Ich ging zurück zu meinem Kaffee, denn den und eine weitere Kopfschmerztablette brauchte ich jetzt. Meine beiden Freunde folgten mir in die Küche.

»Mann, Nat! Das ist gestern scheiße gelaufen! Hätte ich gewusst, dass mein Alter so abgeht, ich hätte dich niemals mitgenommen! Es tut mir wirklich leid! Ich … fuck!«

Verzweifelt fuhr er sich durch sein schwarzes Haar und senkte den Blick. Ich ließ ihn noch einen Augenblick schmoren und genehmigte mir erst einmal meine Tablette, ehe ich ihn aus seiner Schuld befreite.

Eigentlich konnte Jack nichts dafür, deswegen war ich auch nicht böse auf ihn. Schließlich hatte *ich* sein Zeug verloren. Er hatte es mir anvertraut und ich leichtsinnig gehandelt. Es war meine Schuld und wenn er mich nicht zu seinem Vater gebracht hätte, wäre ich wahrscheinlich ein paar Tage später allein zu ihm gegangen – und wer weiß, ob ich die Nummer dann überhaupt überlebt hätte.

»Ich bin nicht wütend, Jack. Du kannst nichts für deinen Alten. Genauso wie ich nichts für meinen kann oder wir für ihre Vergangenheit. Ja, es ist gestern scheiße gelaufen und du willst nicht wissen, was für fucking Kopfschmerzen ich habe, aber du kannst nichts dafür. Also piss dich nicht ein.«

Jack nickte dankbar.

»Warte mal! Das war Jacks Dad? Etwa wegen der Drogen?! Fuck!«, mischte sich Nick entsetzt ein.

»Und was hast du jetzt vor, Nat? Wie willst du meinem Dad seine Kohle zurückzahlen?«, fragte Jack vorsichtig.

Ich fuhr mir mit der Hand über den Nacken und sah einen kurzen Augenblick zur Zimmerdecke, ehe ich wieder zu ihnen sah.

»Ich weiß es noch nicht. Aber eins weiß ich: Ich lasse nicht zu, dass mein Vater die Sache in die Hand nimmt!«

Beide nickten sie verständnisvoll. Ein Moment der Stille verging, ehe ich auf die Uhr sah und einen lauten Fluch ausstieß.

»Fuck! Ich hätte schon längst bei meiner Mum sein sollen!«

Eilig sammelte ich meine Sachen wie Handy, Autoschlüssel und meinen Geldbeutel ein, damit ich schnell zu ihr fahren konnte.

»Nick, kümmerst du dich, worum ich dich vorhin gebeten habe?«, fragte ich ihn und war schon halb zur Tür draußen.

»Nat, warte doch mal! Sieh dich an! So kannst du unmöglich zu deiner Mum gehen.«

Bei seinem Einwand hielt ich kurz inne. *Shit, er hat recht! Würde ich so bei ihr auftauchen, wird sie mich nicht mehr in Ruhe lassen. Nein danke! Darauf kann ich gut und gern verzichten.*

Also zückte ich mein Handy und schrieb ihr eine Nachricht, dass ich es heute und die nächsten Tage nicht schaffen würde. Ich hasste es zwar, meine Mum anzulügen, und ich tat es auch nur, wenn es wirklich nicht anders ging. Wie jetzt zum Beispiel. Es würde sie nur unnötig beunruhigen. Mein Dad steckte zudem auch noch in der Sache und belog sie ebenfalls.

Ich stellte mein Handy auf stumm, damit mich ihre

Nachrichten-Invasion, die gleich starten würde, nicht schwach werden ließ.

»Ich hau dann wieder ab. Ich wollte nur schnell nach dir sehen, wie es dir geht und wie sehr ich eine in die Fresse verdient habe«, nuschelte Jack und kratzte sich dabei verlegen am Hinterkopf.

»Definitiv nicht nur eine, wenn du mich fragst. Aber da es euer Bier ist und nicht meins, halte ich mich da raus«, brummte Nick in seinen Rücken.

Ich schüttelte sachte den Kopf, denn ich wollte nicht, dass sich die beiden meinetwegen stritten. Ja, Nick würde als mein bester Freund immer auf meiner Seite sein, aber dennoch wollte ich nicht, dass er sich für einen von uns entscheiden musste. Das war lächerlich, schließlich hatte noch immer ich die Scheiße gebaut.

Schuldbewusst und entschuldigend gleichermaßen sah Jack von Nick zu mir.

»Geh schon. Ich komme zurecht«, beruhigte ich ihn.

Jack nickte noch einmal gedankenverloren, dann verließ er unsere Wohnung. Sofort als die Tür ins Schloss fiel, schenkte ich Nick einen vielsagenden Blick. Er hatte Jack nicht so hart rannehmen müssen. Seufzend wandte sich mein bester Freund von mir ab, dann zog er das Handy der Kleinen aus seiner Hosentasche und machte sich mit seinem Laptop bewaffnet daran, es für mich zu knacken.

Er brauchte dafür auch keine zehn Minuten, dann hielt er mir das entsperrte Handy entgegen.

»Hier. Klärst du mich jetzt auf?«, hakte er streng nach und schenkte mir einen seiner berühmten mürrischen Blicke.

Ich schmunzelte in mich hinein und nahm ihm stattdessen das Gerät ab, um es zu durchsuchen. *Mal sehen, wer die Kleine wirklich ist.*

»Das Handy gehört dem Miststück, das mir den Stoff gezockt

hat. Sie kam gestern wieder in die Kneipe und suchte wohl in meinem Spind nach Nachschub. Da hab ich mich eben etwas revanchiert, indem ich ihr das hier abgenommen habe.«

Demonstrativ hielt ich das Handy ein Stück höher, ehe ich mich durch ihre Chats wühlte. Nick stellte sich interessiert hinter mich, sodass er ebenso einen Blick auf das Display werfen konnte.

Zu meiner Ernüchterung fand ich nichts Wichtiges in ihren Nachrichtenverläufen. Nichts, dass mir sagen konnte, wer sie war, geschweige denn wie sie hieß, denn in ihren Chats verabschiedete sie sich nur mit ‘Kuss H’ und wurde auch nur unter ‘H’ oder gewöhnlichen Spitznamen angeschrieben. Auch ihre Fotos brachten keine Erkenntnis über sie oder ihr Leben, da sie untypisch Frau kaum Bilder besaß. *Was zum Teufel ist sie denn für ein Mädchen?*

Ich meine, haben die sonst nicht immer ihr verschissenes Handy voll von Bildern? Und genau dieses kleine Biest mit den verfickt flinken Fingern sollte anders sein? Ganz toll!

Auch ihre Kontakte hatte sie nur mit einzelnen Buchstaben gekennzeichnet. Ihr gesamtes Handy glich einem Code, den ich nicht zu knacken wusste.

Nachdem ich beinah das gesamte Telefon durchforstet hatte, gab ich es stöhnend auf und knallte es fester als nötig auf die Arbeitsplatte. Nick nahm es sogleich an sich und durchsuchte es ebenfalls noch einmal. Was er sich davon erhoffte, wusste ich zwar nicht, doch wenn er meinte, bitte.

Genervt machte ich mir einen neuen Kaffee. Koffein, ich brauchte dringend mehr Koffein.

»Hier. Ich hab was«, informierte mich Nick nach einiger Zeit zu meiner völligen Überraschung.

Stirnrunzelnd und ungläubig, dass er nun doch noch etwas gefunden hatte, stellte ich meine Tasse ab und ging zu ihm. Er hielt mir das Handy entgegen und ich blickte auf eine Notiz. Eigentlich war ich mir sicher gewesen, all ihre Notizen durchgesucht zu haben, doch wenn es mir weiterhalf, irrte ich mich gern.

Und tatsächlich, ich hatte eine übersehen. In dieser stand ein Termin für heute Nachmittag. Gut, Termin konnte man es nicht wirklich nennen, eigentlich war es nur eine Adresse, Datum und Uhrzeit mit einem schwarzen Herz dahinter. Mehr nicht. Kein Grund oder Ähnliches.

»Na dann los. Lass uns deiner Kleinen einen Besuch abstatten«, sagte Nick mit einem schelmischen Grinsen im Gesicht.

Ich nickte und stieg gern in sein Grinsen mit ein. *Zieh dich warm an, Honey.*

KAPITEL 9

Haley

Cam hatte herausgefunden, dass ich mein Handy verloren hatte. Natürlich war er nicht begeistert, doch da ich so gut wie nichts Privates, geschweige denn etwas über ihn, uns, seine Arbeit oder unser Leben auf meinem Handy speicherte, wie er es vor Jahren von mir verlangt hatte, konnte ich ihm mit einem heißen Quickie schnell wieder besänftigen. Außerdem hatten wir etwas Zeitdruck, da heute endlich meine letzte Sitzung bei meinem Tätowierer war.

Endlich würde mein Heiligstes fertig werden. Ich freute mich wie ein kleines Kind an Weihnachten, sprang wie ein Flummi auf und ab und entlockte damit sogar dem sonst dauerernsten Cam ein leichtes Schmunzeln.

Mein Tätowierer Hank begrüßte uns mit einem breiten Grinsen. Wir verstanden uns gut, und da er Cams Tätowierer war und sich die beiden schon seit Jahren kannten, durfte er überhaupt Hand an mich legen.

Ich mochte den Mitte fünfzigjährigen Riesen wirklich gern. Wir unterhielten uns, während er mit meinem Rücken beschäftigt war, über Gott und die Welt.

Cam schwieg natürlich. Er war kein wirklich gesprächiger Mann und wenn, dann nur, wenn es um sein Geschäft ging. Aber mit mir oder Außenstehenden sprach er grundsätzlich nicht über sich oder das Imperium seines Vaters.

Nach zwei schmerzhaften Stunden war mein Baby endlich fertig. Mit einem breiten Grinsen erhob ich mich von der Liege, auf der ich bäuchlings gelegen hatte, damit Hank guten Zugriff hatte, und ging zu dem großen Wandspiegel, um es endlich betrachten zu können.

Meine Augen wurden groß, als ich meinen in Schwarz getauchten Rücken betrachtete. Die Flügel bedeckten mein gesamtes Kreuz. Angefangen bei meinen Schulterblättern bis runter zu meinem Steiß.

»Gefällt es dir, Baby?«, raunte Cam dicht hinter mir stehend, und wenn ich es nicht besser wüsste, würde ich behaupten, er lächelte.

Mit einem ehrlichen Strahlen nickte ich hastig und sah es mir durch den Spiegel noch einmal genau an, saugte jedes Detail begierig in mich auf und verliebte mich noch ein kleines bisschen mehr in mein ganz eigenes Kunstwerk.

»Hank, es ist perfekt! Ich liebe es!«, schwärmte ich und zog mir vorsichtig mein Shirt wieder an.

Einen BH hatte ich heute mit Absicht nicht angezogen, damit nichts an meinem frischgestochenen Baby scheuerte und es womöglich noch zerstörte. Doch da ich feste, handgroße Brüste hatte, war das eigentlich kein Problem.

»Freut mich, wenn es dir gefällt. Du weißt ja, wie du es zu pflegen hast. Und sollte etwas sein, dann komm einfach zu mir und ich steche es dir nach.«

Cam nickte ebenfalls zufrieden, dann zückte er seine Geldnadel, in der die Unmengen Bargeld, das er tagtäglich mit sich herumschleppte, steckte, zählte ein paar Scheine ab und zog ein kleines Bündel heraus, um ihn für seine gute Arbeit zu bezahlen. Hank zählte es nicht nach, nickte dankbar und schob es in seine hintere Hosentasche. Ich war immer wieder aufs Neue erstaunt, wie viel Macht Geld doch mit sich brachte.

Nachdem mir Hank noch meine Spezialsalbe mitgegeben hatte, verließen Cam und ich den Laden.

»Danke«, hauchte ich und lächelte zu ihm nach oben.

Er nickte nur ab, doch ich konnte sein unterdrücktes Schmunzeln genau erkennen. Ich gab es zu, gerade in diesem Moment war ich zum ersten Mal glücklich an seiner Seite.

»Ich denke, zur Feier des Tages, gehen wir noch etwas essen«, informierte er mich und ging etwas vor.

»Hey, Honey.« Bei dem Klang seiner tiefen Stimme blieb ich wie angewurzelt stehen. *Nein! Bitte nicht!*

»Ich glaube, ich habe etwas, das dir gehört. Möchtest du es nicht wiederhaben?«, setzte der Arsch noch einen drauf. Ich konnte ganz klar die Belustigung in seiner Stimme hören.

Ich wandte langsam meinen Kopf in seine Richtung, dann sah ich ihn, wie er ganz lässig mit einem Bein angewinkelt an der Wand lehnte, beide Hände in seinen Hosentaschen, den Kopf leicht schiefgelegt und mit einem diabolischen Lächeln auf seinen schön geschwungenen Lippen, das irgendwie nicht zu ihm passte, und doch ließ es mir einen Schauer über meine Wirbelsäule laufen. Sein von blauen Flecken übersätes Gesicht blendete ich jetzt einfach mal aus.

Den bulligen Quarterback-Verschnitt hatte ich komischerweise gar nicht bemerkt, da mein Blick nur auf Mr. Sexy-Lächeln gehaftet hatte. Leider! Denn so bemerkte ich zu spät, dass nun auch Cam wieder an mich herangetreten war.

»Was macht ihr kleinen Scheißer hier?«, fragte Cam mit seiner typisch kalten Stimme.

Ich riss meinen Blick von Nathan los und sah mit gerunzelter Stirn zu Cam auf. *Sie kennen sich?!*

»Cameron?«

Ich hörte die Verwirrung deutlich aus seiner Stimme heraus. War das nun gut oder schlecht? Nun, da ich ihn ablenken und seinen Stoff hatte stehlen sollen, wohl eher schlecht.

»Was willst du hier? Und was hast du schon, was mein Mädchen interessieren könnte?«, entgegnete Cam scharf.

Meine Augenbraue hob sich unmerklich. *Sein Mädchen? Aha? Das sind ja ganz neue Töne.* So hatte er mich nie vor anderen genannt.

»Ich denke, das kläre ich mit *deinem Mädchen* allein«, antwortete der Idiot todesmutig und verhöhnte Cam auch noch mit der Betonung auf ‘deinem Mädchen’. *O Mann!*

Ein drohendes Knurren presste sich aus Cams Kehle. Sein gesamter Körper verspannte sich dicht neben mir. Ich konnte seine Anspannung und Wut regelrecht spüren. Auch die beiden müssten es bemerken, denn Mr. Footballstar baute sich augenblicklich bedrohlich neben seinem Freund auf. *Scheiße, wie dumm sind die beiden bitte?*

»Hat dir die Tracht Prügel letztens nicht gereicht, Kleiner? Brauchst du nochmal Nachhilfe? Dann spuck nur weiter so große Töne und ich helfe gern nach«, drohte Cam gefährlich ruhig.

Bei ihm musste man wissen, je ruhiger er wurde, desto schmerzhafter ging die Sache für einen aus. Deshalb beschloss ich, nachdem Nathan ein abschätziges Schnauben von sich gegeben hatte, schnell zu handeln. Denn ich wusste, Cam war dabei, seine eigentlich nicht vorhandene Geduld zu verlieren. *Fuck, Hübscher, du spielst mit dem Feuer!*

Ich stellte mich vor Cam, legte meine Handfläche auf seine Brust und sah ihm flehentlich entgegen.

»Babe, lass dich doch nicht von diesen Kids provozieren. Komm, wir wollten Essen gehen und feiern, schon vergessen?«, versuchte ich ihn zu locken und zu besänftigen.

Verzögert nahm er seinen strengen Blick von den beiden in meinem Rücken und sah auf mich herab. Seine kalten Augen scannten einmal mein gesamtes Gesicht, analysierte jede Regung darin, schließlich nickte er leicht, als er wohl keine Lüge in meiner Miene feststellen konnte.

Auch wenn ich gern herausgefunden hätte, woher die beiden sich kannten und was zum Teufel Cam mit seinen Anspielungen gemeint hatte. War etwa einer seiner Leute oder noch schlimmer sein Vater für Nathans Gesicht und Verletzungen verantwortlich? Konnte das sein? Aber warum? Dealte er für die Konkurrenz? Doch sonst gingen sie eigentlich anders damit um. Sie zockten nicht fremden Stoff und verprügelten dann den kleinen Fisch von Straßendealer. Das passte alles nicht zusammen.

Cam legte bestimmt und besitzergreifend seine Hand auf meinen Arsch und drückte ihn demonstrativ. Dann sprach er über mich hinweg noch einmal zu den beiden in meinem Rücken. Ich ignorierte diese offensichtliche Provokation und ließ es unkommentiert, schließlich wollte ich schlichten, nicht noch Öl ins Feuer kippen.

Obwohl ich nun meine Klamottenwahl für heute etwas bereute, denn ich war mir sicher, dass mein Rock bei Cams festem Griff weiter nach oben gerutscht war. Ob das hilfreich war? Ich bezweifelte es, denn sollte Mr. Sexy-Lächeln auch nur einen falschen Blick auf meinen Arsch werfen, würde es schmerzhaft für ihn werden. Obwohl der kleine Wichser es schon verdient hätte, ein paar Manieren von Cam eingeprügelt zu bekommen, dafür, dass er mich so hart angepackt und mir auch noch mein Handy gezockt hatte. Aber nein, aus mir unerfindlichen Gründen wollte ich nicht, dass Mr. Sexy-Barkeeper etwas passierte. Vor allem nicht wegen mir.

»Ihr habt Glück, dass mein Mädchen heute noch andere Pläne mit mir hat. Also verpisst euch einfach aus meinem Revier. … Und Cunningham, besorg besser die Kohle, sonst könnte es beim nächsten Mal nicht so glimpflich für dich ausgehen. Ich finde so oder so, dass mein Vater zu weich mit dir umgegangen ist. Ich an seiner Stelle hätte ganz andere Dinge mit dir gemacht. Aber ich schweife ab. Verpisst euch jetzt!«, befahl Cam drohend.

Noch immer hielt er mich dicht an sich gepresst, an meinem Arsch gefangen, um zu demonstrieren, dass ich ihm gehörte.

Kohle? Was denn für Geld? Und wieso schuldete Nat Cams Vater Geld? Cam hatte ihm doch seinen Stoff gezockt. Ich verstand kein Wort.

Ich blickte leicht über meine Schulter, um die beiden ansehen zu können. Sein Freund stand noch immer wie eine bedrohliche und unbezwingbare Mauer hinter ihm und schien allzeit bereit zu sein, seinen Freund zu beschützen. Obwohl ich der Meinung war, dass Nat diesen übertriebenen Schutz und die Sorge nicht wirklich benötigte. So selbstbewusst und unbeeindruckt wie er mitten in der Gasse stand und die Hände regelrecht gelangweilt in seine Hosentaschen zurücksteckte, machte er eher den Eindruck, als hätte er wirklich vor, sich mit Cam anzulegen. *Wieso hat er keine Angst vor ihm?*

Gut, Nat war nicht schlecht gebaut und ich war mir sicher, dass auch er durchaus wusste, wie er mit seinen Muskeln umzugehen hatte. Und davon besaß er nicht wenige. Doch ich bezweifelte, dass er wie Cam eine Waffe an seinem Rücken trug. Also sollte er wirklich dringend damit aufhören, ihn weiter zu provozieren, bevor wirklich noch ein Unglück passierte.

Ein herablassendes Lächeln glitt über Nathans Lippen, ehe er zu sprechen ansetzte.

»Dafür, dass sie dein Mädchen ist, hat sie sich aber letztens ziemlich gut um meinen Schwanz gekümmert. Ach, und gestern bin ich mir sicher, zu wissen, dass sie mit Absicht ihren genialen Knackarsch an meinem Schwanz gerieben hat, weil sie nicht genug von ihm bekommen kann. Bringst du es nicht oder warum meinst du, hat sie das gemacht?«, setzte der gleich tote Vollidiot noch einen drauf. *Scheiße!*

Cams Griff um meinen Arsch verstärkte sich, doch er sah mich nicht an. Die Genugtuung würde er Nathan nicht geben.

»Cam, hör nicht auf ihn! Ich weiß nicht, was zwischen euch vorgefallen ist, aber merkst du nicht, dass er dich nur provozieren will?«, versuchte ich ihm, aber auch mir, den Arsch zu retten. Denn nun wusste Cam, wo ich gestern gewesen war und dass ich ihn offensichtlich belogen hatte.

»Verpiss dich, Kleiner! Bevor ich mich wirklich gleich vergesse!« Cam knurrte die Worte mehr, als dass er sie aussprach. Doch als er sich mit seiner freien Hand nach hinten an den Rücken griff, wurde ich richtig nervös. Ich schüttelte panisch den Kopf, wagte jedoch nicht, noch einmal das Wort zu erheben, schließlich wollte ich den nächsten Morgen noch erleben.

Ich hörte, wie der Quarterback-Verschnitt Nathan streng etwas entgegen maulte, dann vernahm ich Schritte. Doch ich wagte mich noch immer nicht, mich zu bewegen, geschweige denn ihm hinterherzusehen.

Es verging ein langer und angsteinflößender Augenblick der Stille, in der mich Cam noch immer mit meiner Vorderseite gegen sich presste und meinen Arsch fester als nötig packte. Ich krallte mich nervös in sein Shirt und überlegte fieberhaft, was ich ihm bloß erzählen könnte, um ihn wenigstens halbwegs zu besänftigen. Doch ehrlich gesagt fiel mir nichts ein, was ihn von seinem Vorhaben, mir weh zu tun und mich zu bestrafen, abbringen würde. Das wusste ich, als er langsam den Kopf senkte und mich der Blick seiner eiskalten Augen traf. Er durchbohrte mich regelrecht und fraß sich in meine Seele, um mir jedes Glück, was ich dort eingesperrt hatte, zu nehmen.

»Cam, bitte nicht!«, flehte ich leise.

Doch ich verstummte, als sein Griff um meinen Hintern noch fester wurde. Ich biss mir ängstlich auf die Unterlippe und schwieg. Wartete auf seine Strafe.

»Du warst also gestern bei ihm. Und dann kommst du nach Hause, nachdem du dich von ihm hast ficken lassen, und lässt es dir nochmal von mir besorgen? Du lügst mich an und betrügst mich? Habe ich alles richtig zusammengefasst?« Seine Stimme wurde immer hasserfüllter und seine Gesichtszüge verhärteten sich von Sekunde zu Sekunde mehr.

Ich schüttelte leicht den Kopf, doch es kam mir kein Wort über die Lippen. Ein dicker Kloß hinderte mich daran, zu sprechen. Ich hasste ihn, wenn er so zu mir war. So kalt und ohne jede Emotion, außer Hass und Abscheu. Als würde ich ihm nichts bedeuten. Und doch wussten wir es beide besser. Sonst würde er sich jetzt wohl kaum so aufführen.

Cam hob seine andere Hand an, dann erst sah ich im Augenwinkel, dass er vorhin tatsächlich seine Waffe aus seinem hinteren Hosenbund gezogen hatte. *Scheiße! Ruhig bleiben!*

Er hob die Waffe an und strich mir mit ihrem Lauf eine verirrte Strähne aus meinem Gesicht. Ich erstarrte zur Salzsäule. Nicht einen Muskel ließ ich zucken. Cam war nun wie ein Raubtier, eine falsche Bewegung könnte mich das Leben kosten, da er sich dann auf mich stürzen und mir, ohne mit der Wimper zu zucken, meinen Kopf wegpusten würde. Da war ich mir sicher. Versteckte Gefühle hin oder her, er würde mich umbringen, wenn ich ihn einmal zu sehr verärgerte oder mich einem anderen hingab, das wusste ich, seitdem er mich zu 'seinem Mädchen' gemacht hatte.

»Was stell ich jetzt mit dir an? Was hältst du für deinen Betrug und Verrat als angemessen?«, fragte er mich und streichelte mir mit dem Lauf über meine Wange bis zu meinen Lippen, die er nachfuhr. Dabei wirkte Cam so, als würde er sich in diesem Spiel beinah verlieren.

Fest presste ich meine Lippen aufeinander. Ich wusste, was als Nächstes kommen würde, und ich spielte definitiv nicht mit.

»Mach den Mund auf, Haley! Mach mich nicht noch wütender, das überlebst du nicht, Baby.« Seine Stimme war nur noch ein gefährliches Raunen.

Ich schluckte hart und dennoch ließ ich meinen Mund geschlossen. Ich hatte schon viel Demütigung hinter mir, doch diese würde ich ihm nicht geben, zumindest nicht kampflos. Alles hatte seine Grenzen. Hier und jetzt war meine!

Plötzlich packte mich Cam mit der anderen Hand, die gerade noch auf meinem Arsch geruht hatte, brutal im Nacken, überstreckte schmerzhaft meinen Hals und funkelte mich gefährlich an, als er mir die Waffe hart in meine Wange bohrte. Ein animalisch klingendes Knurren presste sich aus seiner Kehle und seine Augen wurden, wenn es überhaupt möglich war, noch etwas dunkler. *Fuck! Ich bin so gut wie tot!*

Wie von einer inneren Kraft getrieben und ohne überhaupt im Ansatz über die Konsequenzen nachzudenken, rammte ich ihm mit voller Wucht mein Knie in die Weichteile und nutzte den Überraschungseffekt. Als Cam einen Schmerzensschrei ausließ und sich sein Griff somit für einige Sekunden lockerte, befreite ich mich und rannte, als wäre der Teufel hinter mir her, die Gasse entlang und weiter um die nächste Ecke. Ich wusste, er würde mich nicht verfolgen, das war nicht seine Art und außerdem war es helllichter Tag, und anders als in der Seitenstraße gerade, umzingelten mich nun die vielen Passanten New Yorks. Cam würde warten, bis ich wieder nach Hause kam, denn das tat ich immer, und dann würde er mir meine Strafe erteilen.

Was habe ich mir nur dabei gedacht? … Scheiße! Ich bin verloren!

KAPITEL 10

»Sag mal, spinnst du, ihn so dermaßen zu provozieren? Willst du sterben? Legst du es wirklich darauf an oder was soll der Scheiß?!«, herrschte Nick mich an, als er mich aus der Gasse gezogen hatte. *Verdammter Spielverderber!*

Ich hätte diesem aufgeblasenen Affen gern die Fresse poliert. Waffe hin oder her. Außerdem war ich mir ziemlich sicher, er dürfte mich von seinem Daddy aus nicht anrühren. Sonst hätte mich der Gorilla härter rangenommen, da verwettete ich meinen Wagen drauf.

»Reg dich ab! Wir haben es ja überlebt!«, beruhigte ich ihn, doch den belustigten Ton konnte ich mir nicht verkneifen. Wofür ich auch einen bitterbösen Blick von ihm kassierte.

»Und was war das mit der Kleinen? Was ist das zwischen euch?«, hakte er forsch nach.

Genervt verdrehte ich die Augen und machte mich auf den Weg zu meinem Auto. Ich wollte hier nur noch weg, bevor ich womöglich doch noch von ihm erschossen wurde, weil ich, wenn ich zurückgehen würde, etwas Dummes täte.

Denn es störte mich, dass er sie *sein Mädchen* genannt hatte. Ich wusste auch nicht, wieso, denn schließlich hatte mich die kleine Schlampe abgezockt und verarscht. Doch etwas faszinierte mich an ihr und scheiße, ja, sie war auch verdammt heiß. Wenn ich nur an ihren waffenscheinpflichtigen Knackarsch gestern zurückdachte, wie er sich gegen meinen Schwanz gedrückt hatte. Ich konnte wirklich nicht sagen, ob sie es mit Absicht getan hatte oder einfach nur aus Reflex, um sich aus meinem groben Griff zu befreien.

Scheiße! Schluss damit, Nat!, ermahnte ich mich in Gedanken selbst und rückte meinen ächzenden Schwanz unauffällig zurecht. Dieses kleine Biest fickte ganz schön meinen Kopf, das musste ich unterbinden. Bevor ich wegen ihr wirklich noch eine Kugel einfing.

Murrend folgte mir Nick und knurrte wüste Flüche in seinen Bart. Ich schmunzelte über ihn in mich hinein und als wir an meinem Auto, das ich eine Straße weiter geparkt hatte, ankamen, stiegen wir ein.

»Nein, ernsthaft, Nat. Was sollte der Scheiß? Sonst bist du doch auch nicht so dumm und kopflos?«

Er hatte recht. Ich wich zwar weder Streit noch Prügeleien aus, doch ich provozierte sie eher selten.

Ich fuhr mir durch mein wildes Haar, ließ mich in meinen Sitz fallen und seufzte laut auf.

»Nick, ich weiß auch nicht, was mit mir los ist. Das alles, der gestohlene Stoff, die Kleine, Winter, der Lackaffe gerade, das alles ist scheiße! Und ich verstehe es auch nicht, nichts davon. Ich weiß weder, was ich tun soll, noch wie ich da wieder rauskomme«, gestand ich ihm seufzend.

Mit der Hand fuhr ich mir verzweifelt über mein Gesicht. Doch als ich meine Augen wieder öffnete, dachte ich, ich sehe nicht richtig. *Die Kleine!*

Ohne darüber nachzudenken oder meinem besten Freund, der gerade schlichtend auf mich einreden wollte, zu beachten, schmiss ich meine Wagentür auf und stieg schnell aus. Mit großen Schritten folgte ich ihr in die gegenüberliegende Seitengasse. Als sie gerade in den Schatten verschwinden wollte, holte ich sie endlich ein und packte sie grob am Arm, um sie zu stoppen und zu mir zu drehen.

Sie schrie spitz auf und versuchte sofort, sich hart gegen mich zu sträuben, als hätte sie Todesangst vor mir. Beide meine Hände umgriffen nun fest ihre Oberarme und ich versuchte, diese kleine Wildkatze zu bändigen.

»Beruhig dich!«, brüllte ich sie an.

Erst als sie meine Stimme zuordnen konnte, hörte sie schlagartig auf, sich gegen mich zu wehren. Als hätte sie mich zuvor nicht erkannt und für jemand anderen gehalten.

Unser beider Atem ging von der kleinen Rangelei schneller. Dabei blickten wir uns tief in die Augen. Doch als ich sah, was sich in ihren widerspiegelte, gab ich sie augenblicklich frei und nahm Abstand von ihr. Sie war regelrecht in Panik. Aber warum? Wegen ihres Lackaffen etwa? Hatte er ihr etwas angetan?

Wie von selbst scannten meine Augen ihre zarte Erscheinung. Sie war so klein und zierlich und doch besaß sie perfekte Rundungen. Vor allem ihr Hintern hatte es mir angetan. In ihn wollte man reinbeißen und noch ganz andere Dinge tun. *Uh! Gefährlich, Nat!*

Ich räusperte mich, um meine Gedanken wieder zu ordnen, dann tat ich etwas, dass ich eigentlich nicht tun wollte, und doch war ich machtlos. Meine Hand wanderte wie von selbst in meine hintere Hosentasche und zog etwas heraus, um es ihr zu überreichen. Ihr Handy. Ich gab es ihr einfach so. Ohne Informationen dafür einzufordern oder sonst irgendeine Gegenleistung.

Ob ich dumm war? Anscheinend! Sonst würde ich ja wohl kaum so etwas Dämliches tun.

Ihre Augen wurden groß, als sie begriff, was ich ihr dort so einfach überreichte, dennoch zögerte sie einen Moment. Ihr Blick fand den meinen, ihre Mimik voll von Skepsis, ihre Augenbraue weit nach oben gezogen. Sie sah mit diesem Gesichtsausdruck mehr niedlich als alles andere aus, doch ich würde den Teufel tun und ihr das sagen.

»Wo ist der Haken?«, fragte sie, wie zu erwarten war.

Mit leicht schiefgelegtem Kopf und einem spitzbübischen Lächeln auf den Lippen zuckte ich unschuldig mit den Schultern und hielt ihr das Handy noch etwas weiter unter die Nase, damit sie es endlich nahm und ich von hier verschwinden konnte, so lange ich noch dazu in der Lage war.

»Es gibt keinen Haken. Und jetzt nimm schon. Ich beiße auch nicht … nicht so fest.«

Ein freches Schmunzeln und Zwinkern konnte ich mir dann doch nicht verkneifen. Mein Grinsen wuchs, als ich einen feurigen Blick von ihr kassierte, ehe sie mir grob das Handy aus der Hand grapschte. Keine Ahnung, warum ich das Nächste tat, doch meine Standhaftigkeit verpuffte für eine Sekunde und ließ mich einfach aus reinem Trieb und Spaß heraus handeln.

Bevor sie mir ihr Handy entreißen konnte, packte ich sie mit meiner anderen Hand an ihrem Handgelenk und zog sie mit einem Ruck an mich. Sie prallte mit einem niedlichen Quietschen gegen meine Brust und krallte sich mit ihrer anderen Hand in mein Shirt, ehe sie mit geweiteten Augen zu mir aufblickte. Ich sah mit einem zweideutigen Schmunzeln auf sie herab. Noch immer hielt ich ihr Handgelenk gefangen.

Ich spürte ihr Herz, wie es wie wild gegen ihren Brustkorb hämmerte. Leider bemerkte ich auch noch etwas anderes, und zwar, dass das kleine Biest keinen BH trug. *Fuck!*

Ihre Brüste pressten sich gegen meinen stählernen Oberkörper.

Ich erwähnte bereits, dass ich meinem Vater für seine Gene dankte?

Ebenso bemerkte ich, wie ihr Atem immer schneller wurde, je länger wir einfach nur dastanden und uns tief in die Augen sahen. Mein Schwanz zuckte bereits vergnügt in meiner Hose.

»Ich dachte, es gibt keinen Haken?«, stieß sie gepresst aus und hielt tapfer meinem Blick stand.

Mein Mundwinkel zuckte über ihr Feuer und ihre Gerissenheit. Ich mochte es, wenn Frauen Köpfchen hatten und dazu auch noch schlagfertig waren. Beides besaß dieses spezielle Exemplar von Mädchen hier vor mir zur Genüge.

Als mein Schmunzeln einem frechen Lächeln glich, rutschte ihr Blick auf meine Lippen und verweilte dort eine Spur zu lang.

»Wenn du mich küssen möchtest, nur zu, Honey. Wie gesagt, ich beiße auch nicht besonders fest, versprochen«, neckte ich sie und holte sie damit aus ihrem Starren.

Ertappt biss sie sich auf die Unterlippe und sah mir wieder in die Augen. *Shit!*

Dieser Anblick war heiß! Verdammt heiß!

»Und wovon träumst du nachts?«, giftete sie mich an und zog leicht an ihrem Handgelenk, damit ich sie gehen ließ. Doch ich hatte noch nicht vor, mit dem Spielen aufzuhören. Daher zog ich sie mit einem Ruck wieder an meine Brust, da sie sich von mir entfernt hatte.

Dieses Mal presste ich sie fester an mich, dazu beugte ich mich ihr noch weiter entgegen, sodass meine Lippen ihre Wange streiften.

»Na, von dir natürlich, Honey. Wie du nackt in meinem Bett liegst und vor Ekstase schreist«, flüsterte ich gegen ihre weiche Haut, mit einem Schmunzeln in der Stimme.

Zischend ließ sie die Luft aus, doch sonst rührte sie sich keinen

Millimeter. Als wüsste sie selbst nicht, ob sie das nun wollte oder nicht. Ich nahm einen tiefen Atemzug und inhalierte so ihren lieblichen Duft nach Lavendel. *Shit! Sie riecht so unglaublich gut. Wie sie wohl schmeckt?* Das letzte Mal, als ich sie geküsst hatte, war zu kurz gewesen, um das zu wissen.

Wie von selbst streiften meine Lippen leicht ihre zarte Haut, weiter über ihren Wangenknochen, nach unten, immer weiter bis zu ihren Lippen. Unser Atem mischte sich miteinander und wurde zu einem, als meine Lippen ihren Mundwinkel berührten.

Ihr Körper erbebte, als ich sanft mit meiner Zungenspitze ihre Lippe nachfuhr, doch ich musste wissen, wie sie schmeckte. Fuck! Hätte ich es mal gelassen. Denn nun wollte ich mehr, so viel mehr!

Drängend drückte ich nun meine Lippen auf die ihren. Ich küsste sie verlangend und beherrschte sie binnen weniger Sekunden. Sie schmolz nahezu wie Wachs dahin, je mehr ich sie mit meinem Kuss gefangen nahm.

Ein erregtes Knurren presste sich aus meiner Kehle, als sie ihre Zunge vorsichtig gegen meine stupste und mich so vollends in ihre warme und feuchte Mundhöhle eindringen ließ. Als sie mein Zungenpiercing bemerkte, stöhnte sie leise gegen meine Lippen. *Ja, Honey, damit kann ich dir viel Freude bereiten, wenn du mich lässt.*

Meine freie Hand wanderte wie von selbst runter zu ihrem Knackarsch. Ich konnte es gar nicht verhindern, doch um ehrlich zu sein, wollte ich es auch nicht. Nein, ehrlich gesagt, wollte ich sie hier und jetzt in der Öffentlichkeit gegen die rauen Pflastersteine ficken und sie schreien hören. Sie sollte laut und hemmungslos meinen Namen stöhnen, wenn sie kam. Fuck, ja! Genau das wollte ich jetzt!

Wieder verselbstständigte sich meine Hand und fuhr unter ihren kurzen Rock. Erneut presste sich ein erregter Laut aus meiner

Kehle, als ich ihre weichen und warmen Schenkel berührte. *Shit! Dieses Mädchen ist verboten heiß!*

Nein, sie war die verfickte verbotene Frucht selbst! So verdorben und unantastbar und doch stand ich nun hier mit ihr und durfte sie schmecken und berühren.

Meine Finger wanderten gierig den Bund ihres Höschens entlang. Schon beim letzten Mal hatte ich unbedingt ihre Nässe spüren wollen.

Meine andere Hand hielt noch immer ihr Handgelenk gefangen, während sich die andere immer mehr ihrem Ziel näherte. Auch sie streichelte mit ihrer freien Hand nun über meine muskulöse und breite Brust. Unser Kuss war wild und stürmisch. Unsere Zungen tanzten erregt miteinander und raubten mir fast den Verstand.

»Was zum Teufel wird das denn, wenn's fertig ist, Nat?«, ertönte plötzlich hinter mir die angepisste Stimme meines besten Freundes.

Frustriert stöhnte ich auf, da er zu keinem unpassenderen Zeitpunkt hätte kommen können. Gerade waren meine Finger an ihrem Ziel angekommen und schon musste ich sie wieder entfernen. Aber nicht ohne wenigstens ein einziges Mal ihre unteren Lippen über dem dünnen Stoff nachzufahren. Ich konnte einfach nicht anders und musste zwei meiner Finger mit leichtem Druck über ihre unteren Lippen streichen lassen.

Scharf sog sie die Luft ein und sah mich mit geweiteten Augen an. Ein letztes Mal küsste ich sie verboten heiß.

»Die Sache hat doch einen Haken, Honey«, raunte ich gegen ihre geschwollenen Lippen. Sie öffnete langsam ihre vor Erregung verhangenen Augen und sah mich fragend an.

»Dein Handy für eine Erklärung. Komm morgen Nachmittag in eine Bibliothek nahe des Central Parks. Die Adresse schicke ich dir, ich hab ja schließlich deine Nummer.«

Da ich viel Zeit mit ihrem Handy verbracht hatte, hatte ich mir natürlich ihre Nummer herausgesucht und abgespeichert, einfach für den Fall der Fälle.

Mit einem leichten Nicken stimmte sie zu. Ich biss mir auf die Unterlippe, dann nahm ich widerwillig Abstand von ihr und gab sie komplett frei.

Nick schenkte ich noch immer keine Beachtung. Der Arsch hatte mir hier schließlich was versaut.

»Na, lauf schon, Honey. Bevor ich dich kleines Ding über die Schulter werfe und mit in meine Höhle nehme«, scherzte ich frech und schenkte ihr ein spitzbübisches Lächeln.

Ich sah ihr die Verwirrung, aber auch die Erregung an. Ihre Wangen glühten in einem niedlichen Rot und ihre Atmung ging noch immer schnell. Unsicher strich sie sich durchs Haar, dann wandte sie sich mit wackligen Beinen von uns ab und verschwand in den Schatten der Gasse. Schmunzelnd sah ich ihr nach und fuhr mir dabei gedankenverloren durch mein wildes Haar.

»Bist du fertig? Bekomm ich jetzt mal 'ne Erklärung, warum du mich einfach stehen lässt und zweimal an einem Tag Scheiße baust? Ich meine, wie dumm kann man eigentlich sein? Hat dir jemand ins Hirn geschissen oder was hast du dir bei der Scheiße hier gerade gedacht?«

Stöhnend wandte ich mich zu ihm um und schenkte ihm einen genervten Blick. Doch eigentlich wusste ich, dass er recht hatte. Es war dumm und hirnlos von mir, mich an die kleine Diebin ranzumachen.

Zudem war sie auch noch Camerons Mädchen. Der große Bruder von Jack und mächtiger Drogenarsch, Cameron Winter. Fuck! Wenn er herausfände, dass ich hier fast sein kleines Prinzesschen wie eine Nutte gegen die Wand gefickt hätte, er würde mich definitiv umbringen. Langsam und schmerzhaft.

Mein Griff in meinem Haar wurde fester, verzweifelter. Ich wusste doch auch nicht, was gerade über mich gekommen war. Eigentlich war ich ihr gefolgt, um endlich Antworten zu bekommen, und nicht, damit sie mein Hirn noch mehr fickte. Ich sollte wütend auf sie sein und sie nicht begehren! Das ging doch nicht!

»Fuck, Nick! Sieh mich nicht so an! Ich weiß es, okay?! Ich habe Scheiße gebaut. Aber ich treff mich morgen mit ihr in der Bibliothek und dann werde ich sie zur Rede stellen, versprochen!«, versuchte ich ihn, aber auch mich selbst, zu überzeugen.

Nicks buschige Augenbraue wanderte ungläubig nach oben.

»Und du glaubst, dass sie sicher kommt? Und warum ausgerechnet die Bibliothek deiner Mum?«, fragte er und klang auch weiterhin nicht überzeugt.

Ich wog leicht den Kopf hin und her.

»Ich denke, dass sie kommt, ja. Schließlich habe ich ihr ihr Handy wiedergegeben. Und den Ort habe ich ausgewählt, damit ich sie eben nicht wieder ficken kann. Oder beinah, wenn du Arsch nicht gekommen wärst«, grummelte ich missmutig hinterher und verließ mit ihm zusammen die Gasse, um zurück in mein Auto zu steigen.

Der Penner lachte nur leise in meinen Rücken, darüber, dass er mir meinen mit Sicherheit mehr als geilen Fick versaut hatte. *Arsch!*

»Na, da bin ich ja mal gespannt, wie dieses Gespräch morgen zwischen euch ablaufen wird. So, wie das gerade bei euch gebrannt hat«, machte er sich auch noch darüber lustig.

Ich schnaubte abfällig, dann fuhr ich los. Aber ja, ich fragte mich auch, wie dieses Gespräch morgen ablaufen würde. Wie würde sie sich verhalten und würde sie mir endlich etwas sagen?

Sich erklären, was all der Scheiß, der mir seit ihrem Auftauchen widerfahren war, zu bedeuten hatte?! Und ihren Namen, ich musste verdammt nochmal wissen, wie sie hieß!

Und die Nummer mit ihrem Lover? Cameron! Was hatte das alles zu bedeuten? Sie war es doch gewesen, die mir meinen Stoff gezockt hatte, und nun stellte sich heraus, dass ausgerechnet sie seine … was war? Mädchen? Schlampe? Freundin?

Wie passte das zusammen und wusste er davon? War das logisch? Verdammte Scheiße! Was ging hier ab und was zum Teufel übersah ich, was so offensichtlich vor mir zu liegen schien.

Doch ich musste mich wohl oder übel bis morgen gedulden und warten, was mir die Kleine bereit war, zu erzählen. Ob sie überhaupt kommen würde. Ich war wirklich gespannt, denn etwas Zweifel hatte ich schon.

KAPITEL 11

Haley

Was zum Teufel war das da gerade gewesen? Und was hatte ich mir nur dabei gedacht, mitzumachen? Wie hatte ich nur seinen Kuss erwidern können?

Aber, Fuck! Sein Zungenpiercing hatte mich wirklich schwach werden lassen. Als ich das kalte Stück Metall an meiner Zunge gespürt hatte, war mein gesamter Körper vor Erregung und Vorfreude erschaudert. Scheiße, was er mit diesem Ding wohl alles machen könnte? Ich stellte es mir an meiner pochenden Perle vor und da war es um mich geschehen. Mein Widerstand brach wie ein Kartenhaus in sich zusammen und meine Mauern durchbrachen.

Wie schaffte er das nur? Wie schaffte es der Kerl mit den schönsten Augen, den sinnlichsten Lippen und dem sexysten Lächeln, was ich je gesehen hatte, nur, mich so dermaßen aus der Bahn zu werfen? Mich?

Noch nie hatte ich solch ein Prickeln verspürt wie bei ihm gerade. Meine Lust auf ihn war unbegreiflich und mehr als bedenklich groß gewesen. Ja, ich hätte mich, ohne auch nur eine Sekunde darüber nachzudenken, von ihm in dieser schäbigen Seitengasse, wo uns jederzeit jemand hätte erwischen können, vögeln lassen. Aber nicht etwa, weil ich eine Schlampe war, die für jeden die Beine breitmachte. Gott, Cam würde jeden einzeln töten, schon allein deswegen nicht. Aber auch, weil es eigentlich nicht meine Art war, außer natürlich sie wurde von mir verlangt. Doch das passierte ja nicht freiwillig.

Nein, wenn es nach mir ging, dann brauchte ich da eigentlich schon immer etwas Zeit. Ich war nicht spießig und zugeknöpft schon gar nicht. Ich hatte einfach zu viel Scheiße erlebt, als dass ich jedem dahergelaufenen Kerl einfach blind vertraute, das war alles. Und für mich gehörte zum Sex einfach Vertrauen dazu.

Also was war dann gerade los mit mir? Ich konnte Mr. Unverschämt-Sexy doch nicht einfach blind vertrauen. Und was war mit morgen? Wie konnte ich dem nur zustimmen? Ich muss verrückt geworden sein und doch war ich neugierig, warum er gerade eine Bibliothek als Treffpunkt ausgewählt hatte. Ein ungewöhnlicher Ort für solch ein Gespräch, was wir morgen wohl oder übel führen würden. Dazu kam noch, dass ich diesen Kerl nicht wirklich mit Büchern oder einer Bibliothek in Verbindung brachte. Mr. Ladykiller und ein Buch? Das konnte ich mir nicht verstellen und dennoch musste ich bei diesem Gedanken unwillkürlich schmunzeln.

Doch es fiel schnell in sich zusammen, als ich einen schwarzen Wagen auf der anderen Straßenseite parken sah. *Scheiße! Hat er uns gesehen?*

Doch diesen Gedanken verwarf ich schnell wieder, denn sollte uns Cam wirklich gesehen haben, so würde er jetzt sicher nicht gemütlich in seinem Mercedes sitzen und auf mich warten. Woher er wusste, dass ich genau hier entlanggehen würde, wusste ich zwar nicht, doch es war ja eigentlich auch egal.

Unsicher ging ich über die Straße, umrundete den Wagen, dann stieg ich auf der Beifahrerseite ein. Keine Ahnung, was mich erwarten würde. Schließlich hatte ich so etwas wie vorhin noch nie getan. Noch nie hatte ich mich ihm derart widersetzt.

Nervös knetete ich meine Finger in meinem Schoß, meinen Blick stur nach vorne gerichtet. Ich wollte ihn nicht ansehen, den Hass, den Zorn, aber vor allem nicht diese Kälte. Jedes Mal aufs Neue durchbohrte sie mich und fraß sich in meine kaputte Seele, breitete sich dort aus und hinterließ nichts weiter als Schwärze.

»Sieh mich an!«, durchschnitt seine Stimme die Stille.

Wie von einem harten Peitschenschlag getroffen zuckte ich zusammen. Doch statt ihn anzusehen, senkte ich meinen Blick. Nicht, um ihn zu provozieren, auch wenn ich wusste, dass ich es unwiderruflich damit tat. Sondern einfach, weil ich mich in seinen gefühllosen Augen nicht verlieren wollte.

Ein unzufriedenes Schnauben ertönte, dann wurde ich auch schon brutal an meinem Kinn gepackt und in seine Richtung gezogen.

Cam hielt meinen Kiefer erbarmungslos und vor allem schmerzhaft in einen schraubstockartigen Griff mit seiner gesamten Hand gefangen. Sein Blick wie befürchtet kalt und hasserfüllt.

»Ich werde dich nicht fragen, was das heute alles sollte. Woher du den kleinen Wichser kennst oder ob es stimmt, was er sagte. Ich werde dich nicht fragen, warum er dein Handy hatte, und ich werde dich auch nicht fragen, was du dir verdammt nochmal dabei gedacht hast, mich zu schlagen. Ich werde dich nur eine Sache fragen, die Wichtigste von allen.«

Er machte eine kurze Pause. Cam liebte es, mich zu verunsichern und mir seine Macht zu demonstrieren.

Kommentarlos ließ ich alles über mich ergehen. Was sollte ich auch sonst tun? Schließlich war ich nicht lebensmüde. Ich wusste, sollte ich ihn jetzt noch einmal verärgern, würde er mich ohne Wenn und Aber abknallen.

Sein Griff wurde noch etwas fester und ich unterdrückte ein

schmerzliches Wimmern. Doch diese Genugtuung gönnte ich ihm nicht.

»Wem gehörst du, Haley?«, raunte er so dunkel und unheilvoll gegen meine Lippen, dass es mich augenblicklich erschauderte.

»Dir«, wisperte ich wie immer die Antwort, die er hören wollte.

»Wem wirst du immer gehören, Haley?«, setzte er heute einen nach. Ich biss mir einmal kräftig auf die Zunge, um mich zu zügeln.

»Dir, Cam. Ich werde immer dir gehören«, flüsterte ich ergeben, schloss meine Augen und konnte nichts gegen die einzelne Träne tun, die meine Wange hinablief.

Ich hasste es, zu weinen, Schwäche zu zeigen. Wussten die Menschen in deinem Umkreis, wie sie dich verletzen konnten, war man schwach und angreifbar. Ungern war ich das Opfer. Auch wenn ich an Cams Seite immer und immer wieder diese Rolle einnahm, aber das nannte man Überlebenskunst.

»Gut! Fasst er dich noch einmal an oder gehst du zu ihm, bringe ich erst ihn um und dann dich. Verstanden, Baby?«

Schnell nickte ich. Noch immer hielt ich meine Augen geschlossen und nun rollten immer mehr Tränen unbarmherzig und unaufhaltsam meine Wangen hinab. Ich konnte sie nicht mehr zurückhalten. Diese Worte, sie waren mir fremd.

Ja, ich wusste, Cam teilte mich nur, wenn es ihm etwas nutzte, sonst billigte er es nicht, dass mich andere Männer berührten, geschweige denn ansahen. Doch er hatte es noch nie so deutlich gemacht wie gerade eben. Noch nie hatte er mir so gedroht. Mein Leben bedroht.

Er drohte mir mit körperlicher oder finanzieller Überlegenheit. Übte seine Macht mit solchen kranken Spielchen wie vorhin in der Gasse mit der Waffe aus. Doch noch nie hatte er solche Dinge zu mir gesagt.

Sah er in Nathan solch eine Bedrohung, oder warum gerade bei ihm? Was verstand ich nicht? Was übersah ich?

Und was zum Teufel machte ich jetzt wegen morgen? Ich hatte Nathan Antworten und eine Erklärung zugesprochen, dafür, dass er mir mein Handy wiedergab. Ich wusste, würde ich morgen nicht auftauchen, würde er mich anrufen oder – schlimmer noch – suchen und bei meinem Glück auch noch finden.

Abrupt ließ Cam von mir ab. Ich wich, soweit es der Platz in seinem Wagen hergab und ohne dass ich mich an meinem Rücken anlehnte, vor ihm zurück und rieb über mein schmerzendes Kinn.

»Gut. Dann vergessen wir jetzt die Sache und du kannst dich heute Nacht anständig bei mir entschuldigen«, informierte er mich nüchtern, dann fuhr er los.

Die gesamte Fahrt und auch noch den restlichen Tag verhielt ich mich ruhig und dachte nach. So viele Fragen auf einmal schwirrten durch meinen Kopf und keine einzige konnte ich beantworten oder kannte eine Lösung dafür.

Ich wusste ums Verrecken nicht, wie er mich so schnell gefunden hatte. Oder warum er so extrem auf Nathan reagierte.

Gedankenverloren spielte ich mit meinem Handy, drehte es in meiner Hand. Bis es klick machte. Wie vom Blitz getroffen setzte ich mich auf, als mir die Erkenntnis kam. *Er hat mein Handy verwanzt!*

Ohne Zweifel! Ich war mir sicher, eine andere Möglichkeit gab es nicht. Cam musste mein Handy gehackt und mit einer App, die ich noch nicht bemerkt hatte, meinen Standort überprüfen. So wusste er immer, wo ich war. Doch warum wusste er dann nicht, dass ich gestern bei Nathan gewesen war? Er schien überrascht gewesen zu sein, als Nathan es ihm vorhin erzählt hatte. Also war ich mir sicher, dass er es nicht wusste.

Wie wohl diese App – oder was auch immer er mir auf mein Handy gespielt hatte – funktionierte? Ich sollte es schnell herausfinden. Vielleicht könnte ich ihn so austricksen. Es für mich nutzen.

Ich wusste, dass ich mal wieder mit meinem Leben spielte, doch ich wollte mir nicht noch mehr von ihm vorschreiben lassen, nur einfach gehen konnte ich auch nicht. Ich gehörte schließlich noch immer ihm. Ich hatte meine Seele an den Teufel verkauft und der Teufel ließ niemanden mehr los. Zumindest nicht lebend.

Stunden grübelte ich noch, bis ich mir sicher war, die Lösung zu haben. Es konnte nur so sein, anders ergab das alles keinen Sinn. Cam konnte meinen Standort mit Sicherheit nur für diesen Augenblick abrufen, aber nicht, wo ich Stunden zuvor gewesen war. Es wäre zu auffällig und würde zu viel Saft und Datenvolumen kosten. Ich hätte die App entdecken und löschen können, also musste er sich eine abgespecktere Variante einfallen lassen, und da Cam Gott und die Welt kannte und es für ihn nicht schwer war, an einen Profihacker heranzukommen, war es ihm ein Leichtes, sein heimliches Überwachungssystem auf mein Handy zu spielen.

Anders konnte es nicht sein. Also wenn ich mein Handy morgen bewusst irgendwo deponierte und ihm weismachte, dass ich dort auch sicher war, könnte ich zu Nathan gehen. Wenigstens für dieses letzte Gespräch, danach durften wir uns nicht mehr sehen.

Ich würde ihm alles sagen, was ich wusste, und das war nun mal nicht besonders viel, danach gingen wir getrennte Wege. Doch es war mit Sicherheit besser so, für uns beide. Das in der Gasse heute, das konnte nicht gesund sein. Es war unvernünftig und gefährlich. Sowas durfte sich nicht mehr wiederholen.

* * *

Die Nacht verbrachte ich damit, Cam glücklich zu stimmen, und deswegen ließ ich ihn alles machen, was er sich wünschte. Leider war unser Sex schon immer verdammt heiß und ganz ehrlich, sonst machte es mir auch nichts aus, mich auf diese Weise bei ihm zu entschuldigen, schließlich hatte ich ja auch etwas davon. Doch heute Nacht war es anders. Immer und immer wieder erwischte ich mich dabei, wie meine Gedanken abschweiften. Weg von Cam und seinem Schwanz, wie er mich hart und geil fickte, und zurück zu heute Nachmittag. Plötzlich spürte ich wieder seine Lippen und seine Zunge mit seinem Piercing in meinem Mund statt Cams.

Unerwartet sehnte ich mir seine hauchzarten Berührungen an meinem Slip zurück, wie Nathans Finger beinah unmerklich meine Schamlippen über dem dünnen Stoff nachgefahren hatten.

Scheiße, ich kam so intensiv und laut bei der Vorstellung, Nathan würde mich gerade ficken, dass ich mir zwanghaft verkneifen musste, seinen Namen zu stöhnen.

Ich bin so dermaßen am Arsch!

KAPITEL 12

Haley

Ich fühlte mich wie ein nerviger Teenie, als ich vor dieser kleinen Bibliothek stand, um mich hier mit Nathan zu treffen. Meine Handflächen waren schwitzig, meine Knie weich wie Pudding und in meinem Magen flatterte es ganz komisch. *Scheiße, was ist das?!*

Konnte doch nicht sein, dass dieser kleine Wichser mich so fühlen ließ. Er hatte mich bestohlen, dazu war er noch grob mir gegenüber geworden und dann fickte er mich beinah rotzfrech in der Öffentlichkeit. *Nein, Haley! Einfach nur nein!*

Um das Cam-Problem hatte ich mich auch gekümmert. Widerwillig hatte er mich gehen lassen. Doch als ich ihm sagte, ich würde eine Shoppingtour machen und er könnte ja gern mitkommen, winkte er schnell ab. Also war ich in ein Taxi gestiegen, hatte mich zwei Straßen entfernt von der Bibliothek absetzen lassen und dem Fahrer gesagt, er solle eine Stunde im Shoppinggebiet herumfahren, immer wieder anhalten, in eines der Geschäfte gehen, irgendein Teil kaufen und dann weiterfahren. Dieses sollte er immer und immer wiederholen. Umtauschen konnte ich die Sachen immer noch und hätte somit einen weiteren Grund, noch einmal allein unterwegs zu sein.

Ich versprach dem Fahrer ein Haufen Geld dafür. Die eine

Hälfte und das Shoppinggeld bekam er im Voraus, den Rest, wenn er mich an derselben Stelle in einer Stunde wieder abholte. Mein Handy ließ ich bei ihm auf der Rücksitzbank.

Noch einmal atmete ich tief durch, schüttelte alle Gedanken an seine zarten Küsse oder seine Finger an meinem Slip ab und betrat die Bibliothek. Ich lief durch den großen Gang und linste in die vielen kleinen Abzweigungen mit den deckenhohen Bücherregalen. Es war schon beeindruckend und wunderschön hier drin.

Die Regale waren in einem alten und dunklen Holz mit Schnitzereien darauf. Die einzelnen Sitzmöglichkeiten waren ebenfalls sehr geschmackvoll eingerichtet und gewählt worden. Alles war darauf ausgelegt, sich hier wohlzufühlen und sein Leseerlebnis zu genießen. Ich war beeindruckt, obwohl ich mir sonst nichts aus Büchern, geschweige denn Bibliotheken gemacht hatte, so verspürte ich hier drin unweigerlich das Bedürfnis, mir ein Buch zu schnappen, mich in einen dieser gemütlich wirkenden Sessel zu setzen und zu lesen.

Schlendernd ging ich durch die Gänge und sah mich nach Nathan um. Ganz hinten, im letzten Eck in einem großen Ohrensessel fand ich ihn endlich und zu meiner Überraschung las er ein Buch.

Bei ihm angekommen wollte ich ihn begrüßen, doch ich als ich sah, wie vertieft er in die Geschichte war, konnte ich es nicht. Mit leicht schiefgelegtem Kopf beobachtete ich ihn etwas genauer.

Irgendwie gab er ein niedliches Bild ab, wie er so dort in diesem herrschaftlich wirkenden Ohrensessel saß, seinen einen Fuß auf dem anderen Knie abgelegt, die Ellenbogen auf den dunkelblauen Lehnen des Sessels abgestützt. In der einen Hand hielt er das Buch, die andere, auf der sein Kopf ruhte, war zur Faust geballt. Das Niedlichste jedoch war, dass sich seine Lippen leicht mitbewegten.

Er war wirklich wahnsinnig vertieft in seine Lektüre und bemerkte mich erst, als mir ein leises Lachen entwich. Ich konnte es mir nicht mehr verkneifen.

Nathan hob erschrocken den Kopf und sah sich etwas irritiert um. Als er mich dann sah, legte sich ein feines Schmunzeln auf seine Lippen.

»Ich hätte dich nicht als Leseratte eingeschätzt«, begrüßte ich ihn grinsend und setzte mich ihm gegenüber. Sein Schmunzeln vertiefte sich.

»So? Wie hattest du mich denn eingeschätzt?«, fragte er mit rauchiger Stimme, die mir sofort wieder dieses Kribbeln bescherte.

Wir sahen uns einen Augenblick intensiv an. Doch dann unterbrach er den Blickkontakt, um ein Lesezeichen in die Seite, auf der er gestoppt hatte, zu stecken. Dann klappte er behutsam das Buch zu, beugte sich nach vorne und legte es auf den kleinen Tisch, der zwischen uns stand. Ich konnte einen Blick nicht verhindern und musste wissen, welches Buch ihn so sehr in seinen Bann gezogen hatte. Als ich den Titel las, war ich jedoch überrascht.

»Wer die Nachtigall stört«, las ich den Titel vor und sah ihm wieder in sein schönes Gesicht.

In seinen smaragdgrünen Augen blitzte etwas auf, ich konnte jedoch nicht genau benennen, was es war. Zur Antwort bekam ich nur ein feines Schmunzeln und ein Schulterzucken.

»Ist ein Klassiker«, erklärte er grinsend und legte den Kopf dabei leicht schief. Seine schwarzen Haare fielen ihm dadurch wild in die Stirn, was seine grünen Augen nur noch intensiver leuchten ließen. *Fuck, diese Augen!*

Nervös kaute ich auf meiner Unterlippe herum und wandte den Blick von ihm ab. Er machte mich nervös, mit seiner gesamten Ausstrahlung, seinem sexy, frechen Lächeln, diesen Augen und seiner rauen Stimme. Ich reagierte viel zu sehr auf ihn, das musste ich unterbinden.

Ich räusperte mich leise, dann sah ich ihn wieder an. Doch sein Blick lag noch immer auf mir, so, als hätte er mich nicht eine Sekunde aus den Augen gelassen. So, als hätte er mich und meine Erscheinung genauestens inspiziert – was er wohl noch immer tat, denn seine Smaragde wanderten langsam an meinem Körper entlang. Sein Blick fuhr wie eine hauchzarte Berührung über meine erhitzte Haut.

Ein Schauer überkam mich und ich zupfte nervös an dem Saum meines Rocks und ärgerte mich im Nachhinein, dass ich schon wieder so dämlich war und in seinem Beisein so leicht bekleidet auftauchte. Doch es war schließlich Sommer und nicht gerade kühl draußen oder verdammt nochmal hier drin! Ich fühlte mich, als wären es hier drin tausend Grad und ich war dabei, zu zerfließen. Meine Wangen und Dekolleté glühten bereits und verrieten, wie erregt ich war. *Verdammte Scheiße! Reiß dich zusammen! So gut sieht er nun auch wieder nicht aus, dass du dich hier wie ein verliebter Teenie geben musst!*, schimpfte ich mich im Stummen selbst.

Ich fand endlich wieder zu meiner Stimme, die mir bis gerade eben einfach ihren Dienst verwehrt hatte.

»Du wolltest Antworten«, unterbrach ich die Stille.

Sein Blick fand sofort wieder in meine Augen. Mit noch immer leicht schiefgelegtem Kopf betrachtete er mich nachdenklich, bis er schließlich leicht nickte.

»Stell deine Fragen, dann können wir wieder unserer Wege gehen und werden uns nie wiedersehen«, giftete ich ihn an.

Sein Blick veränderte sich, als würde er sich über meine Aussage wundern.

»Das sehen wir noch, Honey«, entgegnete er frech und schenkte mir sein scheiß sexy Lächeln. *Gott!*

»Wieso eigentlich Honey?«, fragte ich ihn schnippisch.

»Weil ich deinen Namen noch immer nicht kenne und du süß bist. Deswegen«, antwortete er schulterzuckend.

Ich verzog irritiert die Brauen. *Er findet mich süß? … Schluss jetzt damit, Haley!*

»Haley.«

Warum ich ihm auch noch meinen echten Namen verraten hatte, musste an dem Schlaganfall liegen, den ich wohl oder übel gleich bekommen müsste. Anders ließ sich mein hirnrissiges Verhalten nicht erklären.

Außer dass sein Mundwinkel verdächtig zuckte, bekam ich keine Reaktion von ihm. Wir sahen uns lange an, bis er sich schlagartig breitbeinig in seinem Sessel nach vorne beugte und seine Arme auf seinen Oberschenkeln abstützte. Sein Blick verdunkelte sich etwas, sodass seine smaragdgrünen Iriden noch intensiver leuchteten. Erneut war ich regelrecht hypnotisiert von seinen schönen Augen.

»Na gut, kleine Haley. Dann sag mir doch, was du mit Cameron, diesem Arsch, zu tun hast? Und warum du mir meinen Stoff gezockt hast? Arbeitest du für ihn?«, löcherte er mich mit seinen Fragen.

Für den ersten Moment überlegte ich, was ich ihm sagen sollte. Ob die Wahrheit oder eine Lügengeschichte. Ich hatte mir tatsächlich keine Gedanken über den eigentlichen Grund dieses Gesprächs gemacht. War viel zu aufgeregt gewesen und nervös, was und vor allem welcher Nathan mir heute gegenübertreten würde.

Ich hatte schon herausgefunden, dass er mehrere Gesichter besaß, und ich wollte unbedingt wissen, welches davon sein echtes war. *Dann lass uns spielen, mein Hübscher.*

Ich setzte mich etwas aufrechter auf, dann legte ich langsam das eine über das andere Bein. Dabei rutschte mein Rock etwas weiter nach oben, doch das war schließlich genau so beabsichtigt. Sein Blick glitt sofort zu meinen nackten Oberschenkeln, doch leider blieb die gewünschte Reaktion aus. Seine Mimik schien, als würde es ihn nicht ein Stück reizen, dann wanderten seine Augen wieder in mein Gesicht. *Ehrlich? So soll das laufen?*

»Dieser Arsch, wie du ihn bezeichnest, ist mein Freund, also solltest du besser aufpassen, was du sagst.«

Den Rest seiner Frage ließ ich unbeantwortet. Für einen kurzen Augenblick entgleiste ihm seine Mimik und mir war, als würde ich in seinen Iriden etwas aufblitzen sehen. *Eifersucht?!*

Doch ein verächtliches Schnauben ließ diesen Funken schnell wieder verschwinden und ersetzte ihn und seine Miene durch Spott.

»Ich dachte, du wärst klüger. Aber wenn du meinst, weiter das glückliche Frauchen an seiner Seite spielen zu müssen, dann mach nur. Ich hoffe wenigstens, dass du erkannt hast, dass Cameron viel zu sehr Macho ist, um zu sehen, wie unglücklich du wirklich bist. Er sieht die Sehnsucht nach Freiheit in deinen schönen Augen nicht, Honey. … Aber das ist nicht mein Problem. Du bist hier, weil ich wissen will, warum und wofür du mir meinen Stoff geklaut hast. Deswegen habe ich nämlich mit deinem Herzblatt etwas Stress, weil das sein Stoff war. Also … wieso klaust du mir das Zeug von deinem Sugardaddy?«

Nathan hatte sich wieder in den Sessel zurückgelehnt, den Kopf auf seine Faust abgestützt und durchbohrte mich regelrecht mit seinen Smaragden. Als würde er mich mit seinem Blick gefangen halten.

Trocken schluckte ich. Mein Mund war zur Sahara mutiert und ich brachte keinen Ton heraus, denn schlagartig wurde mir alles klar.

Nicht nur, weil Nathan mich erschreckend schnell und gut richtig eingeschätzt und mein Schauspiel durchschaut hatte, denn das hatte bis jetzt noch keiner, sondern auch, weil die Nummer geplant gewesen war.

Cam hatte Nathan gezielt ausgesucht und deswegen gestern so extrem reagiert. Aber warum? Was sagte er gestern noch? Nathan sollte besser die Kohle besorgen? Etwa die Kohle für den Stoff? *Fuck, was spielt Cam wieder für ein krankes Spiel?*

Ich war so in meinen sich überschlagenden Gedanken vertieft gewesen, dass ich ihn erst bemerkte, als er plötzlich vor mir in die Hocke ging und mich dieses wunderschöne Grün anstrahlte.

Leicht zuckte ich erschrocken zusammen und rutschte etwas nach hinten auf der Couch zurück. Ich wollte ihm nicht so nah sein, nicht nach gestern und generell nie wieder.

Mit leicht schiefgelegtem Kopf betrachtete er mich mit ausdrucksloser Miene. Ich hatte keine Ahnung, was in seinem hübschen Köpfchen vor sich ging. Leider! Dabei würde mich brennend interessieren, was er wusste. Ob er denn überhaupt Informationen hatte?

Plötzlich kam mir die Idee. Ein Geistesblitz. Nathan war ein Kerl und wie alle waren sie leicht zu beeinflussen und dumm in Bezug auf eine Frau, die wusste, was sie wollte, und die ihre Reize gezielt einsetzen konnte. Beides beherrschte ich seit Jahren in Perfektion. Also schenkte ich ihm zu Beginn meiner Show einen filmreifen Augenaufschlag, was ihn sofort irritiert seine schwarzen Brauen verziehen ließ.

Gut, dumm war er wohl nicht, dennoch würde ich ihm nun zeigen, wie es endete, wenn er meinte, mit mir spielen zu müssen.

Spoileralarm! Er verliert, haushoch!

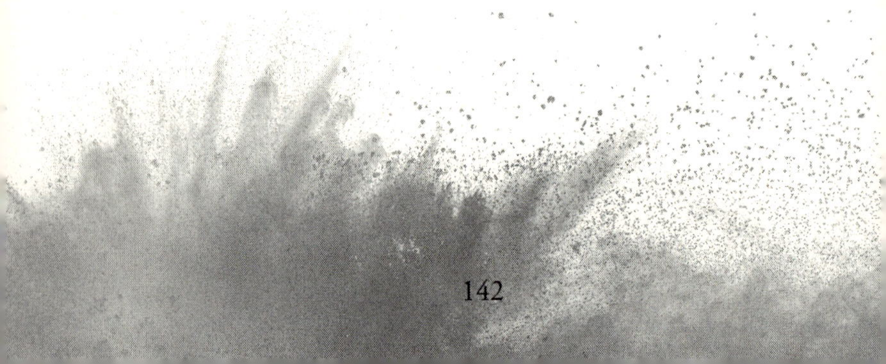

KAPITEL 13

Verwirrt über ihren plötzlichen Stimmungswechsel verzog ich meine Brauen und betrachtete sie eindringlich. Ich verstand nicht ganz, was sich nun verändert hatte oder was sie nun im Schilde führte. Doch dass dieses kleine Biest gerade etwas in ihrem hübschen Köpfchen ausheckte, war kaum zu übersehen. *Willst du wirklich mit mir spielen, Honey?*

Ihre Miene veränderte sich, wurde weich und doch schlich sich ein verruchter Ausdruck darauf. Er war kaum zu sehen und dennoch sprang er mir regelrecht ins Gesicht. Machte sie es mir so leicht oder konnte ich sie einfach wahnsinnig gut lesen? Schon vorhin war mir so gewesen, als hätte ich mit meiner Vermutung über sie und ihre Beziehung zu Cameron recht gehabt. Als hätte ich voll ins Schwarze getroffen. Doch ihre Augen hatten mir all das nun mal gesagt. Sie war unglücklich, ob sie es sich eingestehen wollte oder nicht. Und sie wollte nichts sehnlicher, als frei zu sein.

Meine Neugier auf dieses Mädchen wurde von Mal zu Mal größer. Ich wollte unbedingt wissen, was denn nun von all dem echt war und was nur Schein. Wer war die echte Haley und welches Gesicht zeigte sie nur der Welt? Was war ihr widerfahren, dass sie es für nötig hielt, hier nun gleich so eine Nummer abziehen zu müssen? Denn ich wusste, ohne dass sie überhaupt zu sprechen angesetzt hatte, was nun als Nächstes kommen würde. Nur überlegte ich noch, ob ich sie auflaufen ließ oder mitspielen sollte, dann aber das Spiel gewinnen würde.

Sie hatte bereits ihre Bühne betreten und spielte ihre Rolle, als sie sich dicht zu mir beugte, mir dadurch einen viel zu großzügigen Blick in ihren Ausschnitt gewährte, mir damit zeigte, dass sie keinen BH trug, und zur Krönung auch noch mit ihren viel zu weichen Lippen mein Ohrläppchen berührte. Ein Biest war sie ja schon, dennoch ließ ich sie erst einmal machen, auch wenn die Vorstellung von ihrem nackten Brüsten unter diesem dünnen Shirt meinen Schwanz verzweifelt zucken ließ.

»Und was ist mit dir, mein Hübscher? Was sind deine Beweggründe, Stoff verticken zu müssen? Du scheinst es doch nicht unbedingt schlecht zu haben«, schnurrte sie mir regelrecht in mein Ohr.

Ich musste den erregten Schauer, den sie mir dadurch entlocken wollte, zwanghaft unterdrücken. So leicht wollte ich es ihr schließlich auch nicht machen.

»Wie kommst du darauf, Honey?«, fragte ich sie raunend und legte eine Hand auf ihrem nackten Knie ab. Ihre Haut war so weich und warm, dass ich nicht wusste, ob ich hier mehr mich oder sie folterte.

»Ich bin gut im Beobachten. Deine Schuhe sind nicht abgelatscht und du trägst immer andere. Markenschuhe und Hoodies. Dein Auto ist zwar nicht das Neuste, dennoch nicht billig. Dein Geldbeutel war aus echtem Leder und kaum abgenutzt.«

Ich lehnte mich bei ihren Worten etwas nach hinten, um sie ansehen zu können. Denn was sie mir hier alles aufzählte, verblüffte mich dann doch etwas.

Sie hatte recht, die Kleine war eine gute Beobachterin und dazu lag sie mit allem richtig. Die meisten meiner Sachen waren nicht billig, jedoch alle selbstgekauft. Auch mein Wagen, deswegen ja der Nebenjob bei Jacks Familie. Ich wollte auf nichts im Leben verzichten, jedoch auch nicht von irgendjemandem abhängig sein. Zumal mein Vater mir so oder so kein Geld geben würde, nicht einfach so, ohne triftigen Grund. So hatte er mich auch nicht erzogen.

Ein kleines wissendes Lächeln stahl sich auf ihre schönen Lippen. *Fuck, diese Lippen!*

Noch immer hockte ich dicht vor ihr, mit schiefgelegtem Kopf betrachtete ich sie, während meine Hand wie von selbst an ihrem Knie auf Wanderschaft nach oben ging.

»Und du, Prinzessin? Wann willst aus deinem behüteten Schloss ausbrechen?«

Mein Lächeln weitete sich, als ich diesen kleinen unsicheren Funken in ihren schönen bernsteinfarbenen Augen wahrnahm. So schnell er kam, so schnell verflog er auch wieder, dennoch wusste ich nun, dass ich sie mit solchen Aussagen, wenn ich voll ins Schwarze traf, verunsichern konnte.

»Warum hast du es nötig, meinen Stoff zu zocken? Was hat dir das gebracht?«, fragte ich sie mit rauchiger Stimme und wanderte ungeniert mit meinen flinken Fingern ihren zarten Oberschenkel weiter nach oben. Mein Blick blieb dabei nur auf ihrem ebenen Gesicht haften. *Shit, warum muss sie auch so schön sein?*

Ich sah es ihr an, sie wusste nicht, was sie mir darauf antworten sollte, und das wiederum sagte mir, dass sie nicht von Cameron eingeweiht worden war. Sie wusste nicht, was der Pisser mit mir vor oder geplant hatte. Sonst würde sie sich anders geben. Anders handeln und vor allem anders auf mich reagieren.

Auch nach einem langen Moment antwortete sie mir nicht. Dabei hatte ich sie ehrlich gesagt als schlagfertig empfunden und eingestuft. Verunsicherte ich sie so sehr? War es mein Tun oder waren es doch meine Worte? Oder die Mischung aus beidem? *Probieren wir es doch einfach mal aus.*

Mit einem schnellen und bestimmten Griff nahm ich ihren Schenkel, löste ihre Beine voneinander, um sie dann so weit zu spreizen, dass ich mich nun zwischen sie knien konnte. Ihre Augen wurden immer größer, doch sie hatte sich nicht einen Millimeter bewegt, geschweige denn mich davon abgehalten, frech ihre Beine in diesem kurzen Rock einfach zu spreizen. Ihr schwarzes Spitzenhöschen blitzte mir entgegen, doch ich versuchte, ihm nicht allzu viel Beachtung zu schenken, und legte nun meine beiden Hände links und rechts auf ihren Knien ab. Mein Blick nur auf ihr Gesicht gehaftet und mit einem teuflischen Lächeln auf den Lippen, ließ ich meine Finger langsam und zärtlich hinaufwandern.

»Du weißt es nicht, habe ich recht? Du wusstest nie etwas darüber. Du hast einfach das getan, was dir dein Sugardaddy aufgetragen hat. Ohne zu hinterfragen oder darüber nachzudenken. Du kommst in die Kneipe meines Vaters, machst mich an, bläst mir anschließend einen, nur damit mir dein Lover meinen – seinen – Stoff klauen kann. Ich weiß nicht, ob das mehr über dich, ihn oder eure *Beziehung* aussagt. Aber das ist auch gerade nicht von Belang. Ich weiß nun, was ich wissen wollte. Damit sind wir hier fertig.«

Meine Finger waren während des Redens an ihren Innenschenkeln angekommen und wanderten weiter zu ihrem Höschen.

Meine Lippen hatte ich dicht zu ihren geführt und raunte die letzten Worte nur noch leise. Unser Atem mischte sich. Ihrer hatte sich beschleunigt. Ihr Brustkorb hob und senkte sich ebenfalls schneller.

»Zu schade aber auch. Ich hätte das hier gern noch etwas … vertieft.« Mit dem letzten Wort schob ich ihr Höschen beiseite und tauchte ohne Vorwarnung mit meinem Mittelfinger in ihre Nässe ein.

Zum Glück befanden wir uns im letzten Eck der Bibliothek, wo uns keiner sehen konnte und auch selten jemand war. Deshalb war hier auch mein Lieblingsplatz.

Leise keuchte sie auf und sah mich mit immer größer werdenden Augen an. Oh, wie gern ich hier und jetzt weiter mit ihr gespielt hätte, sie weiter gereizt und geneckt hätte. Ihr ein leises Stöhnen entlockt hätte, wenn sich mein Finger in ihr gekrümmt, während mein Daumen ihre Perle gestreichelt hätte. Shit, ja das hätte ich nur allzu gern getan, doch ich meinte ernst, was ich eben gesagt hatte. Wir waren hier fertig. Es war besser so.

Zum einen, weil sie mir nicht mehr weiterhelfen konnte – schließlich wusste sie noch weniger als ich – und zum anderen, weil ich merkte, wie meine Neugier und mein Verlangen auf dieses kleine Biest von Sekunde zu Sekunde, in der ich bei ihr war, wuchsen. Denn eigentlich war es nicht geplant gewesen, sie heute wieder anzufassen. Mich in ihre verführerische Enge zu schieben und mir vorzustellen, dass nicht mein Finger gerade tief in ihrer Nässe verweilte, sondern dass sich mein harter Schwanz in ihren Eingang schob, sie dehnte und schlussendlich komplett ausfüllte. *Fuck!*

Mein Schwanz drückte sich schmerzhaft gegen meine Jeans, ich musste das hier abbrechen, bevor ich dazu nicht mehr in der Lage war. Denn noch hatte ich die Oberhand über sie und diese wollte ich unter keinen Umständen an sie verlieren, wenn sie mitbekam, wie sehr auch mich das hier erregte.

Also zog ich langsam meinen Finger aus ihrer verführerischen Nässe zurück und schob ihren Slip zurecht. Der Anblick meines von ihrer Geilheit glänzenden Fingers ließ meinen Schwanz noch einmal hart zucken. *Shit!*

Wie von selbst leckte ich mir hektisch über die Lippen und starrte auf meinen feuchten Finger. Was hatte ich mir nur dabei gedacht?

Plötzlich umfasste sie mein Handgelenk und ließ mich wieder im Hier und Jetzt ankommen. Mein verschleierter Blick klärte sich allmählich wieder und ich sah zu ihr auf. Doch als mir klar wurde, was als Nächstes folgen würde, presste ich kräftig meine Lippen aufeinander und bemühte mich, tapfer zu sein. Eigentlich sollte ich jetzt aufspringen und rennen, als wäre der Teufel höchstselbst hinter mir her. Sollte zusehen, dass ich so weit und schnell wie möglich von ihr wegkam. Eigentlich!

Doch das, was sich hier gerade abspielte, hypnotisierte mich regelrecht. Wie Haley meinen von ihrer Lust glänzenden Finger gerade zwischen ihre sinnlichen Lippen schob und ihn genüsslich ableckte. Ihre Zunge wanderte gierig und gleichzeitig spielerisch auf und ab an ihm. Sofort wurde ich an ihren leider viel zu geilen Blowjob erinnert. In meiner Hose wurde es immer enger und meine Gedanken waren alles andere als jugendfrei.

Fuck! Ich wollte dieses Biest! Hier und jetzt. Ich wollte sie so dermaßen, dass es beinah körperlich schmerzte.

Mit einem schmatzenden Geräusch ließ sie meinen Finger wieder aus ihrem Mund gleiten, nur um mich augenblicklich mit einem herausfordernden Lächeln zu bestrafen. *Kleine Fotze!*

Ein tiefes Knurren presste sich aus meiner Kehle, doch ich wusste, dass ich heute gegen sie verloren hatte. Ich würde kein weiteres Spielchen mehr überstehen, ohne entweder wie ein spitzer Teenie in meine Hose zu spritzen oder sie zu packen und hier auf dieser Couch, in der Bibliothek meiner Mutter, wundzuficken. Daher erhob ich mich, schnappte mir mein Buch und wandte mich bereits von ihr ab, als ich mich über die Schulter sprechend von ihr verabschiedete.

»Gut gespielt. Bis zum nächsten Mal, kleine Haley!« Damit ließ ich sie allein.

Ja, ich sagte, ich würde sie nicht wiedersehen, doch wir wussten beide, dass das Bullshit war. Denn wie sollte ich dieses Mädchen bitte aus meinem Kopf bekommen, geschweige denn nie wiedersehen? Wenn ich noch nicht einmal wusste, wie sie wirklich schmeckte oder sich anfühlte. Wie sie stöhnte, wenn ich sie fickte.

Ach, verdammt nochmal! Ich bin am Arsch!

KAPITEL 14

Haley

Keine Ahnung, wie lang ich noch mit rasendem Puls und schneller Atmung einfach nur auf der Couch gesessen und Nathan hinterhergesehen hatte, obwohl er schon lange nicht mehr zu sehen gewesen war. Gefühlt waren es bereits Stunden und noch immer war ich nicht in der Lage, mich zu rühren, geschweige denn meine Gedanken zu ordnen.

In meinem Kopf drehte sich alles. Nichts war dort, wo es hingehörte, kein Stillstand war in Sicht. Ich war so verwirrt und durcheinander, dass ich rein gar nichts mehr verstand.

Tausend Fragen schossen mir durch den Kopf, auf die ich einfach keine Antwort wusste.

Wer war Nathan wirklich? Was hatte Cam mit ihm vor? Solche und einen Haufen anderer. Doch die wichtigste und beunruhigendste Frage, deren Antwort mir ebenfalls verwehrt blieb, war, was zum Teufel los mit mir war. Wie konnte ich mich so von Mr. Sexy verführen lassen, zum zweiten Mal wohlbemerkt!

Wie machte er das? Was hatte er bitte an sich, dass mich schwach werden ließ, sobald ich nur in dieses schöne Grün sah? Und fuck, seine Finger! Was konnte dieser Kerl bitte mit seinen magischen Fingern anstellen? Nicht nur, dass sie wahnsinnig flink waren, wie ich an meinem Handy gesehen hatte. Nein, er wusste sie auch noch genau bei einer Frau einzusetzen.

Und, o Gott! Was mich dort gerade überkommen hatte, seinen Finger abzulecken, wusste ich auch nicht. Ehrlich nicht. Zwar hatte ich im Nachhinein festgestellt, dass ich dadurch unser kleines Machtspielchen gewonnen hatte, geplant war diese Aktion jedoch keineswegs gewesen. Ich war froh, dass er es nicht bemerkt zu haben schien. Doch so schnell, wie er dann abgehauen war, und seiner riesigen Beule in seiner Hose nach zu urteilen, würde ich sagen, dass auch ihn die Sache hier ziemlich scharf gemacht hatte.

Nathan hatte recht. Wir waren hier fertig. Wir mussten hier fertig sein! Und doch hatte er sich so verabschiedet, als wüsste er, dass wir uns wiedersehen würden.

Wollte ich ihn denn wiedersehen? Die Antwort auf die Frage kannte ich. Doch ich wollte sie mir nicht selbst beantworten. Ich wollte nicht einmal darüber nachdenken. Durfte nicht daran denken. Es war nicht richtig. Gefährlich und das Dümmste, was ich je getan hatte. Die Sache war klar. Ich durfte Nathan nicht wiedersehen!

Entschlossen nickte ich mir zu. So schwer würde das schon nicht werden. Schließlich kannte ich den Kerl eigentlich nicht. Wusste nichts über ihn oder sein Leben. Ich würde ihn sicher schnell vergessen und weiter mein Leben leben.

Ich erhob mich von der Couch und verließ mit noch immer leicht wackeligen Beinen die Bibliothek. Ein kleines Schmunzeln legte sich, ohne dass ich es wollte, auf meine Lippen. *Er und ein Buch … Wer hätte das gedacht?*

Mein Taxi mit meinem Handy auf der Rücksitzbank kam zum Glück pünktlich. Ehrlich, ich hatte etwas Schiss gehabt, dass der Fahrer nicht wiederkommen würde.

Seufzend bat ich den Fahrer, mich zurück nach Hause zu bringen. Die Fahrt verging schnell, sodass ich nicht viel Zeit hatte, über den heutigen Tag nachzudenken. Schließlich sollte ich ja nicht mehr an ihn denken.

Vor dem Penthouse von Cam angekommen drückte ich dem Fahrer den Rest seiner versprochenen Kohle in die Hand, schnappte mir mein Handy und die vielen Tüten und stieg aus. Ich nahm den Aufzug bis in unser Stockwerk, schloss dir Tür auf und betrat das Penthouse. Zu meinem weiteren Glück heute stellte ich fest, dass ich allein war. Na, wenigstens etwas.

So musste ich Cam nicht erklären, warum mir wahrscheinlich nicht einmal die Hälfte in den Tüten passte. Vielleicht hatte er mich auch nicht großartig beobachtet, sonst wäre er doch sicher hier und hätte auf mich gewartet. Mich wieder zur Rede gestellt.

Gedankenverloren legte ich mich seitlich auf unsere großzügige Ledercouch. Ich vermied es noch, mich auf meinen Rücken zu drehen, da mein Tattoo noch zu frisch war.

Seufzend ließ ich den Tag noch einmal Revue passieren und sammelte meine Erkenntnisse zusammen. Zusammengefasst hatte ich nichts. Weniger als nichts, außer noch mehr Fragen, auf die ich ums Verrecken keine Antworten kannte und wohl auch nicht so schnell bekommen würde.

Ohne dass ich es wollte oder hätte steuern können, fanden meine Gedanken wieder zu ihm und seinen Fingern. *Verdammt nochmal!*

Nicht einmal einen Tag schaffte ich es, diesen Kerl aus meinem Kopf zu verbannen. Vielleicht musste ich einfach Druck ablassen?

Ich beschloss, meine Gedanken ein letztes Mal zu Nathan schweifen zu lassen. Zu viel hatte sich aufgestaut. Und das gerade in der Bibliothek … noch immer kribbelte es wegen ihm zwischen meinen Schenkeln.

Ich schloss meine Augen und entspannte mich, während ich meine Hand zu meiner Brust wandern ließ. Nach wie vor lag ich auf der Seite und umschloss mit meiner Hand eine Brust, strich mit meinem Daumen über den dünnen Stoff meines Shirts und brachte durch die Reibung meinen Nippel zum Aufstellen. Erregt leckte ich mir über die Unterlippe und sog sie zwischen meine Zähne, während ich meine Brüste mit einer Hand abwechselnd kräftig massierte. Ich stand einfach darauf, wenn man mich grob dort anpackte.

Schnell wanderte meine Hand unter mein Shirt, damit ich meine Nippel hintereinander im Wechsel immer wieder kräftig zwischen meinen Fingern zwirbeln konnte. Ein leises Keuchen entwich mir, als der leichte Schmerz einsetzte. Ich liebte es, Lust und Schmerz beim Sex miteinander zu verbinden.

In meiner Fantasie waren es Nathans große Hände, die meine Brüste so gekonnt massierten und mir dadurch ein erregtes Seufzen nach dem anderen entlockten. Vor meinem inneren Auge sah ich ihn vor mir und wie seine tätowierte Hand meine Brust umschloss. Nathan hatte einen volltätowierten Arm, der andere war blank. Die vielen dunklen Symbole hatten sich bereits in mein Hirn eingebrannt.

Bei dieser Vorstellung presste ich meine Schenkel fest aufeinander und begann mit meinem Becken zu kreisen, erzeugte dadurch an meinem Lustzentrum eine Reibung, die das Kribbeln in meiner Mitte immer mehr verstärkte. Doch schnell reichte mir das nicht mehr, ich wollte mehr.

Da ich mich durch mein Tattoo nicht auf den Rücken legen konnte, ohne dass es wehtat und dass es mich bei meinem Tun stören würde, legte ich mich stattdessen auf den Bauch, spreizte meine Beine und führte meine Hand unter meinen Rock zu meinem Höschen. Kaum berührte ich den dünnen Stoff, spürte ich bereits die Nässe. Shit! Ich war so geil, dass ich auslief, ohne dass er oder ich mich großartig berührt hatte.

Mein Finger strich mit leichtem Druck immer und immer wieder über meinem Slip meine Schamlippen nach. Doch ich war zu ungeduldig, um weiter mit mir zu spielen, also schob ich, wie Nathan es vorhin getan hatte, mein Höschen zur Seite, teilte meine Schamlippen und legte meine bereits pochende Perle frei.

Kaum übte ich leichten Druck auf sie aus, stöhnte ich in das Leder der Couch. Mein Arsch reckte sich wie von selbst nach oben und ich begann, mein Becken meinen kreisenden Bewegungen an meiner Klit anzupassen.

Keuchend biss ich mir auf die Unterlippe, während ich mit meiner Hand mein Lustzentrum verwöhnte.

Wieder zeigte mir meine Fantasie seine großen Hände, wie sie wie gestern gekonnt meinen Kitzler massierten. Ihn im richtigen Moment drückten, nur um ihn dann wieder hauchzart zu umkreisen. Ungeduldig und immer drängender ließ ich mein Becken kreisen.

Mein Stöhnen nahm zu, als ich mit meinem Mittelfinger in meine Nässe eintauchte und mich die Erinnerung an heute übermannte. Ich konnte seinen Finger noch ganz deutlich in meiner Öffnung spüren, wie er sich einfach ohne Vorwarnung langsam in mich geschoben und ich innerlich nach mehr gebettelt hatte. Ich wollte ihn, schon gestern wollte ich nichts mehr, als hart und geil von ihm gegen die Mauer der schäbigen Gasse gefickt zu werden.

Ich wollte seinen Schwanz tief, sehr tief in mir spüren. Wollte seine Hand auf meiner Kehle spüren, wie sie mich besitzergreifend hielt, nicht zu fest und doch so, dass ich den Druck deutlich beim Schlucken spürte. Ich wollte, dass er mich mit seiner Zunge beherrschte und bei Gott, ich wollte sein Zungenpiercing unbedingt noch an einer anderen Stelle als meinem Mund spüren.

Bei dem Gedanken, wie das kalte Metall über meine erhitzte

Perle schnellen würde, stöhnte ich laut auf und begann mich schnell mit mehreren Fingern zu ficken. Meinen Handballen drückte ich dabei gekonnt auf meinen Kitzler und stimulierte mich damit zusätzlich. Mein Becken drückte sich meinen Fingern entgegen, ließ mich regelrecht die Couch ficken, während sich meine andere Hand verzweifelt in die Polster krallte. Mit schnellen Bewegungen und schmatzenden Geräuschen beglückte ich mich selbst und dank meiner Fantasie und den Erlebnissen der letzten beiden Tage kam ich laut und intensiv.

Ich presste mein Gesicht in das kalte Leder, damit ich nicht das ganze Penthouse zusammenschrie. Auch wenn ich allein war und es mir hätte egal sein können, so musste ich ja dennoch nicht das ganze Haus an meinem Spaß teilhaben lassen.

Erschöpft und befriedigt streckte ich mich auf der Couch aus und keuchte gegen das Leder. Nachdem das Kribbeln und Nachbeben allmählich nachgelassen hatten, nahm ich meine Hand aus meinem Höschen und beschloss, duschen zugehen. Meine Innenschenkel und mein gesamter Slip trieften von meiner Nässe. Ich musste mich dringend waschen.

Davor verräumte ich allerdings noch die Tüten in meinen Schrank, damit Cam nicht sofort über sie stolperte. Mit einem gesättigten Lächeln auf den Lippen betrat ich anschließend das Badezimmer, entledigte mich meiner Klamotten und stieg unter die Dusche.

Auch wenn ich wusste, dass ich Nathan nicht wiedersehen durfte, schon gar nicht nach der Nummer hier gerade, musste ich dennoch befriedigt grinsen, während ich mich einseifte. Dieser Kerl bedeutete nichts als Ärger, und seitdem ich diese Kneipe betreten hatte und auf ihn getroffen war, hatte ich auch nichts als diesen, und doch musste ich unweigerlich an ihn denken und dabei schmunzeln.

Shit! Was hatte dieser Kerl nur bitte an sich, solch einen Teeniescheiß mit mir abzuziehen? Ich dachte nicht an Männer und wenn, dann sicher nicht mit einem breiten Lächeln auf meinen Lippen. Sie waren da, um mir Spaß und Freude zu bereiten oder meine Sachen zu zahlen, und nicht, um mir ein merkwürdiges Kribbeln in meiner Magengegend zu bescheren, mein Hirn zu ficken oder ein anstrengendes Dauergrinsen auf meine Lippen zu zaubern.

Ob es ihm genauso ging? Dachte er an mich? Und wenn ja, auf welche Art und Weise? *Herrgott, Schluss jetzt damit, Haley!*, schimpfte ich im Stummen mit mir selbst. Ich musste ihn ein für alle Mal vergessen. Es war besser so. Ich konnte es mir auf keinen Fall leisten, Cam noch einmal wegen ihm zu verärgern.

Ich verbannte einfach die letzten Tage aus meinem Gedächtnis. Kein Stoff, den ich gezockt hatte. Kein sexy Barkeeper, dessen Augen mir allein schon ein feuchtes Höschen bescherten. Kein Cam, der aus unerfindlichen Gründen seinen eigenen Stoff von einem *seiner* kleinen Dealer klaute. Nichts dergleichen. Einfach mein normales Leben, wie es immer ablief.

Ich tat, was Cam von mir wollte, lächelte in seiner Gegenwart niedlich, hatte heißen Sex mit ihm, ohne dabei an einen gewissen Barkeeper zu denken, und genoss ansonsten den Luxus, den er mit sich brachte. So und nicht anders würde das nun ablaufen, Ende der imaginären Diskussion mit mir selbst!

Wer außer mir glaubte auch nicht daran?

KAPITEL 15

Blake

»Willst du das wirklich machen, Blake?«, hakte Ryan nun schon zum dritten Mal nach und ging mir damit gehörig auf den Sack.

Ich schenkte ihm nur noch einen genervten Seitenblick, dann stieg ich bei unserem Ziel angekommen aus dem Wagen aus.

»Wenn du dich einscheißt, dann bleib am besten im Wagen«, brummte ich über die Schulter und ging voran. Doch ich kam nicht weit, mein bester Freund umrundete schnell mein Auto und hielt mich am Arm gepackt davon ab, weiterzugehen. Seufzend gab ich nach und wandte mich zu ihm um.

»Blake, jetzt warte doch mal! Du kannst doch nicht einfach hinter Nathans Rücken hierherkommen und seine Scheiße für ihn klären. Und dich obendrauf dann noch mit einem wie Winter anlegen und Streit anzetteln. Wir sind keine zwanzig mehr«, hielt mir Mr. Gesetzesbrecher tadelnd vor.

Etwas musste ich ja schon über den Bullshit, den er hier verzapfte, schmunzeln. Doch ich bemühte mich, ernst zu bleiben, und verschränkte stattdessen die Arme vor der Brust.

»Ich bin auch nicht hier, um einen Streit anzuzetteln. Ich werde dort reingehen, höflich mit meinem Ex-Mithäftling reden, ihm einen fetten Scheck ausstellen und wieder gehen. Das war's«, erklärte ich ihm achselzuckend.

Ryans buschige Augenbraue wanderte abschätzig nach oben. Er glaubte mir kein Wort. Gut, so ganz stimmte meine Aufzählung auch nicht, doch das musste ich ihm ja nicht auf die Nase binden. Außerdem hatte ich wirklich vor, das hier friedlich zu lösen. Ryan hatte recht, wir waren keine zwanzig mehr und eigentlich könnte mir dieser ganze Scheiß nicht egaler sein, wenn es sich hierbei nicht um meinen Sohn handeln würde, dem ich für diese Dummheit am liebsten eine gehörige Tracht Prügel geben würde, statt das hier so zu regeln.

»Jetzt komm schon«, forderte ich Ryan weiter dazu auf, endlich diese Protzhütte, die Winters Zuhause darstellen sollte, zu betreten.

Ich hatte die Adresse von Nick, sagten wir mal, erfahren. Er war nicht begeistert gewesen und dennoch hatte er sie mir gegeben und dazu noch geschworen, Nat nichts zu sagen. Ein leichtes Schmunzeln breitete sich auf meinen Lippen aus. Schon nützlich, wenn man wie Hulk, nur nicht in Grün, aussah.

Die bösen Seitenblicke meines besten Freundes ignorierend klingelte ich an der Protztür. Selbst die Scheißtür strahlte seine Überheblichkeit aus. Der Penner hatte sich wirklich nicht verändert, nur dass er nun anscheinend etwas schlauer geworden zu sein schien. Schließlich war er einer der größten Drogendealer, Kuriere – und was der Kerl nicht noch alles mit dem Dreckszeug anstellte. So wie ich gehört hatte, konnte man ihm nichts anhängen. Auch wo sein Lager mit all dem Stoff war, wusste keiner.

»Warum bin ich überhaupt mitgekommen?«, maulte Ryan leise vor sich hin.

Mein Mundwinkel zuckte, doch als die große Holztür geöffnet wurde, wurde meine Miene wieder ernst.

Wir wussten beide, warum er mitgekommen war. Nicht, weil ich hier unbedingt Verstärkung brauchte, sondern damit er auf mich aufpassen konnte, wie er es schon immer mehr auf mich als ich auf ihn getan hatte. Das wussten wir beide. Auch wenn Ryan grundsätzlich in all den Jahren die Scheiße angezogen hatte wie sie die Fliegen, so war es dennoch er, der immer ein Auge auf mich und mein unbändiges Temperament gehabt hatte. Vor allem in den letzten Jahren.

Eine junge Haushälterin stand nun vor uns und betrachtete uns mit immer größer werdenden Augen. Kein Wunder. Wir, und vor allem ich, sahen nicht besonders friedlich gestimmt und vertrauenerweckend aus. Doch diese Vorurteile störten mich nicht, schließlich begleiteten sie mich schon mein ganzes Leben.

»Ja, bitte?«, fragte das junge Ding uns unsicher.

Beide legten wir unser charmantestes Lächeln auf. Ich musste ihn nicht ansehen und wusste, dass es so war.

»Wir würden gern zu Mr. Winter. Es geht um seinen Sohn und es ist dementsprechend dringend«, forderte ich sie höflich und doch bestimmt auf.

Meine rauchige und gleichzeitig ruhige Stimme half mir wie immer dabei, zu bekommen, was ich wollte. Auch wenn ich es, seitdem Freya an meiner Seite war, nicht mehr darauf anlegte, gut bei Frauen anzukommen, so wusste ich, ich tat es dennoch. Warum dann in solchen Momenten wie diesen nicht nutzen?

Ihr verschreckter Gesichtsausdruck wich einem besorgten, ehe sie leicht nickte, die Tür ganz öffnete und uns somit hereinbat. Ryan und ich folgten ihrer stummen Anweisung und traten ein.

In der großen und völlig übertriebenen, protzigen Eingangshalle angekommen, bemühte ich mich, mich nicht allzu sehr umzusehen. Mit meinem Aussehen und meiner Vergangenheit sollte man das lieber unterlassen. Also nahm ich den Blick von all den Kostbarkeiten und sah zu Ryan, während wir darauf warteten, dass die Haushälterin mit Winter im Schlepptau wiederkam.

»Benimm dich, Blake«, mahnte er mich flüsternd, als wir Stimmen im oberen Stockwerk vernahmen, die näherkamen.

Ich verdrehte nur genervt die Augen, verschränkte die Arme vor meiner Brust und wartete auf den Wichser, der meinte, Hand an meinen Sohn legen zu müssen und dann auch noch Geld von ihm zu fordern.

Ich wusste, Nathan wollte nicht, dass ich die Sache für ihn klärte, und als Vater war ich auch stolz auf ihn, dass er seinen Scheiß allein regeln wollte. Doch das hier war einfach eine Nummer zu groß für den Jungen. Winter war ein rachsüchtiger Psychopath, der über Leichen ging, wenn es sein musste.

Winters fluchende Stimme ertönte und einen Augenblick später kam er die Treppe zu uns herunter, nur um dann, als er mich sah, auf dem Treppenabsatz zu stoppen. Er schien für den ersten Moment überrumpelt von meinem Auftauchen zu sein. Doch er fing sich schnell wieder, legte sein scheiß überhebliches Grinsen auf und kam mit hinter dem Rücken verschränkten Armen auf uns zu.

Winter trug einen perfekt sitzenden Maßanzug. Seine Schuhe waren sicher mit Spucke poliert, so wie sie glänzten, und seine schwarzgraumelierten Haare lagen ordentlich nach hinten gekämmt, sein Bart war akkurat gestutzt. Scheiße, wenn er damals so in den Knast gekommen wäre, hätte er keine zwei Tage überlebt. Solche geleckten Würstchen, wie er nun eins war, machten es nicht lang. Entweder wurden sie zu persönlichen Schlampen von höhergestellten Insassen oder sie gingen drauf. Selten gab es etwas dazwischen.

Ich konnte nichts für mein abschätziges Lächeln, das sich bei seinem lächerlichen Aufzug auf meine Lippen legte.

»Cunningham? Was für eine Überraschung«, säuselte er überheblich und blieb dicht vor mir stehen. Er war etwas kleiner als ich, sodass ich zu ihm nach unten sehen musste. Mein Lächeln weitete sich.

»Winter! Na, ich denke, so groß kann die Überraschung nach dem Besuch meines Sohnes letztens nicht wirklich sein«, entgegnete ich ihm mit dunkler Stimme. Auch über seine Lippen glitt ein feines Lächeln.

»Immer noch ganz der Alte, hm? Und wer ist das? Dein kleiner Cheerleader?«, machte er sich über Ryan lustig. Doch beide ignorierten wir seinen billigen Versuch, uns zu provozieren.

»Da wir uns nun alle begrüßt haben, können wir ja zum wichtigen Teil übergehen«, unterbrach ich die angespannte Stille.

Winter nahm verzögert den Blick von Ryan, er hatte ihn länger gemustert. Wahrscheinlich, um zu überlegen, ob er ihn ebenfalls aus dem Knast kannte. Ich scherte mich allerdings nicht um das Warum. Schließlich ging es hier nicht um Ryan, sondern um Nat.

»Und du kommst in mein bescheidenes Heim, weil …?«, fragte der Wichser mich überheblich grinsend. Ich schnaubte verächtlich auf und fixierte ihn mit einem strengen Blick.

»Du hast ein Problem mit meinem Sohn und ich bin hier, um das zu klären. Also sag mir einfach, wie viel er dir genau schuldet, schlag noch deine übertriebene Summe Zinsen drauf. Ich schreib dir einen Scheck, dann sind wir hier fertig und müssen uns nie wiedersehen. Keine Probleme. Keine Schmerzen. Kein Blut, das unnötig fließen muss.«

Ryan hatte sich bei meiner nicht wirklich versteckten Drohung neben mir verspannt und tötete mich gerade mit seinen Blicken. Ich spürte sie regelrecht, wie sie sich in meinen Nacken bohrten. Doch auch das kümmerte mich nicht.

Mein Blick ruhte nur auf dem Wichser vor mir. Dabei hatte

ich ein feines Schmunzeln auf den Lippen, da sich Winters Miene ins Erzürnte gewandelt hatte und ich wusste, dass die Sache doch etwas schmutziger ausgehen würde, als ich es eigentlich geplant und Ryan versprochen hatte. Und doch feierte der Sadist in mir, der schon seit so vielen Jahren schlief, eine wilde Party.

»Du willst also die Schulden deines Goldjungen zahlen? Willst du ihm nicht lieber beibringen, was es heißt, für seine Fehler geradezustehen? Willst du ihm kein Ehrgefühl und Respekt vor fremdem Eigentum lehren?«, fragte er mich mit trügerischer Stimme.

Ich verzog kurz meine Brauen, denn ich konnte ihn gerade nicht ganz einschätzen.

»Lass die Erziehung meines Sohnes mal meine Sorge sein! Sag mir lieber, wie hoch die Summe ist, damit du den Namen und das Gesicht meines Jungen vergisst und ich dich oder einen deiner Schlägertypen nie wieder in der Nähe meiner Familie sehe?«, brummte ich ungehalten, löste die Verschränkung meiner Arme und baute mich mit geballten, hängenden Fäusten vor ihm auf.

Ich wollte keinen Streit anzetteln, dafür war ich nicht hier. Doch ich wollte ihm klar machen, dass ich es ernst meinte und sicher nicht vor ihm kuschen würde.

Winter blickte zu mir nach oben, dann ertönte ein dröhnendes Lachen. Der Wichser lachte mich eiskalt aus. Mit knirschenden Zähnen und geballten Fäusten stand ich vor ihm und bemühte mich, meine Beherrschung nicht zu verlieren. Ich wusste, es würde nicht gut enden, wenn ich jetzt ausrastete. Auch Ryan bemerkte meinen reißenden Geduldsfaden und trat dichter an mich heran. Was er glaubte, damit zu bezwecken, wusste ich zwar nicht, doch ich verstand die Geste und bemühte mich, ruhigzubleiben.

»Gut«, erhob Ryan gedehnt das Wort. »Da wir nun alle wissen, was der andere fordert, können wir uns doch einfach in der Mitte treffen. Oder was haltet ihr davon?«, schlug er typisch Ryan vor. Dabei war er leicht zwischen uns getreten und drängte mich somit etwas von Winter weg.

Innerlich verdrehte ich die Augen wegen ihm, und dennoch war ich ihm dankbar dafür. Ryan hatte schon immer gewusst, wie er mein Temperament zu zügeln hatte. Das ersparte mir oft Ärger. Deshalb hörte ich auch hier auf ihn und atmete unmerklich tief durch.

Doch es war schwer, ruhigzubleiben, wenn das Lachen von diesem Wichser immer lauter wurde.

»Ihr kennt meine Forderung doch noch gar nicht. Wie können wir uns dann in der Mitte treffen? Und wer bist du eigentlich, dass du meinst, dich hier einmischen zu können? Cunnigham, wer ist der Penner?«, provozierte er mich weiter.

Zähneknirschend trat ich wieder einen Schritt auf ihn zu, damit an Ryan vorbei, dicht zurück vor Winter.

»O Mann«, murmelte Ryan. Doch ich ignorierte ihn.

»Dann nenn endlich deine Forderung! Damit wir hier fertig werden und ich deine hässliche Visage nicht mehr sehen muss!«, knurrte ich ihm entgegen.

Mein Blick durchbohrte ihn regelrecht, meine Miene hart und ernst. Doch über seine Lippen glitt ein fieses Lächeln. *Fuck! Ruhig!*

Statt jedoch etwas zu sagen, hob er nur die Hand und schnipste. Ich verzog die Brauen, denn ich wusste nicht ganz, was er damit bezweckte. Doch als ich die drei Schränke von Männern den Raum betreten sah, wusste ich es. *Also die harte Tour, hm?*

»Ich will dein Scheißgeld nicht, Cunningham«, raunte er gefährlich ruhig.

»Sondern?«, presste ich angespannt hervor, während sich mein gesamter Körper verhärtete. Mir gefiel nicht, in welche Richtung sich das hier entwickelte.

Die drei Schränke hatten sich dicht um uns drei aufgestellt. Zwei links und rechts von mir und Ryan, der Dritte dicht hinter Winter. Ein diabolisches Lächeln huschte über Winters Lippen, dann beugte er sich noch etwas näher zu mir. Abschätzig hob ich eine Braue, ansonsten sagte oder rührte ich mich nicht.

»Du wirst die Schulden deines Goldjungen nur auf eine Weise abzahlen.« *Legt er tatsächlich eine Kunstpause ein? Sein fucking Ernst?!*

Meine Augenbraue wanderte immer höher und ich verschränkte erneut meine Arme vor der Brust. Bei meiner Armbewegung hatten seine Wachhunde kurz gezuckt. Gut abgerichtet waren sie, das musste ich zugeben, und bewaffnet waren sie auch. Gut, dass ich meine Waffe aus meinem Safe doch mitgenommen hatte. Ja, ich hatte Freya versprochen, sie nicht wieder zu benutzen, doch manchmal musste man seine Versprechen brechen, um dennoch das Richtige zu tun. Denn ich würde alles für den Schutz meiner Familie tun! Selbst wenn es hieß, deshalb wieder eine Waffe zu benutzen, ich würde es tun.

»Die da wäre?«, fragte ich ihn abschätzig und mit leicht schiefgelegtem Kopf. Wieder kehrte sein boshaftes Lächeln zurück.

»Du arbeitest für mich und zahlst somit die Schulden deines Sohnes ab. Du wirst auf die Straße gehen und meinen Stoff verkaufen. Wirst tun, was und wann ich es sage. Kurz gesagt, du spielst meine kleine Schlampe, Cunningham!«

Als er zu Ende gesprochen hatte, lachte ich sofort mein dröhnendes Lachen. Ich konnte es mir bei diesem Bullshit wirklich nicht verkneifen. Ich spürte zwar schon Ryans finsteren Blick in meinem Nacken, weil wir dadurch mal schnell kalt gemacht werden konnten. Aber hey, mal ehrlich, wer würde bei dieser Scheiße hier nicht lachen?

»Ich soll deine kleine Schlampe spielen? Warum? Weil ich dir vor Jahrzehnten im Knast deinen Platz gezeigt habe? Weil du dich wie ein arrogantes und machtgeiles Arschloch aufgeführt hast, der meinte, ihm gehöre der Knast? Ich sag dir mal was. Wenn ich mich nicht um dich gekümmert hätte, wärst du dort drin draufgegangen! Sie hatten schon Wetten abgeschlossen, wer dich nachts absticht. Also vergiss diese Scheiße einfach. Erfreu dich an deinem Leben, das du jetzt führst, und lass die Finger von meinem Jungen! Sonst, und das schwöre ich dir, war das, was ich im Knast mit dir angestellt habe, ein Witz. Und so empfindlich, wie du noch immer darauf reagierst, würde ich es mir an deiner Stelle gut überlegen!«, drohte ich ihm dunkel und doch umspielte ein feines Lächeln meine Mundwinkel.

Die Erinnerung, wie ich ihn im Knast rangenommen hatte, bereitete mir gerade die größte Freude. Einmal Sadist, immer Sadist. So war das wohl. Ich konnte nichts gegen die Bilder, die sich unaufhörlich in mein Hirn schoben, tun.

* * *

Lautes Männergegröle erfüllte den Heizungsraum. Einige Häftlinge hatten die Türen verrammelt. Die Wärter sollten uns nicht so bald unterbrechen. Doch ich war mir sicher, dass das hier nicht lange dauern würde. Ich wollte das hier nicht einmal. Er wollte es.

Jackson Winter. Seit Wochen führte er sich wie King Louie auf. Bestimmte und herrschte regelrecht über die Männer. Ich ließ ihn machen, schließlich war es mir scheißegal, was dieses Dreckspack hier trieb oder nicht. Ich hielt mich größtenteils allein auf, denn ich war sicher nicht hier, um Freundschaften zu schließen. Dabei kam doch so oder so nichts raus außer weitere kriminelle Scheiße! Und waren wir nicht alle deswegen hier wie Tiere eingesperrt? Also hielt ich mich von all den Wichsern fern, und wenn mich doch mal einer ansprach, hielt ich es kurz.

Wenn ich den Sportraum und Freigang nicht so dringend brauchen würde, hätte ich schon längst um Einzelhaft gebeten.

Warum ich also hier im Heizungsraum war? Im Kreis einer Handvoll Männern mit diesem Wichser Winter? Ganz einfach: weil der Penner wirklich gemeint hatte, mir vorschreiben zu wollen, wann, wo und wie oft ich meinen Sport zu absolvieren hatte. Da er sich hier als der neue Boss aufspielte, wofür er mehr belächelt als toleriert wurde, meinte er, sich so etwas herausnehmen zu können. Warum den Kerl noch keiner abgestochen hatte, glich schon fast einem Wunder. Selbst mich juckte es in den Fingern, ihm ein Messer zwischen die Rippen zu jagen. Deshalb stand ich nun hier mit ihm im Ring.

Winter meinte doch tatsächlich, große Töne zu spucken. Sollte mir recht sein. Ich würde ihm seine Tracht Prügel verpassen und könnte wieder in Ruhe meinem Sport nachgehen. Kleiner Bonus: Die anderen Häftlinge würden mich automatisch mit anderen Augen sehen und einen Bogen um mich machen. Noch besser.

»Cunningham, du kleiner …«, doch weiter ließ ich ihn gar nicht sprechen und rammte ihm meine Faust in die Fresse und zu meiner kleinen Verwunderung ging er damit tatsächlich schon auf die Bretter. Gut, ich hatte auch gleich ordentlich zugeschlagen, doch etwas mehr hatte ich ihm dann schon zugetraut.

Die Männer grölten und lachten. Damit war's das dann wohl mit King Louie. Ein verächtliches Schnauben meinerseits, dann zog ich mir mein weißes Shirt wieder an, das ich mir, falls es Blut geregnet hätte, vorsichtshalber ausgezogen hatte, stieg über ihn hinweg und verließ den Heizungsraum. Die Wärter hatten uns noch nicht gefunden und ich wollte auch nicht dabei sein, wenn das passierte. Außerdem war ich hier fertig. Ich hatte meinen Standpunkt klargestellt. Keiner sollte mich abfucken und alles war prima. Mal sehen, wie lange es andauern würde, bis der Nächste ankam.

* * *

Ein Schnauben holte mich aus meiner Erinnerung und ich sah Winter wieder in sein wutverzerrtes Gesicht.

»Du weigerst dich?«, spuckte er mir entgegen.

Ich zuckte nur mit den Schultern, denn ich wusste, egal, was ich nun sagen oder tun würde, es würde nichts an dem ändern, was als Nächstes passieren würde. Aber vor ihm zu kuschen, stand nicht zur Debatte. Ich hatte meine Prinzipien und denen würde ich treu bleiben. Jedoch musste ich zusehen, dass Ryan gleich nicht allzu viel abbekommen würde. Der Penner! Er hatte ja unbedingt mitkommen müssen.

»Ich zahl dir jeden Cent und wenn du willst auch das Doppelte als Zinsen. Doch ich werde weder dein Dreckszeug verticken noch auf die Knie gehen und deinen Schwanz lutschen! Entweder nimmst du mein Geld oder du gehst leer aus. Aber so oder so wirst du meinen Jungen in Ruhe lassen, sobald ich dein Haus verlassen habe! Darüber gibt es keine Verhandlung. Also? Was soll's nun sein?«, fragte ich ihn mit einem belustigten Unterton.

»Nichts davon!«, antwortete er grinsend, dann wandte er sich von mir ab und seine drei Schränke setzten sich sofort in Bewegung und kesselten uns ein.

»Hast du toll gemacht!«, schnauzte mir Ryan leise entgegen, als wir uns Rücken an Rücken stellten, um überall unsere Augen zu haben und uns Deckung geben zu können.

»Wie in alten Zeiten, oder nicht?«, scherzte ich, während ich meine Fäuste ballte und die beiden Schränke auf meiner Seite fixierte.

»Vielleicht überdenkst du mein großzügiges Angebot noch einmal, wenn meine Männer dir Vernunft eingebläut haben.

Oder ich nehme mir gleich noch einmal deinen Goldjungen vor. Was ist dir lieber? Bist du so stolz, dass du lieber deinen Jungen für dich blechen lässt?«

Ich lachte bei Winters erneutem Bullshit kalt auf und sah an seinen Wachhunden vorbei in seine Richtung.

»Für mich? Geht es dir hier wirklich noch um damals? So kleinkariert und nachtragend bist du? Ist das dein scheiß Ernst? Weißt du was, Winter? Dann fick dich! Du bekommst keinen Cent von meinem hart erarbeiteten Geld. Du wirst auch nicht meinem Jungen zu nahe kommen und du wirst mir nie wieder drohen«, entgegnete ich ruhig, dann holte ich in der nächsten Sekunde mit meinem Ellenbogen mit all meiner Kraft aus und rammte ihn einem der Schränke genau in den Sodaplexus. Röchelnd und nach Luft schnappend ging er zu Boden. Sofort nahm ich mir den Zweiten vor. Da der Überraschungseffekt auf meiner Seite war, konnte ich schneller handeln als er seine Waffe ziehen.

Mit einem schnellen und harten Faustschlag auf seine Schläfe schaltete ich auch ihn aus. Doch für den Dritten war ich zu langsam. Er hatte schon sein Messer gezückt und ging auf mich los. Na, wenigstens hatte ich so all ihre Aufmerksamkeit auf mich und weg von Ryan gelenkt. Schließlich war das hier mein Bier und nicht seins. Er hatte in seinem Leben schon genug für mich gelitten.

Winter tobte hinter mir und wies seinen Wachhund an, mir endlich meine Lektion zu erteilen.

Der ersten Messerattacke konnte ich nicht ausweichen. Sie kam zu schnell, er hatte einfach den Vorteil, dass ich mich bereits um seine beiden Kollegen gekümmert hatte. Die Klinge schnitt mir in die Seite. Zum Glück versuchte er mich nicht abzustechen, sondern hatte es nur darauf angelegt, die Klinge über meine Haut gleiten zu lassen. Was er damit bezwecken wollte, außer mir hier und dort ein paar nicht besonders tiefe Schnittwunden zu bescheren, wusste ich zwar nicht, doch ich würde auch nicht warten, bis ich es herausfand.

Mit einem geschickten Manöver und einem kräftigen Schlag entwaffnete ich ihn. Ich wollte gerade ausholen, um auch ihn auszuknocken, da spürte ich plötzlich einen beißenden Schmerz in meiner Seite. Keuchend taumelte ich einen Schritt zurück und fasste mir an die schmerzende Stelle. Der Wichser hatte mir doch tatsächlich ein Messer in die Seite gerammt. Er hatte es so schnell gezückt und zugestochen, dass ich es nicht hatte kommen sehen. Zumal ich mir sicher war, dass er kein weiteres besitzen würde.

Knurrend hielt ich mir die Seite und drückte auf die Wunde. Der Wichser hatte das Messer direkt nach seinem Stich wieder herausgezogen, sodass ich nun stark blutete. Ich hoffte, er hatte kein wichtiges Gefäß oder Organ getroffen. Doch so, wie es sich anfühlte, eher nicht.

»Wolltest du, dass es so abläuft, Cunningham? Dass du wie ein Schlachtvieh hier vor mir stehst und meinen teuren Boden mit deinem Blut besudelst? Wäre es nicht wesentlich leichter gewesen, einfach zu spuren und auf meinen Deal einzugehen? Dann werd ich deinen Goldjungen wohl beim nächsten Mal noch etwas härter rannehmen müssen, damit meine Botschaft auch bei dir ankommt«, drohte er mir mit überheblicher Stimme und schüttelte dabei tadelnd den Kopf, als hätte er mir gerade eine Rüge erteilt. *Du bist ein toter Mann, Winter!*

Er nickte seinem dritten Wachhund zu, dass er seine Arbeit mit mir zu Ende bringen sollte. Dieser hob sofort wieder sein Messer. Die Klinge schimmerte rötlich, mein Blut lief an ihr herunter.

Knurrend und mit zusammengebissenen Zähnen baute ich mich vor ihm auf, bereit, ihm seine verdiente Tracht Prügel zu verpassen. Doch plötzlich durchzuckte es ihn, er verdrehte die

Augen und klappte in sich zusammen. Ich verzog irritiert die Brauen, doch als ich Ryan sah, wie er nun mit erhobener Waffe vor mir stand, verstand ich.

Er hatte dem Wachhund eine mit seiner Knarre über den Schädel gezogen. Ich wusste nicht einmal, dass auch er seine Waffe dabei hatte. Manche Dinge würden sich wohl nie ändern.

Ich nickte ihm dankbar zu, dann wandte ich mich zähneknirschend zu Winter um. Dieser sah alles andere als begeistert aus.

»Ich denke, jetzt können wir noch einmal neu verhandeln, oder was denkst du, Winter?«, säuselte ich mit einem Schmunzeln auf den Lippen.

Ryan stand dicht neben mir und hatte nun seine Waffe auf den Wichser gerichtet. Eigentlich wollte ich nicht, dass das hier so ablief oder ausging. Doch nun war es so und ich konnte es nicht mehr ändern. Dennoch würde ich nicht eher gehen, bis Winter klar war, dass er meinen Jungen ab sofort in Ruhe zu lassen hatte.

»Ich würde sagen, das ist eine ganz klare Pattsituation«, sprach er ruhig. Ich lachte augenblicklich auf.

»Was denn für eine scheiß Pattsituation? Du bist allein! Nicht in der Lage, schnell genug deine Waffe zu ziehen. Hast keine guten Argumente mehr. Was also willst du hier noch diskutieren? Du bekommst jetzt dein Geld von mir und danach will ich dich nie wiedersehen! So und nicht anders wird das nun ablaufen!«, entgegnete ich dunkel.

Ich hatte Mühe, meine Beherrschung beisammenzuhalten. Doch ich hatte ihn, und es wäre nun unnötig, am Ende doch noch einen Krieg anzuzetteln. Ich hoffte einfach, dass er nun ein besserer Verlierer war als damals. Doch wenn ich mir so sein Gesicht ansah, zweifelte ich immer mehr an dieser Theorie.

»Vater?«, ertönte es plötzlich hinter uns. *Ach, verdammt!*

Dass eines seiner Bälger jetzt hier auftauchte, hätte nun wirklich nicht sein müssen. Ryan und ich blickten uns kurz zu seinem älteren Sohn um, dann tauschten wir einen intensiven Blick miteinander aus. Es war klar, dass wir hier nicht weitergehen würden.

»Winter, ich denke, das reicht für heute. Nenn mir eine Summe und ich lasse dir einen Scheck zukommen. Alles andere steht nicht zur Debatte. Du hast gesehen, was passiert, wenn du versuchst, mich festzunageln. Beim nächsten Mal verschone ich dich nicht. Also sei nicht dumm, erspar uns allen eine Menge Ärger und lass mir bald eine Summe zukommen.« Damit nickte ich Ryan zu und wir wandten uns von ihm ab. Mit finsterer Miene fixierte mich sein älterer Sohn. Der Kleine hatte ein gutes Pokerface und schien sehr von sich selbst überzeugt zu sein. Denn auch als ich dicht an ihm vorbeiging und wir uns dabei gegenseitig fixierten, änderte sich nichts in seiner Miene oder an seiner Haltung.

Draußen angekommen verzog ich augenblicklich schmerzverzerrt mein Gesicht. Der Schmerz schlug mir wie ein Faustschlag entgegen.

»Verdammt, Blake!«, fluchte Ryan ausgiebig, doch statt mir eine weitere Standpauke zu halten, zog er mich von dem Grundstück und bedeutete mir mit einem Kopfnicken, dass ich auf dem Beifahrersitz Platz nehmen sollte.

Mit einem amüsierten Schmunzeln gehorchte ich und ließ mich mit einer weiteren kleinen Diskussion, die ich mal wieder gewann, von ihm in unsere Kneipe fahren. Doch was dachte er sich auch dabei, mich nach Hause bringen zu wollen? Wenn das Schneewittchen das Blut und die Stichwunde sah, wäre es aus mit der Ruhe. Ich wollte sie weder unnötig beunruhigen, noch wollte ich sie hier mit reinziehen.

Ich wollte einfach nur in meine Kneipe, mich im Büro um

meine Wunde kümmern, eine Handvoll Schmerzmittel einwerfen und dann sahen wir weiter.

KAPITEL 16

Schlecht gelaunt, was seit zwei Tagen mein Dauerzustand war und nur an dieser kleinen Hexe lag, betrat ich die Kneipe meines Vaters. Ich war ihm die vergangenen Tage aus dem Weg gegangen, doch arbeiten musste ich dennoch. Also versuchte ich, die Wut auf ihn herunterzuschlucken, ebenso wie ich versuchte, das Biest aus meinem Kopf zu bekommen. Seit ich sie vorgestern in der Bibliothek getroffen hatte, fickte sie mein Hirn. Fuck! Raus aus meinem Kopf!

Die Kneipe hatte noch nicht geöffnet. Ich schloss die Hintertür auf und trat in den Mitarbeiterraum ein. Zu meiner Überraschung hörte ich Stimmen, wo ich eigentlich keine hören sollte. Ich war heute etwas früher hier, damit ich mich noch um das Lager kümmern konnte, da ich das in den letzten Tagen etwas vernachlässigt hatte.

Mit krauser Stirn folgte ich den Geräuschen, bis ich mich vor dem Büro der Kneipe wiederfand und die Stimmen von meinem Dad und Onkel Ryan erkannte. Sie unterhielten sich – oder stritten eher.

Meine Stirn furchte sich nur noch mehr, denn ich war mir sicher, die beiden in all den Jahren noch nie streiten gehört zu haben. Dumme Sprüche, ja. Kleine Reibereien, weil der Stress an ihnen nagte, auch das. Aber das, was sich gerade in ihrem Büro abspielte, war ein richtiger Streit und er hörte sich so an, als würde er gerade eskalieren. Denn ich war mir sicher, Ryan noch nie so wütend erlebt zu haben.

Ich wusste nicht einmal, dass er noch eine andere Emotion zeigen konnte, als gut gelaunt zu sein.

Mit gespitzten Ohren schlich ich mich näher an die leicht angelehnte Tür und lauschte.

»Sieh dich doch an, Blake! Du hast eine Schnitt- und eine Stichwunde! Du hattest mir versprochen, es nicht zu übertreiben und keinen Krieg anzuzetteln. Schon wieder! Scheiße, Blake, und was machst du? Verhöhnst Winter in seinem eigenen Haus, schlägst zwei seiner Wachhunde k. o. und drohst ihm obendrein noch! Du sehnst dich nach dem Tod! Ich dachte, die Sehnsucht wäre mit Nats Geburt verflogen!«, schimpfte Ryan mit meinem Vater und redete sich dabei immer mehr in Rage.

Ich versuchte noch, die Teile zusammenzusetzen und das volle Ausmaß dieses Gesprächs zu verstehen.

»Dramatisier nicht immer alles so, Ryan!«, brummte Dad erschöpft.

Die Erkenntnis, dass mein eigener Vater mich hintergangen hatte und nun meinetwegen verletzt war, traf mich wie ein Faustschlag in die Magengegend. Daher trat ich, ohne darüber nachzudenken, in das Büro ein und unterbrach somit ihr Gespräch, denn Ryan hatte gerade wieder das Wort erhoben und wollte weiter mit ihm schimpfen.

Mein Blick traf zuerst Ryan, da er direkt vor mir stand, dann glitt er zu meinem Vater, der mit freiem Oberkörper im hinteren Teil des Raumes stand und gerade dabei war, seine Wunde zu säubern. Ich starrte auf die vielen, blutverschmierten Tücher, die auf seinem Schreibtisch vor ihm lagen, dann sah ich ihm in die

Augen. Sein Blick wirkte dunkel und ausdruckslos, wie so oft konnte ich nichts aus ihm lesen. Als stünde ein Fremder vor mir.

»Dad, was …?«, weiter kam ich nicht, da unterbrach mich schon seine tiefe Stimme.

»Raus hier, Nat! Und nein, ich werde dir nichts hierüber erzählen!«, knurrte er mich angepisst an.

Mir klappte die Kinnlade runter. Ryan seufzte einmal laut auf, warf meinem Vater einen strengen Blick über die Schulter zu, dann wandte er sich mir zu und trat näher an mich heran.

»Was der Esel alias dein Vater sagen will ist, es ist keine gute Zeit, Nat. Geh und vergiss am besten, was du gerade alles da draußen vor der Tür aufgeschnappt hast.«

Ein intensiver Blick von Onkel Ryan, der mir bedeuten sollte, nun auf ihn zu hören. Doch ich dachte nicht daran, hier und jetzt zu gehen!

Mein Vater hatte sich hinter meinem Rücken mit Winter getroffen. Sich ungefragt und unerlaubt in mein Leben eingemischt und war nun deswegen verletzt. Und jetzt wollte er mich wie einen kleinen, dummen Jungen auf mein Zimmer schicken? Sicher nicht!

Ich schüttelte bestimmt den Kopf und trat vollends in den Raum ein.

»Hör auf deinen Onkel, Nat!«, brummte mein Vater mit dunkler Stimme.

Kurz verzog ich irritiert die Brauen, denn er wirkte unbeherrscht und gereizt. Doch was hatte ich ihm bitte getan? Er meinte doch, hier den Helden spielen und sich in mein Leben einmischen zu müssen. Was fuckte er mich jetzt so blöd von der Seite an?

»Einen Scheiß werde ich! Du sagst mir jetzt, was hier los ist, warum du verletzt bist und wieso du dich trotz meiner klaren Ansage noch immer in mein Leben einmischst, Dad!«, entgegnete ich ihm bestimmt und fixierte ihn mit strengem Blick.

Mein Vater schnaufte wütend auf, schmiss das blutdurchtränkte Handtuch auf den Schreibtisch vor sich und kam mit großen Schritten auf mich zu.

»Okay! Wir beruhigen uns jetzt alle mal wieder! Du, brumm hier nicht so rum und kümmere dich lieber um deine Wunden. Und du, Nat, komm mit! …. JETZT!«, donnerte Ryans Stimme kalt durch den Raum.

Mein Vater und ich lieferten uns noch ein kleines Blickduell, bis er sich schnaubend abwandte und sich wieder um seine Wunden kümmerte. Onkel Ryan kam auf mich zu und schob mich regelrecht aus dem Büro, immer weiter in den Mitarbeiterraum.

»Ist ja gut!«, maulte ich ihn an und machte mich von ihm los.

Ryan schüttelte den Kopf und wenn ich mich nicht täuschte, schlich sich ein leichtes Schmunzeln auf seine Lippen.

»Du bist deinem Vater so unglaublich ähnlich, weißt du das eigentlich?«

Ich schnaubte bei dem Bullshit laut auf, dann wandte ich mich von ihm ab und fuhr mir durch mein dichtes Haar. Hielt mich regelrecht an ihm fest und damit an meiner Beherrschung. Ich durfte sie nicht ständig verlieren, musste lernen, mich zu kontrollieren.

»Was soll der Scheiß, Onkel Ryan?«, forderte ich ihn barsch zu sprechen auf.

»Setz dich erstmal und beruhig dich«, befahl er mir noch immer mit diesem scheiß Lächeln auf seinen Lippen, während er mir einen der Stühle mit seinem Fuß vorschob und sich dann selbst auf einem niederließ. Seufzend ergab ich mich meinem Schicksal und setzte mich ihm gegenüber.

»Besser?«, fragte er mich dann nach einem langen Augenblick.

Tatsächlich hatte ich mich etwas beruhigt, daher nickte ich

leicht und wich anschließend seinem Blick aus.

Ich mochte es nicht, ständig meine Beherrschung zu verlieren. Doch mit Onkel Ryan hatte ich schon immer besser sprechen können als mit meinem Vater. Warum auch immer, doch Ryan verstand mich und hatte immer einen dummen Spruch auf Lager, der die Sache nur halb so schlimm aussehen ließ. Das war sein Talent.

»Nat, ich muss dir nicht auch noch sagen, wie sehr du dich in die Scheiße geritten hast. Ich denke, du hattest in der letzten Zeit genug Standpauken, was das betrifft. Deshalb sage ich dir nur, du kannst das nicht allein klären. Auch wenn dein Vater und ich es sehr zu schätzen wissen und stolz auf dich sind, dass du es willst. Du bist zu einem ehrenvollen Mann geworden. Das, was dein Vater immer für dich wollte. Auch wenn du sein Temperament und den Hang, dich in die Scheiße zu reiten, von ihm geerbt hast. Was ich damit sagen will: Er meint es gut mit dir und er will nicht, dass dich diese Scheiße, die schon lange nicht mehr allein um dich geht, deinen Kopf kostet. Verstehst du das, Nat?«

Schnaubend stand ich auf, dabei rutschte mein Stuhl geräuschvoll über den Boden.

»Und wieso kann er mir das nicht sagen? Wieso macht er um alles, was vor meiner Geburt war, so ein scheiß Geheimnis? Vielleicht wäre nichts hiervon passiert, wenn ich meinen eigenen Vater kennen würde?«, redete ich mich erneut in Rage und tigerte unruhig neben dem Tisch im hinteren Teil des Mitarbeiterraums auf und ab.

»Nat, sei nicht unfair ihm gegenüber. Dein Vater war vor deiner Geburt und bevor er deine Mutter kennengelernt hat, ein ganz anderer Mann. Er möchte nicht, dass du von seiner anderen Seite weißt. Er möchte auch nicht, dass du seine Taten kennst. Und ich werde sie dir auch sicher nicht erzählen. Das macht ihr beiden

Cunningham-Männer mal schön unter euch Dickschädeln aus. Ich häng schließlich an meinem Leben«, scherzte er schlecht und zwinkerte mir aufmunternd zu.

»Und wie soll ich dann eben nicht seine Fehler begehen, wenn ich sie nicht kenne? Wie soll ich daraus lernen und nicht zu demselben Mann, der mein Vater offenbar früher war, werden, wenn ich die Anzeichen nicht kenne?«, fragte ich ungehalten.

Ryan begann leise zu lachen und schüttelte väterlich den Kopf. Ach, verdammt, ich hasste es, wenn er die Schiene fuhr. Warum war er so viel besser darin als mein Vater? Wieso konnte ich nicht mit ihm solch ein offenes Verhältnis haben? Dad und ich verstanden uns in allen Bereichen prächtig. Nur wenn es um seine Vergangenheit und meine Scheiße ging, krachte es immer und immer wieder. Er speiste mich mit einer lahmen Ausrede nach der anderen ab. Es war so frustrierend.

»Nat, glaub mir, wenn ich dir sage, du bist deinem Vater in seiner Jugend zwar wahnsinnig ähnlich und ihr habt dasselbe aufbrausende und unbändige Temperament, aber du bist nicht einmal ansatzweise so wie dein alter Herr früher. Also mach dir da mal keine Sorgen. Denn wenn dem so wäre, hätte dein Vater dich nicht an der langen Leine laufen lassen. Blake ist kein beherrschter Mann. Er handelt und das sehr konsequent. Glaub mir, ich kenne ihn und jetzt lass ihn einfach die nächsten Tage in Ruhe. Es wäre gesünder für dich. Blake verliert nicht gern, musst du wissen. Und dass du nun von seinen Wunden weißt, stört ihn.« Damit stand er auf, das Gespräch war wohl mal wieder vorbei, bevor es für mich eigentlich erst richtig begonnen hatte. Denn ich war keinen Deut schlauer, wie so häufig.

»Und das war's jetzt, Onkel Ryan? Ich soll jetzt einfach an die Arbeit gehen und es ignorieren? Nichts tun? Das erwartet ihr jetzt beide von mir?«, fragte ich ihn forsch in seinen Rücken, da er schon dabei war, zu gehen. Seufzend wandte er sich zu mir um.

»Ja, Nat, genau das verlange ich jetzt von dir. Halt einfach die Füße still und warte, bis dein Vater dir sagt, wie es weitergeht. Mach deine Arbeit, denn wie du dir vielleicht denken kannst, fällt dein Vater zumindest heute aus.«

Ich wollte noch einmal das Wort erheben, doch da unterbrach Ryan mich untypisch streng für seine Verhältnisse.

»Nat, verdammt! Lass es jetzt gut sein! Mach dich an die Arbeit und bau verfickt nochmal keine Scheiße mehr! Meinst du, du bekommst das hin? Deine Nase zwei oder drei Tage in keine illegale Scheiße zu stecken? Schaffst du das?«

Onkel Ryan funkelte mich noch einen Augenblick ernst an, dann wandte er sich von mir ab und ließ mich allein. Ich raufte mir schmerzhaft das Haar.

»FUCK!«, spie ich aus und schlug mit der flachen Hand gegen einen der Spinde.

Mein Atem ging schnell, mein Blut kochte. Doch ich wusste, es würde nichts bringen, ein weiteres Gespräch mit den beiden zu suchen. Sonst hatte ich Ryan immer auf meiner Seite, zumindest trat er vor meinem Vater für mich ein, doch hier wusste ich, müsste ich mich gegen beide behaupten. Da konnte ich nur verlieren, das war klar. Deswegen beließ ich es dabei und nutzte meine aufgestaute Wut, um das Lager auf Vordermann zu bringen. Die letzten Tage des Vernachlässigens machten sich bemerkbar und kamen mir jetzt gerade recht.

* * *

Nach knapp zwei Stunden war ich fertig und schweißgebadet. Die Kneipe hatte bereits geöffnet, doch ich drückte mich noch davor, an die Bar zu gehen. Ich wollte heute weder auf Ryan noch auf meinen Vater treffen. Wobei ich mir sicher war, mein Dad wäre nicht mehr hier, schließlich war er verletzt worden.

Die Wut über ihn, Winter und die ganze Scheiße wollte wieder Besitz von mir ergreifen, deswegen beschloss ich, nach draußen zu gehen, um frische Luft zu schnappen, und meinen rauchenden Kopf vielleicht dadurch etwas zu klären, bevor ich wohl oder übel an die Bar gehen müsste. Schließlich konnte ich Ryan nicht den ganzen Abend dort allein lassen. Er brauchte mich und zählte auf mich.

Noch war die Sonne nicht untergegangen, also trat ich mit freiem Oberkörper nach draußen. Ich musste erst einmal etwas ausschwitzen und ein neues Shirt brauchte ich auch noch, da ich das alte gerade als Handtuch für meinen Schweiß benutzte.

Doch kaum war ich zwei Schritte aus der Kneipe in den Hinterhof getreten, hörte ich eine Männerstimme verdammt wütend etwas schreien. Irritiert verzog ich die Brauen, als ich zu wissen glaubte, wen ich gleich hinter dem Müllcontainer antreffen würde. Meine Vermutung bestätigte sich, als ich die beiden sah.

Cameron, wie er Haley brutal am Arm gepackt hielt und sie wüst beschimpfte. Sie sah mit weit aufgerissenen Augen zu ihm nach oben. Die Angst war ihr ins Gesicht geschrieben. Sie trommelte gegen seine Brust und wollte sich von ihm losreißen.

Ich fackelte nicht lange, als ich sah, dass er sie daraufhin am Hals packte und gewaltsam mit dem Rücken gegen die Mauer drückte. Mit schnellen Schritten war ich bei ihnen und riss ihn brutal an seiner Schulter gepackt zu mir herum, sodass er zwangsläufig von ihr ablassen musste.

Im ersten Moment war er etwas überrumpelt, doch als er mich

erkannte, begannen seine dunklen Augen zu glühen. Sofort baute er sich vor mir auf, sein Blick glitt dabei abschätzig an meinem nackten und zum Teil tätowierten Oberkörper hinab. Aber das beeindruckte mich recht wenig. Ich hatte keine Angst vor ihm und dieses Mal würde ich nicht gehen. Heute bekam er seine Tracht Prügel, wenn er es darauf anlegte.

»Was willst du, Kleiner? Ganz falscher Zeitpunkt!«, knurrte er mich unbeherrscht an.

Ich legte den Kopf leicht schief und mein Mundwinkel zuckte amüsiert.

»Du stehst hier hinter der Kneipe meines Vaters, bedrängst ein Mädchen und fragst mich, was ich von dir will?«, fragte ich ihn spöttisch und mein Grinsen weitete sich.

Haley trat nun einen kleinen Schritt neben ihn, um mich ansehen zu können. Auch wenn sie sich die ersten Sekunden zusammengerissen hatte, so glitt ihr Blick nun doch ungeniert über meinen nackten Oberkörper. An meinem tätowierten Löwenkopf auf meiner Brust blieb sie besonders lang hängen. Auch wenn ich nicht hinsah, wusste ich, dass sie es tat. Ich konnte ihre Blicke regelrecht über meine nackte Haut gleiten spüren, als wären es ihre flinken Finger.

»Nicht ein – *mein* – Mädchen! Also geht dich das hier nichts an! Verpiss dich!«, brummte er angepisst und trat, um seine Worte zu untermauern, noch etwas dichter an mich heran.

Wir waren ungefähr gleich groß, deshalb verfehlte es etwas seine Wirkung.

»Und was macht *dein* Mädchen dann hier?«, fragte ich ihn mit einem frechen Grinsen. Denn ich war mir sicher, die Situation hier genau richtig einzuschätzen.

Haley war, warum auch immer, hierhergekommen und Cameron schien ihr wohl gefolgt zu sein. Dass er sie ausgerechnet hier erwischte, hatte ihm wohl nicht zugesagt.

»Ich würde sagen, du lässt Haley jetzt einfach in Ruhe und verschwindest besser«, bat ich ihn höhnisch, zu gehen.

Ein dunkles Knurren presste sich aus seiner Kehle, dann packte er mich plötzlich in meinem Nacken und zog mich wenige Millimeter vor sein Gesicht.

»Dass du mich so gern hast, wusste ich ja gar nicht, Cameron. Willst du mich knutschen?«, machte ich mich über seine lächerliche Show hier lustig.

Sofort darauf schubste er mich kräftig von sich. Ich begann zu lachen. Er machte sich lächerlich und er wusste es. Doch das Nächste sah ich nicht kommen, als sich Cameron plötzlich an den Rücken fasste, seine Waffe zog und ich einen Augenblick später in den Lauf sah. Dennoch blieb ich unbeeindruckt stehen. Wenn er meinte, mich damit einzuschüchtern, hatte er sich getäuscht.

Ich wusste, er konnte mich nicht mal eben erschießen. Anschießen vielleicht, aber nicht hier im Hinterhof kaltmachen und das noch kurz vor Dämmerung und damit in der Zeit, in der die meisten Bullen unterwegs waren. Es würde keine drei Minuten dauern, bis es vor Blaulicht nur so wimmelte. Und auch das wusste er und es pisste ihn an, ich sah es ganz deutlich in seinen dunklen Augen schimmern.

»Du kleiner Scheißer, jetzt spuckst du nicht mehr so große Töne, was?«, fauchte er mir entgegen.

»Cam, beruhig dich! Komm, wir gehen«, versuchte Haley, ihn zu beschwichtigen, und trat dicht neben ihn.

Er schenkte ihr einen zornigen Seitenblick, der sie sofort ängstlich den Kopf einziehen ließ. Ich biss mir kräftig auf den Kiefer. Was hatte der Kerl schon alles mit ihr angestellt, dass sie so spurte? Dieses feurige Wesen eines Mädchens.

»Kein Wunder, dass sich dein Mädchen zu mir flüchtet, wenn

du sie so behandelst«, setzte ich noch einen nach und nahm den Blick von ihm, um sie anzusehen. Sie weitete leicht die Augen und schüttelte danach panisch den Kopf.

»Cam, bitte nicht!«, sprach sie angsterfüllt und viel zu schnell. Doch da packte er sie schon mit seiner freien Hand brutal ihm Nacken, überstreckte ihren Hals und knurrte sie wütend an. Mich ließ er dabei nicht aus den Augen und die Waffe blieb ebenfalls weiter auf mich gerichtet.

»Hey! Hör auf mit dem Scheiß und lass sie los!«, brüllte ich ihn an und drückte meinen Kopf selbst gegen den Lauf seiner Knarre, um seine volle Aufmerksamkeit zu bekommen.

»Bist du lebensmüde, Kleiner? Oder einfach nur dumm?«, rätselte er teils belustigt, teils spöttisch.

Noch immer drückte ich meine Stirn gegen den Lauf.

»Du wirst mich nicht erschießen. Sonst hättest du es letztes Mal schon getan. Oder schon vor Minuten. Dein Daddy braucht mich noch, habe ich recht? Mein Vater hat wohl nicht das gemacht, was er wollte. Also wird er irgendwann mich brauchen, um zu bekommen, was er will. Ist doch so.«

Ein feines Schmunzeln breitete sich auf meinen Lippen aus, als ich erkannte, dass ich wirklich recht hatte. Denn sein Kiefer mahlte wie verrückt.

»Und wer sagt, dass ich dich nicht einfach gleich einsacke und damit meinem Vater deinen Kopf auf dem Silbertablett serviere?«, hielt er schlecht dagegen.

Ich lachte einmal kalt auf, dann zuckte ich gleichgültig mit den Achseln und steckte zur Krönung noch meine Hände unbeteiligt in die Hosentaschen.

»Versuch's nur. Meinst du wirklich, das bekommst du hin? Ohne dass es jemand mitbekommt? Oder dich die Bullen, die hier gleich ihre tägliche Runde drehen, erwischen? Was meinst du, was es dafür gibt, jemanden mit einer Waffe zu bedrohen, Frauen zu schlagen und eine Waffe ohne Waffenschein bei sich zu haben? Drei, fünf oder doch mehr Jahre?«

Ich legte leicht den Kopf schief und grinste noch etwas breiter, als ich es förmlich in seinem Hirn rattern hörte. Und tatsächlich, pünktlich wie ein Uhrwerk kamen die Bullen, die jeden verschissenen Tag kamen, um hier ihren Kontrollgang zu machen. Ich hörte bereits ein leises Motorengeräusch in der Gasse.

Cameron blickte sich kurz um, schien zu überlegen. Dann handelte er ganz schnell. Ohne dass ich etwas hätte unternehmen oder mich schützen können, holte er mit der Waffe aus und schlug mir den Griff brutal auf den Schädel.

Ich keuchte schmerzerfüllt auf und ging benommen zu Boden. Sterne tanzten vor meinem inneren Auge, mich schwindelte es leicht. Doch als er sich mit Haley im Schlepptau aus dem Staub machen wollte, riss ich mich zusammen und stürzte mich von hinten auf ihn. Ich brachte ihn zu Boden und damit weg von Haley. Sie verkniff sich einen Schreckensschrei. Zum Glück, sonst wären die Cops gleich hier bei uns gewesen. Noch waren wir gut hinter den Müllcontainern getarnt.

Cameron und ich wälzten uns über den dreckigen Boden und teilten beide harte Schläge aus. Überall prallten unsere Fäuste gegen den jeweils anderen Körper. Egal ob Gesicht oder Oberkörper, Hauptsache, wir trafen den anderen.

Seine Waffe hatte er bei dem Sturz verloren. Unerbittlich rangelten wir uns über den Asphalt, keuchten und knurrten immer wieder auf. Meine Lippe platzte auf, blutete und ich spürte die metallische, warme Flüssigkeit in meinem Mundwinkel.

Immer weiter prügelten wir aufeinander ein, bis wir den Streifenwagen hinter den Containern wahrnahmen. Da hielten wir beide inne. Schließlich hatte keiner von uns Lust, sich auf dem Revier wiederzufinden. Wir ließen voneinander ab und rappelten uns wieder auf.

Keuchend standen wir uns gegenüber und lieferten uns ein hartes Blickduell. Als die Cops an uns vorbeifuhren und somit dabei waren, den Hinterhof wieder zu verlassen, bückte er sich nach seiner Waffe und steckte sie zu meiner Überraschung wieder zurück in seinen hinteren Hosenbund.

»Wir sehen uns sehr bald wieder, kleiner Scheißer! Und du …« Er sah zu Haley und tötete sie förmlich mit seinem Blick.

»… Du brauchst nicht mehr nach Hause kommen!« Damit verließ er die Gasse und ließ uns allein zurück.

Kräftig biss ich mir auf den Kiefer, mein Schädel pochte höllisch und auch sonst hatte ich einige harte Treffer von ihm eingesteckt, die sich nun, als das Adrenalin allmählich meinen Körper verließ, bemerkbar machten. Überall stach und pulsierte es schmerzhaft, als sei ich ein einziger blauer Fleck.

Haley starrte ihm ungläubig hinterher, bis ich mich leicht in ihren Blickwinkel stellte und sie somit aus ihrer Starre holte. Ihre bernsteinfarbenen Augen begannen augenblicklich zu glühen und ihre Fassungslosigkeit und Angst, die gerade noch in ihrem Blick gelegen hatten, wichen der Wut.

Ich hob leicht die Hände und begann entschuldigend zu lächeln, doch es fiel schnell in sich zusammen, als ich den rötlichen Schimmer auf ihrer Wange wahrnahm. Der Bastard hatte sie geschlagen. Das brachte mich sofort wieder zur Weißglut und am liebsten wäre ich ihm hinterher, wenn ich nicht wüsste, dass es nichts bringen würde und er wahrscheinlich schon längst weg wäre.

»Spar's dir, Honey!«, nahm ich ihr gleich den Wind aus den Segeln, da sie mich gerade lautstark beschimpfen wollte. Zumindest sagten das ihre Mimik und Körpersprache.

»Ich wollte dir nur helfen. Und wenn du mich jetzt hier noch dumm von der Seite anmachst, überlege ich mir nochmal, ob ich dich mit nach Hause nehmen sollte. Dann kannst du unter der Brücke schlafen.«

Sie biss kräftig die Zähne zusammen und funkelte mich wütend an, schien zu überlegen und abzuwägen, ob sie meine Hilfe überhaupt annehmen sollte. Doch als sie tatsächlich nichts mehr sagte und nur trotzig die Arme vor der Brust verschränkte, musste ich über sie und ihr Verhalten schmunzeln.

»Na, dann komm«, ich nickte in Richtung Straße, dann ging ich voraus.

»Ehm …«, ertönte es unsicher hinter mir, also wandte ich mich ihr zu und blickte sie fragend an.

»So willst du gehen?«, fragte sie mich verwirrt.

Ich verstand nicht ganz, wo nun ihr Problem war, erst als ihr Blick erneut über meinen noch immer nackten, bloß jetzt nach der Prügelei etwas verdreckten Oberkörper glitt. Nur dieses Mal war ihr Blick schüchterner. Ich grinste in mich hinein und legte den Kopf leicht schief.

»Mein Shirt ist mir leider abhandengekommen und wenn ich jetzt wieder in die Kneipe gehe, muss ich erst einmal meine Schicht beenden und einen Haufen dummer Fragen beantworten. Willst du das? Oder meinst du, du hältst es die paar Minuten aus, mich nicht mit deinen Blicken zu verschlingen?«, neckte ich sie und grinste ihr frech entgegen, was ihr eine niedliche Röte auf ihre Wangen zauberte.

Mein Lächeln weitete sich, doch ich ließ es unkommentiert, nickte ihr noch einmal zu und ging voraus.

Heute war ich zum Glück mit dem Auto hier, da ich keine Lust hatte, zu laufen. Bei meinem Wagen angekommen, stiegen wir ein und ich fuhr los.

Warum ich sie nun genau mitnahm, wusste ich selbst nicht so genau. Schließlich war sie die kleine Diebin, die mir all den Ärger erst eingebrockt hatte. Doch sie wusste sicher nicht, wohin sie sollte, und außerdem war ich neugierig, warum sie überhaupt im Hinterhof gewesen war. Sie wollte zu mir, fragte sich nur, warum.

KAPITEL 17

Haley

Oh, Haley, was tust du hier nur? Diese Frage stellte ich mir in Dauerschleife in meinem Kopf und knetete dabei nervös meine Hände in meinem Schoß. Den Blick hatte ich mit Absicht von ihm abgewandt und sah zum Seitenfenster hinaus, wie die Stadt schnell an mir vorbeiflog.

Ich wollte ihn nicht wieder anstarren, so, wie ich es vorhin im Hinterhof getan hatte. Doch wer könnte es mir verübeln? Nathan sah heiß aus. Verdammt und verboten heiß. Mit seinem durchtrainierten Körper, den ausgeprägten Venen, die sich über seine starken Arme streckten. Dann sein rechter Arm, der vollständig mit düsteren Symbolen bedeckt war. Sie reichten bis zu seinem Hals und endeten auf seiner rechten Brust mit einem majestätischen und beeindruckenden Löwenkopf.

Und fuck, seine Bauch- und Brustmuskeln, von denen durfte ich gar nicht erst anfangen, sonst würde unweigerlich dieses verräterische Pochen zwischen meinen Beinen zurückkommen. Und das konnte ich nun wirklich nicht gebrauchen. Schließlich hatte ich gerade weitaus größere Sorgen.

Cam war mir gefolgt, obwohl ich mein Handy extra wieder in einem Taxi deponiert hatte. Dennoch hatte er mich gefunden und mich im Hinterhof der Kneipe abgepasst. Er war so wütend gewesen, hatte mich gleich brutal an meinem Arm gepackt und mich mit seiner kalten Stimme zurechtgewiesen. Er hatte wissen wollen, warum ich dort gewesen war. Ich hatte ihm keine Antwort darauf geben können, denn ich wusste nicht einmal selbst, wieso ich wirklich dort gewesen war. Plötzlich hatte ich in dem Taxi gesessen und war zu dieser Kneipe gefahren. Als hätte sich mein Kopf ausgeschaltet.

Deshalb hatte ich Cam keine vernünftige Ausrede bieten können, denn mir war ums Verrecken keine gute eingefallen. Natürlich war er wütend geworden und wenn Nat nicht gekommen wäre, wüsste ich nicht, was er mit mir in diesem Hinterhof angestellt hätte. So hatte ich Cam einfach noch nie erlebt. Er war so voller Zorn, Hass und Eifersucht gewesen. Doch er war noch niemals eifersüchtig gewesen. Zwar hatte er mich immer als seinen Besitz gesehen und niemand durfte mich ohne seine Erlaubnis auch nur ansehen, doch diese Eifersucht, die mir eben entgegengeschlagen war, brachte es auf ein neues Level.

Aber wieso führte er sich ausgerechnet bei Nathan so auf? Und was war eigentlich mit diesem los? War er lebensmüde, dass er so mit Cam sprach? Und die Nummer mit der Waffe? Die Prügelei? Sehnte er sich nach dem Tod, oder was sollte das alles?

Meine Stirn furchte sich immer tiefer, denn das alles hier ergab so wenig Sinn. Es war nicht typisch für Cam, demjenigen, der ihm ans Bein pisste, nicht zu zeigen, wo sein Platz war. Nathan hatte ihn jedoch schon zweimal provoziert, ohne dass Cam ausgerastet war, wie er es sonst immer tat.

»Ich kann deine Gedanken bis hierher arbeiten und rattern hören, Honey«, holte mich Nathans belustigte Stimme aus meinem Gedankenwirrwarr.

Erschrocken drehte ich meinen Kopf in seine Richtung und starrte sofort wieder in diese wunderschönen Smaragde. *Wie kann ein Kerl so schöne Augen haben?*

Ich war so in meinen Gedanken versunken gewesen, dass ich nicht einmal bemerkt hatte, dass wir wohl an unserem Ziel angekommen zu sein schienen. Denn Nathan hatte bereits seinen Wagen geparkt, den Motor abgestellt und saß zu mir gewandt in seinem Sitz und sah mich mit leicht schiefgelegtem Kopf und einem frechen Lächeln auf seinen schönen Lippen abwartend an. Seinen Arm hatte er dabei auf meinem Sitz hinter mir abgelegt und war mir damit näher, als mir lieb war.

Ich traute mir in seiner Nähe nicht. Dann tat, dachte oder sagte ich immer Sachen, die ich eigentlich lieber lassen sollte. So wie jetzt, als mein Blick, ohne dass ich es wollte, von seinen Augen zu seinen weichen Lippen wanderte, über seinen Hals weiter runter bis zu diesem majestätischen Löwenkopf. *Fuck, sind das Nippelpiercings? O Gott!*

Das glänzende Metall lockte mich regelrecht. Erst als seine Brust zu zucken begann und ein leises Lachen ertönte, riss ich den Blick von seiner nackten Haut und sah ihm schnell wieder in die Augen. *Gott, ist das peinlich!*

Ich benahm mich hier wie ein verliebtes Teeniegirl, das seine Hormone nicht unter Kontrolle hatte, und ich konnte nicht einmal sagen, warum. Ja, er sah heiß aus, doch Cam war es ebenso. Dazu war er weitaus erfahrener, also zumindest ging ich wegen ihres Altersunterschieds jetzt einfach mal davon aus. Wieso also machte mich dieser Kerl hier so schwach?

Sein breites Grinsen und die Tatsache, dass er mich schon wieder beim Gaffen erwischt hatte, brachten mich dazu, kommentarlos den Wagen zu verlassen. Ich hatte jetzt wirklich keine Lust auf einen von seinen frechen Sprüchen. Eigentlich wusste ich nicht einmal genau, was ich hier überhaupt machte? Unsicher blickte ich über das Autodach zu ihm. Ob ich nicht doch lieber zu Cam zurückgehen sollte? Unmöglich konnte er es ernstgemeint haben, dass ich mich verpissen sollte. Ich gehörte Cameron. Niemals würde er mich so einfach gehen lassen. Mir meine Schulden erlassen. Und wenn er rausbekam, dass ich jetzt noch mit Nat gegangen war, würde er sicher endgültig seine Beherrschung verlieren.

»Komm doch erst einmal mit rein. Dann kannst du immer noch durchdrehen«, holte mich seine amüsierte Stimme erneut aus meinem Gedankenkarussell.

Nathan nickte in Richtung Haus, dann ging er voraus. Einen Moment blickte ich ihm unsicher hinterher. Knabberte auf meiner Unterlippe und überlegte fieberhaft, was ich nun tun sollte. Aber wo sollte ich auch kurz vor Dämmerung hin? Ich hatte keine wirklichen Freunde, und wenn, dann waren es Cams Freunde und damit fielen sie raus.

Ich trug kein Geld bei mir und auch sonst besaß ich keins. Cam hatte mir immer alles bezahlt und gekauft, was ich wollte. Nicht einmal ein eigenes Konto besaß ich. Einfach, weil Cam immer alles für mich erledigt hatte und auch nicht wollte, dass ich finanziell unabhängig war. Wahrscheinlich für genau so einen Fall wie diesen.

Nach kurzem Überlegen und Abwägen folgte ich ihm dann doch in das Gebäude und weiter die Treppe nach oben bis vor seine Wohnungstür.

Nat schloss auf und bedeutete mir mit einer überschwänglichen Handbewegung, vor ihm einzutreten. Ich folgte seiner Aufforderung und betrat sein Heim. Ein großzügiger und warm eingerichteter Wohnraum begrüßte mich. Dafür, dass hier ein Kerl wohnte, war seine Einrichtung sehr geschmackvoll. Dunkle Möbel, Ledercouch, Lampen, Teppiche und Pflanzen, alles war aufeinander abgestimmt. *Vielleicht von einer Frau, seiner Ex, ausgesucht?*

»Ich geh schnell duschen, dabei kannst du dich hier ja etwas umsehen«, setzte er mich in Kenntnis und verschwand auch schon in einem der angrenzenden Räume. *Aha?*

Etwas unsicher ging ich ein paar Schritte und sah mich unauffällig und doch interessiert um. In der offenen Küche angekommen, beschloss ich, mich an die Kücheninsel zu setzen und dort auf Nathan zu warten. Alles andere erschien mir nicht richtig.

Noch immer hörte ich das Wasser der Dusche laufen. Also würde er wohl noch eine Weile brauchen. *Toll.*

Unerwartet ging die Wohnungstür auf. Ich hatte nicht damit gerechnet, dass hier noch jemand anderes wohnte. Und als ich dann sah, dass es der Footballverschnitt von letztens aus der Gasse war, wusste ich nicht, was ich davon halten sollte.

Kurz hielt er in der Bewegung, die Tür zu schließen, inne, als er mich entdeckte.

»Na, das nenne ich mal eine Überraschung. Was machst du kleine Diebin denn hier?«, fragte er mich und nahm seine Bewegung wieder auf, ehe er langsam auf mich zukam. Er schien nicht begeistert zu sein, mich hier anzutreffen. Verübeln konnte ich es ihm nicht, doch das sollten die zwei Jungs untereinander ausmachen. Schließlich hatte Nat mich mit hierher genommen.

»Frag deinen Freund«, konterte ich nüchtern.

»Da er wohl gerade nicht da zu sein scheint, frage ich aber dich. Also? Was machst du hier?«

Er versteckte es nicht einmal großartig, dass ich hier unerwünscht war. *Ich sollte gehen …*

»Hab's verstanden. Ich bin schon weg.« Damit stand ich auf und war dabei, zu gehen. Als ich an ihm vorbeigehen wollte, hielt er mich jedoch grob am Arm gepackt davon ab. Mit erhobener Augenbraue blickte ich zu diesem Riesen auf und trat einen kleinen Schritt, soweit es sein Griff zuließ, von ihm zurück. Ich wollte etwas Abstand zwischen uns bringen und ihm eigentlich damit signalisieren, dass er mich verdammt nochmal loslassen sollte.

»Hiergeblieben! Du kannst mit deinem Blasemund und deinem unschuldigen Blick vielleicht meinem Freund den Kopf verdrehen, aber bei mir funktioniert das nicht. Also hör mir jetzt genau zu, denn ich werde es nur einmal sagen: Halt dich fern von Nat! Ich will dich nie wieder in seiner Nähe sehen! Nur durch dich hat er eine Menge Ärger, also tu uns allen ein Gefallen und verpiss dich!«, spuckte er mir mit tiefer Stimme entgegen und sein Griff wurde noch etwas kräftiger an meinem Arm, wohl, um seine Worte noch zu untermauern. Ich konnte ihn für seine niedliche Vorstellung nur belächeln.

Als er mein Lächeln sah, packte er mich plötzlich an meinen beiden Armen und zog mich mit einem kräftigen Ruck zu sich nach oben, dicht vor sein Gesicht. Dabei berührten meine Zehenspitzen kaum noch den Boden. *Warum müssen es auch immer solche Riesen sein?*

»Du kleine Fotze, jetzt pass mal auf!«, knurrte er, doch weiter kam er nicht, denn unerwartet wurde er von mir gerissen und in der nächsten Sekunde starrte ich auf einen breiten, aber vor allem nackten und nassen Rücken.

Nathan hatte den Kerl von mir gerissen und sich vor mich gestellt.

»Nat, was soll der Scheiß?«, fuhr sein Freund ihn an.

»Dasselbe könnte ich dich fragen?!«, antwortete Nat ihm ruhig und doch wirkte sein Körper zum Zerreißen angespannt, als würde er gleich explodieren. Die ausgeprägten Muskelstränge seiner Rückenpartie tanzen nervös und hypnotisierten mich regelrecht. *Shit!*

Sein Freund, dessen Namen ich noch immer nicht kannte, funkelte ihn, aber vor allem mich wütend an.

»Sie bringt nur Ärger! Siehst du das denn nicht? Die Kleine hat dich mehrfach bestohlen, dich in die Scheiße geritten und dafür gesorgt, dass du über 50.000 Dollar in den nächsten zwei Tagen beschaffen darfst. Und jetzt schleppst du sie hier auch noch an, um was zu tun? Sie zu vögeln? Sie unsere Bude auch noch ausräumen zu lassen?« Er sah mich an. »Soll ich es dir einfach machen, Schätzchen? Hier!«

Unerwartet zückte er seine Brieftasche aus seiner hinteren Hosentasche und warf sie mir – oder eher Nathan – vor die Füße. Ungläubig blickte ich auf diese, dann wieder in sein wutverzerrtes Gesicht. Ich hatte nicht einmal die Hälfte verstanden, von dem, was er gerade gesagt hatte.

Nat schüttelte leicht den Kopf, dann wandte er sich mir zu.

»Geh doch schon einmal in mein Zimmer. Wie du siehst, habe ich hier noch etwas zu klären.« Er nickte in den kleinen Gang, in dem mehrere Türen abgingen.

»Ganz hinten rechts.«

Wieder ein Nicken, als ich nicht gleich reagierte. Langsam setzte ich mich in Bewegung. Dabei sah ich noch einmal beiden unsicher entgegen, ehe ich seinen Anweisungen folgte und in sein Zimmer ging.

Hinter mir schloss ich die Tür, sie wollten ungestört reden. Obwohl ich mir sicher war, ich würde es dennoch mitbekommen, denn leise würde dieses Gespräch zwischen den beiden garantiert nicht verlaufen.

Seufzend lehnte ich mich gegen das Holz der Tür, dann erst sah ich mich wirklich in seinem Schlafzimmer um. Viel stand nicht darin und auch sonst war es ein typisches Zimmer für einen Kerl in seinem Alter.

Großes Bett, gegenüber eine Kommode mit einem großen Fernseher darauf. Einen Schreibtisch, auf dem das Chaos herrschte, hatte er auch. Ein Sessel stand in der Ecke, daneben gleich mehrere Stapel von Büchern. Schmunzelnd ging ich auf diese zu. Irgendwie hatte ich bei ihm erwartet, er würde seine Bücher feinsäuberlich in einem Regal verstauen. *Er ist wirklich immer wieder für eine Überraschung gut …*

KAPITEL 18

»Was sollte der Scheiß, Nick?«, herrschte ich ihn an, hob seinen Geldbeutel wieder auf und warf ihm diesen fester als nötig entgegen.

»Verarschst du mich? Du bist sauer auf mich? Du schleppst doch diese kleine Diebin hier an!«, echauffierte er sich in meinen Rücken, denn ich war schon an ihm vorbei und Richtung Küche gegangen. Ich musste mich erst einmal wieder etwas beruhigen.

»Und es ist meine Sache, Nick!«, ermahnte ich ihn im scharfen Ton und blickte dabei leicht über meine Schulter.

Nick folgte mir, warf angepisst seinen Geldbeutel auf den Tresen und stützte sich anschließend mit beiden Händen auf der Kücheninsel ab. Seine Miene dabei noch immer wütend.

»Nat, hör zu«, begann er, doch ich wollte es gar nicht erst hören. Denn ich wusste, was nun kam. Er wollte mir ins Gewissen reden. Mich zur Vernunft bringen. Aber ich hatte nicht unvernünftig gehandelt. Also musste ich mir das hier nun auch nicht geben. Ich wollte abwinken und gehen, denn für mich gab es nichts mehr zu reden. Nick sah das allerdings wohl anders.

»Nat! Wir klären das jetzt!«, fegte seine tiefe Stimme durch den Raum.

Langsam drehte ich mich wieder zu ihm um. Selten redete er

so mit mir, aber wenn er es tat, dann wusste ich, ich sollte besser auf ihn hören. Nick war ein eigentlich ruhiger Kerl. Wenn ich ausrastete, war er der Ruhige von uns beiden, der besonnen an die Sache ranging. Selten verlor er mit mir die Geduld. Deshalb war ich gerade schon etwas überrascht gewesen, die beiden in so einer Situation anzutreffen.

Abwartend sah er mich an, also ergab ich mich seufzend meinem Schicksal, jetzt wohl ein ernstes Gespräch mit meinem besten Freund zu führen. *Jippie!*

Ich lehnte mich mit der Kehrseite an die Küchenzeile ihm gegenüber, verschränkte die Arme vor meiner nackten Brust und wartete auf seinen Einlauf.

»Wir ignorieren jetzt mal die Tatsache, dass du Miss Langfinger nur zum Vögeln mit hierher genommen hast, und konzentrieren uns auf die wichtigeren Dinge, okay?«, begann er streng.

»Ich habe sie nicht zum Vögeln mitgenommen! Sie war in Schwierigkeiten, wusste nicht, wohin. Deshalb ist sie hier«, stellte ich achselzuckend richtig.

»Nat, du solltest dich um *deine eigene* Scheiße kümmern! Davon hast du wegen ihr mehr als genug!«, ermahnte er mich und fuhr auch gleich weiter fort.

»Hast du denn schon einen Plan, wie du an die Kohle kommen willst? Selbst dein Alter kam bei Winter nicht weiter. Du musst das ernst nehmen, Nat! Das ist kein Spaß!«

Ich nickte, denn er hatte recht. Aber leider hatte ich keine Idee, wie ich in den mir noch zwei verbleibenden Tagen an so viel Geld kommen sollte. Mein Vater fiel aus. Ich wollte ihn nicht noch mehr in meine Scheiße ziehen. Genaugenommen hatte ich ihn überhaupt nicht reingezogen, sondern er hatte ohne meine Zustimmung und hinter meinem Rücken gehandelt. Und was hatte er nun davon? Eine Schnittwunde und den alten Ärger mit Winter. Also musste ich mir eine andere Lösung als Daddys Bankkonto einfallen lassen und das schnell!

»Ich weiß«, seufzte ich und rieb mir über den Nacken.

»Und was hast du jetzt vor?«, hakte Nick nach.

Ich zuckte mit den Schultern. Keine Ahnung, was ich nun tun sollte. Schließlich war nichts hiervon geplant gewesen. Auch nicht, dass nun die kleine Diebin bei mir in meinem Zimmer saß.

»Mann, Nat! Du steckst echt in der Scheiße!«

Wieder nickte ich und sah zu Boden auf meine überkreuzten Beine. Überlegte, was ich nun tun sollte, wie ich an diese scheiß Kohle kommen konnte. Wir beide schwiegen, suchten nach einer Lösung.

»Und wenn ich es stehle?«, sprach ich in die Stille und blickte wieder zu ihm.

Okay, irgendwie kam nichts Besseres dabei raus, als aus meiner Scheiße eine noch größere zu machen. Aber blieb mir denn etwas anderes übrig?

Seine Miene verhärtete sich und die Tatsache, dass er mir nicht widersprach und mich für meine Schnapsidee, die sie definitiv war, auch nicht anschrie, zeigte uns beiden, dass es keine andere Lösung gab.

»Was ist mit deinem Gast?«, lenkte er ab.

Nick traute Haley nicht und wollte nicht in ihrem Beisein, auch wenn sie nicht einmal im selben Raum war, über solche Dinge sprechen. Gut. Ich konnte es ihm nicht verdenken und ich wollte auch nicht, dass sie davon Wind bekam. Also verschoben wir dieses Gespräch und den Plan, etwas zu stehlen, auf morgen, wenn ich wusste, was ich mit Haley machen sollte.

»Sie bleibt heute hier und morgen sehen wir weiter, okay?«

Er verzog abschätzig das Gesicht.

»Nick, komm schon! Sei nett zu ihr. Sie wird keinen Ärger

machen«, versicherte ich ihm, worauf er abfällig schnaubte.

»Fehlt auch nur ein Staubkorn, mach ich deine Kleine kalt!«, drohte er mit unheilvoller Stimme, die mich zum Schmunzeln brachte.

Dennoch nickte ich eifrig und setzte eine ernste Miene auf. Zumindest versuchte ich es, doch das Grinsen kam immer wieder durch.

»Penner!«, schimpfte er mit mir, schnappte sich seinen Geldbeutel und war dabei, in sein Zimmer zu gehen.

»Wehe, ihr vögelt die ganze Nacht«, brummte er noch schlechtgelaunt über die Schulter, bevor er mit einem mittellauten Rums seine Tür zuwarf.

Schmunzelnd verdrehte ich die Augen, ehe ich zum Kühlschrank schlenderte, mir zwei Bier sowie ein paar Fertigsandwiches schnappte und damit in mein Zimmer ging. Schließlich wartete dort noch jemand auf mich und ich wusste wirklich nicht, was ich jetzt mit ihr machen sollte.

Als ich eintrat, saß sie im Schneidersitz in meinem Lesesessel und las tatsächlich eines meiner Bücher. Sie hatte zu einem Thriller gegriffen und schien ziemlich vertieft zu sein. Ich beschloss, sie nicht zu stören und mich erst einmal anzuziehen. Denn noch immer lief ich nur mit einem Handtuch um die Hüfte geschlungen rum.

In dem hinteren Teil meines recht großzügigen Zimmers ging ich zu meinem Kleiderschrank und zog mir eine kurze Trainingshose und Muskelshirt raus, ehe ich das Handtuch einfach zu Boden fallen ließ und in meine Unterwäsche stieg.

»O mein Gott!«, ertönte es plötzlich hinter mir.

Ich schmunzelte, kümmerte mich aber sonst nicht darum und zog mich unbekümmert weiter an, bevor ich mich zu ihr umdrehte.

»Musst du das hier machen?«, schimpfte sie mich und hielt sich halb die Augen mit ihrer Hand zu, linste aber dabei durch ihre Finger hindurch.

»Du weißt, dass das mein Zimmer ist, oder?«, scherzte ich und reichte ihr anschließend kommentarlos eine Flasche Bier.

Haley klappte das Buch zu und nahm mit aufmerksamem Blick das Bier entgegen. Aufmunternd prostete ich ihr zu und trank einen Schluck. Dabei sah ich ihr über den Flaschenhals entgegen. Sie tat es mir verzögert gleich. Mein Buch hatte sie währenddessen behutsam wieder auf den Stapel zurückgelegt.

»Und jetzt?«, fragte sie und pulte an dem Etikett der Flasche herum.

»Jetzt essen wir etwas, Honey.« Damit nahm ich den Teller und hielt ihn ihr unter die Nase. Doch sie schüttelte leicht den Kopf und nahm stattdessen noch einmal einen kräftigen Schluck Bier.

Achselzuckend ging ich rückwärts bis zu meinem Schreibtisch, stellte den Teller ab und setzte mich anschließend auf die Tischplatte.

»Willst du über heute reden?«, durchbrach ich nach einiger Zeit die Stille.

Sie sah mich nicht an, als sie erneut sachte den Kopf schüttelte und weiter an dem Etikett herumspielte. Mit schiefgelegtem Kopf beobachtete ich sie dabei. *Was mache ich nur mit ihr?*

»Gut. Dann lasse ich dich mal schlafen. Bad weißt du ja, wo es ist. Solltest du was brauchen, am Kühlschrank darfst du dich bedienen.« Damit trank ich mein Bier aus, erhob mich von meinem Schreibtisch und war dabei, zu gehen.

»Warte«, ertönte plötzlich hinter mir ihre untypisch zarte Stimme.

Ich hielt inne, drehte mich wieder zu ihr um und betrachtete sie mit leicht schiefgelegtem Kopf.

Unsicher blickte sie zu meinem Bett, dann wieder zu mir. Mit zusammengezogenen Augenbrauen überlegte ich, was sie mir zu sagen versuchte.

»Ich soll in deinem Bett schlafen? Und du?«

Als mir klar wurde, was ihr Gestammel zu bedeuten hatte, schmunzelte ich in mich hinein, ehe ich sachte nickte.

»Ich schlaf auf der Couch und du in meinem Bett. So macht man das, Honey.«

Ich zwinkerte ihr noch einmal zu, dann ließ ich sie allein.

Auch wenn die Vorstellung, sie hier und jetzt durch mein gesamtes Zimmer zu vögeln, meinen Verstand flutete, blendete ich es lieber aus und bereitete mir die Couch vor. Aus unserem Wandschrank im Gang holte ich ein Laken und eine Decke, bezog die Polster und legte mich anschließend, nachdem ich das Licht gelöscht und mir wieder das Shirt ausgezogen hatte, in die Dunkelheit.

Eigentlich las ich immer noch etwas, bevor ich schlafen ging. Doch ich wäre jetzt nicht bei der Sache und würde wohl kein einziges Wort behalten. Meine Gedanken konnte ich dennoch nicht abstellen. Obwohl sie eigentlich mein kleinstes Problem war, ging sie mir nicht aus dem Kopf. Wer war sie? Und war sie wirklich die Freundin von diesem aufgeblasenen Affen? Oder steckte doch mehr dahinter? *Argh!*

Es war zum Verrücktwerden!

Eigentlich sollte ich mir jetzt einen Plan überlegen, wie ich an Geld kam und nicht, wie oft der Wichser Haley schon gefickt hatte. *Scheiße! Konzentrier dich, Nat!*

Ich schloss meine Augen und versuchte, nach einer Lösung zu suchen. Doch immer und immer wieder drängten sich bernsteinfarbene Augen in meinen Verstand. Weiche, sinnliche Lippen lockten mich. Der Duft von Lavendel stieg mir in die Nase.

»Fuck!«, fluchte ich rau und setzte mich stöhnend auf. Raufte mir mein wildes Haar und beschloss, noch einen Drink zu nehmen, vielleicht würde er mir beim Schlafen helfen. Oder wenigstens mein Kopfkino abstellen.

Angepisst schleuderte ich die Decke von mir und ging durch die Dunkelheit Richtung Küche. Ich schaltete nicht das Licht an, um mir einen Drink aus unserer kleinen Hausbar einzuschenken. Wieso auch? Schließlich wusste ich, wo alles stand, und meine Augen hatten sich auch schon vollständig an die Schwärze gewöhnt.

Nachdem ich mir einen Scotch, den wir von meinem Dad geschenkt bekommen hatten, eingeschenkt hatte, nahm ich einen kräftigen Schluck. Die goldbraune Flüssigkeit rann wohltuend brennend meine Kehle herunter und hinterließ ein warmes Gefühl in meiner Magengegend.

Nachdem ich das erste Glas getrunken hatte, beschloss ich, mir noch ein zweites zu genehmigen und mich weiterhin im Dunklen an die Theke zu setzen. Ich brauchte gerade die Ruhe und Finsternis um mich herum. Wie sie mich einhüllte und all meine Probleme und Sorgen einfach verschluckte.

Mit den Unterarmen auf der Platte abgestützt drehte ich gedankenverloren mein Glas und genoss die Stille. Bis ich ein leises Tapsen wahrnahm und wenig später heißer Atem meinen nackten Rücken streifte. Ich sah mich nicht um, wog noch ab, ob ich sie ansprechen sollte. Doch als ich ihre weichen, ihre fucking zarten Lippen auf meiner Haut spürte und sie dicht hinter mir stehend wahrnahm, waren plötzlich alle Probleme nebensächlich. Meine kreisenden Gedanken blieben augenblicklich stehen. Die innere Unruhe, die mich schon seit Tagen begleitete, war wie verflogen. Nur, weil sie in meiner Nähe war und mich mit ihren zarten Lippen verrücktmachte.

Langsam wandte ich mich um, und meine Hand fand sofort in ihren Nacken. Bestimmt zog ich sie zu mir und senkte keinen Augenblick später meine Lippen auf die ihren. Ich wollte nicht reden. Nicht denken. Nicht abwägen oder bereuen. Nichts dergleichen. Ich wollte einfach nur diese Schönheit vor mir schmecken und spüren.

Haley schlang augenblicklich ihre Arme um meinen Nacken und stieg in meinen Kuss ein. Schnell verfielen wir in eine wilde Knutscherei, in der ein Kleidungsstück nach dem anderen von uns auf dem Boden verteilt wurde. Unsere Hände waren überall bei dem jeweils anderen und wir machten uns gegenseitig mit ihnen verrückt. Ihre flinken Finger, wie sie über meine Länge streichelten und meine ihre verführerische Nässe erkundeten.

Außer unser erregtes Keuchen und das wilde Küssen war es still um uns herum. Kaum war sie nackt, hob ich sie auf die Küchenzeile und stellte mich zwischen ihre gespreizten Beine. Ich fuhr mit meiner Faust meine Härte nach und führte sie zu ihrer Pussy. Sofort schlang Haley ihre Beine um mich und kaum berührte meine Eichel ihre himmlische Nässe, stöhnten wir beide leise auf. Langsam schob ich mich in ihre Enge und genoss das Gefühl ihrer Innenwände, wie sie meinen Schwanz in Empfang nahmen und umschlossen.

Als ich sie vollkommen ausfüllte, drückte ich sie bestimmt nach unten auf die Küchenzeile, umfasste ihre handgroße Brust und begann sie zu massieren. Erotisch schlängelte sie sich auf der Arbeitsplatte, wölbte bei meinen sanften Stößen ihren Rücken durch und drückte sich meiner Hand an ihrer Brust entgegen. Ihre harten Nippel zwischen meinen Fingern zu spüren, ließ mich für einen Augenblick die Kontrolle verlieren, sodass ich mich zu ihr nach unten beugte, ihre harte Knospe zwischen meinen Zähnen gefangen nahm und etwas zubiss. Ein lautes Keuchen entwich ihr und eine Art Blitz durchzuckte sie bei dieser Aktion, ehe sie ihre Arme über den Kopf nahm und sich meinem Mund an ihren Brüsten willig, nein, regelrecht bettelnd entgegendrückte.

Meine Stöße wurden immer härter und auch meine Bisse an ihren Brüsten und Nippeln nahmen an Intensität zu. Was sie nur umso lauter und erregter stöhnen ließ. Es war ein herrliches Zusammenspiel, das mich nur immer heißer machte. Haley stand darauf, wenn man Lust und Schmerz mischte, und diese Tatsache, dass dieses von außen süß wirkende Geschöpf innerlich doch so verdorben war, reizte mich nur noch mehr, und als sie dann laut stöhnend und unkontrolliert zuckend unter mir kam, trieb sie mich damit beinah in den Wahnsinn.

Knurrend fickte ich sie tiefer und härter auf der Küchenzeile, trieb mich meinem Orgasmus immer näher und ließ sie dadurch ihren in vollen Zügen auskosten. Bis ich es nicht mehr aushielt. Das Prickeln zog sich durch meine Lendengegend, ich konnte mich kaum noch beherrschen.

»Haley!«, stöhnte ich ihren Namen und zog sie gleichzeitig wieder in den Sitz.

»Komm schon, Honey. Runter mit dir auf die Knie«, befahl ich knurrend und doch mit einem kleinen Schmunzeln in der Stimme und glitt aus ihrer himmlischen Nässe.

Mit einem lasziven Lächeln ließ sie sich von der Küchenzeile gleiten und ging vor mir auf die Knie. Sobald ihre Lippen meine pochende Eichel berührten, packte ich sie ungeduldig an ihrem Hinterkopf und schob augenblicklich meine gesamte Länge in ihren süßen Mund. *Fuck!*

Stöhnend warf ich den Kopf in den Nacken und begann, sie mit leichten Stößen in den Mund zu ficken. Ihre sinnlichen Lippen presste sie dabei fest um meinen Schaft und brachte mich meiner Erlösung damit immer näher. Das Prickeln durchflutete meinen Körper, meine Finger krallte ich fest in ihr dichtes Haar, als der Orgasmus mich überrollte.

Mit einem kehligen Stöhnen kam ich in ihrem Mund und brauchte noch einen langen Moment, um wieder in der Wirklichkeit anzukommen. Erst als ich ihre Zunge an meiner empfindlichen Eichel spürte, öffnete ich meine Augen und sah zu ihr nach unten. Sanft streichelte ich ihr über die Wange, ehe ich ihr aufhalf.

Sie hatte mich gerade auf die heißeste Art und Weise verführt und mich gegen meinen Plan, sie nicht zu ficken, handeln lassen.

Fuck, Honey!

KAPITEL 19

Haley

Was war hier gerade passiert? Ich wollte mir doch nur etwas zu trinken holen und plötzlich saß Nat in der Dunkelheit und ich fand mich mit meinen Lippen auf seinem durchtrainierten Rücken wieder. Es war einfach wie in Trance passiert und alles andere ging so schnell, dass mich mein Verstand überhaupt nicht warnen konnte.

Sollte er mich denn überhaupt warnen? Das hier war doch ein Fehler, oder? *Ach, verdammt!*

Dicht stand er vor mir, seine Hand vertraut an meiner Wange, sein Geschmack noch auf meiner Zunge. Eigentlich schrie all das hier nach einem Fehler und doch empfand ich es nicht als einen solchen. Zu schön fühlte sich seine Nähe an.

Seine weichen Lippen an meinem Mundwinkel rissen mich wieder aus meinen Gedanken.

»Komm, lass uns schlafen gehen, Honey«, raunte er mir mit seiner sexy rauchigen Stimme entgegen und reichte mir mein Top, das auf der Küchenzeile lag.

Ich nickte, zog es mir über und schlüpfte auch in mein Höschen, das auf dem Boden vor mir lag, ehe ich ihm zurück in sein Zimmer folgte.

Wir legten uns beide in sein Bett und er zog mich sofort ganz dicht an sich, nahm mich in den Arm und hüllte mich mit seiner beruhigenden Nähe ein.

Ich war froh, jetzt nicht allein zu sein. Es war vorhin komisch gewesen, in Nathans Bett zu liegen, seinen Geruch zu inhalieren, ihn jedoch nicht neben mir zu haben. Denn ich wollte jetzt nicht allein sein. Nicht nach diesem Tag. Ich hatte nicht nur mein Zuhause, sondern auch mein Leben verloren. Hatte keine Ahnung, was Cam nun tun würde. Ließ er mich wirklich gehen? War ich wirklich endlich frei? Und wollte ich das überhaupt sein? Oder holte er mich irgendwann zurück und all sein Zorn würde über mich hereinbrechen?

Ich wusste es nicht, und es machte mir Angst. Schließlich kannte ich Cam. Er war kein Mann, der klein beigab. Aufgab. Und was war mit Nathan? Wieso reagierte er so auf ihn? Was steckte dahinter? Hinter den Drogen? Hinter Cams Worten im Hinterhof heute? Was zum Teufel hatte das alles zu bedeuten?

»Also ich an deiner Stelle hätte schon Kopfweh«, riss mich seine raue Stimme unerwartet aus meinem Gedankenkarussell.

Erschrocken legte ich den Kopf in den Nacken und sah auf seiner Brust liegend zu ihm auf. Seine markanten Gesichtszüge wirkten in der Dunkelheit noch schärfer geschnitten. Seine schwarzen Haare und sein Bart hüllten ihn noch mehr in das Dunkle ein und doch wirkte Nathan nicht bedrohlich.

»Über was denkst du so angestrengt nach, Honey?«, fragte er mich ruhig und seine Finger tanzten dabei sanft über meinen Rücken. Spielten mit meinen Locken und bescherten mir eine leichte Gänsehaut.

»Nichts. Schon gut.« Meine Standardantwort und sonst kümmerte sich auch keiner um meine Gedankenwelt.

Cameron hatte sie nie großartig hinterfragt, geschweige denn sich dafür interessiert. Ich sprach grundsätzlich nicht über mich oder meine Gefühle oder Vergangenheit. Schließlich war ich schon immer auf mich allein gestellt gewesen und das würde sich auch nicht ändern.

»Ich verstehe, wenn du mir nichts erzählen möchtest. Ich will nur, dass du weißt, dass du es könntest.« Damit drückte er mir einen zarten Kuss auf meinen Haaransatz und streichelte weiterhin sanft über meinen Rücken.

Ich nickte an seine nackte Brust und genoss seine Zärtlichkeiten. Sein herber Duft vernebelte mir die Sinne und meine Finger malten wie automatisch kleine Kreise auf seine Bauchmuskeln, was ihm immer wieder ein niedlich leises Lachen entlockte und dafür sorgte, dass sich seine Muskeln anspannten und zuckten.

Stille und Dunkelheit umhüllten uns und sorgten dafür, dass ich mich sicher fühlte. So sicher, dass ich zum ersten Mal mit jemandem über mich oder meine Gedanken sprach. Sonst behielt ich immer alles für mich und ließ nichts und niemanden an mich heran. Doch Nat war anders. Warum auch immer, aber ich vertraute ihm, obwohl ich ihn kaum kannte.

»Ich habe darüber nachgedacht, was das alles mit dir und Cam soll. Und … wie es nun weitergeht«, wisperte ich gegen seine warme Brust und lauschte dabei seinem kräftigen Herzschlag.

Seine Streicheleinheiten auf meinem Rücken erstarben für einen kurzen Augenblick, bis er die Bewegung wieder aufnahm und zu sprechen ansetzte.

»Ich weiß nicht, was das alles soll. … Solltest du darüber nicht wesentlich besser Bescheid wissen als ich?«, fragte er vorsichtig und doch konnte ich den bissigen Unterton deutlich heraushören.

Nathan verstand die Verbindung zwischen mir und Cameron nicht. Verstand nicht, warum ich an seiner Seite war.

»Es ist nicht unbedingt so, als hätte er mich über alles, was er so treibt, aufgeklärt. Geschweige denn, dass ich das Recht hatte, es zu hinterfragen.« Es sollte nicht patzig klingen, dennoch kamen mir die Worte nicht anders über die Lippen.

»Das klingt alles nicht wirklich rosarot. Warum warst du dann überhaupt bei ihm, wenn er dich so schlecht behandelt hat?«, bohrte er weiter und machte mich damit wütend.

Schnaubend entzog ich mich ihm und setzte mich anschließend auf. Mit dem Rücken zu ihm gedreht, zog ich die Knie bis dicht unter mein Kinn und schlang meine Arme um meine Beine. Ich brauchte jetzt etwas zum Festhalten, sonst drohte ich, in all den Emotionen, die gerade meinen Verstand fluteten, zu ertrinken.

»Weil im Leben nicht immer alles so einfach ist, deswegen. … Außerdem ist er nicht durch und durch schlecht«, setzte ich flüsternd nach.

Denn es stimmte. Cam hatte mir damals geholfen. Ich konnte nicht nur Schlechtes von ihm sagen, denn so war es nicht. Cam hatte auch einen winzig kleinen Teil Gutes in sich. Selten zeigte er ihn und wenn, dann auch nur mit einem unterdrückten Schmunzeln, aber er war da.

»Das habe ich gemerkt«, schnaubte Nathan verächtlich.

Er verstand es nicht. Wie denn auch?

»Ich sollte gehen«, hauchte ich in die Dunkelheit. Doch kaum, dass ich meine Arme von meinen Beinen gelöst hatte, um mich mit diesen abzustützen, spürte ich, wie er sich hinter mir aufsetzte und seine Hand meinen Rücken berührte. Sein heißer Atem dicht in meinem Nacken ließ mich in meiner Bewegung innehalten und kurz meine Augen schließen.

»Erklär's mir«, raunte er gegen meine Haut und hauchte mir einen kleinen Kuss in meinen Nacken.

Wieder schloss ich für einen Moment die Lider und genoss seine zarten Küsse auf meiner Haut.

»Ich habe vor Jahren die Fertigkeiten meiner Finger etwas überschätzt und war gieriger, als mir guttat. Cam hat mir geholfen und mich bei sich aufgenommen. Dass ich im Nachhinein dafür bezahlt habe und noch immer zahle, weiß ich jetzt auch. Nur damals wusste ich es nicht. Dennoch ist er nicht nur schlecht. Nicht zu mir. Nicht immer.«

»Warum bist du nicht zu deiner Familie gegangen? Freunden? Wieso konnte dir kein anderer helfen als dieser Wichser?«, fragte Nat ruhig.

»Weil ich keine Familie habe, mein Hübscher. Und wie sich schnell herausgestellt hat, auch keine wirklichen Freunde«, gestand ich ihm wispernd und schlang erneut meine Arme um meine Beine.

Dicht rutschte er von hinten an mich heran und streichelte aufmunternd meinen Arm, während seine Lippen weiter meinen Nacken liebkosten.

»Jeder hat Familie«, hielt er dagegen.

Traurig schüttelte ich den Kopf. Das war ein wunder Punkt bei mir, auch wenn ich es mir nicht eingestehen wollte. Dennoch war es so.

Ich vermisste meine Mutter, auch wenn ich mich nicht an sie erinnern konnte. Keine Ahnung hatte, wer sie war oder was mit ihr war. Ob sie noch lebte und mich einfach nur nicht wollte, oder ob sie schon lange tot war. Ebenso hatte ich keine Informationen über meinen Vater.

Ich fühlte mich leer. Nicht vollständig. Als würde ein Stück von mir fehlen, einfach weil ich nicht wusste, wer ich wirklich war. Woher ich kam. Von wem ich abstammte.

»Ich nicht. Ich wuchs in einem Heim auf und mehr als meinen Namen und Nachnamen habe ich nicht von meiner Mutter bekommen. Ich weiß nicht, wer sie ist, wer mein Vater ist oder warum sie mich nicht wollten. Also nein, nicht jeder hat Familie und nicht jeder wächst so auf wie du.«

Fest umschloss ich meine Beine mit meinen Armen. Ich brauchte jetzt dringend Halt. Ich sprach nicht über meine Vergangenheit. Sie war nicht wie die eines jeden anderen. Normale Leute erinnerten sich gern an ihre Kindheit zurück. Schwelgten gern in Erinnerungen. Ich nicht. Ich wollte sie am liebsten mit dem Heim, in dem ich aufgewachsen war, niederbrennen. Da war keine Freude, Liebe, Geborgenheit in ihr. Nichts von dem kannte ich aus meiner Kindheit.

Die Dunkelheit in mir drohte, mich zu übermannen. Mich mit sich zu reißen und zu verschlucken. Ich kannte dieses Gefühl bereits und ergab mich ihm. Es hatte ja doch keinen Sinn, dagegen anzukämpfen.

»Komm her, Honey«, riss mich unerwartet seine sanfte Stimme aus meiner Düsternis.

Nathan zog mich behutsam in seine Arme und ich bettete mich ergeben an seine nackte Brust und ließ mich von ihm halten. Wie ein warmer und schützender Kokon umhüllten mich seine Arme und sein Duft. Retteten mich damit aus meiner eigenen kleinen Hölle und ich spürte die innere Ruhe in mir einkehren. Ich verstand nicht ganz, wie er das machte, denn eigentlich tat er ja überhaupt nichts. Nathan hielt mich einfach nur in seinen starken Armen. Ohne Besitzanspruch oder Hintergedanken. Sondern einfach nur, weil ich es gerade brauchte.

Auch dass Nathan nichts mehr dazu sagte, begrüßte ich. Denn ich wollte nicht mehr darüber reden. Tiefer in meine Vergangenheit eindringen. Sonst verschluckte sie mich vollständig.

Keine Ahnung, wie lang wir einfach schweigend dort lagen und er mich in seinen Armen hielt. Denn irgendwann übermannte mich die Müdigkeit und ich schlief auf seine Brust gebettet ein.

Erst am nächsten Morgen erwachte ich, noch immer auf ihm. Ich hatte tatsächlich durchgeschlafen.

Sachte blickte ich zu ihm nach oben. Nathan schlief noch tief und fest. Sein Gesicht war leicht von mir abgewandt. Seine Brust hob und senkte sich stetig. Seine schwarzen Haare lagen wild und es sah unglaublich niedlich aus.

Vorsichtig richtete ich mich auf und meine Augen wanderten wie von selbst über seinen definierten Körper. Der majestätische Löwenkopf auf seiner Brust war beeindruckend. Doch seine Nippelpiercings lenkten wieder viel zu schnell meine Aufmerksamkeit auf sich. *Shit! Die machen mich echt fertig!*

Nathan sah wirklich unheimlich gut aus, das konnte ich nicht leugnen. Dennoch riss ich mich nach einem Moment los. Ich musste dringend das Bad aufsuchen. Darauf bedacht, ihn nicht zu wecken, schlüpfte ich aus dem Bett und schlich aus dem Zimmer und weiter den Flur entlang bis zum Badezimmer. Ich hatte keine Ahnung, wie spät es war, doch beide schienen noch zu schlafen und ich wollte niemanden wecken. Schon gar nicht seinen Freund. Er schien sowieso schon so schlecht auf mich zu sprechen zu sein und auf eine weitere Unterhaltung mit ihm allein konnte ich wirklich gut verzichten.

Als ich hinter mir abgeschlossen und mich erleichtert hatte, beschloss ich, eine schnelle Dusche zu nehmen. Nathan hatte mir angeboten, mich wie zu Hause zu fühlen, und ich brauchte wirklich dringend eine Dusche.

Mich meiner Kleider entledigt fand ich mich in der geräumigen Kabine wieder und genoss für einen Augenblick das heiße Wasser auf meinem Körper. Ließ das heiße Nass meine wirren Gedanken, die meinen Verstand schon wieder durchfluteten, mit sich tragen.

Nachdem ich mit meiner Körperpflege fertig war, stieg ich aus und wickelte mich in eines der großen Handtücher ein. Da ich keine Gästezahnbürste sah und auch nicht schnüffeln wollte, musste es wohl oder übel fürs Erste das Mundwasser auf dem Waschbecken tun. Als ich auch damit fertig war, beschloss ich, wieder zu ihm zurückzugehen.

Leise schlich ich in das Zimmer, weil ich ihn nicht wecken wollte. Doch Nathan war bereits wach und stand splitterfasernackt vor mir, als ich den Raum betrat. Eigentlich sollte mir das nach gestern nichts ausmachen. Schließlich hatten wir ja schon miteinander geschlafen. Aber da das eher spontan war, wir danach auch nicht darüber geredet hatten und ich ihn auch noch nicht vollkommen nackt vor mir stehen gesehen hatte, stand ich jetzt wie eine Idiotin mit offenem Mund dort und starrte diesen Sex auf zwei Beinen an.

Meine Augen waren überall. Mal verharrten sie kurz auf seiner beachtlichen Länge, mal auf seinen ausgeprägten Bauchmuskeln. Shit! Nathan war heiß, zu heiß! Mit diesem Körper, der wie aus Stein gemeißelt schien, den schwarzen, vom Schlaf verwuschelten Haaren und diesen verflucht grünen Augen.

Ein sexy Schmunzeln zupfte an seinem Mundwinkel und als er dann amüsiert den Kopf schief legte, räusperte ich mich peinlich berührt und wandte mich schnell von ihm ab.

»Entschuldige«, nuschelte ich beschämt zu Boden.

Was war nur los mit mir? Sonst war ich doch auch nicht so. Ich hatte schon einige nackte Männer gesehen. Mit Cam wohnte ich schließlich seit Jahren zusammen und der war auch heiß. Also wieso stellte ich mich dann bei Nat ständig so an?

»So schüchtern, Honey?«, raunte er und ich hörte seine Schritte näherkommen. Dann, keinen Augenblick später, seinen heißen Atem dicht hinter mir.

Hart schluckte ich, als er mir in einer gleitenden Bewegung meine nassen Haare aus dem Nacken strich und ich seine zarten

Lippen auf meiner Haut spürte. Seine Hände wanderten nach vorne, als er mich an meinem Hals entlangküsste, und öffneten den Knoten meines Handtuchs. Das Stück Stoff fiel zu Boden und eine Gänsehaut breitete sich auf meinem Körper aus.

Einen Moment nahm er unerwartet Abstand von mir und strich mit seinen Fingerspitzen hauchzart über meinen Rücken. Erst dann fiel mir auf, dass er wohl die schwarzen Linien meines Tattoos, das sich über meinen gesamten Rücken erstreckte, nachzufahren schien.

»Wunderschön«, hauchte er an meine Haut und küsste sich über meinen Rücken und die vielen schwarzen Federn meiner dunklen Schwingen auf ihm wieder nach oben zu meinem Nacken.

Plötzlich drehte Nathan mich um, hob mich auf seine Hüfte und ging mit schnellen Schritten zum Bett, um mich dort auch schon schwungvoll auf die Matratze zu werfen. Ich quiekte und lachte gleichzeitig leise auf, ehe ich mich mit dem Rücken auf das Laken fallen ließ. Schon war er über mir und küsste mich intensiv.

Seine Hände fanden dabei sofort meine Brüste und er massierte sie abwechselnd mit festem Griff. Drehte meine aufgestellten Nippel zwischen seinen Fingern und brachte mich in Verbindung mit seinem Zungenpiercing in meinem Mund um den Verstand. Gott! *Wie es sich wohl dort unten anfühlen muss?!*

Als hätte er meine Gedanken gehört, bahnten sich seine Lippen einen Weg nach unten über meinen erhitzten Körper. An meinen harten Knospen verweilte er und reizte sie mit dem Stück Metall in seinem Mund. Als die Kugel auf seiner Zunge meinen Nippel berührte, stöhnte ich leise auf und wölbte mich ihm vollkommen entgegen. Ich wollte mehr, so viel mehr.

Nathan saugte meine Brustwarzen zwischen seine Lippen und

stimulierte mich noch zusätzlich mit seinem Piercing. Er machte mich damit verrückt und dabei waren es erst meine Brüste. Wie zum Teufel würde ich mich wohl fühlen, wenn er endlich weiter unten angekommen war?

Ich kam aus dem Keuchen nicht mehr raus und begann bereits, ungeduldig mit meinem Becken zu wackeln, was ihm ein amüsiertes Schnauben entlockte, bis er endlich mit seinen Lippen weiter nach unten wanderte.

Als sich Nathan dann zwischen meine gespreizten Beine legte, musste ich dieses Bild erst einmal in mich einsaugen. Meine Augen wanderten zu der Kerbe zwischen seinen Schulterblättern, seinen Rücken runter bis zu seinem nackten Knackarsch. Als ich jedoch seinen heißen Atem an meinem Lustzentrum spürte, blickte ich zurück in sein Gesicht. Oder vielmehr in seine stechenden Augen. Sie waren so grün und einnehmend, so schön, dass sie mich vollkommen gefangen nahmen, und das schon seit dem ersten Moment.

Ein freches Schmunzeln legte sich auf seine weichen Lippen, dann senkte er den Kopf und der erste zarte Kuss auf meine unteren Lippen ließ mich zurück in die Matratze sinken, aufstöhnen und genießerisch die Augen schließen. Hauchzart küsste er mich dort unten und trieb mich damit in den Wahnsinn, ohne überhaupt richtig begonnen zu haben.

Meine Finger fuhren durch sein schwarzes, wildes Haar und ich drückte ihn auffordernd, nein, flehend gegen meinen Schritt. Wieder ein leises Lachen von ihm, dann plötzlich wanderte seine gesamte Zunge einmal grob durch meine Schamlippen und ließ mich dabei laut aufstöhnen, als ich die Metallkugel spürte.

Mein Griff in seinem Haar wurde fester und mein Rücken wölbte sich immer und immer wieder erregt durch. Jedes Mal, wenn Nathan mit seinem Piercing meine Perle berührte, war es, als würde mich ein heißer Blitz durchzucken.

»O Gott!«, stöhnte ich laut, als er dann plötzlich seine Zunge tief in meine Nässe schob und ich auch dort ganz genau die Kugel wahrnehmen konnte.

Seine Hände packten fest an meinen Arsch und kneteten ihn, während mich seine Zunge der Erlösung immer näherbrachte. Mein Stöhnen wurde flehender und mein Körper begann zu zucken. Ich stand kurz davor, als Nathan plötzlich seine Zunge aus mir nahm und mir in den Kitzler biss. Da explodierte ich. Laut. Heftig. Intensiv.

Der süße Schmerz hatte mich über die Klippe geschickt und ich fiel und fiel und fiel. Wollte gar nicht mehr wieder im Hier und Jetzt ankommen. Erst, als seine Lippen die meinen fanden und ich meine eigene Lust auf meiner Zunge schmeckte, ließ mich der Orgasmus los und die Wirklichkeit hatte mich wieder.

»Dreh dich um«, knurrte er sexy unkontrolliert und biss mich erneut, nur dieses Mal in die Unterlippe.

Sofort folgte ich seinem Befehl und drehte mich um, präsentierte ihm meinen Arsch und wartete, dass er mich endlich nahm.

Ein reißendes Geräusch ließ mich erschauern und als ich dann seine Eichel an meinem nassen Eingang spürte, blickte ich über meine Schulter und sah ihm dabei zu, wie er langsam in mich eindrang. Dieses Bild, wie seine gesamte Länge allmählich in mir verschwand, mich ausfüllte, es erregte mich dermaßen.

Die letzten Zentimeter rammte er sich dann mit einem kräftigen Stoß in mich, packte mich zeitgleich mit festem Griff an meiner Hüfte und begann mich sofort hart und intensiv zu stoßen.

Ich konnte den Blick nicht von ihm nehmen, wie er mich nach allen Regeln der Kunst von hinten nahm. Wie sich seine definierten Muskeln bei jedem kräftigen Stoß zusammenzogen und zuckten. Nathans Haut begann bereits leicht zu glänzen, und auch ich spürte die Hitze immer mehr in mir aufsteigen.

Seine großen Hände packten mich erbarmungslos. Seine Finger, die sich bei jedem Stoß tief in mein Fleisch bohrten, bescherten mir den süßen Schmerz, den ich brauchte.

Unerwartet beugte sich Nathan nach vorne und ich spürte zusätzlich noch seine weichen Lippen auf meinem Rücken, während er mich intensiv von hinten fickte. Er beherrschte den Kontrast zwischen Dominanz und Zärtlichkeit perfekt. Leidenschaftlich und grob. Es war anders, als ich es kannte, und doch gab mir Nathan genau das, was ich brauchte.

Kaum überrollte mich der zweite Höhepunkt, kam auch er mit einem letzten kräftigen Stoß und einem knurrenden Stöhnen tief in mir. Erschöpft und befriedigt sackte ich bäuchlings auf der Matratze zusammen und keuchte noch immer dem Orgasmus nach.

Wieder seine zarten Lippen, wie sie sich ihren Weg über meinen Rücken, mein Tattoo und jeden einzelnen Wirbel bahnten, bis hin zu meinem Ohr. Nathan biss zärtlich in dieses, dann zog er sich aus mir zurück und verließ das Bett.

»Ich mach uns Frühstück. Nicht bewegen, Honey. Kann sein, dass ich dich gleich nochmal ficken will«, brummte er sexy und verließ, nachdem er sich des Kondoms entledigt hatte und in Shorts geschlüpft war, das Zimmer.

Grinsend legte ich mich auf den Rücken, ließ noch einmal diesen himmlischen Sex Revue passieren und wartete darauf, dass er mir Frühstück ans Bett brachte. *Ich muss träumen …*

KAPITEL 20

Ein kleines Schmunzeln konnte ich mir nicht verkneifen, als ich die Tür hinter mir schloss und in die Küche ging. Doch es fiel schnell wieder in sich zusammen, als ich den angepissten Gesichtsausdruck von meinem besten Freund sah und wie er in der Küche auf mich wartete, um mir einen Einlauf zu verpassen.

»Nick, spar's dir«, winkte ich gleich ab und schmiss die Kaffeemaschine an. Ich brauchte dringend Koffein.

Die Nacht über hatte ich nicht viel Schlaf gefunden. Immer wieder waren meine Gedanken abgeschweift und hatten sich um meine riesigen Probleme gekreist und darum, wo zum Teufel ich über 50.000 Dollar in nur noch einem Tag herbekommen sollte. Tatsächlich war mir eine Lösung eingefallen. Auch wenn dieser Plan dermaßen dumm, idiotisch und grenzwertig war, so blieb mir nichts anderes übrig. Ich musste meine Schulden beim alten Winter bezahlen. Sonst würde es noch übel enden. Das Problem, das er mit meinem Dad hatte, machte die Sache zusätzlich komplizierter. Deshalb sollte, nein, musste ich pünktlich bei Winter liefern.

»Verarschst du mich, Nat? Ich dachte, du willst die Kleine nicht anrühren und jetzt fickst du sie die ganze Nacht und den

Morgen durch. Und jetzt? Bringst du ihr Frühstück ans Bett, oder was?«, schnauzte er mich an und nickte wütend auf das Tablett, das ich gerade auf der Arbeitsplatte abgestellt und mit Geschirr bedeckt hatte.

»Reg dich ab, Nick! Ich habe einen Plan«, knurrte ich warnend und wandte mich kurz um, um zu sehen, ob Haley auch wirklich in meinem Zimmer blieb, denn das Folgende war sicher nicht für ihre Ohren bestimmt.

»Na, da bin ich ja mal gespannt, was dir beim Vögeln mit der Kleinen gestern für ein genialer Plan eingefallen ist«, entgegnete er höhnisch.

Meine Braue hob sich mahnend. Er sollte nicht so über Haley sprechen, wenn er seine Zähne weiter behalten wollte.

»Lass deine dummen Sprüche und hör mir lieber zu. Ich habe mir gestern Nacht meine Gedanken gemacht und habe einen Plan, wie ich an das Geld komme. Die Idee ist verrückt. Gefährlich. Wir landen höchstwahrscheinlich im Knast, wenn was schiefgeht. Oder enden mit einer Kugel im Kopf, wenn Winter ein noch größerer Psychopath ist als vermutet.«

Eindringlich sah ich ihn an, denn er sollte den Ernst der Lage verstehen. Schließlich hing sein Arsch mit in der Scheiße, wenn er sich dazu entschloss, diesen vollkommen verrückten Plan mit mir umzusetzen.

»Na, jetzt spuck's schon aus. Was machen wir?«, fragte Nick ungeduldig und entlockte mir durch seinen Zuspruch ein feines Schmunzeln, ehe ich wieder ernst wurde.

Noch ein letztes Mal blickte ich mich um, damit ich sicher sein konnte, dass wir auch wirklich allein waren, dann fuhr ich mit gesenkter Stimme fort.

»*Charleys Pfandhaus.* Du erinnerst dich?«, fragte ich ihn und seine Augen wurden sofort groß, da er verstand.

»Du willst den Alten ausnehmen? Ich weiß, wir haben ja schon öfter mal was mitgehen lassen, aber das hier, das ist eine Sache für sich. Einen Diebstahl von über 50.000 Dollar, Nat? Aus einem Pfandhaus? Das ist …«

»Wahnsinn!«, wurden wir unterbrochen und wandten uns erschrocken zu ihr um.

Haley stand mit emotionsloser Miene in nur einem Shirt von mir bekleidet hinter uns und sah erst Nick, dann mich an. Innerlich seufzte ich auf. Das konnte ich jetzt wirklich nicht gebrauchen.

»Sagte ich nicht: Bleib im Bett, Honey?«, fragte ich sie und unterdrückte dabei den angepissten Unterton. Schenkte ihr stattdessen eines meiner frechen Lächeln und ging auf sie zu.

»Hör auf ihn, schwing deinen Arsch wieder ins Bett und warte, bis er dich gleich nochmal durchficken kommt. Wir haben hier noch was zu klären!«, maulte Nick in meinen Rücken in ihre Richtung.

Mahnend blickte ich mich noch einmal zu ihm um. Er sollte damit besser aufhören. Jetzt!

Nach einem kurzen Blickduell mit meinem besten Freund ging ich weiter auf sie zu. Bei ihr angekommen drückte ich ihr einen kleinen Kuss auf den Mundwinkel und wollte sie gerade etwas mit meinem Charme, der eigentlich niemals seine Wirkung verfehlte, bezirzen, damit sie uns noch einen Augenblick allein gab. Also küsste ich mich von ihrem Mund zu ihrem Ohr, während meine Hände über ihren sexy Körper wanderten, um sie noch etwas abzulenken.

»Gibst du uns noch einen Moment, Honey? Ich komme sofort zu dir und mache dort weiter, wo ich gerade aufgehört habe.« Damit ließ ich meine Zunge mit meinem Piercing über ihre Ohrmuschel schnellen und packte ihr einmal fest an ihren

Knackarsch.

Ein leises Keuchen konnte sie sich nicht verkneifen und ich wusste, ich hatte mein Ziel erreicht. Ein feines Schmunzeln legte sich auf meine Lippen. Ich würde lügen, wenn ich mich nicht jetzt schon auf das, was ich gleich alles mit ihr allein in meinem Zimmer machen würde, freute.

Ich nahm etwas Abstand von ihr, um sie ansehen zu können. Ihre bernsteinfarbenen Augen vor Erregung verhangen, blickte sie zu mir auf und biss sich anschließend leicht auf ihre volle Unterlippe. *Biest!*

»Natürlich. Brauch nicht zu lang, mein Hübscher.« Damit führte sie ihre sinnlichen Lippen dicht zu meinem Ohr und küsste mich an meiner empfindlichen Stelle.

»Das ist es doch, was deine Täubchen sonst so zu dir sagen würde, oder? Nachdem du sie mit deinem Charme und deiner Zunge verrücktgemacht hast. Aber ich verrate dir was, mein Hübscher. Ich bin nicht wie deine anderen Betthäschen.«

Ich wollte etwas erwidern. Mich rausreden. Irgendwas. Doch dann biss mir Haley vollkommen unerwartet und fester als nötig in den Hals, ehe sie mich einfach stehenließ und zu Nick ging. Ich rieb mir die schmerzende Stelle und blickte ihr erstaunt hinterher. *Was für eine Frau!*

»Also? Ihr wollt Charley ausrauben?«, fragte sie uns, als würde sie gerade über das Wetter reden, und schwang sich elegant und sexy zugleich auf einen unserer Barhocker, die um die Kücheninsel standen, und legte ein Bein über das andere. Mein Shirt, das sie trug, rutschte damit weit nach oben und zeigte mehr von ihren seidig nackten Schenkeln, als gut für mich war.

Trocken schluckte ich, ehe ich sachte den Kopf schüttelte, um meinen Fokus wiederzubekommen – und vor allem die Kontrolle über diese Situation.

»Das geht dich einen Scheißdreck an und jetzt zieh Leine! Du machst nur Ärger. Merkst du denn nicht, dass es allein deine Schuld ist, dass Nat zu solchen Mitteln greifen muss? Ich sollte dich eigenhändig rauswerfen!«, drohte Nick ihr und ging auf sie zu und blieb dicht, dichter als er sollte, vor ihr stehen und sah auf sie herab.

Haley blickte nur mit gerecktem Kinn und mahnend angehobener Braue zu ihm auf.

»Probier's nur, Süßer«, provozierte sie ihn. *Oh, verdammt!*

Schnell ging ich zwischen die beiden und blickte abermals Nick beschwörend an, ehe ich das Wort erhob, damit sich die beiden nicht die Köpfe einschlugen. Denn das würde keinem helfen.

»Schluss jetzt, ihr zwei! Nick, beruhig dich und mach Kaffee. Und du, hör auf ihn zu provozieren und zieh dich an«, klärte ich die Sache schnell und schmerzlos.

Haley musste gehen. Dieses Gespräch war nicht für ihre Ohren bestimmt und Nick würde sie bei einem weiteren Spruch von ihr mit einem Arschtritt aus unserer Wohnung befördern. So war es besser. Außerdem hatte Nick recht. Nur wegen ihr musste ich diese Scheiße hier jetzt durchziehen und das schnell, denn meine Zeit lief allmählich ab und so ein Ding drehte man nicht mal eben kopflos und überstürzt. Wir brauchten auch noch etwas Zeit, um es zu planen und dann umzusetzen. Und beides ging nur, wenn sie verschwand. Jetzt.

Kurz hielt Haley inne, sah mich an und ich war mir sicher, so etwas wie Enttäuschung in ihren schönen Augen lesen zu können. Doch ich durfte mich nicht darauf einlassen.

»Na gut. Dann werde ich mich mal anziehen und abhauen.«

Sie erhob sich, sah jedoch so dicht vor mir stehend noch einmal zu mir nach oben, ehe sie an mir vorbeiging.

»Ach, aber die hier sollte ich dir dann wohl doch zurückgeben.«

Beide blickten wir uns zu ihr um. Haley hielt demonstrativ Nicks Armbanduhr hoch, ehe sie sie auf der Küchenzeile ablegte und mit einem provokanten Lächeln in meinem Zimmer verschwand.

»Wie zum Teufel?!«, entfuhr es ihm, als er sich an sein nacktes Handgelenk fasste, dann wieder zur Uhr auf der Theke blickte und anschließend fassungslos zu mir.

»Diese kleine Schlampe! Ich bring sie um!«, fauchte er wütend.

Doch ich hielt ihn am Arm gepackt davon ab, ihr den Arsch aufzureißen. Anscheinend verstand mein Freund nicht, was uns Haley hier gerade mitgeteilt hatte. Sie war schnell. Verdammt schnell und gut. Besser als ich. Keiner von uns beiden hatte es gemerkt, wie sie ihm die Uhr gezockt hatte. Ich hatte schließlich danebengestanden und Nick hatte zwar nicht so flinke Finger, dennoch kannte er die Tricks. Normalerweise hätte er es merken müssen. Hatte er aber nicht.

»Nick, ruhig! Verstehst du es nicht?!«, fragte ich ihn, während ich noch damit beschäftigt war, ihn davon abzuhalten, in mein Zimmer zu stürmen.

»Was gibt es da zu verstehen?! Die kleine Fotze hat mir, ohne dass es einer von uns gemerkt hat, meine Uhr gezockt!«, brüllte er wütend und versuchte noch immer, an mir vorbeizukommen. Bis er plötzlich innehielt und mich erstaunt ansah.

»Fuck! Nein, Nat!«

Bestimmt schüttelte er den Kopf und doch wusste er, dass wir sie brauchten. Denn er hatte es gerade so schön gesagt. Keiner von uns beiden hatte es mitbekommen, wie Haley ihm seine Uhr abgenommen hatte.

Ich wollte ihm gerade gut zureden, als ich ihre Schritte hinter mir hörte, wie sie dabei war, zu gehen. Eindringlich sah ich Nick an, bevor ich ihr nachlief, um sie davon abzuhalten.

»Warte, Honey«, versuchte ich sie zu beschwichtigen und hielt sanft ihre Hand, damit sie nicht weitergehen konnte.

Wütend entriss sie sie mir und funkelte mich mahnend an. Leicht hob ich die Hände und wagte mich an einem frechen Schmunzeln. Doch das schien sie nur noch mehr aufzubringen. Denn sie schnaubte wütend und ließ mich erneut einfach stehen. *Okay, sie ist sauer.*

»Honey, komm schon. Es tut mir leid, okay?!«

Wieder holte ich sie ein, packte sanft ihr Handgelenk und zog sie zu mir zurück.

»Was tut dir leid?«, fauchte sie mich an und riss sich abermals los, blieb jedoch stehen.

»Ich hätte dich nicht wegschicken sollen. Aber mit der Vertrauensbasis ist das bei uns beiden so eine Sache, Honey. Du hast mich verarscht. Mehrfach. Ist doch irgendwie verständlich, dass ich dir nicht gleich all meine Geheimnisse, wie zum Beispiel einen geplanten Einbruch, verrate, oder?«, erklärte ich ihr ruhig, trat wieder einen Schritt an sie heran und strich ihr behutsam mit meinen Fingerknöcheln über ihre Wange.

Ihre Miene glättete sich etwas und auch meine Berührung ließ sie zu, ehe sie seufzte und die Augen leicht genervt verdrehte, jedoch ein kleines Lächeln nicht verbergen konnte. Auch ich musste grinsen und hauchte ihr einen zarten Kuss auf die Wange, ehe ich sie bei der Hand nahm und mit ihr zurück in unsere offene Küche ging.

Nick hatte uns die ganze Zeit aufmerksam gemustert und auch jetzt fixierte er sie argwöhnisch. Er vertraute ihr nicht. Aber da musste er jetzt nun mal durch. Haley hatte bewiesen, dass sie die beste Hilfe war, und ich war in einer Lage, da durfte ich nicht mehr wählerisch sein.

»Nick, komm schon«, bat ich ihn, es endlich gut sein zu lassen.

Genervt stöhnte er auf, hielt jedoch seinen Blick ihr gegenüber bei. Er hob den Finger, wie zu einer seiner typischen Reden, und ich musste mir ein Schmunzeln verkneifen. Schließlich wollte ich es nicht wieder schlimmer machen.

»Du zockst mir nie wieder etwas, verstanden, Kleines?!«, fragte er sie forsch und fixierte sie weiterhin genaustens. Als würde er befürchten, sie könnte ihn auf zwei Meter Abstand, die sie nun mal gerade hatten, dennoch die Butter vom Brot stehlen. Zutrauen würde ich es ihr zwar, aber das tat hier ja jetzt nichts zur Sache.

Haley lächelte ihr süßes Lächeln und zwinkerte ihm anschließend zu.

»Alles klar. Also, wie sieht jetzt euer Plan aus?«, fragte sie und blickte zwischen uns beiden hin und her.

»Ja, Nat, wie ist denn nun dein Superplan? Weih uns ein«, entgegnete Nick süffisant.

Mit gefurchter Stirn sah Haley zu mir und wartete ebenso wie Nick darauf, dass ich sie einweihte. Ich lehnte mich mit meiner Kehrseite an den Küchentresen, verschränkte die Arme und Beine übereinander und blickte nachdenklich nach unten. Mein Plan war lückenreich. Nicht perfekt. Unausgereift. Ich hoffte, dass wir ihn zu dritt perfektionieren konnten. Auch wenn es mir etwas widerstrebte, Haley in meine Scheiße zu ziehen.

»Haley, es hörte sich vorhin so an, als würdest du den Alten aus dem Pfandhaus kennen«, begann ich und wartete auf ihre Antwort. Vielleicht könnte das helfen.

Sie nickte.

»Ja, ich kenne Charley. Ich habe früher dort meine Beute verscherbelt. Natürlich wusste er davon nichts. Ich versteh mich gut mit ihm«, erklärte sie uns.

»Und dennoch willst du uns helfen, ihn auszunehmen? Versteh

ich das richtig?«, hakte Nick weiterhin misstrauisch nach.

Doch ganz unberechtigt war die Frage nicht. Wieso half sie uns, wenn sie sich mit dem Alten gut verstand?

Ihre schönen Augen trafen die meinen, ehe sie den Blick senkte und sich unsicher auf die Unterlippe biss. Mit schiefgelegtem Kopf wartete ich darauf, was nun kommen würde.

»Ich möchte es wiedergutmachen, okay?«, sprach sie leiser als zuvor und hielt noch immer den Blick gesenkt.

Ich sah zu Nick und beschwor ihn mit meinem Blick. Augenverdrehend schüttelte er den Kopf, aber ich wusste, dass das ein Ja und kein Nein zu bedeuten hatte.

»Gut. Du bist dabei, aber wenn du uns verarschst, hält er mich beim nächsten Mal nicht zurück!«, drohte er ihr erneut und auch das konnte ich ihm nicht verdenken. Auch ich musste den kleinen Funken Misstrauen ignorieren, damit er nicht noch größer wurde. Schließlich hatte sie mich nicht nur einmal verarscht und in die Scheiße geritten.

Haley nickte und sah mit einem scheuen Blick zu mir. Ich schenkte ihr ein kleines Lächeln und versuchte, dass ungute Gefühl in meiner Magengegend zu ignorieren.

»Wie sieht dein Plan also aus, Nathan?«, fragte sie mich nach einem Moment der Stille.

Ich räusperte mich, dann weihte ich sie in meinen nun ausgereifteren Plan ein. Durch Haleys Hilfe und die Tatsache, dass sie den Alten schon kannte, vereinfachte sich die Sache. Hoffte ich zumindest.

Nachdem ich den beiden meinen Plan erklärt und wir ihn dann zusammen noch ausgearbeitet hatten, beschlossen wir, die Sache heute Abend, kurz bevor der Laden schloss, steigen zu lassen. Aber zuvor musste ich noch in die Kneipe meines Vaters und etwas aus seinem Büro holen.

Ich wusste, sie war keine Lösung und ich wollte sie auch nicht benutzen, wenn dann nur, um Angst zu machen. Dennoch wusste ich, es ging nicht ohne sie. Ich brauchte die Waffe meines Vaters und sollte er mich dabei erwischen, wie ich sie nahm, würde er mir wahrscheinlich zehnmal Schlimmeres antun als Winter und seine Gorillas und dennoch befand ich mich schon auf dem Weg in seine Kneipe. *Wird schon schiefgehen …*

KAPITEL 21

Da es noch früher Nachmittag war, hatte die Kneipe noch nicht geöffnet und zu meinem Glück waren mein Vater und Onkel Ryan auch noch nicht hier. Na, wenigstens lief mal etwas nach Plan. Konnte ich nur hoffen, dass es heute so weiterging.

Zielstrebig ging ich in das Büro meines Vaters. Glücklicherweise hatte ich alle Schlüssel, somit war es mir möglich, alle Türen und Schlösser zu öffnen. Alle bis auf das Schloss der großen Geldkassette, in der sich seine Waffe befand. Doch das stellte ebenfalls kein Problem dar, denn ich wusste, wo mein Dad den Schlüssel versteckte. Nur hatte ich mich bis jetzt nie für seine Waffe oder den weiteren Inhalt der Kassette interessiert.

Ich holte das schwarze Metallkästchen aus dem Schrank, stellte es auf dem Schreibtisch ab, dann bückte ich mich, um den Schlüssel aus seinem Versteck zu holen. Mein Dad hatte ihn unter den kleinen Rollschrank des Schreibtisches geklebt. Ich hatte ihn einmal dabei beobachtet, wie er ihn von dort hervorgeholt hatte.

Als ich fündig wurde, schloss ich die Kassette auf und stieß, als ich sie durchschaute, nicht nur auf seine Waffe und das Magazin für diese, sondern auch auf einen Haufen Bargeld, Papiere, Ausweise und zu meiner Überraschung einen Brief aus dem

Gefängnis.

Die Waffe steckte ich mir in meinen hinteren Hosenbund, ebenso wie ein Magazin, dann griff ich nach dem Brief und öffnete ihn. Er zog mich magisch an. Ich musste wissen, was darinstand. Denn er kam nicht, wie ich zuerst erwartet hatte, aus dem Männergefängnis, sondern aus dem Frauenknast. Umso verblüffter war ich, dass mein Vater gerade diesen Brief zusammen mit seiner Waffe und Wertpapieren wegschloss. Das musste doch etwas bedeuten, oder nicht?

Ich begann, die Zeilen zu lesen.

Oktober 2024

Hallo, mein Hübscher!

Ich weiß nicht, ob du diesen Brief je lesen wirst oder ob du ihn, nachdem du meinen Namen darauf liest, einfach zerreißt. Sei's drum.

Ich könnte dir jetzt schreiben, dass es mir leidtut. Ich könnte dich um Verzeihung bitten. Dich anflehen, mich zu besuchen, damit wir über all das reden können. Doch wir wissen beide, dass das nie passieren wird. Nichts davon.

Also komme ich einfach gleich auf den Punkt. Ich weiß, ungewöhnlich für mich. Aber das hier, dieser Brief, ist kein Spiel für mich. Kein Trick. Keine Falle. Nur eine Sterbende, die sich an den Vater ihres Kindes wendet, damit du sie suchen und ihr ein besseres Leben bescheren kannst. Eines, das sie, meine wunderschöne Tochter Haley, verdient hat. Sie hat nichts mit all meinen Abscheulichkeiten zu tun.

Ich gab ihr meinen Nachnamen. Ihr Geburtstag ist der 13. Februar 2021. Ich bitte dich, und das nicht um meinetwillen, sie zu suchen und dich um sie zu kümmern. Du weißt, dass es dein Kind ist.

Ich habe viele Fehler begangen, Blake. Aber sie, meine wunderschöne Haley, sie ist keiner!

Kuss, Evy!

Immer und immer wieder las ich den Brief und doch wurde ich aus seinem Inhalt nicht schlau. In meinem Kopf drehte sich alles und ich wollte die Wahrheit, die sich in meinem Verstand allmählich zusammensetzte, nicht wahrhaben.

»Was machst du da?«, herrschte mich plötzlich die tiefe Stimme meines Vaters an.

Erschrocken fuhr ich zusammen und ließ dabei den Brief zu Boden fallen, dann wandte ich mich ihm zu. Dad kam mit donnernden Schritten auf mich zu und knallte den Deckel der Kassette mit einem kräftigen Schlag zu.

»Du bestiehlst mich? Mein eigener Sohn bestiehlt mich?«, fragte er mich mit drohend ruhiger Stimme. Dabei durchbohrte er mich mit denselben Augen wie den meinen.

Eigentlich sollte ich jetzt versuchen, meinen Kopf aus der Schlinge zu ziehen. Sollte mich bei meinem Vater entschuldigen und versuchen, die Situation zu retten. Doch ich konnte nicht. Die Worte, der Inhalt dieses Briefes, sie vernebelten mir das Hirn. Ich brauchte Antworten. Denn das, was ich mir in meinem Kopf zusammenreimte, das durfte einfach nicht sein!

»Was ist das hier?«, fragte ich ihn, hob den Brief wieder auf und drückte ihm das Stück Papier unsanft gegen die Brust.

Er schenkte dem Brief nicht einmal Beachtung und feuerte ihn achtlos auf den Boden, ohne dabei den Blick von mir zu nehmen.

»Nichts, was dich zu interessieren hat. Und jetzt lenk nicht ab und sag mir verdammt nochmal, was du hier in meinem Büro an meiner Geldkassette machst, Nathan!«

Immer bedrohlicher baute sich mein Vater vor mir auf und versuchte mich damit einzuschüchtern. Oder seine Beherrschung entglitt ihm gerade. Doch beides war mir in diesem Moment egal. Ich wollte Antworten und ich würde sie dieses Mal bekommen!

»Dad, du sagst mir jetzt sofort, was das hier ist!«, forderte ich ihn unumstößlich auf, mir endlich die Wahrheit zu sagen.

Die Miene meines Vaters verdunkelte sich und auch sein gesamter Körper begann zu arbeiten, sich anzuspannen.

»Raus hier oder ich schwöre dir Nat, ich vergesse mich gleich!«, brüllte er mich an und schubste mich kräftiger als nötig Richtung Tür, wohl um seine Worte noch zu untermauern.

Geschickt fing ich mich auf und wandte mich wieder zu ihm. Ich dachte nicht daran, jetzt zu gehen. Ihn wieder mit seinem Schweigen davonkommen zu lassen. Mein Vater schwieg schon viel zu lang, was seine Vergangenheit betraf. Er musste doch einsehen, dass das der falsche Weg war. Dass es endlich Zeit wurde, zu reden.

»Nein, Dad! Ich will Informationen und wenn du sie mir nicht geben willst, dann werde ich sie mir woanders holen!«

Ja, der Zug war nicht nett und ich wusste jetzt schon, dass ich mir für diese Frechheit gleich eine einfangen würde. Aber was blieb mir anderes übrig, als meinem Vater mit meiner Mutter zu drohen?

Ich war mir sicher, dass er unter allen Umständen vermeiden wollte, dass der Inhalt des Briefs an meine Mum gelang. Sonst hätte er ihn nicht hier in seinem Büro weggesperrt, wo meine Mutter so gut wie nie war. Wenn sie hier war, half sie an der Bar aus oder putzte die gesamte Kneipe, brachte eben alles auf Vordermann.

Ich hob den Brief auf und hielt ihn ihm provokant unter die Nase.

»Drohst du mir gerade, mein Junge? Bist du wirklich so hochmütig und drohst deinem alten Herrn?!«

Unerwartet machte er einen Satz auf mich zu, packte mich erbarmungslos am Kragen und zog mich zu sich, dicht vor sein Gesicht. Seine grünen Augen glühten, wie ich sie noch nie gesehen hatte.

»Pass auf! Du vergisst jetzt ganz schnell, was du hier meinst, herausgefunden zu haben, denn es ist Bullshit. Und jetzt mach, dass du hier rauskommst, und wage es ja nicht, mir so schnell wieder unter die Augen zu treten. Sonst garantiere ich für nichts, Nathan!«, knurrte er mich animalisch an, ehe er mich aus seinem eisernen Griff entließ und wieder in Richtung Tür schubste.

Ich richtete meine Klamotten, wandte mich aber trotz seiner mahnenden Worte erneut zu ihm um. Wir waren hier noch nicht fertig.

»Wieso ist das Bullshit? Wer war diese Frau? Wieso sagt sie, dass sie ein Kind von dir bekommen hat, und das NACH meiner Geburt? Erklär mir das!«, forderte ich stur zu wissen.

Ich würde nicht eher gehen, bevor ich nicht meine Antworten erhalten hatte.

»Ich erklär dir überhaupt nichts! Sie war eine Psychopathin und hat immer nur gelogen! Mehr hat dich nicht zu interessieren, und jetzt geh, bevor ich dir doch noch deine verdiente Tracht Prügel erteile, bei allem, was du dir in letzter Zeit geleistet hast!«

Mit einer wütenden Handbewegung deutete er auf die Tür und verdeutlichte mir damit noch einmal, dass ich endlich verschwinden sollte. Und eigentlich wäre es das Schlauste. Noch hatte er nicht bemerkt, dass ich seine Waffe eingesteckt hatte. Sollte er das jetzt auch noch herausfinden, würde er mir womöglich den Hals umdrehen.

»Dafür, dass das alles nur Bullshit ist, hast du den Brief aber ganz schön lang aufgehoben«, setzte ich noch nach, war jedoch im Begriff, zu gehen.

Ich faltete den Brief und schob ihn in meine Hosentasche. Es brachte ja doch nichts. Mein Vater würde mir wohl nie etwas erzählen. Seine dunkle Vergangenheit würde wohl immer ein

Geheimnis bleiben. Obwohl ich wusste, dass ich diese eine Sache nicht einfach stehen lassen konnte. Früher oder später musste ich mit ihm noch einmal darüber reden. Musste meine Vermutungen bereinigen. Und das am besten früher als später. Doch hier und jetzt hatte es keinen Sinn mehr, mit ihm zu diskutieren.

Unauffällig rückwärtsgehend verließ ich das Büro, damit er auf den letzten Metern nicht doch noch den Diebstahl seiner Waffe bemerkte. Kaum war ich zur Tür raus, begann es mit einem lauten Wutschrei hinter mir zu scheppern. Kurz hielt ich inne und überlegte, ob ich noch einmal nach ihm schauen sollte.

»Was zum Teufel? … NATHAN! Meine Waffe!« *Scheiße!*

Ich nahm die Beine in die Hand und stürmte aus der Kneipe. Die wütende Stimme meines Vaters begleitete mich bis in den Hinterhof. *Fuck, ich bin so gut wie tot!*

* * *

Die ganze Fahrt bis nach Hause hatte ich mir Gedanken über diesen bescheuerten Brief gemacht. Es ergab alles so wenig Sinn. Es durfte keinen Sinn ergeben! Das konnte einfach nicht sein.

Nein. Ich hatte jetzt keine Zeit, mir darüber den Kopf zu zerbrechen. Ich musste mich konzentrieren, schließlich stand heute noch ein großes Ding an. Sobald ich Winter seine Kohle gegeben hatte, konnte ich mich um das Problem mit diesem Brief und meinen Vermutungen kümmern. Vorher musste ich es beiseiteschieben. Was leichter gesagt als getan war, denn kaum kam ich zur Tür rein und sah Haley, stürmten die Zeilen des Briefes wieder meine Gedankenwelt. *Es stimmt nicht, Nat!*, versicherte mir die Stimme in meinem Kopf. Ich wusste jedoch nicht, ob aus Wunschdenken oder Gewissheit.

»Was hat da so lang gedauert?«, fragte mich Nick und bereitete unsere Rucksäcke für heute Abend vor.

Wir hatten im Internet auf der Seite des Pfandhauses recherchiert und wussten nun, was er alles im Laden hatte, und konnten somit unsere Beute etwas eingrenzen. Spontangriffe, wenn sie denn wertvoll waren und schnelles Geld versprachen, waren erwünscht. Sonst versuchten wir uns an den Plan zu halten. Ein schnelles Rein-und-Raus.

Haley und Nick sollten ihn ablenken, damit ich beginnen konnte, unauffällig den Laden etwas leerer zu räumen. Haley sollte mir dann zur Hand gehen, wenn Nick ihn in ein Gespräch verwickelte. Die Zeit, kurz vor Ladenschluss, wenn er schon einen langen Arbeitstag hinter sich hatte, war auch absichtlich gewählt. Klar könnten wir auch einfach einsteigen, wenn der Laden dicht machte. Doch drei schwarze Gestalten, die nachts mit Taschenlampen durch das Geschäft schlichen, erschienen uns auffälliger als unsere Methode. Ob es am Ende stimmte, sahen wir dann.

»Mein Dad«, war meine knappe Antwort. Dabei vermied ich den Blick zu Haley. Es ging nicht, ich konnte mich damit jetzt einfach nicht befassen.

Nick nickte, da er verstand.

»Nur für den Fall, okay?«, entgegnete ich streng und zog die Waffe aus meinem hinteren Hosenbund.

Ich würde sie nicht benutzen. Das war ich einfach nicht. Ich hatte zwar schon eine Waffe abgefeuert, jedoch auf Dosen und nicht auf einen Menschen – und dabei würde ich es auch gern belassen.

Sie sollte lediglich als Notfallplan dienen, falls wir erwischt würden, damit wir ihm Angst einjagen konnten, um abzuhauen. Mehr nicht. Kein Schuss oder Verletzte!

»Wir treffen uns um kurz vor 19 Uhr vor dem Laden«, informierte Haley mich.

Mit zusammengezogenen Brauen blickte ich sie an. Was sollte das denn jetzt? Mit einem lieblichen Lächeln auf den Lippen kam sie auf mich zu und drückte mir einen hauchzarten Kuss auf den Mundwinkel.

»Mein Outfit ist nicht wirklich einbruchsgeeignet«, klärte sie mich auf, dann verabschiedete sie sich und ging.

Nick und ich packten alles zusammen, was wir für heute Abend benötigten, dann sahen wir zu, dass wir da wegkamen. Mein Dad würde sicherlich demnächst hier aufschlagen und darauf könnte ich gut und gern verzichten.

Stattdessen beschlossen wir, Unterschlupf in einem Internetcafé zu finden und die Zeit zu überbrücken, bis es losging.

* * *

Am Abend fanden wir uns dann wie ausgemacht vor Ort ein. Doch von Haley fehlte jede Spur. Kurz bevor der Laden schloss, war sie noch immer nicht aufgetaucht.

»Fuck! Die Kleine hat uns verarscht!«, fluchte Nick vor sich hin.

Gedankenverloren blickte ich mich um. Ich glaubte nicht, dass sie uns verarschte. Es musste einen anderen Grund geben, doch nun hatten wir keine Zeit, um darüber nachzudenken oder zu diskutieren.

»Na, dann eben ohne sie. Komm!«, wies ich Nick an und deutete in Richtung Laden.

Fuck, Honey! Auf die Ausrede bin ich mal gespannt!

KAPITEL 22

Haley

Ich musste die Zeit nutzen, deshalb das fluchtartige Verschwinden. Denn ich wusste, dass Cam nun nicht zu Hause war, und schließlich waren noch alle meine Sachen bei ihm.

Ich hatte jetzt auch nicht vor, all mein Hab und Gut, was nicht viel war, außer ein paar Klamotten und Kleinkram, zusammen-zusammeln und mitzunehmen. Dazu blieb schlichtweg zu wenig Zeit. Aber umziehen wollte ich mich und einen Rucksack mit ein paar wenigen Wechselklamotten und meinen Pflegeprodukten wollte ich auch wenigstens mitnehmen.

Etwas unsicher betrat ich das Loft. Cam hatte mir ganz klar gesagt, ich sollte nicht wiederkommen. Wenn er mich hier erwischte, wüsste ich nicht, was er nun mit mir machen würde, nach allem, was passiert war. Doch um diese Zeit war er nie zu Hause, dennoch sollte ich mich hier nicht zu lange aufhalten.

Leise schloss ich die Tür und ging zielstrebig Richtung Treppe, um nach oben ins Schlafzimmer zu gehen. Plötzlich hielt ich in der Bewegung inne, als ich etwas in meinem Augenwinkel sah, und wandte den Kopf, um zu sehen, was ich bereits vermutet hatte.

Cameron, wie er sich wankend erhob und mich mit

wutverzerrter Miene musterte. *Scheiße, er hat getrunken!*

»Na, sieh mal einer an, wer da wieder nach Hause kommt. Sagte ich nicht, lass dich nie wieder blicken?!«, lallte er mehr, als dass er anständig sprach. *Ich bin so gut wie tot!*

Sachte schüttelte ich den Kopf, um ihn zu beschwichtigen. Doch ich wusste, nun beruhigte ihn nichts und niemand mehr. Cam war eigentlich ein sehr kontrollierter Mann. Er trank und feierte immer nur so viel, dass er noch die Kontrolle behielt. Doch die Kontrolle hatte er hier und jetzt schon lange verloren. Ich sah es ihm an und es machte mir eine Scheißangst!

Ich sah keinen anderen Ausweg als die Flucht. Auch wenn ich wusste, dass ihn das eigentlich nur noch wütender machte. Doch das war zu diesem Zeitpunkt auch schon egal. Ich musste hier einfach nur so schnell wie möglich weg.

Mit einem Satz sprang ich von den wenigen Treppenstufen, die ich bereits erklommen hatte, und rannte in Richtung Tür. Natürlich bekam er mich zu fassen und natürlich packte er mich so erbarmungslos, dass ich in seinem Griff wimmerte. Hatte ich wirklich etwas anderes erwartet?

»Wieso machst du mich so wütend, Haley? Willst du mich wirklich noch wütender machen?«, raunte er mit seiner vom Alkohol kratzigen Stimme dicht an mein Ohr.

Sachte schüttelte ich den Kopf. Ich wusste, ich würde es nicht überleben, wenn ich ihn jetzt noch zorniger machte. Also gab ich auf.

Seine eine Hand, die gerade noch meinen Arm gepackt hielt, wanderte nun zu meinem Hals, seine andere ließ er zu meinem Arsch gleiten. An beiden Stellen angekommen griff er fest zu. Ich japste vor Schreck leicht nach Luft. Doch Cam drückte nicht so fest zu, dass ich nicht mehr atmen konnte. Es war seine typische Geste, um mir zu zeigen, dass er mir überlegen war. Und das war er. Würde er immer sein.

»Es tut mir leid«, wisperte ich und senkte die Lider.

»Was tut dir leid? Dass du dich hast von ihm ficken lassen?«, knurrte er.

Ich nickte ergeben. Sein Griff um meine Kehle nahm für einen kurzen Augenblick zu, lockerte sich jedoch schneller als erwartet wieder. Warum wusste ich zwar nicht, aber ich würde den Teufel tun, und es hinterfragen.

»Wie oft?«

Erschrocken bei seiner Frage, mit der ich nun wirklich nicht gerechnet hatte, riss ich meine Augen auf und sah ihn einfach nur an.

»Haley!«, knurrte er drohend, als ich auch nach einem langen Moment noch immer nicht geantwortet hatte.

Ich wog noch ab, welche Strafe schlimmer sein würde. Die fürs Schweigen oder die dafür, dass ich in den vergangenen 24 Stunden gleich zweimal mit Nat geschlafen hatte.

»WIE OFT HAST DU DICH VON IHM FICKEN LASSEN?!«, brüllte er mir dann mitten ins Gesicht und ich kniff panisch die Augen zusammen.

Ohne dass ich es wollte oder hätte aufhalten können, rann mir dabei eine einzelne Träne über die Wange. Ich hasste es, Schwäche zu zeigen. Vor allem bei ihm. Schließlich herrschte und bestimmte Cam schon so lange mein Leben und über mich, da wollte ich ihm nicht auch noch meine Schwäche, meine Tränen zeigen. Und doch konnte ich sie jetzt nicht mehr aufhalten, denn ich wusste, heute würde ich die schlimmste aller Strafen von ihm erhalten. Heute würde er keine Gnade mit mir haben.

»Zweimal«, wisperte ich und presste fest meine Lider aufeinander.

Ich wollte nicht in diese kalten Augen blicken. Wollte nicht sehen, wie wütend er auf mich war. Einen quälend langen Moment passierte gar nichts. Mein Herz schlug von Sekunde zu Sekunde schneller und ich wartete auf meine Strafe und auf sein Ausrasten. Doch es passierte einfach nichts.

Langsam öffnete ich wieder meine Augen und sah ihm direkt in seine. Das Schwarz darin, das mich sonst immer verschlang, wirkte nun getrübt und nicht ganz so dunkel wie sonst. Aber warum? Sollte er nicht ausflippen? Wieso tat er es nicht? Warum stand Cam einfach nur vor mir, hielt mich an meiner Kehle, vergleichsweise leicht, und sah mich einfach nur an. Ich verstand es wirklich nicht.

»Du kannst gehen«, informierte er mich dann zu meiner vollkommenen Überraschung. Und das auch noch in einem ruhigen Ton.

Cam ließ von meinem Hals ab, nahm jedoch keinen Abstand von mir. Mein Hirn wollte noch nicht ganz verstehen, was hier gerade passierte. Mit leicht zusammengezogenen Augenbrauen musterte ich ihn. Ich wusste, eigentlich sollte ich jetzt rennen, als wäre der Teufel hinter mir her. Dennoch blieb ich einfach nur dicht vor ihm stehen und blickte zu ihm auf. Scannte seine harte Miene und versuchte, etwas aus ihr zu lesen, das mir sagte, was sein Verhalten, das so gar nicht zu ihm passte, zu bedeuten hatte.

»Wieso?«, wagte ich mich dann doch, zu fragen.

Seine Miene verhärtete sich und ich befürchtete, nun doch die Strafe zu bekommen, die noch immer ausblieb. Aber wieder lag ich damit falsch. Statt nun all seinen Zorn über mich und Nathan an mir auszulassen, hob er wieder die Hand, jedoch nicht, um mich abermals an meiner Kehle zu packen. Nein. Stattdessen wanderte seine Hand in meinen Nacken und sein Daumen verweilte dabei an meiner Wange.

Meine Stirn furchte sich immer mehr, denn so hatte mich

Cam noch nie berührt, geschweige denn angesehen. Beinah sanft würde ich seinen Blick deuten.

»Noch nie habe ich etwas nicht bekommen, was ich wollte«, begann er zusammenhangslos. Doch ich blieb stumm und wartete darauf, was Weiteres passieren würde.

Nun nahm er auch die zweite Hand dazu. Mit seinem Daumen strich er über meine Unterlippe, weiter nach unten über mein Kinn, immer weiter abwärts. Mein Atem beschleunigte sich, mein Herz schlug mir bis zum Hals und ich konnte nicht einmal sagen, warum. Ob vor Angst, Unwissenheit oder doch Neugier.

»Noch nie. Bis auf dich.«

Erstaunt über seine Worte riss ich meine Augen auf. Ich konnte nicht glauben, was ich da gerade gehört hatte. Cam hatte soeben zugegeben, dass ich ihm nie gehört hatte, und damit hatte er mir meine Freiheit geschenkt. Denn gehörte ich ihm nicht, musste ich auch nicht bleiben oder weiter für ihn 'arbeiten'.

»Wieso?«, wisperte ich dasselbe Wort wie zuvor. Ich musste es wissen. *Wieso lässt er mich gehen?*

»Du willst wissen, wieso ich dich gehen lasse, statt zu bestrafen?«, fragte Cam direkt und ich bildete mir ein, ein kleines Mundwinkelzucken bei ihm auszumachen. *Unmöglich!*

Unsicher nickte ich.

»Sagte ich das nicht gerade?«, fragte er und dieses Mal war ich mir sicher, ein feines Schmunzeln auf seinen Lippen zu sehen.

Ich hatte keine Ahnung, was hier gerade passierte. Eigentlich sollte jetzt Panik Besitz von mir ergreifen, denn Cam musste bei seinem Verhalten einfach verrückt geworden sein. Anders konnte ich es mir nicht erklären. Dennoch blieb ich unbeweglich vor ihm stehen und blickte ihm mit rätselnder Miene entgegen. Versuchte, die Lösung in seinen dunklen Augen zu finden, doch ich fand sie nicht. Außer noch mehr Fragen.

»Ein Teil von dir wird immer mir gehören und das wissen wir beide, Baby.«

»Und dennoch lässt du mich gehen? Wo ist der Haken?«, bohrte ich weiter.

Es musste einen Haken geben. Den gab es bei Cam immer. Nur deswegen war ich doch überhaupt erst an seiner Seite. Weil jede seiner Handlungen und Freundlichkeiten einen Haken hatte.

Seine eine Hand lag noch immer ohne Druck auf meiner Kehle, er streichelte die Kuhle neben meinem Kehlkopf mit seinem Daumen. Mit dem anderen fuhr er meine Unterlippe immer und immer wieder nach. Es war befremdlich so von ihm berührt zu werden. Cam war nicht zärtlich. Bei keinem Kuss oder Fick.

»Du warst schon immer zu schlau, Baby.«

Bei diesen Worten begann mein Herz sofort wieder zu rasen. Auch sein unheilvoller Unterton sagte mir, dass ich einfach hätte gehen sollen. Ich hätte einfach den Mund halten sollen und verschwinden sollen, so lange es noch ging. So lange er mir noch die Möglichkeit dazu gelassen hätte. Oder hatte er nie vorgehabt, mich gehen zu lassen? Gehörte das bereits zu meiner Strafe?

»Cam, bitte!«, hauchte ich und doch wusste ich, dass es nichts brachte.

»Worum bittest du mich, Haley?«, raunte er so leise bedrohlich, dass sich mir die Nackenhaare aufstellten.

»Mir nicht wehzutun«, gestand ich ehrlich und senkte erneut die Lider.

»Oh, ich werde dir nicht wehtun, Baby.«

Ich öffnete wieder meine Augen und sah ihn ungläubig an. Er wollte mir nicht wehtun?

»Warum nicht?«, flüsterte ich mit zittriger Stimme.

Sein Griff um meinen Hals verstärkte sich wieder etwas. Sein Daumen streichelte noch immer meine Unterlippe.

»Weil du noch etwas für mich tun wirst. Und stellst du mich zufrieden, halte ich mein Wort und du kannst gehen. Kein Haken, kein Trick.«

»Was soll ich für dich tun?«

Ich wusste, egal was er von mir verlangen würde, es war unmenschlich und würde mich zerstören. Anders konnte es nicht sein. Cam war kein gnädiger Mann. Und egal, was er sagte, das hier, das war meine Strafe.

»Du wirst mir etwas mit deinem kleinen Prinzen helfen.«

Sofort schüttelte ich den Kopf. Cam hatte noch nicht einmal zu Ende gesprochen. Doch ich wollte es auch nicht hören, wie ich ihm dabei helfen sollte, Nathan etwas anzutun.

»Nein! Ich werde dir nicht helfen, ihm etwas anzutun!«, hielt ich mit überraschend fester Stimme dagegen.

Augenblicklich verdunkelte sich seine Miene, seine Streicheleinheit an meiner Lippe erstarb und sein Griff um meine Kehle nahm zu.

»Du willst deine Freiheit für ihn hergeben? Ist das dein letztes Wort? Und überlege weise, Baby. Du wirst keine weitere Chance bekommen. Weigerst du dich, gehörst du mir, für immer!«

Seine Worte hallten in meinem Kopf wider. In Dauerschleife hörte ich sie durch meinen Verstand schwirren, schreien, brüllen! Es wurde unerträglich laut in meinem Kopf. Bis ich es nicht mehr aushielt.

Was sollte ich nur tun? Ich konnte doch Nathan nicht an Cam verraten. Ihm dabei helfen, Nat etwas anzutun. Konnte ihn nicht leiden sehen und das nur, weil ich schwach und ängstlich war. Das war nicht fair. Aber blieb mir eine andere Wahl? Diese letzte schlechte Tat für meine Freiheit?

Er oder ich …

KAPITEL 23

Gerade als wir den Laden betreten wollten, hörte ich meinen Namen hinter mir rufen. Beide wandten wir uns zu ihr um. Haley kam mit schnellen Schritten auf uns zu.

»Entschuldigt. Ich wurde aufgehalten«, sprach sie leicht außer Atem.

»Aufgehalten? Sag mal, verarschst du uns?«, schnauzte Nick sie an und baute sich vor ihr auf. Doch ich stellte mich zwischen die beiden und funkelte ihn mahnend an. Wir konnten uns jetzt nicht erlauben, aufzufallen. Schließlich hatten wir hier noch etwas vor.

Kurz scannte ich ihre Erscheinung. Mir war schon klar, was oder eher wer sie aufgehalten hatte. Wenn der Bastard sie angefasst hatte, wäre er so gut wie tot. Das stand fest!

Haley wirkte leicht durcheinander und irgendwie anders. Ich konnte es nicht genau beschreiben. Es war einfach so ein Gefühl.

»Alles okay?«

Ich musste sie das fragen. Vorher konnte ich mich nicht konzentrieren. Sachte nickte sie und schenkte mir ein feines Lächeln.

»Du willst sie ernsthaft noch dabeihaben?«, fragte Nick fassungslos und sah zwischen uns beiden hin und her.

»Jetzt kommt schon. Der Alte schließt gleich«, lenkte ich ab und beantwortete zugleich die Frage. Dabei drängte ich mich an Nick vorbei und betrat als Erster den Laden. Leise fluchend folgte er mir.

Wir wussten alle, was zu tun war, wir hatten es heute Morgen alles genauestens durchgespielt. Haley und Nick würden den Alten in ein Gespräch verwickeln. Da sie ihn kannte und er sich wohl gern mit ihr unterhielt, sollt es leicht sein, ihn in ein Gespräch zu locken und somit von mir abzulenken.

Die beiden nahmen sofort ihre Position ein und lenkten ihn gleich zu Beginn so gut ab, dass er mich gar nicht zu bemerken schien. Schnell begab ich mich in den hinteren Teil des Ladens, sah mich noch einmal unauffällig um, dann hielt ich Ausschau nach den Kostbarkeiten.

Zum Glück hatte ich den Hehler, bei dem ich mein Zeug immer für gutes Geld loswurde, bereits informiert. Er kannte mich schon seit einigen Jahren. Immer wenn ich meine Finger beim Feiern in einem Club, einer Bar oder auch mal einfach nur beim Durch-die-Stadt-Bummeln nicht bei mir behalten konnte, stand ich am nächsten Tag bei ihm auf der Matte und verscherbelte die Beute für gutes Geld. Er machte faire Preise und war dankbar für alles, was ich ihm so brachte – und über die Jahre war es eine Menge geworden.

Also mussten wir uns nur noch bedienen und ihm anschließend das Zeug bringen und ich hätte die Kohle für meine Schulden zusammen.

Ein wertvolles Teil nach dem anderen wanderte unauffällig in meinen Rucksack, Hosen- oder Jackentasche. Ich war gut in dem, was ich tat, und machte es schließlich auch schon ein paar Jährchen. Noch nie hatte man mich beim Stehlen erwischt und so würde es auch bleiben.

Kurz sah ich mich nach den beiden um, denn eigentlich hätte

Haley schon längst zu mir kommen sollen. Zu zweit ging es einfach schneller. Doch noch immer stand sie mit Nick am Tresen und unterhielt sich mit dem Alten. Lachte immer wieder herzhaft auf und spielte ihre Rolle vielleicht etwas zu gut. *Verdammt, was macht sie da?*

Nick wendete sich mir noch zu. Er hatte mich im Augenwinkel gesehen und nahm Blickkontakt mit mir auf. Unauffällig nickte ich zu Haley, doch Nick schüttelte sachte den Kopf. Irritiert sah ich dabei zu, wie er sich unauffällig aus dem Gespräch zog und zu mir in den hinteren Teil des Ladens schlenderte. Innerlich fluchend verteufelte ich ihn mit meinen Blicken. So war das nicht geplant gewesen. Doch nun war nicht der richtige Moment, um mit ihm zu streiten.

Eigentlich sollten wir hier und jetzt die Sache abblasen. Ich hatte ein schlechtes Gefühl. Alles lief schief, was nur schieflaufen konnte. Dann war Haley auch noch komisch und die Zeit drängte ebenso. Der Alte würde schließlich nicht ewig für ein nettes Gespräch mit Haley offen lassen.

»Was zum Teufel macht ihr da?«, herrschte er uns unerwartet an.

Erschrocken wandten wir uns zu ihm um, da packte er meinen Rucksack und damit auch mich. Ohne weiter darüber nachzudenken, schlüpfte ich aus den Schlaufen und gab damit meine Beute auf.

Wir wollten beide abhauen, doch der Alte war schneller als erwartet und sackte Nick ein und zwang ihn in den Schwitzkasten. Fassungslos sah ich erst zu Nick und wie er von dem Alten ziemlich beeindruckend in Zaum gehalten wurde, dann zu Haley, aber von ihr fehlte jede Spur.

Ich verstand nicht, was hier gerade passiert war. Gerade eben hatten sich die beiden doch noch unterhalten, ich hatte sie im

Augenwinkel beobachtet. Und jetzt war meine Beute weg. Nick wurde gefangen gehalten und Haley hatte sich mal eben aus dem Staub gemacht.

»Hau ab!«, brüllte Nick und deutete Richtung Ausgang, denn der Alte hatte schon, während er Nick im Schwitzkasten hielt, die Bullen gerufen. All das zog wie in Trance an mir vorbei, weil ich einfach nicht glauben konnte, wie unser Plan so verdammt schiefgehen konnte.

Ein letzter Blickkontakt mit meinem besten Freund, der mir ganz klar signalisierte, endlich abzuhauen, dann rannte ich los. Es war nicht meine Art, den Schwanz einzuziehen, aber hier und jetzt hatte es keinen Sinn, wenn wir beide eingebuchtet wurden. Zumal ich noch ganz andere Sorgen hatte, als von den Bullen erwischt zu werden.

Das schlechte Gewissen nagte jetzt schon an mir, kaum dass ich zur Tür raus war. Ich hätte Nick nicht allein lassen dürfen. Hätte versuchen sollen, ihn da irgendwie rauszubekommen und für ihn den Platz einzunehmen. Schließlich waren wir nur wegen mir dort. *Fuck!*

Ich hörte bereits die Sirenen oder ich bildete es mir ein, könnte bei dem Adrenalin, das meinen Körper flutete, natürlich auch gut sein. Eine Sekunde hielt ich inne, überlegte, was ich tun sollte. *Bleiben oder fliehen?!*

Plötzlich packte mich jemand am Ärmel und zerrte mich hinter sich her. Haley.

»Was wird das?«, herrschte ich sie an und riss mich in der nächsten Gasse angekommen von ihr los. »Wo warst du? Warum bist du abgehauen und wieso kamst du zu spät? Und wage es nicht, mich jetzt zu belügen, Haley!«, drohte ich ihr mit dunkler Stimme und kesselte sie zwischen mir und der Wand in ihrem Rücken ein.

Eigentlich sollten wir zusehen, dass wir hier wegkamen. Doch ich musste das hier erst klären. Bevor ich sie wieder mit zu mir nahm oder gehen ließ, musste ich wissen, dass es nicht an ihr lag, dass das hier so schrecklich schiefgelaufen war.

Doch statt mir zu antworten, fasste sie sich an ihren Rücken und zog etwas hervor. Im ersten Moment war ich skeptisch, aber dann erkannte ich, dass es sich hierbei um eine Videokassette handelte. Irritiert verzog ich die Augenbrauen.

Da zeigte sich mal wieder, es war doch nützlich, sie dabeigehabt zu haben. Denn warum auch immer, keiner hatte bei dem Plan an das verfickte Band gedacht! Wenn Haley nicht gewesen wäre, hätten sie uns zu hundert Prozent erwischt. Gut, aber der gesamte Plan entstand auch in wenigen Stunden und viel Zeit für Recherche hatten wir auch nicht gehabt. Dennoch hätte diese Lücke nicht passieren dürfen.

»Ich konnte ihn nicht aufhalten, er hatte euch bereits gesehen, als Nick etwas in seine Tasche gesteckt hat. Da dachte ich mir, wenigstens die Beweise sollte ich vernichten. … Hier. Gern geschehen!«

Damit drückte sie mir das Video gewaltsam gegen die Brust, ehe sie mich kräftig von sich schubste, um von mir wegzukommen. Ich hielt das Band fest, sah ihr hinterher und rieb mir nachdenklich über den Nacken.

»Haley, warte bitte!«, bat ich sie, eilte ihr nach, hielt sie an ihrer Hand fest und zog sie wieder zu mir zurück. »Es tut mir leid. Ich hätte es nicht an dir auslassen dürfen, dass alles so dermaßen schiefgelaufen ist«, gestand ich ihr und meinte es auch so.

Haley konnte nichts dafür. Es war meine Schuld. Ich hätte mir einen besseren Plan überlegen sollen. Hätte vorsichtiger sein sollen. Nur hatte ich jetzt ein riesiges Problem. Nicht nur, dass Nick nun bei den Bullen saß, und das nur meinetwegen.

Sondern ich hatte auch nicht einen einzigen Cent. Somit konnte ich morgen nicht meine Schulden bei Winter zurückzahlen. *Fuck!*

Einen kurzen Augenblick musterten wir uns stumm. Dann nickte ich in die Gasse. Wir mussten hier weg.

Die Fahrt über schwiegen wir. Nick und ich hatten meinen Wagen einige Querstraßen weiter geparkt. Wir wollten keinerlei Verbindung zu uns schaffen.

»Was machst du jetzt? Du hast kein Geld, um deine Schulden zu bezahlen«, fasste sie unnötigerweise zusammen.

»Erst einmal muss ich Nick aus dem Knast holen. Dann werde ich morgen zu Winter gehen und hoffen, dass er mich nicht erschießt. Weiter sehen wir dann«, informierte ich sie nüchtern.

Auch wenn es in meinem Inneren ganz anders aussah. Aber das waren meine Sorgen und nicht ihre.

»Und wie willst du Nick aus dem Knast holen, ohne dich selbst zu verraten? Und wegen Winter, soll ich dich begleiten? Ich kenne ihn, vielleicht kann ich mit ihm reden, zumindest, dass er dich nicht erschießt.« Zum Ende versuchte sie sich an einem feinen Schmunzeln. Mein Mundwinkel zuckte, doch ich nickte nur dankend. Mir war gerade verständlicherweise nicht nach Scherzen.

»Lass uns erst einmal nach Hause fahren. Alles andere klären wir dann, okay?«

Sie nickte, dann waren wir auch schon vor meinem Wohnhaus. Ich stieg jedoch nicht sofort nach dem Einparken aus, denn es stand jemand vor meinem Haus, mit dem hatte ich nun wirklich nicht gerechnet.

»Onkel Ryan, was machst du denn hier?«, fragte ich ihn irritiert, als wir ausgestiegen waren und auf ihn zugingen.

Haley blieb dicht neben mir stehen und beobachtete die Situation genau. Etwas zu genau für meinen Geschmack und ich war mir ziemlich sicher, egal was Ryan hier wollte, es war nicht für ihre Ohren bestimmt.

»Ich wollte mit dir reden, aber es passt wohl gerade schlecht.«

Sein Blick fiel auf sie, dann wieder eindringlich auf mich. Okay, es ging mit Sicherheit um die Waffe und ich würde bestimmt gleich meinen Einlauf dafür bekommen. Da brauchte ich keine Zuschauer.

»Haley, geh doch schon mal hoch. Ich komme gleich nach«, informierte ich sie und drückte ihr meinen Schlüssel in die Hand.

Verzögert nahm sie ihn an sich, sah noch einmal zwischen uns beiden hin und her, dann verschwand sie im Haus. Ryan und ich blieben draußen vor der Tür zurück. Seine Miene war ungewöhnlich hart und seine Ruhe brachte mich fast um den Verstand.

»Ich hab Scheiße gebaut, Onkel Ryan«, begann ich kleinlaut, lehnte mich an der Wand in meinem Rücken an und legte meinen Kopf in den Nacken. Ich wollte ihn nun nicht ansehen. Fühlte mich schon schlecht genug.

»Das kannst du laut sagen! Nat, was hast du dir nur dabei gedacht? Und was hattest du mit der Waffe vor?«, fragte er streng, doch das Letzte sprach er etwas gedämpfter aus.

Nach einem Moment des Schweigens drehte ich ihm wieder mein Gesicht zu und sah ihn an.

»Ryan, hilfst du mir?«, fragte ich ihn für ihn zusammenhangslos. Doch ich brauchte wirklich dringend seine Hilfe.

Er verzog die Augenbrauen und legte den Kopf leicht schief, ehe sich seine Miene wieder verhärtete.

»Was hast du angestellt, Nathan?!«, forderte er zu wissen.

Ich sah ihn geknickt an, dann nickte ich auf die andere Straßenseite. Dort war eine kleine Kneipe. Schäbiges Teil, aber den Sinn und Zweck würde sie erfüllen. »Komm. Für die Geschichte brauchst du einen Drink. Einen starken.«

Also setzten wir uns in die Kneipe, bestellten uns zwei Drinks und ich erzählte ihm die ganze Geschichte. Ließ nichts aus und redete mich frei. Es tat tatsächlich unglaublich gut, endlich mal jemandem alles zu erzählen. Angefangen von Haley und wie die ganze Scheiße überhaupt angefangen hatte, dann über Cam und den Streit um Haley. Über Winter. Den Einbruch, den ich mit eingezogenem Kopf schilderte und woraufhin Ryan gleich die ganze Flasche orderte. Bis hin zu dem Brief und den Streit mit meinem Vater. Eben alles.

»Fuck, Nat! Du bist wirklich wie dein Vater!«, schimpfte er vor sich hin und exte das nächste Glas.

Ich ließ es unkommentiert, denn ich sah es etwas anders.

»Wie konntest du so dumm sein und so ein Ding drehen?! Das konnte doch nur in die Hose gehen«, schimpfte er mich kopfschüttelnd weiter.

Irgendwie hatte ich mir eine andere Art der Standpauke vorgestellt. Aber gut, ich würde mich nicht beschweren.

»Ich weiß, ich habe Scheiße gebaut. Aber hilfst du mir, Nick aus dem Knast zu holen? Ich kann ihn doch nicht für meinen Fehler dort drin lassen!«, bat ich ihn um Hilfe.

Ryan nickte mit ernster Miene.

»Ich kümmere mich darum. Beziehungsweise dein Vater. Er hat, wie der Zufall es will, durch deinen verstorbenen Großvater gute Kontakte zur Polizei. Einer schuldete dem Ex-Sheriff sicher noch einen Gefallen, den dein Vater in seinem Namen einfordern kann. Das wird schon. Also mach dir um Nick keine Sorgen und kümmere dich lieber um deine. Denn die sind größer, glaub mir. Winter ist ein dreckiger Bastard. Ihm ist scheißegal, ob du die Kohle morgen hast oder nicht. Er wird dich und deinen Vater trotzdem nicht in Ruhe lassen. Einfach, weil er ein kleingeistiger Mann ist, der alte Kamellen nicht ruhen lassen kann. Dazu hat dein Vater ihn letztens mit seinem Verhalten beleidigt. Er wird erst Ruhe geben, wenn Blake entweder vor ihm kniet, was er nie tun wird, oder bis er das passende Druckmittel hat, damit er ihn dazu bringt. Sprich dich. Verstehst du, Nat? Es geht nicht um dich oder die Kohle. Und nachdem, was du mir alles erzählt hast, würde ich behaupten, deine Kleine hat dich mehr in die Scheiße geritten, als du und sie zugeben wollen. Das war alles von Anfang an geplant und galt nur dem alten Streit zwischen deinem Vater und Winter. Also sage ich dir jetzt: Halt dich raus, Nat!«

Ich sah ihn einfach nur einen langen Augenblick an. Versuchte, die Puzzleteile langsam, aber sicher in meinem Kopf zusammenzusetzen. Sollte es wirklich stimmen, was mir Ryan hier erzählte, bedeutete es, dass mich Haley von Anfang an nur verarscht hatte. Die Drogen. Der Flirt. Auch unser Fick und alles andere, was ich dachte, das zwischen uns wäre. Alles war eine Lüge!

Diese bittere Pille musste ich erst einmal verdauen und das ging nur mit einem weiteren Drink, den ich im Ganzen exte.

»Du erzähltest noch etwas von einem Brief«, lenkte Ryan ab.

Er sah mir wohl an, was mir gerade durch den Kopf wanderte, und er wusste auch, dass ich die Übeltäterin für all den Schlamassel bei mir zu Hause sitzen hatte und unmöglich zu ihr gehen konnte – so innerlich unruhig, wie ich nun mal war.

Es war immer wieder aufs Neue erstaunlich, was für ein Händchen Onkel Ryan dafür hatte, mich runterzubringen und abzulenken, wenn ich gerade ausflippen wollte. Als wüsste er immer ganz genau, wann mein Temperament mit mir durchzubrennen schien. Es war verrückt und dennoch war ich ihm mehr als dankbar dafür. Er verstand mich in so vielen Dingen so viel besser als mein Vater.

Ich nickte nachdenklich, dann fiel mir wieder ein, dass ich den Brief noch immer in meiner Hosentasche trug. Ich hatte ihn heute, nachdem ich bei meinem Vater in der Kneipe gewesen war, nicht wieder herausgeholt und dort vergessen. Ich fischte ihn heraus und schob ihn über den Tisch zu ihm.

Ryan verzog erst fragend die Brauen, ehe er ihn nahm, entfaltete und begann zu lesen. Seine Gesichtszüge machten in der kurzen Zeit, als er den Brief las, gefühlt alle Emotionen mit. Von Unglauben zu Wut über ein verwirrtes Kopfschütteln war alles dabei. Am Ende ließ er das Stück Papier sinken und sah nachdenklich in die Ferne. Er schien gerade gedanklich weit weg zu sein. Als würde er sich an etwas von damals erinnern.

»Wer war diese Frau?«, fragte ich ihn dann und holte ihn somit wieder ins Hier und Jetzt zurück.

Seinen Blick nun nachdenklich auf mich gerichtet, schien er noch immer dem Gedanken, der ihm durch den Kopf ging, hinterherzujagen. Als würde er abwägen, ob er mir nun von ihr erzählen sollte oder nicht.

Was hatten mein Dad und Onkel Ryan nur immer mit dieser Geheimniskrämerei, was ihre Vergangenheit betraf? Ich verstand es nicht und es machte mich wütend. Dennoch bemühte ich mich, ruhigzubleiben und zu hoffen, dass wenigstens Ryan mir endlich mal was erzählen würde.

»Dein Vater will nicht, dass wir darüber sprechen«, eröffnete er mir nüchtern und nahm mir mal eben meinen kleinen Hoffnungsschimmer. Von wegen, er würde mir mehr erzählen …

»Aber ich denke, das Schweigen hier nicht mehr richtig ist. Vor allem, weil ich weiß, warum du unbedingt diese Antwort haben willst. Deine Kleine heißt Haley und ihr dürftet ungefähr im selben Alter sein. Sie weiß nichts über ihre Vergangenheit, nehme ich an?«

Ich schüttelte leicht den Kopf und mahlte nervös mit dem Kiefer. Es gefiel mir nicht, in welche Richtung dieses Gespräch ging. Denn ich hatte Angst vor der Wahrheit. Hatte Angst, dass sich meine Befürchtung bewahrheitete. Das durfte nicht sein!

»Diese Frau, Evy. Sie war die kleine Schwester von unserem verstorbenen Freund Peter und der Untergang von deinem Vater. Ich will das gar nicht schönreden. Die beiden waren toxisch zusammen. Für sich, aber vor allem für die Menschheit. Ev hat es geliebt, mit Menschen und deren Leben zu spielen. Und ich meine es, wie ich es sage. Sie hat mit Menschenleben gespielt, als wären es ihre Spielfiguren.«

Die Miene von Ryan veränderte sich während des Erzählens. Verhärtete sich und machte deutlich, was er von dieser Evy gehalten hatte.

»Also stimmt es, was in dem Brief steht? Dad ist auch … ihr Vater?« Die Worte gingen mir kaum über die Lippen. Wie verrückt war das bitte?

Wieder wirkte Ryan nachdenklich. Schien seinen Gedanken nachzujagen, ehe er leicht den Kopf schüttelte.

»Wenn ich eins über Ev weiß, dann, dass sie immer gelogen hat. Auch wenn die Tatsache, dass sie damals im Sterben lag und nun wohl schon verstorben ist, stimmen mag. Aber ich bin mir sicher, alles andere ist erfunden.«

»Aber was ist mit Haley? Findest du das nicht einen ziemlich großen Zufall? Derselbe Name, das Alter, ihre Vergangenheit. Alles passt. Und du willst mir sagen, der Brief ist komplett erfunden? Das glaube ich nicht«, hielt ich dagegen.

Auch wenn ich es natürlich nicht wollte, dass es stimmte. Gott, natürlich nicht! Aber leugnen konnte man die Zufälle nicht.

»Ich geb dir recht. Das ist sicher kein Zufall. Haley ist die Tochter von Evy. Ganz sicher. Aber sie ist zu hundert Prozent nicht die Tochter deines Vaters. Sie sieht ihm kein bisschen ähnlich. Ich meine, irgendetwas müsste sie ja dann von ihm haben. Seien es die auffälligen Augen oder die Haare oder wie bei dir beides, Mini-Blake«, scherzte er und nickte grinsend auf mein Gesicht.

Immer schon sagte man mir nach, ich sah wie mein Vater aus. Und man konnte die Ähnlichkeit auch nicht leugnen. Wollte ich auch nicht. Und Ryan hatte recht. Irgendein Merkmal hätte sich ja dann wohl durchgesetzt.

»Und wer ist dann der Vater?«, dachte ich laut und sah auf mein Glas in meiner Hand. Drehte es hin und her und war zum einen erleichtert, dass sich meine Befürchtung wohl nicht bestätigt hatte, aber zum anderen wusste ich nicht so recht, ob ich das alles einfach glauben sollte, beziehungsweise konnte. Dafür wusste ich einfach viel zu wenig von der Vergangenheit.

»Ich hab dir noch nicht alles erzählt. Evy war eine Teufelin. Die Meisterin der Lügen und Intrigen und ja, sie konnte auch perfekt mit ihren Reizen spielen. Wir Männer waren Wachs in ihren Händen. Ihre dummen, gefügigen Marionetten, die sie nach Belieben einsetzen konnte.« Ryan spuckte die Worte regelrecht verächtlich.

Ich verzog fragend die Brauen, denn ich verstand nicht ganz, worauf er hinauswollte. Als er meinen irritierten Gesichtsausdruck sah, seufzte er tief, nahm einen großen Schluck seines Drinks, ehe er mich wieder ansah.

»Was ich dir jetzt erzähle, weiß dein Vater nicht und früher hätte er mich für diese Information auch kaltgemacht. Mit Glück überlebe ich es, weil es verjährt ist und er noch immer mit deiner Mutter glücklich ist. Wir werden sehen …«, schwafelte er wirr vor sich hin.

»Ryan, ich versteh kein Wort.«

»Dein Vater war etwas auf Abwege geraten und deine Eltern hatten sich, als deine Mutter mit dir schwanger war, kurzzeitig getrennt. Als sie getrennt waren, hatte Evy Blake schon wieder in ihren Bann gezogen. Sie war schuld an der Trennung und an einigen anderen schrecklichen Dingen. Und leider muss ich zu meiner Schande gestehen, hatte ich mich in all den Jahren in einer einzigen Nacht ebenfalls von ihr verführen lassen. Und diese eine Nacht war in der Zeit, als deine Eltern getrennt waren und von der Evy behauptet, Blake hätte sie innerhalb dieser geschwängert. Und da ich Ev und ihre teuflischen Spiele kenne, bin ich mir sicher, Blake ist nicht der Vater. Und somit kommt nur noch einer infrage. Denn Evy benutzte zwar die Männer, wie es ihr gefiel, aber leicht zu haben war sie deswegen dennoch nicht. Sicher können wir uns natürlich nur mit einem Test sein. Da ich deine Mutter und die Ehe deiner Eltern schützen will, werde ich das wohl erledigen müssen. Bin ich der Vater, ist es hinfällig. Wenn nicht, sehen wir weiter.«

Ich blinzelte ihn einfach nur verständnislos an und versuchte die Puzzleteile in meinem Kopf zusammenzusetzen. Ryan, der Mann, der mich mit großgezogen hatte und den ich nicht umsonst 'Onkel Ryan' nannte, sollte der Vater von Haley sein? Und so, wie er es erzählte, schien ihn das total kaltzulassen. Als wäre es das Normalste der Welt, so etwas zu denken.

»Und was machen wir jetzt? Soll ich es ihr sagen? Wie soll ich ihr das bitte sagen?«, fragte ich ihn und meine Stimme überschlug sich dabei am Ende beinah, so aufgebracht war ich darüber.

Ich kannte Haley doch kaum und nun sollte ich ihr mal eben sagen, wer ihre Eltern waren? Noch dazu, dass ihre Mutter im Knast verreckt war – an was, keine Ahnung. *Ach, verdammt!*

»Nat, beruhig dich! Bevor das mit Winter nicht geklärt ist, machst du gar nichts. Denn dort hängt deine Kleine auch irgendwie mit drin. Also eins nach dem anderen. Sie hat ihr gesamtes Leben nicht gewusst, wer ihre Eltern sind, die paar Tage machen den Braten nicht fett. Und wenn alles geklärt ist, werde ich mit ihr reden. In Ordnung?«, redete er beruhigend auf mich ein und es funktionierte wie so oft.

Ich beruhigte mich allmählich und atmete tief durch. Er hatte recht. Erst eins nach dem anderen.

»Gut. Ich sollte jetzt auch wieder zu ihr. Wenn sie überhaupt noch da ist. Oder meine Bude noch steht. Sie ist recht temperamentvoll«, erklärte ich schmunzelnd und erhob mich.

»Ich habe ehrlich gesagt nichts anderes erwartet. Geh schon. Und dieses Gespräch bleibt vorerst unter uns, ja? Die Beichte muss ich bei deinem Vater selbst ablegen.«

»Und du kümmerst dich um Nick?«, hakte ich noch einmal nach.

»Ja. Versprochen! Mach dir keine Sorgen, Nat«, versicherte mir Ryan.

Erleichtert nickte ich ihm zu, dann verließ ich die Kneipe, ging über die Straße und musste wohl oder übel an meiner eigenen Tür klingeln und hoffen, dass sie mir öffnete, da ich ihr meinen Schlüssel gegeben hatte.

Augen zu und durch …

KAPITEL 24

Haley

Nervös tigerte ich in seiner Wohnung auf und ab. Ich hatte keine Ahnung, was Nat so lang mit diesem Kerl besprach. Vermutlich ging es zwar um Nick und wie sie ihn wieder aus dem Knast bekamen, aber dennoch machte mich die Unwissenheit verrückt. Schließlich spielte ich hier ein doppeltes Spiel und noch nie war es mir so schwergefallen wie jetzt.

Ich wollte Nat nicht wehtun. Wollte nicht, dass ihm etwas passierte, und doch musste ich ihn im Pfandhaus vorhin verraten. Weil Cam es so wollte. Weil er mir meine Freiheit versprach und nichts stand über dieser. Ich wollte endlich frei von ihm sein und auch wenn es mir das Herz brach und mich innerlich umbrachte, ich konnte auf Nat oder Nick nun keine Rücksicht nehmen.

Auch wenn ich ihnen vorhin doch etwas geholfen hatte. Denn als ich dem Alten den Tipp gegeben hatte, dass die beiden gerade munter seinen Laden ausraubten, nutzte ich die Gunst der Stunde und entnahm das Video. So konnten sie es ihnen wenigstens nicht nachweisen und es hieß nur Aussage gegen Aussage. Vielleicht half ihnen das. Somit fühlte ich mich nicht ganz so schlecht. Okay, das war gelogen. Ich fühlte mich fürchterlich. Doch ändern konnte ich es nicht. Es gab kein Zurück mehr. Ich würde Nat morgen zu Cams Vater bringen und ihm 'beistehen'.

Wenn ich nur daran dachte, dass ich ihn damit eigentlich den Löwen zum Fraß vorwarf, drehten sich all meine Innereien um. Doch nun musste ich da durch. Ich hatte mich entschieden und Cam duldete so oder so kein Nein. Auch wenn er mir die Entscheidung ließ, so war es am Ende doch keine wirkliche. So oder so, ich hatte keine andere Wahl und wollte endlich wieder frei sein!

* * *

Nach knapp zwei Stunden holte mich das Klingeln an der Tür aus meinen wilden Gedanken. Im ersten Moment erschreckte ich mich und fragte mich, wer das wohl sein könnte. Doch dann fiel mir ein, dass er mir ja seinen Schlüssel gegeben hatte und somit klingeln musste.

Ich öffnete ihm die Tür und trat unsicher von dem einen auf das andere Bein. Nathan trat ein und auch ihn schien etwas zu bedrücken. Ich sah es ihm sofort an. Die Unsicherheit und einfach, dass etwas nicht stimmte.

»Entschuldige, dass es so lange gedauert hat. Wir hatten viel zu besprechen«, entschuldigte er sich bei mir und ging in die Küche.

Ich folgte ihm nach wie vor verunsichert.

»Ist alles okay mit dir? Und konntet ihr eine Lösung für Nick finden, wie ihr ihn wieder aus dem Knast bekommt?«, fragte ich ihn kleinlaut in seinen breiten Rücken.

Nathan war gerade dabei, in den Kühlschrank zu sehen. Ich setzte mich in der Zwischenzeit auf einen der Barhocker und beobachtete ihn stumm dabei, wie er zwei Bier herausholte. Eins davon stellte er kommentarlos vor mir ab. Anschließend lehnte er sich mir gegenüber an den Tresen und sah nachdenklich zu

Boden. Diese Situation mit ihm setzte mich so dermaßen unter Strom, dass ich zu zerreißen drohte. Ich wollte das hier alles nicht und doch blieb ich stumm und trank einfach einen Schluck von meiner Flasche, nachdem ich den Schraubverschluss geöffnet hatte.

»Nein, ehrlich gesagt ist nicht alles okay mit mir. Der Tag heute lief scheiße. Ich habe keinen Cent für morgen zusammen und habe keine Ahnung, was ich Winter sagen soll. Auch wenn ich mir ziemlich sicher bin, es geht dabei nicht wirklich um mich.«

»Wie meinst du das, es geht dabei nicht um dich?«, hakte ich irritiert nach.

»Können wir das Gespräch auf morgen verschieben? Ich habe wirklich genug von diesem Tag und will jetzt nur noch eine heiße Dusche und anschließend in mein Bett«, teilte er mir seufzend mit.

Was blieb mir da anderes übrig, als lächelnd zu nicken? Genau, nichts. Denn alles andere hätte verdächtig gewirkt und Nathan war kein dummer Kerl.

Er trank sein Bier aus, stellte es auf den Tresen und verabschiedete sich ins Badezimmer. Ich blieb noch einen langen Augenblick sitzen, ehe ich unsere beiden Flaschen aufräumte und in sein Zimmer ging, um dort auf ihn zu warten.

Nach seiner Dusche kam er mit nur einem Handtuch um seine Hüften wieder. Ich saß auf seinem Bett und beobachtete ihn dabei, wie er zu seinem Schrank ging. Doch kurz bevor er bei ihm war, wandte er sich zu mir um, blickte mich mit undurchdringlicher Miene an, ehe er vollkommen unerwartet seinen Knoten löste und das Handtuch zu Boden segelte. Ich blickte kurz irritiert nach unten zu dem Stück Stoff zu seinen Füßen, dann auf seine Länge, und kurz darauf schnell wieder in sein Gesicht.

»Was wird das, Nat?«, fragte ich ihn und man hörte mir meine

Verunsicherung deutlich an. Doch nun könnte ich es auf diese Situation hier mit ihm schieben.

Dass es überhaupt nichts mit seiner Nacktheit zu tun hatte, musste ich ihm ja nicht sagen. Denn die Tatsache, dass er nackt war, störte mich nicht. Sondern eher, dass ich so mit meinem schlechten Gewissen, das an mir nagte, unter keinen Umständen mit ihm schlafen konnte. Ich hatte schon viele schlimme Dinge getan. Die Tatsache, wie Nat und ich uns kennengelernt hatten, bewies es. Aber hier und jetzt mit ihm schlafen, nur damit ich nicht aufflog, das ging zu weit.

»Sieht man nicht, was das werden soll?«, fragte er charmant lächelnd und ging langsam auf mich zu. *Scheiße!*

Sachte schüttelte ich den Kopf und sah ihm dabei nur in sein Gesicht.

»Nicht, Nat«, flüsterte ich, als er bei mir angekommen war und seine Hand an meine Wange legte.

Irritiert zog er seine schwarzen Brauen zusammen. Das Grün seiner Augen blitzte kurz auf, ehe er nackt, wie er nun mal war, vor mir in die Hocke ging und mich intensiv musterte.

»Was ist los?«, fragte er mit rauer Stimme. Sie bescherte mir immer wieder aufs Neue eine Gänsehaut. Doch hier und jetzt bemühte ich mich, den Schauer zu unterdrücken.

»Nichts. Ich denke nur, jetzt ist dafür nicht unbedingt der beste Zeitpunkt, findest du nicht?«

»Ansichtssache«, konterte er trocken und drückte mir frech einen leidenschaftlichen Kuss auf, der es mir nicht unbedingt leichter machte, nein zu ihm zu sagen. Denn dass ich ihn wollte, stand außer Frage. Aber nicht so. Und sicher würde ich nicht seine Henkersmahlzeit sein.

Doch mein guter Vorsatz schwand, als ich sein verfluchtes Piercing an meiner Zunge spürte. Wie ein Blitz durchzuckte es mich und die erregenden Bilder und das Gefühl, wie es sich zwischen meinen unteren Lippen angefühlt hatte, fluteten meinen Verstand und stellten den kleinen Jiminy, die Stimme der Vernunft, einfach aus.

Ohne auch nur eine Sekunde darüber nachzudenken, was ich ihm hiermit Schreckliches antat, wenn er es spätestens morgen herausfand, ließ ich ihn mir in einer gleitenden Bewegung mein Shirt über den Kopf ziehen. Auch mein BH folgte schnell und ehe ich mich versah, lagen wir beide nackt in seinem Bett und er verwöhnte mich schon mit seinen Lippen und diesem verflixt himmlischen Ding in seinem Mund an meinen harten Knospen.

Keuchend und um mehr bettelnd wölbte ich meinen Rücken durch und drückte ihm damit meine aufgestellten Nippel auffordernd entgegen. Nathan reizte mich mit seiner Kugel und seinen Zähnen und trieb mich damit in den Wahnsinn. Auch dass er mich zwischen den Schenkeln, wo alles vor Erregung nur so pochte, nicht berührte und sich ausschließlich um meine Brüste kümmerte, sie leckte, küsste, knetete und in sie biss, ließ mich verzweifelt stöhnen. Bis ich es nicht mehr aushielt.

Mit einem kräftigen Stoß drückte ich ihn von mir und einen Augenblick später mit seinem Rücken in die Matratze. Nathan lachte ein unheimlich sexy Lachen und ließ sich von mir dirigieren, ehe ich mich rittlings auf seinen nackten Schoß setzte. Meine Hände drückten ihn nach wie vor an seiner Brust in die Federn, während ich mich über seine Länge rieb. Ich war bereits so feucht, dass er einfach durch meine unteren Lippen glitt.

Stöhnend warf ich den Kopf in den Nacken und genoss die Stimulation an meinem Kitzler. Rieb mich immer weiter, bis mich ein erregtes Knurren und seine Finger, die sich in meinen Hintern bohrten, aus meiner Erregung rissen.

Ich blickte auf ihn herab und lächelte frech, ehe ich leicht mein Becken hob und unerwartet von ihm gestoppt wurde, als er meinen Hintern festhielt, sodass ich mich nicht auf ihn niederlassen konnte.

»Langsam, Honey. Wir sollten nicht unvorsichtig werden. Greif in die Schublade neben dich«, wies er mich an und war somit der Vernünftigere von uns beiden.

Ich nickte, rutschte leicht von seinem Schoß und griff in die Schublade, um dort eines der silbernen Päckchen hervorzuholen. Lasziv grinsend riss ich es mit meinen Zähnen auf und stülpte ihm das Kondom über, ehe ich mich wieder in Position brachte. Kaum war ich über ihm und seine Spitze berührte meine Nässe, setzte sich Nat auf, schlang seine Arme um mich und küsste mich mit einer Leidenschaft, die mir beinah den Atem raubte.

Langsam ließ ich mich auf seiner Länge nieder und genoss dieses Gefühl, wie er mich dehnte und in mich eindrang. Dabei seine Lippen, die überall waren, und seine Finger, die meine Backen massierten und immer wieder über meinen Ausgang streichelten. Er machte mich damit wahnsinnig.

Als er mich vollkommen ausfüllte, verharrte ich kurz und genoss dieses Gefühl. Ich ließ mein Becken kreisen und brachte mich zum Stöhnen. Meine Arme um seinen Nacken geschlungen presste ich mich regelrecht an seinen durchtrainierten Körper. In diesem Moment gab es nur ihn und mich. Keine Probleme. Kein Cam. Kein teuflischer Plan. Keine Intrige. Nichts von alldem, sondern nur Nathan und ich, hier und jetzt. Zusammen!

Seine Zähne an meinem Hals und seine Finger, die immer kräftiger über meinen Ausgang strichen, trieben mich an, ihn zu reiten. Immer schneller hob und senkte ich mein Becken. Plötzlich, als ich mich wieder auf seine Länge setzen wollte, spürte ich einen seiner Finger, wie er gegen mein Poloch drückte, je mehr ich mich niederließ.

Ich stöhnte und setzte mich vollkommen auf seine Länge und schob somit seinen Finger in meinen Ausgang. Dieses Gefühl, doppelt von ihm ausgefüllt zu sein, trieb mich regelrecht in den süßen Wahnsinn. Ich wollte mehr, so viel mehr. Als würde er meine stumme Bitte verstehen, drückte Nat seinen Finger vollkommen in mich, ehe der zweite dazukam. Ich drehte mit seinen zwei Fingern in meinem Po förmlich durch und begann ihn stürmisch zu küssen, während ich ihn immer wilder und intensiver ritt.

Er knurrte erregt an meine Lippen, ehe er sich von unten immer kräftiger in mich stieß und mich damit über die Klippe schickte. Hemmungslos stöhnend kam ich über ihm. Krallte mich verzweifelt in seinen Rücken und drückte seine Finger und seine Länge noch einmal extra tief in meine Öffnungen. Nur am Rande bekam ich mit, wie sich Nat mit einem letzten kräftigen Stoß in mir versenkte und somit ebenso kam.

Vor Erregung bebend und erschöpft sackte ich auf seiner vom Schweiß feuchten Brust zusammen. Seine Finger zog er langsam aus mir, ehe er mich von sich hob und aus dem Bett stieg. Er verschwand kurz ins Badezimmer. Als er zurückkam, stieg er sofort wieder zu mir ins Bett und zog mich in seine Arme. Ich kuschelte mich zufrieden grinsend an ihn und meine Finger streichelten ganz ohne mein Zutun über seine tätowierte Brust. Malte dort die schwarzen Linien mit meinen Fingerspitzen nach.

»Nathan«, sprach ich ihn nach einem langen Moment des Schweigens, in dem wir einfach nur unsere Nähe genossen hatten, an.

»Hm?«, entgegnete er müde und öffnete wieder seine schönen Augen, um mich anzusehen.

Unsicher biss ich mir auf die Unterlippe und wendete den Blick von ihm ab. Ich musste ihm die Wahrheit sagen. Alles in mir schrie mich an, Nathan zu sagen, er sollte seine Habseligkeiten packen und sofort verschwinden. Ich konnte ihn einfach nicht hintergehen. Zumindest nicht noch mehr.

»Ich muss dir etwas sagen«, flüsterte ich und mein Herz schlug mir bis zum Hals. Ich sammelte noch den Mut, denn ich hatte unglaubliche Angst vor seiner Reaktion. Nicht, dass er mir wehtun könnte, so wie Cam es tun würde. Sondern dass er mich dann hassen und nie wiedersehen wollen würde. Dieser Gedanke brachte mich fast um und doch könnte ich ihn verstehen.

Als ich seine Finger unter meinem Kinn spürte und er meinen Kopf nach oben zu sich drehte, damit ich ihn ansah, öffnete ich meine Augen und sah in dieses wunderschöne Grün, das mich wohl auf ewig faszinieren würde.

»Was ist los, Honey?«

Ich schmunzelte, obwohl ich es eigentlich nicht sollte. Aber sein Spitzname gefiel mir. Er war weder besitzergreifend noch spöttisch gemeint. Sondern einfach echt und liebevoll.

Sein Daumen streichelte sanft meinen Kiefer nach und sein Blick wurde immer intensiver. Das Grün blitzte auf und versetzte mich gleichzeitig in Panik.

»Nathan, ich …«, doch weiter kam ich nicht, denn ein ohrenbetäubendes Scheppern ließ mich verstummen.

Seine Miene verhärtete sich augenblicklich, ehe er mich von sich schob und aufstand. Nathan schlüpfte noch schnell in eine Jogginghose, ehe er aus seinem Zimmer ging, um zu sehen, was dort draußen los war, denn nun hörten wir Stimmen.

Schnell wickelte ich das Laken um mich und folgte ihm nach draußen, doch kaum hatte ich den Raum verlassen, gefror mein Blut in den Adern und ich erstarrte. *Bitte nicht! Nicht so!*

Ich sah dabei zu, wie Nathan von Cams Männern überwältigt wurde und auch einiges an Schlägen einsacken musste. Mein

Blick wanderte von dem blutenden Nathan zu Cam, wie er mit zynischem Grinsen auf mich zu kam.

»Baby, so war das aber nicht ausgemacht gewesen«, tadelte er mich amüsiert.

Nathans Kopf ruckte nach oben und er sah mich ungläubig an. Tränen der Verzweiflung sammelten sich in meinen Augen. Es war nicht meine Art, zu weinen, wenn es schwierig wurde, aber das hier, das überforderte mich maßlos und ich fühlte mich so schrecklich. Dann noch Nathans Blick, der mir mein Herz zerriss.

»Cam, bitte tu das nicht«, flüsterte ich und klammerte mich an das Laken, das ich trug.

»Was soll ich nicht tun? Dem armen Kerl die Wahrheit sagen, darüber, dass du dir immer wichtiger sein wirst als alle anderen?«, sprach er extra laut und deutlich.

Ergeben schloss ich meine Augen und ließ meinen Tränen freien Lauf.

»Was meint er damit, Haley?«, ertönte plötzlich Nathans rauchige Stimme.

Langsam öffnete ich wieder meine Lider und sah ihn durch den Raum hinweg an. Mein Gesicht bereits tränenüberschwemmt. Doch das war nun egal. Das würde er mir niemals verzeihen.

»Es tut mir leid, Nat!«, war alles, was ich zu ihm gewandt sagte. Was brachte es noch, mich ihm zu erklären?

Seine grünen Iriden tanzten aufgeregt und zeigten ganz deutlich, was nun in seinem Inneren vor sich ging. Verwirrung. Wut. Verzweiflung. So viele Emotionen schienen ihn gerade gefangen zu nehmen und ich konnte ihm nicht helfen. Nichts tun, damit es besser wurde.

Unsanft wurde ich an meinem Kinn gepackt und Cam schob sich in mein Sichtfeld. Zwang mich, meinen Nacken zu überdehnen und ihn anzusehen.

»Ich denke, du hast meinen Auftrag etwas falsch verstanden, Baby. Ich sagte: Bring ihn um sein Geld. Und nicht: Spring mit ihm noch einmal ins Bett!«, sprach er mahnend dicht gegen meine Lippen und sein dunkler Blick durchbohrte mich dabei wieder mit einer Intensität, die mir eine Gänsehaut bescherte.

»Du warst das?«, ertönte es dann unerwartet hinter uns.

Cam wandte sich leicht um, hielt jedoch noch immer mein Kinn in seinem eisernen Griff gefangen.

»Weil er es wollte, hast du uns sabotiert? Und das gerade eben?«, fragte Nathan aufgebracht und versuchte sich gegen die beiden Schränke, die ihn links und rechts gefangen hielten, zu wehren. Sein hasserfüllter Blick lag dabei nur auf mir.

Ich wollte mit dem Kopf schütteln, es ihm erklären. Ihm sagen, dass ich doch keine Wahl hatte. Aber Cam ließ mich nicht. Er genoss diese Szenerie viel zu sehr.

»Erstaunlich, was der Mensch alles für sich selbst bereit ist zu tun, nicht wahr? Da dachtest du, du kennst sie. Habe ich recht? Doch in Wahrheit hat sie dich die ganze Zeit nur verarscht. Und das nur, weil ich es so wollte. Weil du nichts weiter bist als ein dummer Junge, der meint, mit den Großen mitspielen zu können.«

»Es geht hierbei nicht um mich oder sie. Es geht um unsere Väter. Mach ihren Streit nicht zu unserem. Sei besser als dein Vater«, entgegnete Nat erstaunlich ruhig. Auch wenn in seinem Gesicht und vor allem in seinen Augen etwas anderes stand.

»Es wurde zu unserer Sache, als du meintest, was meins ist, ist auch deins«, knurrte Cam wütend, dann nickte er seinen Männern zu.

»Cam, bitte!«, flehte ich erneut und versuchte, mich aus seinem Griff zu bereifen.

Ich wollte nicht, dass sie Nat etwas antaten. Wollte meinen

Fehler rückgängig machen, und doch war ich machtlos. Konnte nichts tun, außer dabei zusehen, wie sie Nathan hinauszerrten.

»Worum bittest du mich, Baby? Du hast doch nun deine Freiheit, genieß sie«, raunte er mir gefährlich samten in mein Ohr, ehe er schlagartig von mir abließ.

»Haley, komm nicht wieder. Tust du es, lasse ich dich nie wieder gehen. Ich meine es ernst!«, sprach er noch über die Schulter, bevor er hinter sich die Wohnungstür zuzog und mich mit meinen schreienden Gedanken allein ließ.

Was habe ich nur getan?! …

KAPITEL 25

Sie zerrten mich durch meinen Hausflur und immer weiter, bis sie mich letztendlich in einen Lieferwagen schmissen. Ich konnte gegen diese beiden Gorillas nichts ausrichten. Auch wenn mein Körper gerade nur so vor Wut bebte.

Haley hatte mich verraten und alles, was zwischen uns war, war nicht echt gewesen. Sie hatte mich von Anfang an belogen und mit mir gespielt. Mich wie eine Marionette tanzen lassen. Ich war so dumm, ihr diese Unschuldsmasche abzukaufen.

Mein bester Freund war wegen ihr im Knast gelandet! Wir waren erwischt worden und das nur ihretwegen. All die Scheiße passierte nur wegen ihr. Wieso hatte ich etwas anderes angenommen? Wieso hatte ich ihr all das Theater mit Cameron abgekauft? *Fuck!*

Das Starten des Motors, riss mich aus meinen Gedanken und ich wappnete mich, mein Gleichgewicht nicht zu verlieren. Ich hatte keine Lust, hier hinten herumgeschleudert zu werden. Also setzte ich mich ganz hinten an die Wand und wartete darauf, bis sie mich hier wieder rausließen.

Wohin sie mich brachten, war mir klar. Auch warum sie es taten. Sie wollten mich benutzen und meinen Vater zu sich locken. Meine Rolle in diesem Spiel stand außer Frage und ich verstand sie auch zu spielen. Nur würde ich sie nicht so spielen, wie sie das gerne wollten. Mein Stolz, aber auch mein unbändiger Zorn in mir, erlaubten es nicht.

Wie ich es vermutet hatte, brachten sie mich wieder zurück in die große Lagerhalle vom letzten Mal. Sofort als sie die Türen des Transporters öffneten und mich wieder raus zerrten, erkannte ich es. Nur das sie dieses Mal leer war. Keine Leute im Hintergrund, die fleißig Drogen herstellten oder verpackten. Aber das könnte auch daran liegen, dass es mitten in der Nacht war.

Ich wurde zu einem Stuhl in der Mitte der gigantischen Halle geführt, auf diesen gedrückt und augenblicklich gefesselt. Meine Versuche, mich zu befreien oder zu wehren, waren vergebens. Und sorgten im Endeffekt nur dafür, dass sie die Kabelbinder noch fester um meine Handgelenke hinter meinen Rücken an der Stuhllehne befestigten und das Plastik mir in die Haut schnitt. Ich zerrte und rüttelte an den Fesseln, doch es hatte keinen Sinn und bereitete mir nur einen brennenden Schmerz an meinen Gelenken.

»Sieht ungemütlich aus«, ertönte es hinter mir im süffisanten Tonfall.

Ich schnaubte, ließ es jedoch unkommentiert. Was sollte ich auf so eine Scheiße auch antworten? Stattdessen wandte ich nur den Kopf leicht in seine Richtung. Beobachtete ihn, wie er langsam auf mich zu geschlendert kam. Cameron.

»Und was wird das hier jetzt? Du weißt, ich habe das Geld nicht. Schließlich hast du dafür gesorgt, dass mein Plan, es zu beschaffen, schief geht. Also? Wo soll das enden?«, fragte ich ihn ruhig.

Ich würde ihm nicht die Genugtuung gönnen und mich einscheißen. Auch wenn mein Herz nur so gegen meine Brust hämmerte. Mein Stolz erlaubte es nicht und es war auch nicht meine Art, Schwäche zu zeigen oder vor so einem Pisser, wie er einer war, den Schwanz einzuziehen. Außerdem wusste ich, wie der Tag heute für mich ausgehen würde. Ich hatte jetzt nicht mit einem Sektempfang gerechnet. Auch wenn es hierbei schon lange oder vielleicht sogar noch nie, um die Drogen und die Kohle ging, so mussten sie mich dennoch dafür zur Rechenschaft ziehen. Allein nur, um ihr Gesicht zu wahren. Die Sache hatte sich sicher in unseren Kreisen rumgesprochen.

»Du spuckst ja immer noch so große Töne«, tadelte er mich kopfschüttelnd.

Ich wollte gerade zu einer frechen Erwiderung ansetzen, da schlug er mir unerwartet und verdammt kräftig in die Magengegend und mehr als ein lautes Luftauslassen, bekam ich nicht raus. Er spielte also unfair und ich konnte nicht einmal etwas dagegen tun. Konnte mich weder wehren oder ebenfalls austeilen. Ich konnte nur auf diesem Scheißstuhl sitzen, gefesselt und mich von ihm nach Lust und Laune vermöbeln lassen. *Was für ein Spaß!*

* * *

Nach Schlag keine Ahnung wie viel, spuckte ich mein Blut, das sich in meinem Mund gesammelt hatte, vor mir auf den Boden. Mit gesenktem Kopf und schwer atmend, da mein gesamter Oberkörper aus einem einzigen Schmerz bestand, saß ich dort und wartete auf den nächsten Hieb. Doch er blieb vorerst aus.

»Junge, ich sagte doch, wir brauchen ihn noch«, ertönte hinter uns die Stimme seines Vaters.

»Er lebt doch noch oder, Kleiner?«, fragte er spöttisch und riss meinen Kopf an meinem Schopf gepackt nach hinten, damit ich die beiden ansehen musste.

Knurrend funkelte ich sie an, ehe ich Cameron mein Blut mitten in sein Gesicht spuckte. Der Wichser konnte mich mal!

Fluchend ließ er von mir ab, wischte sich mit dem Ärmel über sein Gesicht, bevor er blitzschnell seine Waffe an seinen Rücken zog und auf meine Stirn richtete.

»Du kleiner Bastard!«, brüllte er mich an und drückte den Lauf mit Druck gegen meine Stirn.

Ein feines Schmunzeln glitt über meine Lippen. Nicht weil ich lebensmüde war oder die Situation unterschätzte, denn beides traf nicht zu. Aber es war eine kleine Genugtuung zu sehen, wie er ausflippte und mich doch nicht erschießen durfte. Da Daddy im Hintergrund genau dann mit ihm zu schimpfen begann, als er seine Waffe an meinem Kopf entsicherte.

»Pack das Ding weg, Junge! Und jetzt beherrsch dich«, rügte er ihn und mein fieses Schmunzeln verging mir nicht.

Noch ein letztes Mal drückte er seine Knarre fest in meine Haut, dann steckte er sie knurrend wieder weg. Es passte ihm nicht, auf Daddy hören zu müssen. Doch so lief es nun mal.

»Und was wollt ihr jetzt von mir? Um die Kohle scheint es hierbei ja schon lange nicht mehr zu gehen«, fragte ich in ihrer beider Rücken, da sie sich von mir abgewandt hatten und sich unterhielten.

Winter schickte seinen Sohn mit strengem Blick und einer unmissverständlichen Geste weg, damit er sich frischmachen und wieder beruhigen konnte. So nütze er ihm nichts, so die Aussage von Vater zu Sohn. Knurrend rückte Cameron ab und verließ mit großen Schritten die Halle. Ich blieb allein mit Winter zurück. Jedenfalls, wenn man seine stummen und unbeweglichen Gorillas in der Ecke nicht mitzählte.

»Und jetzt?«, fragte ich ihn emotionslos und blickte ihm entgegen.

Mit den Armen hinter seinem Rücken schlenderte er langsam vor mir auf und ab. Umrundete mich wie ein hungriger Wolf, der seine Beute ins Visier nahm und nur noch auf den passenden Moment wartete, um zuzuschnappen. Ja der Vergleich passte ziemlich gut.

»Jetzt unterhalten wir uns … und warten, dass einer unserer Gäste kommt.«

»Was denn für Gäste? Was soll der Scheiß hier?«, fragte ich ihn angepisst und zerrte an meinen Fesseln. Natürlich brachte es mir nichts, dennoch konnte ich mich bei seiner scheiß Andeutung nicht beherrschen.

»Du bist deinem Vater verdammt ähnlich, hat man dir das schon einmal gesagt?« Er spuckte es mir regelrecht verächtlich entgegen.

Ich hörte all den Hass und die Wut, die er auf meinen Vater hatte und die in ihm brodelten. Und noch immer wusste ich nicht, was genau zwischen den beiden vorgefallen war, das so schlimm war, dass Winter nach all den Jahren noch so hasserfüllt meinem Vater gegenüber war. Doch ich würde es hier und jetzt sicher auch nicht erfahren, also zuckte ich bei seinem Spruch nur mit den Schultern und schwieg.

Er stand dicht vor mir und durchbohrte mich mit seinen dunklen Augen. Doch als die Tür in meinem Rücken geöffnet wurde und mehrere Leute den Raum betraten, wechselte seine Miene von wutverzerrt zu höhnisch grinsend. Irritiert verzog ich die Brauen und blickte mir über die Schulter, um zu sehen, wer gerade gekommen war.

»Da ist ja schon einer unserer Gäste«, offenbarte Winter mir und ich presste meinen Kiefer kräftig aufeinander.

Eigentlich wollte ich bei ihrem Anblick nichts fühlen. Wollte mir keine Sorgen machen, was der Alte mit ihr vorhatte. Warum er sie ‘unseren Gast’ nannte. Denn es versprach nichts Gutes. Und dennoch überwog die Sorge der Wut. *Verdammtes Biest!*

»Was soll das? Was mache ich hier?«, fragte Haley mit fester Stimme und doch war ich mir sicher, etwas Angst darin mitschwingen zu hören. *Wieso hat sie Angst vor ihm?!*

Er trat dicht an sie heran. Mit einem Nicken an seine Männer befahl er ihnen, sie loszulassen, da sie Haley noch immer rechts und links an ihren Armen festhielten. Weiterhin blickte ich mir über die Schulter, um die beiden zu beobachten, da sie hinter mir standen.

»Hallo, Täubchen«, begrüßte er sie mit dunkler Stimme und beugte sich noch etwas dichter zu ihr nach unten.

Haley wich zwei Schritte zurück und verzog das Gesicht. Man sah es ihr deutlich an, sie wollte unter keinen Umständen von ihm berührt werden. Ihre gesamte Körperhaltung schrie nach Abwehr und Angst, nur schien ihm das entweder zu entgehen oder nicht zu interessieren. Denn er überbrückte ihren neugewonnenen Sicherheitsabstand und beugte sich wieder dicht zu ihr nach unten.

»Warum du hier bist, fragst du? Das nennt man Druckmittel, Schätzchen.« Damit packte er sie und zog sie dicht vor sein Gesicht.

Haley keuchte erschrocken auf und zerrte sofort an seinem Griff, ihre schönen Augen dabei weit aufgerissen. Sie verfiel wegen ihm regelrecht in Panik.

»Hey!«, schrie ich, um seine Aufmerksamkeit zu erlangen.

Auch wenn Haley mich verarscht und in die Scheiße gezogen hatte, sie ging man nicht mir Frauen um. Sie fürchtete sich und außerdem wollte er was von mir und meinem Dad. Haley hatte mit alldem hier nun nichts mehr zu tun.

Mit erhobener Augenbraue blickte er sich zu mir um. Dabei trafen sich mein und ihr Blick. Ihre Augen weiteten sich leicht, als sie mich sah. Mir war klar, dass ich nicht unbedingt ansehnlich aussah. Mein Gesicht war sicherlich blutverschmiert und leicht angeschwollen. Zumindest fühlte es sich so an. Obwohl Cameron mehr in die Magengegend geschlagen hatte.

»Um dich kümmere ich mich gleich noch, keine Sorge. Schließlich erwarten wir noch einen Gast. Ich werde ihm gleich seine Einladung zu kommen lassen. Aber zuerst unterhalte ich mich noch etwas mit dem Täubchen hier.« Seine Stimme wurde zum Ende hin immer rauchiger. Der Ton gefiel mir überhaupt nicht und doch konnte ich nichts tun, als hier gefesselt zu sitzen und zuzusehen. *Verdammte Scheiße!*

KAPITEL 26

Haley

Mein gesamter Körper zitterte und die Flashbacks drohten mich zu übermannen. Ich presste die Augen fest zusammen und schüttelte leicht den Kopf. Wollte den schrecklichen Bildern entfliehen. Doch es gelang mir dieses Mal nicht. Seine Aura nahm mich gefangen und die Tatsache, dass er mich gerade wieder berührte, schleuderte mich zurück zu diesem grauenerregenden Tag. Ich war machtlos und durchlebte alles noch einmal.

* * *

»Hallo, Schätzchen. Was machst du denn hier? Und dann noch ganz allein?«, fragte der Vater meines ‘Freundes’ mich mit rauchiger Stimme und sein Blick ging dorthin, wo er definitiv bei der Freundin seines Sohnes nicht hinwandern sollte.

»Hallo, Mister Winter. Cameron bat mich, mich hier mit ihm zu treffen. Aber wenn er noch nicht da ist, warte ich einfach draußen auf ihn«, informierte ich ihn und war schon dabei, mich abzuwenden.

Ich wollte nicht mit ihm allein sein. Er war mir unheimlich und seine Blicke versprachen nichts Gutes. Deswegen hatte ich es in den vergangenen 2 Jahren, seitdem ich bei Cam war, auch vermieden, allein mit ihm zu sein. Bis jetzt. Denn ich wollte gerade wieder gehen, da hielt er mich an meinem Handgelenk gepackt davon ab, und drehte mich wieder zu sich herum. Mit irritiertem Gesichtsausdruck blickte ich erst auf seine Hand, die mich festhielt, dann in sein Gesicht, ehe ich versuchte, ihm sanft mein Gelenk zu entziehen. Schließlich wollte ich nicht unhöflich sein oder eine Szene machen.

»Nicht doch, Täubchen. Du musst doch nicht gleich wieder gehen. Komm, warten wir zusammen auf meinen Sohn.« Damit zog er mich auch schon hinter sich her.

Ich stolperte mehr, als dass ich richtig lief, denn ich wollte nicht mit ihm gehen. Ich wollte einfach nur hier weg! Leider sah er das etwas anders und gab mir nicht die Gelegenheit, zu gehen. Auch nach vermehrtem freundlichem Ablehnen meinerseits dirigierte er mich einfach weiter bis in sein Arbeitszimmer, erst dort ließ er mich los.

Ich wich etwas von ihm und rieb über mein Handgelenk. Sein Griff war fester als nötig, was mir gleich ein noch schlechteres Gefühl gab. Auch dass er extra mit mir hierhergegangen war, anstatt einfach im Salon auf Cam zu warten. Hier stimmte etwas nicht und ich wusste noch nicht so recht, wie ich aus der Nummer hier wieder rauskommen sollte, ohne ihn zu beleidigen. Schließlich kannte ich Jackson Winter nun auch schon etwas und wusste, er war kein Mann, den man einfach so beleidigen oder kränken konnte, ohne dafür zu büßen.

»Mister Winter, es ist sehr freundlich von Ihnen, mit mir warten zu wollen. Aber ich möchte Ihre kostbare Zeit nicht verschwenden. Ich werde einfach wieder gehen und zu Hause auf Ihren Sohn warten. Danke für Ihre Gastfreundlichkeit.«

Mit einem freundlichen Lächeln ging ich auf ihn zu und wollte somit endlich von hier verschwinden. Doch bevor ich die Tür erreicht hatte, sperrte er sie von innen ab, schob sich den Schlüssel in die Hosentasche und grinste mich lüstern an.

»Meinem Sohn ist etwas dazwischengekommen. Ein Drogendeal ist schiefgelaufen und dieses Problem benötigt nun seine volle Aufmerksamkeit. Er bat mich darum, gut für dich zu sorgen und dich anschließend nach Hause bringen zu lassen. Also werde ich meinem Sohn natürlich den Gefallen tun, und mich mal ordentlich um dich kümmern.«

Augenblicklich wich ich vor ihm zurück und schüttelte panisch den Kopf. Ich wusste, was nun kam.

»Bitte, Mister Winter! Denken Sie an ihren Sohn! Was wird Cam dazu sagen, wenn er hiervon erfährt?!«, versuchte ich ihn zur Vernunft zu bringen und ging dabei immer weiter rückwärts durch den Raum und somit von ihm weg.

Mit langsamen Schritten verfolgte er mich, dabei schüttelte er belustigt den Kopf, ehe er sich an den Gürtel griff. Mein Herz rutschte mir in die Hose und mein Mund glich der Sahara. Das durfte nicht passieren!

»Cameron wird nichts hiervon erfahren. Du wirst keinen Ton hierüber verlieren, Schätzchen. Solltest du es tun, was meinst du, wem er mehr glaubt? Seinem ehrenhaften Vater, zu dem er aufsieht und nacheifert? Oder seiner kleinen Schlampe, wenn ich ihm sage, du hättest mich schamlos verführt? Was glaubst du, hm?«, fragte er mich mit dunkler Stimme und kam mir immer näher.

Unerwartet stieß ich mit einem Hintern gegen seinen Schreibtisch. Erschrocken sah ich mich um, dann schnell wieder zu ihm. Ich wollte ihn nicht aus den Augen lassen. Doch schon war er bei mir, presste sich mit seinem gesamten Körper gegen mich und ließ mich dadurch seine Erektion spüren. Erneut schüttelte ich panisch den Kopf und blickte zu ihm auf. Ich wollte das hier nicht!

»Bitte!«, mehr kam mir nicht mehr über die Lippen.

Dicht führte er seine dünnen Lippen zu meinem Ohr, berührte mich damit komplett der Länge nach und jagte mir einen kalten

Schauer nach dem anderen über meinen Rücken.

»Ich werde das hier jetzt sehr genießen«, raunte er in mein Ohr und fasste mir damit unter meinen Rock.

Ich verfluchte die Wahl meines heutigen Outfits. Somit machte ich es ihm noch leichter. Doch ich wollte es ihm nicht leicht machen. Er hatte mich nicht zu berühren, wenn ich es nicht wollte! Deshalb schlug ich ihm seine Hand weg und zog meinen Rock unten an seinem Saum etwas länger. Ich hatte das zwingende Bedürfnis, mich zu bedecken. Mich vor ihm zu verbergen.

Sofort nachdem ich ihm seine Hand weggeschlagen hatte, schob er meine gewaltsam weg, um seinen Weg fortzusetzen. Doch ich hatte nicht vor, mich ihm einfach kampflos anzubiedern. Er hatte mich nicht anzufassen! Also schlug ich erneut seine Hand zur Seite und versuchte, ihn an seiner breiten Brust von mir zu schubsen. Leider bewegte er sich keinen Millimeter von mir weg. Stattdessen ertönte ein gefährliches Knurren, dann ging alles ganz schnell.

Er packte mich an meiner Kehle, drückte zu und durchbohrte mich mit seinen dunklen Augen.

»Schätzchen, ich erkläre dir kurz, wie das jetzt läuft. Ich ficke dich einmalig, du machst brav mit und danach kannst du gehen. Oder ich ficke dich, du wehrst dich, ich ficke dich nur noch härter und schmerzhafter, was mir wesentlich besser gefällt. Das Ganze werde ich dann, wann immer ich will, wiederholen, weil du wohl eine strenge Hand brauchst. Das sind deine beiden Optionen. Wähle weise!«

Schockiert blickte ich ihn an. Das konnte er nicht ernstmeinen. Doch als er mir wieder unter meinen Rock griff, als er mich noch immer am Hals gefangen hielt und mein Schweigen wohl als Antwort auffasste, setzte etwas in mir aus. Schnell und kräftig zog ich mein Knie an, um ihn in seine Weichteile zu treffen. Unerwartet und für mich völlig überraschend wehrte er jedoch mein Knie mit seinem eigenen ab.

Überrumpelt von seiner schnellen Reaktion blickte ich ihn mit großen Augen und geöffnetem Mund an. Und als ich ihm in seine dunklen und hasserfüllten Iriden sah, wusste ich, dass ich damit nur noch alles schlimmer für mich gemacht hatte. Er würde mir wehtun, sehr sogar, und er würde es genießen und mich dadurch zerstören.

»Kleine Schlampe!«, spuckte er, dann fegte er mit seiner Hand alles von seinem Schreibtisch, drehte mich in einer schnellen Bewegung und drückte mich gewaltsam auf die Tischplatte.

»Bitte nicht!«, flehte ich noch ein letztes Mal.

Doch natürlich nützte es nichts. Er drückte mich in meinem Nacken gepackt nach unten, mit der anderen Hand zog er mir meinen Rock nach oben. Offenbarte dadurch meinen halbnackten Arsch.

Mit einem erregten Brummen riss er mit einem Ruck mein Höschen nach unten. Mein Wimmern ignorierte er dabei vollkommen. Stumme Tränen fluteten mein Gesicht. Ich konnte sie nicht aufhalten, sie kamen einfach und würden wohl auch erst wieder versiegen, wenn er mit mir fertig war.

Kurz überlegte ich, mich noch einmal zu wehren, doch seine Drohung durchzuckte meinen Verstand. Wenn ich ihn nun noch wütender machte, würde ich danach nur noch größere Schmerzen haben. Er würde mich immer und immer wieder gewaltsam nehmen. Und da ich Überlebenskünstlerin war, fügte ich mich meinem Schicksal und verschloss meine Seele, damit ich das hier überlebte. Ich flüchtete mich gedanklich weit, weit weg. Ignorierte seine Finger, wie sie andächtig über meine nackten Backen streichelten. Blendete das reißende Geräusch der Kondompackung aus, die er gerade ungeduldig öffnete. Den ersten kräftigen Stoß, mit dem er sich rücksichtslos in mich rammte, konnte ich nicht ausblenden. Es brannte und schmerzte, weil ich es nicht wollte, nicht bereit war.

Dieser Stoß katapultierte mich augenblicklich wieder in die

Wirklichkeit und ließ mich alles spüren. Wie er meinen Kopf weiterhin grob auf die Holzplatte drückte, damit ich an Ort und Stelle blieb, während er sich erbarmungslos von hinten in mich rammte.

Seine andere Hand, die kräftig meinen Arsch massierte und mich immer und immer wieder schlug. Bei jedem klatschenden Geräusch und brennenden Schmerz an meiner Backe zuckte ich zusammen. Mein Wimmern jedoch wurde leiser, bis es irgendwann ganz verstummte, da ich nun fest meine Zähne zusammenbeißen musste, um nicht qualvoll zu schreien. Doch diesen Triumph gönnte ich ihm nicht. Er nahm sich alles, aber meine Schreie würde er nicht bekommen!

Er missbrauchte mich die gesamte Nacht. Alle meine Löcher fickte er erbarmungslos. Dann, als er endlich fertig mit mir war, erinnerte er mich noch einmal an unseren Deal. Hielt ich den Mund, wäre dies eine einmalige Sache gewesen. Verriet ich ihn, würde er mich zu seiner kleinen Schlampe machen und jede Nacht so benutzen. Die Entscheidung, was ich nun tun würde, fiel mir nicht schwer.

* * *

»Sagte ich dir nicht, du sollst nicht wiederkommen? Was macht sie hier, Vater?«, drang Camerons Stimme gedämpft an meine Ohren.

Mein Atem ging schnell und mein Herz raste. Ich wusste nicht, was echt und was Flashback war. War ich wirklich hier oder noch immer mit ihm in seinem Arbeitszimmer? Doch als ich gewaltsam an meinem Arm gepackt und mit einem Ruck weggezogen wurde, erwachte ich allmählich aus meiner Trance.

Langsam öffnete ich meine Augen und blickte in Camerons dunkle und kalte Iriden. Seine harte Miene verriet mir wie immer nichts über seine Gedanken.

»Was machst du hier?«, knurrte er mich mit unheilvoller Stimme an und umfasste mein Handgelenk noch etwas fester, zog mich damit dichter an sich heran und durchbohrte mich mit diesem gefühlskalten Schwarz.

Ich schluckte trocken und sah ihn mit großen Augen an, außerstande zu antworten. Sein Kiefer zuckte gefährlich, als ich ihm nach einem Moment noch immer nicht antwortete. Unerwartet und grob packte er mich plötzlich an meinem Hals und zog mich bis auf wenige Millimeter vor sein Gesicht. Sein heißer Atem stieß mir entgegen und auch meiner ging nun hektisch. In meinen Ohren rauschte es nur noch und mein Herz raste so sehr, dass ich wirklich glaubte, es würde mir gleich aus der Brust springen.

»Was verdammt nochmal machst du hier, Haley?!«, brüllte er mich an und seine Finger bohrten sich dabei fast in meinen Hals.

Ich riss panisch meine Augen auf und öffnete den Mund, doch es kam mir kein Ton über die Lippen. Noch immer nicht in der Lage, zu antworten. Ich wusste, dass ich ihn damit nur noch wütender machte, aber ich konnte es nicht kontrollieren. War nicht mehr Herrin meiner Stimme.

Seine Miene verhärtete sich immer mehr und ein dunkles Knurren verließ seine Lippen. Sachte und soweit es mir in seinem Griff möglich war, schüttelte ich den Kopf.

»Lass sie los!«, ertönte plötzlich Nathans Stimme. Doch Cam beachtete ihn nicht. Mich jedoch hatte es aus meiner Starre gerissen.

»Cam, bitte! Ich wollte nicht«, begann ich, doch ich wurde unterbrochen.

»Cameron, sie ist unser Gast. Ich dachte, du freust dich über ihren Besuch«, sprach sein Vater süffisant dicht neben uns.

Cam fixierte mich noch einen langen Augenblick, ehe er sich langsam wieder zu seiner vollen Größe aufbaute und vorsichtig seinen Griff um meinen Hals löste.

»Was willst du von ihr, Vater?«, fragte er an ihn gewandt und seine Stimme klang streng. Viel strenger, als er eigentlich mit seinem Vater sprechen sollte.

»Alles zu seiner Zeit, Junge. Jetzt kümmern wir uns erst einmal um unseren anderen Gast. Schätzchen, du bleibst schön hier stehen und rührst dich keinen Millimeter. Tust du es doch, wirst du zu meiner Zielscheibe. Klar?«, sprach er das Letzte an mich gewandt.

Ich nickte und schlang schützend meine Arme um meinen Oberkörper. Vorsichtig sah ich noch einmal zu Cam und bemerkte, dass er mich ebenso ansah. Seine kalten Augen musterten mich auf eine seltsame Art und Weise. Ich konnte es nicht einmal beschreiben. Ich war mir sicher, so hatte mich Cam noch nie angesehen. Als er dann noch beinah unmerklich mit dem Kopf schüttelte, wusste ich nicht, was ich davon halten sollte. Dennoch blieb ich stumm und schlang meine Arme noch etwas fester um meinen Körper.

»Was soll das jetzt hier werden?«, fragte Nathan die beiden drohend. Er musste verrücktgeworden sein, so mit ihnen zu sprechen, und das, obwohl er gefesselt auf einem Stuhl saß und nichts gegen sie ausrichten konnte.

»Kleiner, du solltest wirklich dringend lernen, wo dein Platz ist! Mehr hältst du auch nicht aus«, ermahnte Cam ihn und doch klang er irgendwie anders als sonst. Auch noch anders als heute Nacht, als er Nathan mit sich genommen hatte. *Was ist mit ihm?*

Nat schnaubte daraufhin abfällig und wandte sich wieder von uns ab, da wir noch immer hinter ihm standen. Mister Winter setzte sich schlendernd in Bewegung. Die Arme hinter dem Rücken ging er um Nathan herum und stellte sich direkt vor ihn. Nat musste leicht den Kopf in den Nacken legen, um ihn ansehen zu können. Cam dagegen blieb weiterhin dicht neben mir stehen und beobachtete die beiden mit verhärteter Miene.

»Mal sehen, wann dein alter Herr meint, hier aufzutauchen. Oder braucht er vielleicht noch eine Extraeinladung?«, fragte Cams Vater, obwohl es keine Frage war, auf die er eine Antwort erwartete.

»Apropos sein Vater. Cameron, wusstest du, dass meine Männer dein Täubchen vor seiner Kneipe aufgegriffen haben?«

Sofort nach seinen Worten ruckte Cams Kopf in meine Richtung und seine dunklen Augen verschlangen mich aufs Neue. Leicht zog ich den Kopf ein. Mich zu bewegen, traute ich mich jedoch nicht. Da war Mister Winter zuvor sehr deutlich gewesen.

Sachte schüttelte ich den Kopf, um es Cam zu erklären. Doch ein verdächtiges Zucken an seinem markanten Kiefermuskel ließ mich innehalten und noch etwas mehr meinen Kopf einziehen. Es wäre wohl besser, nun zu schweigen.

Denn ja, es stimmte, ich war bei Nathans Vater gewesen. Beziehungsweise, ich hatte zu ihm gewollt. Doch ich war vorher von ihren Männern abgefangen und mitgenommen worden. Bevor ich überhaupt mit ihm hatte reden, ihn hatte warnen können. Ihn hatte aufklären können, wie tief ich seinen Sohn in die Scheiße geritten hatte. Ich hätte ihm wirklich alles erzählt, die komplette Wahrheit, nur damit Nat nichts passierte. Damit er ihn retten kam. Doch ich hatte es nicht geschafft und nun würde Cams Vater das auf seine Art und Weise klären und Nathans Dad eine Nachricht zukommen lassen. Und diese würde definitiv unschön werden.

Ich wollte so gern etwas unternehmen. Doch ich konnte nichts tun. Nichts, außer hier stehen und dabei zusehen, wie sie Nathan gleich nach allen Regeln der Kunst Schmerzen zufügen würden, nur um zu bekommen, was sie wollten. *Rache.*

KAPITEL 27

Ich wusste gar nicht, was ich als Erstes verarbeiten sollte. Die Tatsache, dass sie versuchten, Haley gegen mich zu benutzen – denn das würde bedeuten, sie hätte nicht ganz so eng mit ihnen zusammengearbeitet, wie ich gedacht hatte – oder dass Haley bei meinem Dad gewesen war, um ihn womöglich zu warnen. Sie wollte mir helfen.

Fuck, das verwirrte mich alles ganz schön. Aber darum konnte ich mich jetzt eigentlich nicht kümmern. Denn sie würden gleich mein Gesicht noch etwas mehr demolieren. Nur, damit mein Dad wie Hulk hier angestürmt kam und etwas Dummes tat. Unmöglich konnte er sich hier mit all deren Männern anlegen und die Scheiße auch noch überleben. Und ich konnte nichts dagegen tun. Ich fühlte mich so hilflos und ich hasste dieses Gefühl. Noch schlimmer, es machte mich wütend.

»Dann wollen wir deinem Daddy mal eine Nachricht übermitteln«, sprach Winter in einem dunklen und unheilvollen Ton.

Ich blickte mit harter Miene zu ihm auf. So leicht würde ich es ihm nicht machen. Auch wenn ich mir hier gerade ein Eigentor schoss, denn mir war klar, zeigte ich nicht die Reaktion, die sie hier erzielen wollten, musste ich noch viel härter einstecken. Doch das war mir egal. Ich würde nicht mitspielen. Zumindest nicht nach ihren Regeln.

Winter nickte seinen Affen im Hintergrund zu. Beide setzten sich augenblicklich in Bewegung. Ich wappnete mich schon einmal für das Schlimmste. War ja nicht so, als würde mir mein Gesicht nicht bereits wehtun. Aber gut. Musste ich jetzt wohl durch.

»Und jetzt? Steck ich ein paar Schläge ein, ihr filmt die Scheiße und schickt es an meinen Vater, damit er dann hierherkommt und ebenfalls Schläge einstecken muss? Und für was? Weil Sie ein nachtragender Mann sind, der die Vergangenheit nicht ruhen lassen kann? Sie wissen hoffentlich, was das aus Ihnen macht, oder?«, fragte ich ihn und blickte an seinem Gorilla vorbei, damit ich zu ihm sprechen konnte.

Ein abschätziges Schnauben, doch abgesehen davon, dass er seinen Affen zunickte, bekam ich nichts mehr von ihm. Cameron hatte sich nun ebenfalls in mein Sichtfeld gestellt, neben seinen Vater, und sah mit ernster Miene auf mich herab.

Haley musste er wohl hinter mir stehengelassen haben. Sie sollte sich ja nicht rühren. Ich konnte mich nun auch wirklich nicht mit ihr beschäftigen. Schließlich hatte ich gerade genug eigene Sorgen, denn der erste von wohl noch einigen Schlägen traf in diesem Moment meine Wange. Mein Kopf ruckte zur Seite und ein heftiger Schmerz explodierte in meinem Schädel.

Der andere der beiden hielt seine Handykamera auf mich und fing alles für meinen Vater ein, wie ich es vorausgesagt hatte. Ein Schlag nach dem anderen prasselte auf mein Gesicht und meinen Oberkörper ein und dennoch bemühte ich mich, mir den Schmerz nicht allzu sehr anmerken zu lassen. Ich würde ihnen nicht die Show bieten, die sie sehen wollten.

»So ein harter Junge, für deinen Vater? Nicht doch. Sei nicht dumm. So wird es nur viel schlimmer für dich«, ermahnte mich der Alte.

Er stand weiterhin mit hinter dem Rücken verschränkten Armen vor mir und sah seinen Männern dabei zu, wie sie seinen Auftrag gewissenhaft ausführten. Sein Sohn noch immer stumm und mit unergründlicher Miene neben ihm. Zur Antwort spuckte ich mein Blut, das sich in meinem Mund gesammelt hatte, aus. Tadelnd schüttelte er den Kopf.

»Das reicht für den Anfang. Abschicken. Mal sehen, wann dein alter Herr hier auftauchen wird«, klärte er mich auf und machte auf den Absatz kehrt.

Seine beiden Aufziehäffchen, die er perfekt erzogen hatte, hörten aufs Wort und sofort wurden die Schläge eingestellt und das Handy nach dem Senden weggepackt. Kurz atmete ich durch. Mein Gesicht und Oberkörper schmerzten fürchterlich und ich hatte die schlimmsten Kopfschmerzen meines Lebens. Doch ich würde den Teufel tun, es zu zeigen.

Ich ließ den Kopf sinken, als mein Bewusstsein mir zu entgleiten drohte.

»Du bist dumm«, ertönte es dann unerwartet dicht vor mir.

Halb öffnete ich meine schweren Lider, hob mein Haupt und sah Cameron an.

»Gut, dass es mir egal ist, was du denkst oder zu sagen hast«, kommentierte ich leise.

Meine Stimme gab einfach nicht mehr her. Ich wollte aber auch überhaupt nicht mit diesem Wichser diskutieren.

»Du solltest etwas kooperativer sein, wenn du die Sache hier nur halb beschädigt überstehen willst.«

Ich lachte über seine Worte, was in einem kleinen Hustenanfall endete, ehe ich wieder den Kopf hob und ihn ansah.

»Und wenn ich brav mitspiele, überlebe ich die Sache und spaziere hier ohne meinen Dad einfach raus, leb mein Leben und ihr gewährt mir dieses auch? Weil ich ja über keinerlei Wissen über eure Machenschaften verfüge und euch damit auch nicht gefährlich werden könnte?«, fragte ich ihn spöttisch.

Das Sprechen tat zwar weh, doch was glaubte er denn, wer er war?

»Dein Dad wird die Sache hier nicht überleben, das hast du gut erkannt. Ob du das wirst, kommt ganz auf dich an. Aber als kleiner Tipp: Man sollte seinem Feind vielleicht nicht drohen, wenn man gerade auf einem Stuhl gefesselt sitzt und so oder so nichts ausrichten kann«, erklärte er mir im ruhigen Ton.

»Warum bist du jetzt so? Flippst du sonst nicht immer wie Rumpelstilzchen aus?«, fragte ich ihn, denn es interessierte mich wirklich, warum er nun so zu mir war. Es klang beinah so, als würde er wollen, dass ich überlebte. Aber wieso?!

»Du lernst es nicht. Einfach mal die Klappe halten. Soll helfen, zu überleben«, damit wandte er sich von mir ab und verließ den Raum.

Natürlich blieben wieder zwei Gorillas zurück, die aufpassten, dass wir nichts Dummes anstellten. Gut, ich konnte jetzt nicht allzu viel anrichten, aber Haley war ja schließlich auch noch da.

»Es tut mir leid!«, flüsterte sie von hinten. Ich drehte mich nicht um, was sollte es auch bringen?

»Lass es!«, raunte ich.

Ich wollte es nicht hören. Keine Entschuldigung oder faule Ausrede. Nichts davon. Ich wollte hier einfach nur sitzen, meine Schmerzen ertragen und überlegen, wie es nun weiterging.

»Nathan, bitte. Es tut mir alles so schrecklich leid! Ich wollte dich nicht …«, doch weiter ließ ich sie nicht sprechen.

»Was wolltest du nicht?! Mich verarschen? Ausliefern? Von Anfang an belügen? Jedes verfickte Wort von dir war eine Lüge, Haley! Also tu mir den Gefallen und behalte deine fake

Entschuldigung für dich. Ich will sie nicht hören!«, sprach ich über die Schulter, wandte mich jedoch danach sofort wieder um.

Ich wollte nun nicht in ihre großen, schönen Augen blicken. Wollte mir nicht noch eine weitere Geschichte von ihr auftischen lassen. Was sollte es auch bringen?

Erschöpft ließ ich meinen Kopf sinken und schloss für einen Moment die Lider. Schließlich wusste ich, dass ich noch einiges einzustecken hatte. Es war noch lange nicht vorbei. Deshalb versuchte ich, meinen Körper dazu zu zwingen, durchzuhalten. Ich musste die Schmerzen ausblenden. Leichter gesagt als getan. Mein gesamtes Gesicht pochte vor Schmerz. Mein Schädel fühlte sich an, als würde er explodieren, und das Atmen fiel mir nicht ganz so leicht, da sie mir mehrfach in die Rippen geschlagen hatten. Kurz gesagt: Alles oberhalb meiner Hüfte tat mir weh.

Und mir dann auch noch Haleys Lügengeschichte anzuhören, ging zu weit. Ich wollte nichts mehr hören. Sie sollte mich einfach in Ruhe lassen, wenn sie mich hier schon in diese Scheiße gezogen hatte.

Unerwartet spürte ich eine Berührung an meiner Wange. Langsam hob ich den Kopf und sah in ihre wunderschönen, bernsteinfarbenen Augen.

Haley hockte dicht vor mir und streichelte sanft meine Wange. Ihr Blick dabei voller Reue. Es sah so verdammt echt aus.

»Du hast keinen Grund, mir irgendetwas zu glauben. Denn es stimmt. Ich habe dich von Anfang an belogen und verarscht. Aber dann bist du in dieser Gasse nach meinem Tattootermin aufgetaucht. Dieser Kuss, deine Berührungen, beides hätte nichts in mir bewirken dürfen. Aber das hat es, Nathan. Und auch wenn es nichts mehr ändert oder ungeschehen macht, tut es mir wirklich leid, was ich dir alles Schreckliches angetan habe. Wenn ich könnte, würde ich es rückgängig machen«, gestand sie mir wispernd und sah mir dabei tief in die Augen.

»Wieso hast du uns verraten und bist dann wiedergekommen?«, fragte ich sie.

Eigentlich sollte ich sie genau das nicht fragen. Denn ich war mir sicher, ich wollte den wahren Grund nicht wissen. Doch alles in mir schrie, die Antwort von ihr zu bekommen.

»Weil ich es so wollte, deswegen«, ertönte es plötzlich hinter uns.

Haley schreckte hoch und trat schnell einen Schritt zurück, während sie sich halb zu ihm umdrehte.

»Cam«, entgegnete sie erschrocken. Eine gewisse Panik schwang in ihrer Stimme mit.

Ich mochte es nicht, wenn sie diesen Unterton annahm. Es machte mich unruhig, aber vor allem wütend. Denn es hatte sicher seine Gründe, wenn eine so starke Frau wie Haley vor jemandem Angst hatte. Doch ich konnte es mir jetzt eigentlich nicht erlauben, wütend zu werden. Ausrichten konnte ich ja so oder so nichts. Und dennoch wallte es in mir herauf. Auch wenn eine kleine Stimme in mir mich warnte. Schließlich hatte Haley mich verraten und er war der Grund dafür. Wollte ich die wahren Hintergründe wirklich wissen? Und sie dann dennoch verteidigen?!

»Was heißt, weil du es wolltest?«, hinterfragte ich seine kryptische Antwort.

Ich wusste ja, dass Haley uns verraten hatte, weil er es so wollte, aber warum war sie dann wiedergekommen? Das erschloss sich mir einfach nicht.

Während ich auf eine Antwort von ihm wartete, fixierte ich ihn mit meinem Blick. Mehr konnte ich ja leider nicht tun.

Cameron trat näher an uns beide heran. Doch sein Blick ruhte nur auf ihr, durchbohrte sie förmlich, was Haley gleich noch einen Schritt weiter weg von mir machen ließ. Verzögert löste er den Fokus von ihr und sah auf mich herab.

Cameron stand nun direkt vor mir und meinte, mich mit seiner Präsenz einschüchtern zu können. *Billige Masche.*

»Ich wollte, dass Haley dafür sorgt, dass du ohne Geld hier auftauchst. Dafür musste sie euren lächerlichen Plan durchkreuzen, aber danach wieder zu dir gehen, damit du auch bei uns aufschlägst«, erklärte er mir und jedes seiner Worte durchbohrte mein Herz.

Es noch einmal zu hören, dass sie mich nur auf seinen Wunsch hin verarscht hatte, schmerzte einfach. Ich konnte nichts gegen das bohrende Stechen tun, das sich durch meine Eingeweide zog. Doch dann kam mir ein Gedanke, der mich stutzen ließ. Fragend verzog ich meine Brauen und überlegte, welches Puzzleteil ich übersehen hatte. Hatte ich überhaupt eins übersehen?

»Aber wenn du sie wieder zu mir geschickt hast und sie mich eigentlich am nächsten Tag hierherbringen sollte, warum dann das nette Anklopfen? Wieso das alles heute Nacht, wenn ich doch so oder so hier auf dem Stuhl gelandet wäre?«

Meine Stirn furchte sich immer mehr und ich überlegte tatsächlich, was dahintersteckte, bis es mir wie Schuppen von den Augen fiel.

»Du bist eifersüchtig«, entfuhr es mir ungläubig und gleichzeitig konnte ich mir ein provokantes Schmunzeln nicht verkneifen, als ich in seinem sonst immer ernsten und undurchschaubaren Gesicht die Bestätigung bekam.

»Bullshit! Auf was denn? Auf dich kleinen und unerfahrenen Jungen, oder was?!«, spuckte er mir wütend entgegen und machte es damit nur immer deutlicher.

»Witzig, dass genau dieser kleine und unerfahrene Junge deine Freundin nicht nur einmal laut zum Stöhnen gebracht hat, oder?«, konterte ich grinsend.

Haley, die mich ungläubig ansah, blendete ich dabei vollkommen aus. Ich konnte ihretwegen nun kein schlechtes Gewissen haben. Sie hatte mich verarscht und mich kurz vor seinem Auftauchen gefickt. Da musste sie jetzt durch. Außerdem war sein Gesichtsausdruck gerade eine wahre Genugtuung für mich.

»Wie oft?«, fragte er mich unerwartet.

Kurz zog ich meine Brauen zusammen, nicht sicher, ob ich darauf nun antworten sollte. Doch kneifen war noch nie mein Ding gewesen.

»Wenn man die vielen Male, wo sie mich förmlich darum angebettelt hat, nicht mitzählt, dann dreimal«, antwortete ich ihm leicht schmunzelnd.

Mit geballten Fäusten trat er dicht an mich heran, packte mich am Kragen und schlug mir mitten ins Gesicht. Meine Lippe platzte an der nächsten Stelle auf und ich schmeckte den metallischen Geschmack von Blut auf meiner Zunge und dennoch musste ich grinsen. Darüber, dass er die Beherrschung verlor, wo er sie eigentlich nicht verlieren sollte. Zumindest nicht, wenn es nach seinem Vater ging, denn dieser brüllte auch schon den Befehl, er solle von mir ablassen, als er wieder die Halle betrat und zusehen musste, wie sein Sohn mich beinah bewusstlos schlug. Und das wegen einer Frau.

Auch Haley mischte sich ein. Sie zerrte an ihm und schrie ihm etwas entgegen. Kaum begann sie, ihn von mir zu ziehen, ließ er von mir ab und wandte sich blitzschnell zu ihr um. Mit einer schnellen Bewegung packte er sie am Hals und zog sie dicht vor sein Gesicht. Röchelnd umklammerte sie seinen Unterarm und sah ihm flehend entgegen.

»Du gehörst mir, Haley, und dennoch lässt du dich von ihm

ficken! Gehst zu ihm! Bettelst bei ihm wie eine kleine Hure!«, brüllte er ihr mitten ins Gesicht und schüttelte sie dabei leicht.

Haley schloss panisch die Augen und weinte stumme Tränen. Es schmerzte mich, sie so zu sehen. Auch wenn ich sie nur noch durch ein halbzugeschwollenes Auge beobachten konnte. Es war meine Schuld. Ich hatte ihn gereizt. Hatte ihn provoziert. Selbst die Schläge nahm ich in Kauf. Aber doch nicht, dass er es an ihr ausließ.

»Hör auf!«, knurrte ich und zerrte an meinen Fesseln.

Ich musste mich befreien. Immer mehr und kräftiger riss ich an den Kabelbindern, aber natürlich nützte es nichts, außer dass sie sich noch tiefer in meine Haut schnitten. Egal! Ich musste sie beschützen. Gerade wollte ich versuchen, mit dem Stuhl aufzustehen und diesen durch ein Fallenlassen vielleicht kaputtzumachen und somit freizukommen, da ließen mich ein Klicken neben mir und kaltes Metall an meiner Schläfe in meiner Bewegung innehalten.

»Cameron, hör auf!«, befahl Winter seinem Sohn kühl.

Nach einem langen Moment ließ er Haley dann tatsächlich los. Sie sackte sofort röchelnd und hustend in die Knie und hielt sich die gerötete Kehle.

Cameron fuhr sich durch sein dunkles Haar und blickte auf sie herab. So wie er aussah, würde er sie gleich wieder packen und wer weiß was mit ihr anstellen.

»Fass sie nicht noch einmal an!«, drohte ich ihm mit zusammengebissenen Zähnen und ignorierte dabei die Waffe an meinem Schädel.

»Siehst du, was dabei rauskommt, wenn man eine Frau zu nah an sich heranlässt? Man wird dumm und unvorsichtig. Mein Junge ist aber weder dumm noch unvorsichtig und erst recht nicht wegen so einer kleinen Hure wie ihr, die für jeden und das richtige Kleingeld die Beine breitmacht! Das dulde ich nicht!«, entgegnete Winter wütend und nahm die Knarre endlich runter.

Cameron nickte gehorsam und atmete einmal tief durch, wohl um sich vollständig zu beruhigen. Sein Vater wollte sich wieder mir widmen, denn er wandte sich mit ernster Miene zu mir, doch bevor er das Wort an mich richten konnte, wurde er von seinem Sohn unterbrochen.

»Was meintest du mit dem richtigen Kleingeld?«, fragte Cameron in seinen Rücken und seine Miene ließ zum ersten Mal eine andere Emotion außer Wut zu. Er war ganz offensichtlich verwirrt.

Sein Vater verdrehte daraufhin genervt die Augen, ehe er sich zu ihm umdrehte. Diese Geste hatte jedoch nur ich beobachtet, da er mich dabei angesehen hatte. Auch mich beschlich nun ein ungutes Gefühl und ich sah zu Haley nach unten, die noch immer auf dem Boden saß und sich die Kehle hielt.

»Meinst du, sie war dir nur mit ihm untreu? Junge, komm schon!«, ermahnte er ihn und schüttelte tadelnd den Kopf.

Seine Arme hatte er wieder, ganz der Geschäftsmann, hinter dem Rücken verschränkt und blickte seinem Sohn entgegen. Camerons Stirn furchte sich immer mehr und als er dann kurz einen Blick auf Haley zu ihren Füßen warf, machte es wohl auch bei ihm klick.

Ungläubig sah Cameron ihn an. Konnte es wohl nicht glauben, welche Erkenntnis ihn hier traf.

»Nein«, raunte er fassungslos und sah seinen Vater mit großen Augen an.

Schnaubend schüttelte dieser den Kopf und wandte sich von ihm ab, wurde jedoch sofort wieder gewaltsam von seinem Sohn zu diesem zurückgedreht.

»Du hast sie gefickt?!« Es hörte sich nicht nach einer Frage an und doch war es eine und Cameron verlangte darauf eine Antwort. Zumindest sagte das sein todernster Gesichtsausdruck.

Sein Vater sah einmal tadelnd und mit erhobener Augenbraue auf seine Hand, die ihn noch immer am Arm gepackt festhielt. Das alles spielte sich direkt vor meiner Nase ab.

»So wie viele andere in dieser Stadt auch, ja«, kommentierte er trocken und riss sich aus seinem Griff los, strich sich seinen Anzug glatt und wandte sich mir wieder zu. Für ihn war diese Diskussion erledigt, doch Cameron sah das wohl anders. Denn wieder drehte er seinen Vater in einer schnellen Drehung zu sich um, nur dieses Mal packte er ihn am Kragen.

»Cameron! Es reicht!«, zischte er mahnend, dennoch ließ Cameron ihn nicht los.

»Vergiss nicht, wo dein Platz ist, Junge! Und jetzt lass mich los und führ dich wegen einer kleinen Hure, die ich eine Nacht gefickt habe, nicht so auf! Das ist lächerlich und so habe ich dich nicht erzogen!«, ermahnte er ihn erneut.

Seine Gorillas in der Ecke waren schon näher an die beiden herangetreten. Für den Fall, dass Cameron wohl nicht hören würde. Er schien sie ebenfalls bemerkt zu haben und ließ daraufhin von seinem Vater ab. Cameron fuhr sich durch sein dunkles Haar und schien sich zu sammeln, ehe er sich wieder zu ihm wandte und seine sonst so harten Gesichtszüge etwas weicher wurden.

»Entschuldige, Vater. Du hast recht. … Schafft sie mir aus den Augen. Ich will sie nicht mehr sehen!«, befahl Cameron den beiden Affen und augenblicklich setzten sie sich in Bewegung, um seine Anweisung auszuführen.

»Was? Nein! Cam, bitte, so war das nicht!«, beschwor Haley ihn und schüttelte immer und immer wieder verzweifelt den Kopf.

Als die beiden Männer vor ihr standen, robbte sie über dem Boden rückwärts von ihnen weg, doch natürlich brachte es ihr nichts. Sie packten sie, rissen sie erbarmungslos nach oben und schleiften sie hinter sich her, verließen die Halle.

»Was macht ihr mit Haley? Wo bringt ihr sie hin?«, fragte ich die beiden und zerrte demonstrativ an meinen Fesseln, um ihre Aufmerksamkeit zu bekommen.

»Meinst du nicht, du solltest dir mehr Sorgen um dich selbst machen als um diese kleine Hure?«, fragte Winter spöttisch.

»Wann war dieser besagte Abend, Vater?«, unterbrach uns Cameron und ich hielt inne, denn mich wunderte es, dass er noch einmal nachhakte. Auch sein Vater war wohl von dieser unvorhersehbaren Frage überrascht. Ungläubig wandte er sich zu ihm um, ehe er unbeteiligt mit den Achseln zuckte.

»Keine Ahnung. Vor ein paar Jahren. Ist das wichtig, wann mich deine kleine Schlampe verführt hat?«, fragte er Cameron und ich hörte deutlich heraus, dass er allmählich die Geduld verlor.

»Eigentlich nicht. Nur wundert es mich, dass du nie etwas gesagt hast und erst jetzt damit rausrückst«, kommentierte Cameron nüchtern und verzog dabei rätselnd seine Brauen.

Er fing tatsächlich an, die Taten seines Vaters zu hinterfragen. Vielleicht konnte ich das für mich nutzen. Man musste jetzt kein Genie sein, um herauszufinden, wie die Nacht wirklich zwischen Haley und diesem Wichser abgelaufen war. Wenn ich Cameron überzeugen konnte, dass sein Vater hier schon gelogen und falsch gehandelt hatte, vielleicht konnte ich ihn dann auch, was den Krieg unserer Väter betraf, überzeugen. Einen Versuch war es wert und großartig was zu verlieren hatte ich auch nicht mehr. *Also was soll's?*

»Wann wäre denn deiner Meinung nach der richtige Zeitpunkt gewesen, meinem Sohn zu gestehen, dass ich mich von seiner 'Freundin' habe verführen lassen?«, fragte Winter seinen Sohn abschätzig. Dabei veränderte sich seine Körperhaltung. Der Alte wirkte angespannter als zuvor. *Komm schon, Cameron!*

»Ein 'Nein, danke, Schätzchen', wäre doch angebracht gewesen, oder nicht? Also nicht falsch verstehen, aber wenn mein alter Herr Hand an mein Mädchen legen würde und es mir dann auch noch verschweigt, puh, ich weiß ja nicht. Abgesehen davon, dass mein Vater das nicht bringen würde. Aber gut, Familie kann man sich schließlich nicht aussuchen, nicht wahr, Cameron?«

Ich sah es ganz deutlich, meine Worte lösten etwas in Cameron aus. Nur sein Vater war von meiner kleinen Ansprache wie zu erwarten wenig begeistert.

»Ach ja? Dann ist es dir lieber, einen mehrfachen Mörder zum Vater zu haben?«, fragte er mich spöttisch grinsend und schüttelte kurz darauf mahnend den Kopf.

Da ich die Vergangenheit meines Dads nicht kannte, konnte ich mich nun nicht weiter aus dem Fenster lehnen. Denn ich wusste, dass mein Vater wohl schlimme Dinge getan hatte. Ich war ja nicht blöd.

»Nein, aber einen Vergewaltigervater finde ich ehrlich gesagt schlimmer!«, konterte ich und sah kurz darauf mit ernstem Blick zu Cameron.

Er zeigte keinerlei Reaktion auf meine Worte. Sein Vater schon. Denn kaum suchte ich wieder seinen Blickkontakt, sah ich auch schon, wie er seine Waffe erneut zog und auf mich richtete. Keinen Wimpernschlag später ertönte der Knall eines Schusses und ein brennender Schmerz durchzuckte meinen linken Oberarm. Er hatte tatsächlich auf mich geschossen.

Ein Schmerzensschrei entwich mir, dann blickte ich ungläubig erst zu ihm, dann zu meiner Wunde. Ich hatte nicht gewusst, wie sehr ein kleiner Streifschuss brennen und schmerzen konnte. Es fühlte sich an, als würde jemand die Wunde ausbrennen.

Mein Shirt tränkte sich bereits an der Stelle mit Blut und es pochte fürchterlich.

»Kleiner, du solltest dich wirklich nicht in Familienangelegenheiten einmischen«, ermahnte der Wichser mich streng.

»Ist ja nicht so, als wäre ich freiwillig hier. Mach mich los und du wirst nie wieder einen dummen Kommentar von mir hören. Aber wenn ich schon mal hier bin, kann ich auch meinen Senf dazugeben, findest du nicht?«

Ja, ich sollte dringend die Klappe halten, aber was sollte ich machen? Die Worte kamen wie von allein über meine Lippen und Kneifen war noch nie mein Ding gewesen. Also kam es natürlich, wie es kommen musste. Er erhob erneut die Waffe und ich glaubte, nun meine letzten Sekunden zu erleben. Doch anstatt erneut auf mich zu schießen, holte er nur in einer schnellen Bewegung mit seiner Knarre aus und knallte mir das andere Ende mit einer Wucht auf den Schädel, dass mich sofort die Schwärze mit sich riss.

Warum kann ich nicht einmal meine große Klappe halten?

KAPITEL 28

Blake

Ich war unruhig und nervös. Etwas stimmte nicht. Ich fühlte es mit jeder Faser meines Körpers.

Nat ging mir vollkommen aus dem Weg. War auch besser so für ihn. Schließlich hatte er mir meine Waffe entwendet. Dafür allein sollte ich ihm eine Tracht Prügel erteilen. Ryan hatte mich 'gebeten', mit Nathan reden zu dürfen. Er würde ihn schon zur Vernunft bringen, ohne ihn umzubringen. Dieser Idiot. Aber ich konnte es ihm nicht verübeln. Er hatte sich ebenso um Nat gekümmert wie Freya und ich. Er war eben sein Onkel Ryan und das würde er auch immer bleiben. Würde immer auf ihn aufpassen und mit ihm reden, wenn ich es durch meine inneren Dämonen nicht konnte. Dafür war ich Ryan sehr dankbar.

Und dennoch konnte ich meine innere Unruhe nicht abstellen. Es war untypisch für Nathan, sich nach so einer Nummer nicht zu melden. Sich nicht zu stellen. So hatte ich ihn schließlich nicht erzogen und so war er auch nicht. Nat war ein Hitzkopf und temperamentvoller, als ihm und seinen Mitmenschen guttat. Dennoch war er zu keinem Mann herangewachsen, der sich drückte, wenn es mal ernst wurde. Also war ich zurecht nervös.

Ich beschloss, meiner inneren Stimme zu folgen und am frühen Morgen zu ihm zu fahren. Auf Nick konnte ich hier ja nicht bauen, der hockte wegen ihrer Dummheit, ein Pfandhaus auszurauben, noch im Knast. Ich hatte mich zwar darum gekümmert, dass er schnellstmöglich rauskam, dennoch dauerte der Behörden- und Papierkram immer ewig. Behörden eben, die waren noch nie die Schnellsten gewesen. Außerdem war es mitten in der Nacht gewesen, als ich mit meinem Kontaktmann bei der Polizei telefoniert hatte.

Freya hatte ich von alldem hier nichts erzählt. Sie würde sich nur Sorgen machen und das wollte ich vermeiden. Außerdem konnte sie so oder so nichts ausrichten. Irgendwann musste ich ihr zwar reinen Wein einschenken, das wusste ich, aber das konnte ich auch noch, wenn alles überstanden und geklärt war.

* * *

Bei ihrer WG angekommen, musste ich feststellen, dass Nat nicht zu Hause war und zu meiner Bestätigung, was meine Unruhe betraf, auch, dass die Wohnungstür eingetreten war. *Scheiße!*

Ich ging hinein und zückte auch schon mein Handy, um Ryan anzurufen. Denn nun brauchte ich zwei Dinge: Meinen besten Freund, der in solchen Situationen der Vernünftigere war, und seine Waffe, denn meine hatte mir ja mein Sohn gestohlen.

Langsam schritt ich durch die Wohnung und sah mich um, doch ich konnte nichts Auffälliges finden. Die Einrichtung wurde weder demoliert noch auseinandergenommen. Einzig und allein die Wohnungstür war kaputt, oder eher das Schloss. Mehr nicht. Das hieß, sie hatten Nat schnell, aber wahrscheinlich nicht schmerzlos eingesackt. Ich schäumte vor Wut.

»Ich bring dich Bastard um, wenn du meinem Jungen etwas antust!«, knurrte ich wütend vor mich hin und verfluchte Winter gedanklich.

Ich sah mich noch etwas um und fand in seinem Zimmer, wie ich es vermutet hatte, meine Waffe. Schnell vergewisserte ich mich, ob er geschossen hatte. Doch es fehlte keine Kugel. Ob mich das nun beruhigen sollte, wusste ich noch nicht so ganz.

Ich verstaute die Waffe in meinem hinteren Hosenbund, es war ein komisch vertrautes Gefühl. Wenn das Schneewittchen wüsste, dass ich binnen kürzester Zeit gleich zweimal wieder meine Waffe bei mir trug und heute womöglich auch noch benutzen müsste … Bei dem Gedanken an ihre Reaktion musste ich schmunzeln. Doch die Tatsache, dass ich heute vielleicht erneut ein – oder wenn es dumm lief, gleich mehrere – Leben auslöschen musste, ließ es schnell wieder in sich zusammenfallen. Ich wollte nie wieder zu diesem Mann werden, denn ich wusste nicht, was es aus mir machte. Und dennoch hatte ich keine Wahl.

Knapp zehn Minuten später kam Ryan und sah sich ebenso mit ernster Miene um. Er wusste, was das bedeutete.

»Blake, ich wusste nicht, wie tief er in der Scheiße steckt! Ich dachte, er hält die Füße still«, klärte er mich auf, als er meinen angepissten Gesichtsausdruck sah.

»Du sagtest, du redest mit ihm!«, brummte ich, dabei öffnete und schloss ich immer und immer wieder meine Fäuste.

Ryan kannte diese Geste von mir. Er wusste, ich übte sie nur aus, wenn ich versuchte, mich zu beherrschen.

»Das habe ich. Ich habe ihm klargemacht, dass es nicht um ihn oder die Drogen oder seine Schulden geht. Er sollte nach seinem hirnrissigen Plan mit dem Pfandhaus einfach nichts mehr unternehmen und uns das regeln lassen. Blake, er hat es verstanden. Das heißt, ich bin mir sicher, er hat dieses Mal wirklich nichts Dummes angestellt. Außerdem war er nicht allein«, informierte er mich, was mich kein Stück beruhigte. Im Gegenteil.

Ich wollte etwas erwidern, doch dann vibrierte mein Handy in meiner Hosentasche, und da es früher Morgen war, konnte das eigentlich nichts Gutes bedeuten. Ryan und ich wechselten noch einen intensiven Blick, er trat an mich heran, dann zückte ich mein Handy, entsperrte es und sah, dass mir ein Video geschickt worden war.

»Ruhig, Blake!«, ermahnte Ryan mich auch schon, bevor ich es überhaupt geöffnet hatte, denn wir wussten beide, was das war. Was mir geschickt worden war.

Um Beherrschung ringend öffnete ich die Nachricht und startete das Video. Natürlich kam es, wie es kommen musste, und ich sah dabei zu, wie mein Sohn von einem von Winters Männern blutig geschlagen wurde. Nat gab keinen Mucks von sich, was dumm war, denn so schlugen sie nur noch härter zu. Schließlich hatte dieses Video seinen Sinn. Dieser Hitzkopf … Und doch hätte oder würde ich es nicht anders machen. Im Gegenteil. Ich hätte alles nur noch schlimmer gemacht und das Doppelte einstecken müssen. Einfach, weil ich nicht anders konnte. Dennoch würde ich nun alles dafür tun, um mit Nathan den Platz zu tauschen. Meinen Jungen so zu sehen, regte etwas in mir und es war nicht nur Wut, die ich spürte.

»Ich bring ihn um. Alle!«, grollte ich und schmiss mein Handy gegen die nächste Wand. Es zerschellte und es könnte mir nicht egaler sein.

»Blake, beruhig dich! Wir holen ihn dort raus, okay?! Weißt du, wo sie sind?«, fragte mich Ryan und brachte mich damit dazu, mich wenigstens etwas zu beruhigen. Denn ich musste mich nun wieder fokussieren, nachdenken, was wir tun sollten. Wie wir zu Nat kamen und ihn dort rausholen konnten.

»Nein. Aber ich weiß vielleicht, wer uns helfen kann. Komm mit«, wies ich ihn an und nickte Richtung Tür, ehe ich vorausging.

Ich hatte keine Ahnung, wo ich anfangen sollte zu suchen. Im

Video hatte ich einen großen Raum oder eine Art Halle ausmachen können, wo sich Nat befand. Das sagte mir, sie waren in Winters Drogenhöhle, und das wiederum bedeutete, dass keiner, bis auf seinen engsten Kreis von Vertrauten, wusste, wo das war. Diese oder aber vielleicht auch seine beiden Söhne. Auf den Jüngeren baute ich nun. Riskant, alle meine Hoffnung in einen kleinen Scheißer wie ihn zu setzen, aber was sollte ich machen? Etwas anderes blieb mir in diesem Moment nicht übrig.

Also fuhren Ryan und ich erneut zu Winters Protzanwesen und hofften, Jack hier anzutreffen. Ich kannte ihn nur flüchtig. Nat vermied es, dass ich ihn näher kennenlernte, was mich natürlich schon lange hatte hellhörig werden lassen. Doch dass die Trottel so tief drinsteckten, hatte ich nicht ahnen können.

Wieder öffnete uns ein junges Hausmädchen die Tür und sah uns mit großen Augen an. Dabei verlor sie jedoch nicht ihr perfekt einstudiertes, freundliches Lächeln, als sie uns fragte, was sie für uns tun könnte.

»Wir wollen zu Jackson Junior«, erklärte Ryan charmant lächelnd.

»Und was wollen die Herren von ihm?«, fragte sie weiterhin freundlich und dennoch schwang ein wenig Misstrauen mit.

Ich schenkte ihm einen genervten Seitenblick. Dafür hatte ich nun weder die Geduld, noch hatten wir die Zeit. Doch Ryan nickte unmerklich und setzte wieder sein charmantes Lächeln auf, trat noch etwas näher an ihn heran. Zum Glück hatte er über Jahre endlich die Finger von den Drogen gelassen und seinem Körper damit einen Gefallen getan. Er hatte nach Nathans Geburt wieder zu seiner alten Form gefunden und sie nun über die Jahrzehnte gehalten und weiterhin definiert. Kurz um: Ryan sah für die Frauenwelt noch immer gut aus und konnte sie mit seinem Lächeln und einem frechen Spruch für sich gewinnen. Ob das hier nun auch so einfach funktionierte, würden wir sehen.

»Wir brauchen dringend seine Hilfe. Ein kurzes Gespräch und wir sind wieder weg. Keine zehn Minuten. Versprochen. Außer natürlich, du möchtest, dass ich länger bleibe, Schätzchen. Dann lässt sich das natürlich durchaus einrichten.«

Sie kicherte leise bei seinem billigen Spruch. Aber solange es funktionierte, sollte es mir recht sein, und tatsächlich, sie ließ uns für ein kurzes Gespräch herein. Mit überschwänglichem Hüftschwung ging sie die Treppe nach oben, um Jack zu holen. Dabei sah sie sich noch ein, zweimal über die Schulter um und grinste.

»Nein, du fickst die Kleine jetzt nicht in irgendeiner Besenkammer. Dafür haben wir keine Zeit!«, ermahnte ich ihn raunend.

»Ach, komm schon, Blake! Sieh sie dir an!«, beschwerte sich Ryan. Schmunzelnd schüttelte ich den Kopf. Manches würde sich wohl nie ändern. Und dennoch hatten wir für seine Spielchen jetzt keine Zeit. Aber ich wusste, ich musste es nicht aussprechen. Ryan würde ebenso wie ich alles für Nat tun. Darauf konnte ich mich zu hundert Prozent verlassen.

Wir warteten noch einen langen Moment, dann ertönten vom oberen Treppenabsatz Stimmen und Ryans neues Spielzeug und Jack kamen zu uns runter. Kurz hielt er inne. Verständlich. Ich machte nicht unbedingt den besten ersten Eindruck und außerdem wusste er sicherlich, in was für einer Scheiße Nathan steckte und dass ich nur deswegen hier sein konnte.

»Greta, gibst du uns einen Moment, bitte?«, bat er sie höflich und doch bestimmt.

Kurz blickte sie noch einmal zu uns, dann nickte sie jedoch gefügig und verließ die große Halle, ließ uns damit allein.

»Ich mach's kurz, denn ich habe keine Geduld mehr und auch keine Zeit«, eröffnete ich gleich diese Unterhaltung, trat einen Schritt dichter an ihn heran und fuhr fort. »Sag uns, wo dein

Vater gerade ist, und wir sind wieder weg. Keine Probleme, keine Schmerzen. Ganz einfach.«

Ich wollte ihm nicht drohen, aber ich sagte, ich hatte keine Geduld mehr. Es ging hier um meinen Jungen und Winter hatte schon genug mit ihm angestellt. Wer wusste schon, was er in diesem Moment, in dem wir hier standen und Zeit verschwendeten, noch alles mit Nathan anstellte?

»Wieso wollt ihr zu meinem Vater?«, hinterfragte dieser kleine Trottel tatsächlich.

Meine Fäuste öffneten und schlossen sich wieder ganz von selbst. Meine Beherrschung wurde heute auf eine neue Art der Probe gestellt. Ehe ich jedoch etwas Dummes tun konnte, trat Ryan einen Schritt weiter nach vorn und schirmte mich somit von ihm ab. *Penner!*

»Was Mister Grummel eigentlich sagen wollte: Es geht um Nat. Du weißt, er steckt in Schwierigkeiten und jetzt ist er nicht auffindbar. Nicht erreichbar. Außerdem haben wir ein nettes Video von deinem Vater mit Nathan als Hauptdarsteller bekommen. Also tu einfach das Richtige, Junge, und sag uns, wo wir deinen Vater finden können, okay?«

Während Ryans gesamter Rede hatte sich Jacks Mimik immer und immer wieder verändert, bis er zum Ende hin leicht nickte.

»In Ordnung. Ich werde mitkommen und euch lotsen«, erklärte er uns und wollte schon an uns vorbeigehen, um das Haus zu verlassen.

Spöttisch lachend hielt ich ihn jedoch an der Schulter fest und drehte ihn wieder zu uns um. Dabei schüttelte ich mahnend den Kopf.

»Du wirst sicher nicht mit uns mitkommen, Kleiner! Ich will eine Adresse und keinen Klotz am Bein!«, erklärte ich ihm streng und hielt ihn noch immer an seiner Schulter gepackt.

»Und dann? Was wollt ihr machen?«, fragte er erstaunlich nüchtern.

Ryan und ich tauschten einen schnellen und intensiven Seitenblick aus. Das war das Gute, wenn man sich schon seit so vielen Jahrzehnten, beinah sein gesamtes Leben lang, kannte und miteinander verbracht hatte. Man verstand sich blind.

»Diesen sinnlosen Krieg, den dein Vater gegen mich führen will, ich aber nicht mit ihm, beenden! Er hat meinen Jungen in unsere Angelegenheit mit reingezogen. Ich will Nathan nur aus der Schusslinie wissen, mehr nicht. Aber dafür brauche ich die Adresse, aber nicht noch einen kleinen Schlaumeier, der meint, er sei eine größere Hilfe als Belastung. Also wenn du Nathan auch nur ein bisschen ein Freund bist, dann hilfst du mir auf meine Weise. … Bitte.«

Nach einem kurzen Moment, in dem er wohl ernsthaft überlegt hatte, nickte er schließlich, wandte sich ab und ging zu einer edlen Kommode, die hier in der großen Halle stand.

Ryan und ich wechselten fragende Blicke miteinander aus. Doch als Jack mit einem Stück Papier zurückkam und es mir in die Hand drückte, hatten wir unsere Antwort. Er hatte mir soeben die Adresse gegeben. Dankbar nickte ich ihm zu, dann sahen wir zu, dass wir hier wegkamen. Die Zeit rannte schließlich.

»Und was ist jetzt dein Plan, Blake?«, fragte mich Ryan, nachdem wir schon eine Weile gefahren waren.

Ich ließ mir Zeit mit der Antwort, schließlich wussten wir beide, was der Plan war. Eigentlich unnötig, es auszusprechen. Ich würde alles tun, um meinen Jungen dort heil rauszuholen. Das wusste Ryan und dennoch verlangte er wohl tatsächlich eine Antwort, so intensiv wie er mich von der Seite her anstarrte.

»Was willst du jetzt von mir hören, Ryan? Dass ich einen supermega durchdachten Plan habe, der null schiefgehen kann und uns alle in den Sonnenuntergang reiten lässt?!«, fragte ich ihn spöttisch und schenkte ihm einen vielsagenden Seitenblick.

»Habe ich nicht. Ich gehe da rein, du gibst mir, so gut es geht, Rückendeckung und versuchst, meinen Jungen dort rauszuschaffen, während ich die Scheiße mit Winter kläre. Das ist mein Plan und du wirst ihn mitmachen, ohne zu hinterfragen. Weil du Nathan ebenso liebst wie ich und ich mich schon immer auf dich verlassen konnte.«

Erneut schenkte ich ihm einen intensiven Seitenblick. Er musste verstehen. Und das tat er. Natürlich tat er das. Schließlich war Ryan mein bester Freund und es ging um meinen Sohn.

»Alter Sturkopf!«, schimpfte er mit mir, stimmte aber somit zu, mir zu meinen Bedingungen zu helfen.

»Sieh aber zu, dass du die Sache überlebst, ja? Ich will nicht derjenige sein, der Freya das alles hier erklären muss. Das kannst du schön selber machen und lädst das nicht bei mir ab«, teilte er mir mit erhobenem Finger mit.

Schmunzelnd willigte ich ein. Ja, so gut und rein Freya auch war, mit ihr anlegen sollte man sich trotzdem nicht, wenn sie wütend war. Und sie würde wütend werden, wenn sie von den vergangenen Tagen und all dem Drama erfuhr. Das könnte ich auch nicht einfach mit einem Kuss wiedergutmachen, das wusste ich. Doch das waren Probleme von morgen, um die ich mich nun nicht kümmern konnte.

Es tut mir leid, Schneewittchen!

* * *

Vor der großen Lagerhalle parkte ich den Wagen und stellte den Motor aus.

»Wie viel Munition hast du eingepackt?«, fragte ich ihn und

sah ihn dann etwas zeitverzögert an.

»Scheiße, Blake! Das ist verrückt! Du kannst nicht gewinnen, geschweige denn lebend aus der Sache rauskommen«, ermahnte er mich und schüttelte vehement den Kopf.

»Wie viel Munition hast du bei dir, Ryan?«, wiederholte ich die Frage und machte damit deutlich, dass es hierbei nicht um mich und mein Überleben ging.

»Fuck!«, fluchte er leise und hörte nicht auf, mit dem Kopf zu schütteln, ehe er mich dann nach einiger Zeit mit ernstem Gesichtsausdruck wieder ansah.

»Vier Magazine. Ich dachte mir schon so etwas in der Art. Aber das wird nicht reichen, Blake. Außerdem haben wir nur eine Waffe.«

»Ich hab meine in Nats Zimmer gefunden, also mach dir keine Sorgen. Ich will sie ja auch eigentlich nicht benutzen. Es ist nur für den Fall, okay?«, versuchte ich ihn zu beschwichtigen. Doch da er nun mal Ryan war und mich zu gut kannte, funktionierte es natürlich nicht. Mit erhobener Augenbraue blickte er mich ungläubig an.

»Klar. Wir gehen zu einem der größten Drogenbosse von New York und 'bitten' ihn einfach mal eben höflich darum, dass er deinen Jungen gehen und uns alle am Leben lässt. Das alles bei einer zivilisierten Tasse Tee und Gebäck. Dort sitzen wir dann und debattieren und das alles ohne Waffen oder Tote. Klingt nach dem perfekten Plan«, verspottete er mich.

Augenverdrehend stieg ich aus und ließ es unkommentiert. Was sollte ich auch darauf sagen? Es würde nicht höflich oder zivilisiert ablaufen. Das wussten wir beide.

»Blake, ich muss dir noch etwas sagen«, begann Ryan dann nach einem Moment des Schweigens ungewöhnlich ernst.

Ich betrachtete ihn und ich wusste sofort, es war etwas

Wichtiges. Kein Spott oder Spaß, also war ich gespannt, was er mir nun zu sagen hatte.

»Auf die Gefahr hin, jetzt noch vor Winter zu sterben. Aber ich muss dir das sagen. Denn ich weiß nicht, wie das hier ausgeht, also hör mir einfach nur zu, okay?«, wies er mich an und ich nickte unsicher.

Keine Ahnung, was nun kam, aber ich willigte ein, denn es schien ihm wirklich wichtig zu sein. Vor allem, weil er es mir unbedingt jetzt noch sagen musste.

»Die Kleine, Nathans Kleine … Die für all das hier wahrscheinlich verantwortlich ist. Sie ist Evys Tochter, Blake«, erklärte er mir, doch ich konnte mir diesen Bullshit nicht anhören und wandte mich schnaubend ab.

»Komm du mir jetzt nicht auch noch mit der Scheiße an, Ryan. Vor allem jetzt?!«

Genervt fuhr ich mir über mein Gesicht, ehe ich mich ihm wieder zuwandte. Doch sein ernster Ausdruck blieb noch immer.

»Jetzt halt einfach die Klappe und hör mir zu, ja?!«, schnauzte er mich angepisst an und ich biss fest meinen Kiefer zusammen.

»Sie ist Evys Tochter. Aber darum geht es nicht. Nicht primär. Was ich dir sagen will, … sie ist nicht nur ihre, sondern auch meine Tochter«, eröffnete er mir dann die Wahrheit und ich war kurz sprachlos. Meine Gedanken überschlugen sich und ich wusste überhaupt nicht, worauf ich als Erstes reagieren sollte.

»Bevor du ausflippst. Ja, es tut mir leid, dass ich dich damals angelogen habe. Ich hatte etwas mit ihr, in eurer Zeit. Dieser verrückten und verstörenden Zeit. Aber darum geht es jetzt nicht und dafür kannst du mir gern später, wenn wir die Sache hier überleben, den Arsch aufreißen. Es geht darum, dass sie *meine* Tochter ist, Blake!«

Wie er das 'meine' betonte, ließ mich innehalten. Dann nickte ich, denn ich verstand. Ich würde alles für Nat tun, er für sie beide. Ich verstand ihn. Sehr gut sogar. Auch wenn ich etwas erstaunt war über seine Denkweise diesem Mädchen gegenüber. Aber gut, das waren Gedanken, für die war morgen mehr Zeit.

»Na dann, stürzen wir uns in unser vermutlich letztes Abenteuer und retten deinen Jungen«, sprach Ryan es voller Zynismus aus und doch schwang ein Schmunzeln in seiner Stimme mit.

Danke, mein Freund.

KAPITEL 29

Haley

Ich wusste nicht, wie lange ich hier schon in diesem kleinen, dunklen Raum festgehalten wurde. Es fühlte sich wie eine Ewigkeit an. Zumal ich nicht einmal verstand, was ich hier noch sollte. Cam hatte mich weggeschickt. Er wollte mich nicht mehr sehen und dann wurde ich hier festgehalten? Das ergab keinen Sinn.

Immer wieder kämpfte ich mit den Flashbacks. Sie wollten mich überrollen und mit sich reißen, doch ich ließ es nicht zu. Konnte es nicht, denn wenn ich es täte, würde ich womöglich nie wieder aus dieser Finsternis finden und so viel Macht wollte ich diesem dreckigen Bastard nicht über mich geben. Das, was er mir angetan hatte, war Vergangenheit, und ich würde mich nicht in ihr verlieren. Dafür hatte ich zu viel erlebt – überlebt –, um nun daran zu zerbrechen.

Irgendwann gab ich es auf, zu hoffen, dass zeitnah jemand kommen würde, und ließ mich auf das schäbige Sofa, das hier in der Ecke stand, nieder und wartete. Worauf? Keine Ahnung. Aber irgendwann würde schon wieder jemand zu mir kommen und dann sahen wir weiter.

Ich behielt recht. Nach einiger Zeit kam tatsächlich jemand, nur hatte ich mit ihm wirklich nicht gerechnet, und es verunsicherte mich nun, mit ihm hier allein zu sein.

Cameron betrat mit seiner typisch unergründlichen Miene den Raum und schloss anschließend hinter sich die Tür. Ich wusste nicht, was er nach alldem noch von mir wollte. Wollte er mich bestrafen, dass ich ihn in seinen Augen betrogen hatte?

Natürlich glaubte er seinem Vater. Cam würde alles für seinen Vater tun und ihm alles glauben. Nicht, weil er dumm oder naiv war, sondern einfach, weil er es nicht anders kannte. Seinem Vater widersprach man nicht. Punkt. So wurde er erzogen und so lebte er auch.

Wie ein Raubtier pirschte er sich immer näher an mich heran und ließ mein Herz schneller und schneller schlagen. Seine dunklen Augen verschlangen mich regelrecht und seine düstere Aura nahm mich vollkommen gefangen. Ich wollte ihn um Verzeihung bitten. Ihn anflehen, mir nicht wieder wehzutun. Doch keine einzige Silbe ging mir über die Lippen. Ich war nicht mehr in der Lage, zu sprechen, und starrte ihn einfach nur an wie ein Reh, das in dem Lichtkegel eines Scheinwerfers gefangen war.

Dicht vor mir ging er dann in die Hocke und war mir so unheimlich nah, dass der Impuls mich packte, von ihm wegzurutschen, Abstand zu gewinnen. Doch auch hier rührte ich mich nicht, aus Angst, er könnte dann genau deswegen 'zuschnappen'. Trocken schluckte ich, als er seine beiden Hände auf meinen Knien ablegte und mich noch immer mit undurchdringlicher Miene musterte. Ich hasste es, wenn er mich so ansah. Nichts aus seiner Miene lesen ließ und damit spielte. Seinen Trumpf ausspielte.

»Du wirst mir jetzt sagen, was in dieser Nacht genau passiert ist, und ich verspreche dir, ich werde dich nicht bestrafen«, raunte er mit dunkler Stimme.

Irritiert über die Frage sah ich ihn im ersten Moment einfach nur an. Doch als sich dann seine Worte in meinen Verstand fraßen, schüttelte ich leicht den Kopf. Ich konnte ihm nicht von dieser Nacht erzählen, nicht nur, weil ich dann Angst vor seinem Vater und dessen Drohung oder eher Versprechen hatte, sondern weil auch genau das dafür sorgen würde, dass ich mich in dieser schrecklichen Nacht verlor und nie wieder den Weg zurückfand. Nein! Da nahm ich lieber Cams Zorn in Kauf.

Kurz verzog er fragend seine dunklen Brauen, ehe er seine Emotionen wieder sammelte.

»Das war keine Ja-oder-nein-Frage, Haley. Du erzählst mir jetzt, was da zwischen euch lief!« Seine Stimme hatte diesen drohenden Unterton angenommen, bei dem man ihm besser nicht widersprechen sollte.

Dennoch schüttelte ich erneut den Kopf, und als seine dunklen Iriden mich beinah verschlangen, wandte ich den Blick von ihm ab. Die Erinnerungen zerrten an mir und wollten sich in meinen Verstand schleichen. Ihn einnehmen und mich nicht mehr freigeben. Ich kämpfte gegen die Tränen, was mich wiederum ärgerte, dass ich wegen diesem Schwein überhaupt noch immer weinte, wenn ich an dieses schreckliche Ereignis dachte.

Ich wollte ihm nicht mehr so viel Macht geben. Schließlich hatte ich sie ihm unfreiwillig gegeben, diese eine Nacht. Mehr gönnte ich ihm nicht und dennoch brannten die Tränen in meinen Augen. Wollten raus und sich ihren Weg erbarmungslos über meine Wangen bahnen. Noch kämpfte ich, doch ich wusste, nicht mehr lange, dann hätte ich mal wieder den Kampf gegen sie und damit gegen ihn verloren.

Unerwartet packte Cam mich an meinem Kinn und riss meinen Kopf in seine Richtung. Ich war mir sicher, nun die Strafe zu bekommen, die er für mein Schweigen, das er natürlich völlig falsch deutete, für berechtigt hielt. Aber statt mich anzuschreien oder sonst etwas zu tun, hielt er mich nur an meinem Kinn gefangen und sah mir tief in die Augen. Ich weinte sonst nicht, das wusste er. Cam wusste, dass ich nicht schwach wirken wollte. Vor niemandem und erst recht nicht vor ihm. Er kannte meinen Stolz und meine Sturheit. Auch wenn sie mir in den vergangenen Jahren bei ihm oft Ärger eingebracht hatten, so hatte ich mir beides immer bewahrt. Nun hatte er mich zweimal hintereinander weinen sehen.

»Es stimmt«, raunte er dann beinah unhörbar mehr zu sich selbst und sein Griff um mein Kinn ließ etwas nach.

Erneut versuchte ich, mich von ihm abzuwenden, denn ich wollte nicht, dass er mich weinen sah. Doch Cam hielt mich weiter an meinem Kinn fest und sah mir tief in die Augen, als würde er aus ihnen lesen wollen und es auch können. Ich hasste es, wenn er das tat. Denn er konnte mich lesen. Schon immer. Auch wenn wir nicht die klassische Beziehung führten, nein, definitiv nicht klassisch, so wusste er immer, was in mir vorging, wenn es ihn denn mal interessierte oder er es sehen wollte.

»Warum hast du nichts gesagt?«, fragte er dann zu meiner Überraschung ziemlich sanft für seine Verhältnisse.

Irritiert zog ich die Brauen zusammen. Sein Verhalten verwunderte mich und warf mich auch irgendwie aus der Bahn, denn es war untypisch für ihn. Für uns.

»Weil dein Vater recht überzeugend sein kann. Deswegen«, antwortete ich ihm knapp und war erneut bemüht, meinen Tränen nicht freien Lauf zu lassen.

Cam nickte gedankenverloren, dann ließ er von mir ab, blieb jedoch vor mir in der Hocke sitzen. Sein dunkler Blick weiterhin auf mich gerichtet.

»Es tut mir leid, Haley.« Seine Stimme war so weich wie Samt. Ich erkannte sie beinah nicht als die seine, wenn er nicht direkt vor mir wäre. Erschrocken weitete ich meine Augen. Ich konnte nicht glauben, was ich dort hörte. Cam hatte sich in all den Jahren für nichts bei mir entschuldigt und nun tat er es auch noch für seinen Vater. Er glaubte mir! Ich wusste nicht, was ich sagen oder tun sollte. War außerstande, darauf zu reagieren. Ich saß einfach nur mit leicht geöffnetem Mund auf dieser schäbigen Couch und blickte ungläubig in seine unheilvollen Augen.

Nach einem weiteren langen Moment, in dem wir uns einfach nur angesehen hatten, räusperte er sich und stand auf. Baute wieder seine kalte Mauer auf und versteckte sich hinter seiner harten Maske.

»Was passiert jetzt?«, fragte ich ihn vorsichtig.

Ich konnte Cam gerade nicht einschätzen. Wusste nicht, zu was er nun fähig war, welche Emotionen durch sein Inneres tobten, die er mir zu sehen verwehrte. Noch einen Augenblick sah er auf mich herab, ehe er sich von mir abwandte und nur noch über seine Schulter sprach.

»Nichts. Du wirst gehen und ich will dich nie wiedersehen. Du hast deinen Teil erfüllt, ich halte mich an meinen.« Damit wollte er den Raum verlassen, mich hier einfach so stehen lassen. Doch ich brauchte noch ein paar Antworten und die würde ich jetzt auch von ihm bekommen. *So in der Theorie.*

»Cam, warte. Bitte sag mir, was du jetzt vorhast? Und was ist mit … Nathan?«

Leicht zog ich den Kopf ein, als ich diesen Namen in seinem Beisein aussprach. Zu Recht. Denn kaum hatte ich ihn ausgesprochen und Cam leicht am Arm gepackt davon abgehalten, zu gehen, wandte er sich in einer schnellen Bewegung zu mir um und durchbohrte mich mit seinem eiskalten Blick. Ich glaubte nun wieder, seinen Zorn zu spüren zu bekommen, doch dem war nicht so.

Cam sah mich nur nachdenklich an. Mehr tat er nicht. Wog er ab? Oder was sollte das? Er verunsicherte mich mit seinem neuen Verhalten. Da war er mal nicht unbeherrscht und dennoch wusste ich nicht, ob ich mich vor ihm fürchten sollte oder nicht.

»Du wirst nicht ohne ihn gehen, habe ich recht?«, fragte er mich und ich wusste im ersten Moment nicht, was ich sagen sollte. Ob ich überhaupt antworten sollte.

Aller Vernunft und meiner schreienden inneren Stimme, die mich sonst immer vor Dummheiten bewahrte, zum Trotz, nickte ich. Ja, er hatte recht, ich würde nicht ohne Nat gehen. Wegen mir steckte er nun so in der Scheiße. Ich würde ihn hier nicht zurücklassen und weglaufen.

Wieder erwartete ich Wut und unbeherrschtes Verhalten, bekam jedoch wieder genau das Gegenteil von ihm. Cams Hand wanderte wie schon so oft in unserer gemeinsamen Zeit an meine Kehle, er drückte jedoch nicht wie sonst zu. Unbeweglich und nicht bedrohlich ließ er seine Hand auf meinem Hals liegen. Als sein Daumen dann begann, mich leicht zu streicheln, stutzte ich. Ungläubig und verwirrt blickte ich zu ihm auf und versuchte, irgendetwas in seinem kalten Schwarz zu lesen.

Cam stand einfach nur dicht, sehr dicht, vor mir. Seine Hand auf meiner Kehle, sein Daumen, der mich leicht streichelte. So hatte er mich noch nie angesehen. Beinah sanft. Dann beugte er sich zu mir nach unten und drückte mir seine weichen Lippen zart auf meine Stirn.

»Versprich mir, hierzubleiben, bis alles vorbei ist, und ich verspreche dir, ihn gehen zu lassen«, raunte er gegen meine Stirn, ehe er sich leicht von mir entfernte, um mich wieder ansehen zu können.

Ich konnte nicht glauben, was ich da hörte. Cam war ein Mann, der sich an sein Wort hielt. Er würde mich und Nat gehen lassen, wenn alles vorbei war? Und wie sollte das hier dann enden?

»Versprich es mir, Haley!«, forderte er nun etwas hartnäckiger.

Befangen nickte ich.

»Ich verspreche es. Aber, Cam …«, doch er ließ mich nicht aussprechen.

Cam drückte mir einen zarten und kaum spürbaren Kuss auf meinen Mundwinkel auf, dann ließ er von mir ab und verließ den Raum. Die Tür zog er wieder hinter sich zu, verschloss sie allerdings nicht. Ich war keine Gefangene mehr.

Was war nur los mit ihm und was hatte er nun vor?! Er wollte Nathan nichts mehr tun? Wollte ihn und mich gehen lassen? Aber wieso und was sollte sein Verhalten gerade? Ich verstand die Welt nicht mehr und doch konnte ich nichts dagegen tun, als hierzubleiben und zu warten. Schließlich hatte ich es ihm gerade versprochen und ich sollte mich daran halten. Oder? …

KAPITEL 30

Leise stöhnend erwachte ich aus meiner Bewusstlosigkeit. Mein Schädel dröhnte und mein gesamter Oberkörper bestand aus einem einzigen Schmerz.

Leicht blinzelte ich gegen die Helligkeit an. Die Lampen in der Halle waren mir in diesem Moment einfach zu grell.

»Na, sieh mal einer an, wer da zur rechten Zeit aufwacht. Cunningham, siehst du, deinem Goldjungen geht es gut. Also kein Grund, hier etwas Dummes zu tun«, ertönte die Stimme von Winter.

Doch bei der Erwähnung meines Vaters und als ich dann noch seine tiefe und strenge Stimme wahrnahm, riss ich meine Augen auf und sah mich blinzend um. Zuerst erblickte ich Onkel Ryan, wie er mit ebenso ernster Miene wie mein Vater vor mir stand. Dann sah ich zu meinem Dad und erkannte ihn fast nicht wieder. Noch nie hatte ich ihn so ernst und wütend gesehen. Seine Miene verhärtet. Seine Körpersprache zum Fürchten und seine Fäuste geballt. Wenn er so aussah, wollte man einem Mann, wie mein Vater einer war, nicht gegenüberstehen.

»Du hattest deinen Spaß, Winter. Jetzt lass ihn gehen und wir klären das. Das hier geht nur uns beide etwas an«, entgegnete mein Vater scharf, kassierte dafür aber nur einen abfälligen Lacher von dem Alten.

»Und was macht dann dein Wachhund hier?«, fragte er und nickte dabei auf Ryan.

»Er ist nur hier, um meinen Jungen hier rauszubringen.«

Dad nickte Ryan zu. Dieser setzte sich sofort in Bewegung, zückte während des Gehens ein Messer und ging bei mir angekommen in die Hocke, um meine Beine loszuschneiden.

»Hey, Kleiner. Wir sind gleich hier raus, okay? Verhalt dich jetzt einfach nur ruhig und stell nichts Dummes an!«, ermahnte mich Onkel Ryan eindringlich.

Doch leider konnte ich nicht still sein. Daher schüttelte ich leicht den Kopf, als er dabei war, die Fesseln an meinen Handgelenken aufzuschneiden. Ryan hielt inne und sah mich irritiert an.

»Haley. Sie haben Haley«, raunte ich mit schwacher Stimme. Sprechen tat weh. Alles tat weh, aber das war egal. Ich konnte nicht ohne sie gehen und ich würde auch nicht ohne sie gehen.

»Verdammt, Nat!«, fluchte Ryan leise, dann schnitt er in einer schnellen Bewegung die Kabelbinder auf und wandte sich wieder zu den anderen um.

Zischend ließ ich die Luft aus, als der Druck auf meine Handgelenke nachließ und sich die Fesseln aus meinem Fleisch zurückzogen. Ich blutete leicht an der Stelle, doch das war meine geringste Sorge. Mit verhärteter Miene blickte ich zu ihnen auf. Aufstehen sollte ich noch unterlassen, dazu war mir noch zu schwindlig, und ich wollte ungern einfach vor versammelter Mannschaft umkippen.

Ryan ging zu meinem Vater, stellte sich dicht neben ihn und flüsterte ihm etwas zu. Ich hatte keine Ahnung, was er zu ihm sagte, und Dad ließ auch keine Regung in seiner Mimik zu, die es mir verraten könnte. Ehrlich gesagt regte sich überhaupt nichts in seinem Gesicht.

»Gut. Wenn die Kids gegangen sind, können wir weitermachen«, erklärte mein Vater dann.

Doch Winter fing nur lauthals zu lachen an, was mich gleich wieder nervös werden ließ. Denn nach seinem dämlichen Lachen konnte nichts Gutes dabei rauskommen.

»Hier geht niemand!«, teilte er uns dann noch immer lachend mit, zog aber währenddessen seine Waffe aus seinem hinteren Hosenbund, was seine Lache gleich noch viel irrer klingen ließ. Er war verrückt. Das alles konnte nur in einem Blutbad enden.

»Komm schon, Winter. Lass die Kids da raus und wir klären das nur unter uns Männern. Du gegen mich. Ein fairer Kampf. Oder traust du dich nach dem letzten Mal nicht mehr, weil du weißt, du hast keine Chance gegen mich?«, provozierte Dad ihn immer weiter und ich wusste ehrlich nicht, was das bringen sollte.

Winter war ein Psychopath. Wenn er ihn noch weiter reizte, würde er uns alle erschießen. Und das konnte mein Vater unmöglich wollen.

»Schlechte Taktik, Cunningham. Denn du hast recht. Wieso sollte ich fair kämpfen, wenn ich weiß, so verliere ich nur wieder gegen dich? Das ergibt wenig Sinn, oder? Vor allem, wenn man wie ich ein Mann ist, der so ungern verliert.« Kaum hatte er die Worte zu Ende gesprochen, hob er seine Waffe an und schoss auf meinen Dad. Ein lauter Knall, dann ruckte der Körper meines Vaters von der Wucht getroffen nach hinten. Ich hielt die Luft an, mein Herz setzte einen Schlag aus.

Er taumelte leicht, fing sich. Doch schließlich sackte er knurrend in die Knie und hielt sich seine bereits blutende Schulter.

Zum Glück hatte er ihm 'nur' in die Schulter geschossen und ein glatter Durchschuss war es auch, denn ich hörte die Kugel hinter ihm irgendwo im Boden einschlagen. Dennoch wollte ich sofort zu ihm und ihm helfen. Irgendetwas musste ich schließlich tun. Doch kaum bewegte ich mich auch nur ein wenig, wandte sich der Irre mit erhobener Waffe zu mir um und fixierte mich.

»Nathan, lass es!«, zischte mein Vater durch zusammengebissene Zähne und erhob sich schwerfällig, dabei presste er weiterhin die Hand auf seine blutende Wunde. Ryan stand dicht neben ihm und blickte ebenso wie mein Dad nur zu mir. Beide rührten sich nicht. Klar, ein Irrer bedrohte mich mit einer Waffe. Da sollte man schnelle Bewegungen vermeiden.

»Winter, lass den Scheiß! Sei ein Mann und lass uns das untereinander ausmachen. Jetzt hast du sogar noch einen Vorteil. Komm schon, jetzt wirst du dich ja wohl trauen, gegen mich anzutreten?«, stichelte Dad weiter.

Nach einem Moment nahm er tatsächlich die Waffe runter und wandte sich wieder den beiden zu.

»Du denkst, ich will dich einfach nur töten? Und dann? Dass es zu Ende wäre? Dass wir quitt wären?«, fragte er höhnisch lachend und schüttelte tadelnd den Kopf.

»Was willst du dann? Mich als deine kleine Schlampe sehen? Auf den Knien? Sag's mir«, entgegnete mein Vater noch immer durch zusammengebissene Zähne.

Winter wollte gerade etwas erwidern, da hörten wir, wie sich die große Tür im hinteren Teil der Halle öffnete und Cameron auf uns zukam. *Super! Psycho Junior hat uns jetzt noch gefehlt …*

»Wie ich sehe, ist deine Gästeliste nun vollständig, oder, Vater?«, fragte er und trat dicht neben ihn, dabei sah er erst zu meinem Vater und Ryan, dann flüchtig zu mir.

»Nicht ganz. Unseren weiblichen Gast hast du ja wegbringen lassen«, erwiderte Winter.

»Für was brauchst du sie denn? Es geht doch hier um seinen Vater, oder nicht?«, antwortete Cameron nüchtern und nickte auf meinen Dad.

»Und was ist mit ihm? Zu was ist er noch nutze?«, fragte er dann seinen Vater nach einem kurzen Augenblick des Schweigens und deutete mit seinem Kinn auf mich. Dabei verschränkte er seine Arme vor der Brust und fixierte mich mit seinem Blick.

»Stimmt. Eigentlich hat er keinen Wert mehr für uns. Du wolltest ihn ja so oder so schon die ganze Zeit loswerden. Also bitte, ich überlasse es dir, mein Junge.« Als würde der Vater seinem Sohn ein wertvolles Geschenk überreichen, sprach er hier von meinem Tod. Ich war doch wohl im falschen Film, oder?

Augenblicklich zückte Cameron seine Waffe und richtete sie auf mich.

»Hey, du kleiner Wichser, wage es ja nicht!«, brüllte mein Vater und wollte zu mir stürmen.

Winter jedoch musste nur mit den Fingern schnipsen und seine Männer packten meinen Vater rechts und links und zwangen ihn schnell und brutal in die Knie. Sie mussten ihm auf seine Wunde gedrückt haben, denn ein entsetzlicher Schrei entwich ihm. Noch ein weiterer ihrer Männer richtete nun auch seine Waffe auf Ryan. Somit hatten wir keine Chance mehr, aber so, wie es aussah, hatten wir die auch nie wirklich gehabt.

Mit emotionsloser Miene blickte ich Cameron entgegen. Ich wollte nicht sterben. Klar, wer wollte das schon? Aber ich würde bei ihm auch nicht um mein Leben betteln. Das ließ mein Stolz nicht zu, auch wenn mir mein Herz bis zum Hals schlug und ich nicht wusste, ob ich an seiner Kugel oder nicht doch vorher an einem Herzinfarkt sterben würde. Im Ernst, das konnte nicht gesund sein.

»Und ich dachte, du wärst besser als er. Aber gut, du hast es auch nötig gehabt, Haley über Jahre bei dir zu halten, statt sie selbst entscheiden zu lassen. Denn hätte sie entscheiden dürfen, wäre sie heute nicht hier und ER hätte sie nie angerührt!«, hielt ich ihm vor.

Ich konnte ihn nicht leiden und es passte mir nicht, dass er sie auch jemals nur berührt haben sollte, aber was ich ihm wirklich übelnahm, war, dass er nicht auf sie aufgepasst hatte. Sie nicht vor seinem eigenen Vater, dem Scheusal, beschützt hatte.

Seine Miene verhärtete sich, sein Kiefer fing an zu zucken und sein Finger wanderte zum Abzug.

»Ich bin besser! … Und ich weiß«, raunte er und etwas veränderte sich in seiner Mimik. Ich konnte es jedoch nicht deuten.

»Winter, ich schwöre, bringt ihr meinen Jungen um, schlachte ich hier alles ab, was sich in diesen Hallen befindet!«, grollte mein Vater im Hintergrund und so wie er sprach, kaufte ich es ihm sogar ab. Wahrscheinlich würde er in seiner Rage auch noch halbtot und von unzähligen Kugeln durchlöchert jedem Einzelnen das Genick brechen.

Da wurde es mal wieder deutlich, ich schien meinen eigenen Vater wirklich nicht zu kennen. Aber eins wusste ich: Er mochte vielleicht ein Mörder sein, doch er zeigte Reue. Bereute und wollte nie wieder zu diesem Mann werden. Für meine Mutter und später auch für mich hatte er sich geändert. *Mum!*

Meine Mutter tauchte vor meinem inneren Auge auf. Niemals würde sie das überleben, wenn uns beiden etwas passieren würde. Das konnten wir ihr nicht antun!

Eindringlich sah ich Cameron an.

»Dann sei besser«, entgegnete ich ihm voller Überzeugung, dennoch leise genug, sodass nur er mich verstand. Noch immer stand er dicht vor mir, die Waffe auf meinen Kopf gerichtet und den Finger am Abzug. Seine Miene unergründlich hart und seine Augen so schwarz und kalt, dass ich mich fragte, wie düster ein Mensch wirken konnte.

»Cam? CAM! Du hattest versprochen, ihm nichts zu tun!«, schrillte unerwartet Haleys Stimme zu uns. *Scheiße! Nicht gut!*

Er nahm den Blick von mir und sah zu ihr, als sie mit schnellen Schritten auf uns zugerannt kam, ehe er tatsächlich die Waffe runternahm. *Was ist denn jetzt los?*

»Ich sagte, bleib dort!«, knurrte er sie an und packte sie am Arm, als sie bei uns ankam.

»Was soll das hier werden, Cameron?«, herrschte sein Vater ihn von hinten an. Doch er sah nur auf sie herab und reagierte überhaupt nicht auf ihn.

»Geh!«, befahl er ihr dunkel und schob sie leicht von sich.

Wenn ich es nicht besser wüsste, würde ich behaupten, er wollte sie beschützen. War es so? Wollte Cameron Haley noch immer, nach allem, was geschehen war, beschützen? Dann glaubte er seinem Vater womöglich gar nicht und hatte begriffen, was wirklich mit Haley passiert war. Hätte er mich dann tatsächlich erschossen oder wollte er seinen Vater nur blenden? Ich hatte keine Ahnung. Ich wusste nur, dass er recht hatte, Haley musste hier weg!

»Honey, bitte geh«, entgegnete ich ruhig.

Seinen Killerblick darüber, dass ich sie mit einem Spitznamen ansprach und das vor ihm, blendete ich aus. Ich sah einfach nur sie.

Haley sah von dem einen zum anderen hin und her, dann fiel ihr Blick auf die Waffe in seiner Hand. Seufzend steckte er sie weg und nickte dann Richtung Tür. Ich verstand zwar nicht ganz, was hier vor sich ging, aber wenn es funktionierte und sie endlich ging, sollte es mir recht sein.

Sie nickte ihm leicht zu, dann wandte sie sich ab und war dabei, zu gehen. Ich war erleichtert, nur leider hielt dieses Gefühl nicht lange an, denn kaum war sie ein paar Schritte gegangen, fiel plötzlich ein weiterer Schuss und wir alle zuckten erschrocken zusammen.

»Hiergeblieben, Täubchen!«, befahl Winter, der soeben dicht neben Haley in den Boden geschossen hatte, damit sie stehen blieb.

Schockiert drehte sie sich langsam zu ihm um und blickte ihn mit immer größer werdenden Augen an.

»Vater?«, fragte Cameron vorsichtig und trat einen Schritt näher, dabei hatte er seine Waffe schon wieder unauffällig in die Hand genommen und verbarg sie hinter seinem Rücken.

»Denkst du, ich bin dumm? Mein eigener Junge hintergeht mich und du denkst, ich wüsste es nicht? Würde es nicht kommen sehen?! Ich bin schon lange im Geschäft. Sehr lange! Und du bist noch immer grün hinter den Ohren. Ich dachte, ich hätte dich besser erzogen. Anscheinend habe ich mich geirrt. Du weißt, was wir mit Leuten machen, die Verrat üben. Vor allem noch am eigenen Fleisch und Blut?«, fragte sein Vater ihn mit immer dunkler werdender Stimme.

Cameron nickte leicht.

»Strafe. Wir bestrafen sie und nehmen ihnen das, was sie am meisten lieben. Lassen sie leiden und gewinnen dadurch«, ratterte er die Worte nur so emotionslos runter, als wären sie sein tägliches Gebet gewesen.

»Hey! Du wirst doch kein Mädchen umbringen wollen? Wie ehrlos bist du Wichser eigentlich?!«, zischte Ryan im Hintergrund, doch er wurde dezent von den beiden ignoriert und von dem Gorilla ruhiggestellt, indem er ihm eins mit seiner Waffe überzog. Er war zwar nicht bewusstlos, ging aber taumelnd und vor Schmerz keuchend in die Knie.

»Dann sieh das als deine Strafe an, mein Junge!« Mit diesen Worten wanderte sein Finger erneut zum Abzug.

»Vater, nicht!«, versuchte Cameron ihn noch aufzuhalten.

»Nein!«, schrie auch ich und sprang von meinem Stuhl.

Der Schuss durchbrach unsere Stimmen. Hallte durch die große Halle und ließ die Welt für einen Moment stillstehen. Der Moment, als die Kugel ihr Ziel traf. Fleisch durchbohrte und ein Schrei ertönte. Das dumpfe Geräusch eines Körpers, der zu Boden ging und auf diesem aufschlug, holte mich wieder in die Wirklichkeit und ich realisierte, was soeben passiert war.

Als ich in Haleys weit aufgerissene Augen sah, wie sie erst zu mir, dann zu Cameron sah, der blutend auf dem Boden lag.

Er hatte sich tatsächlich zwischen sie und die Kugel geworfen. Hatte sie für Haley abgefangen. Sein Leben für sie riskiert. Ich war fassungslos und überrascht zugleich. Denn ich hatte es ihm nicht zugetraut. Hinter diesem kalten und erbarmungslosen Arschloch, das er immer zeigte und an allen rausließ, auch an ihr, steckte doch ein echter Kerl mit richtigen Gefühlen.

»Cameron!«, raunte sein Vater erstickt und war sichtlich geschockt über diesen Ausgang. *Nicht nur er …*

»Cam, was hast du nur gemacht?!«, wimmerte Haley und versuchte, ihn umzudrehen, um sich seine Wunde anzusehen.

Somit fiel ich aus meiner Starre und eilte zu ihnen, half ihr, ihn herumzuwälzen, und sah, dass er genau in die Brust getroffen worden war. *Fuck!*

Cameron röchelte und hustete einen Schwall Blut. Ohne darüber nachzudenken, drückte ich meine beiden Hände auf seine Wunde und versuchte die Blutung somit zu stoppen oder wenigstens zu mindern. Auch wenn ich wenig Hoffnung sah, bei der Menge an Blut, die bereits aus seiner Brust getreten war. Der Boden um ihn herum schimmerte bereits rot, sein Shirt und nun meine Hände ebenso.

Er wollte meine Hände von sich schieben, aber natürlich ließ ich das nicht zu.

»Stell deinen Stolz aus und lass mich dir jetzt helfen!«, wies ich ihn zurecht und übte weiter Druck auf seine Wunde aus.

»Sei kein Idiot. Da gibt es nicht mehr viel zu helfen«, hustete er mehr, als dass er wirklich sprach, und versuchte erneut, meine Hände von sich zu schieben.

Unerwartet ertönte im Hintergrund lautes Stimmengewirr, was mich meine nächsten Worte verschlucken ließ, und ich wandte mich zu den Geräuschen um. Ich sah dabei zu, wie mein Vater sich aus dem Griff der beiden Männer befreite. Den einen schlug er bewusstlos, dann nahm er sich den anderen vor. Wie ein tollwütiger Bär schlug er wild und doch gekonnt um sich und riss alles, was in seiner Nähe stand, nieder. Die beiden Männer, die ihn gefangen gehalten hatten, sowie den, der Ryan zu Boden geschlagen hatte.

Nach wenigen Sekunden lagen drei bewusstlose Kerle zu seinen und Ryans Füßen. Keuchend und verschwitzt hielt sich mein Vater wieder seine verletzte Schulter. Die Aktion musste ihm große Schmerzen bereitet haben.

»Sieh dir an, wohin dein Zorn und deine sinnlose Rache dich gebracht haben! Dein Ältester liegt im Sterben, weil du nicht vergessen kannst! Ich hoffe, das war's wert, Winter. Und jetzt vergisst du das Gesicht der beiden und lässt uns gehen, sonst liegst du gleich neben deinem Jungen, was mir nur recht wäre!«, drohte Dad ihm mit dunkler Stimme.

Noch immer drückte ich die Wunde ab. Cameron kämpfte immer wieder mit seinem Bewusstsein. Haley redete dabei beruhigend auf ihn ein. Versprach ihm, dass alles gut werden würde, und sagte, dass es ihr leidtäte. Ich wusste zwar nicht, wofür sie sich bei ihm entschuldigte, aber gut, das war nicht meine Sache. Es war nicht leicht für sie, das wusste ich. Auch wenn er ein Arsch ihr gegenüber gewesen war, so war er es nicht immer, wie sie mir erzählt hatte. Ich war mir sicher, dass sie ihn auf irgendeine Art und Weise liebte. Er sie jedenfalls ganz offensichtlich, sonst hätte er sie wohl kaum gerettet. Und dennoch war ich der Kerl, der seine Wunde abdrückte. *Verrückt. Aber was ist schon einfach im Leben? …*

KAPITEL 31

Haley

Ich konnte die Tränen nicht zurückhalten und zum ersten Mal wollte ich das auch nicht. Denn sie waren nicht aus Angst oder Schmerz. Sie entstanden aus Sorge und Verzweiflung. Ich wollte nicht, dass Cameron starb. Vor allem nicht so. Nicht meinetwegen, wo ich mich doch für Nathan entschieden hatte und er mich auch noch gehen ließ. Ich war frei. Cam hatte mir meine Freiheit geschenkt und wollte, dass ich glücklich wurde. Mit Nathan. Und dann warf er sich vor mich? Fing die Kugel seines Vaters für mich ab? Um was? Für mich zu sterben?! Das ging doch nicht! Das konnte nur ein schlechter Witz sein! Ein Albtraum! *Gott, bitte lass mich aufwachen!*

Tränen, sie überschwemmten mein Gesicht und tropften auf seinem blutigen Shirt nieder. Dort war so viel Blut. Alles war rot.

»Er muss ins Krankenhaus, Nat!«, wisperte ich erstickt und hielt noch immer Cams Hand. Ich musste ihm doch Kraft spenden und für ihn da sein.

Nathan nickte und blickte sich zu seinem Vater um. Ob uns dieses Scheusal, das seinen eigenen Sohn erschossen hatte, so einfach gehen lassen würde? Nat dachte wohl dasselbe, denn er sah gedankenverloren zwischen Cam und ihren Vätern hin und her. Überlegte wohl, was nun zu tun war, ohne alles nur noch schlimmer zu machen.

»Was zum Teufel?!«, ertönte plötzlich die fassungslose Stimme von Jack, Cams kleinem Bruder.

Mein Kopf ruckte in seine Richtung und sah in seine weitaufgerissenen und entsetzten Augen, als er seinen Bruder blutend auf dem Boden sah.

»Jack«, raunte Nat leise und man hörte ihm sein Bedauern an, dabei schüttelte er leicht den Kopf, was mich gleich wieder nervös werden ließ. Aber eigentlich wusste ich es selbst. Cameron konnte diese Schussverletzung unmöglich überleben.

»Vater, was zum Teufel hast du getan?«, fragte Jack erstickt und die ersten Tränen rannen seine Wange hinab.

Ich wollte ihn so gern trösten. Ihm versichern, alles würde gut werden. Doch das konnte ich nicht.

Sein Vater wandte sich langsam zu ihm um. Denn er hatte nach wie vor Nathans Dad fixiert. Doch als er die Stimme seines Jüngsten gehört hatte, war er verstummt. Ich sah Schock und Wut in seinem Blick, aber kein Bedauern. Keine Reue. Keine Trauer. Nichts. Nur Zorn. Wie konnte ein Mensch so hasserfüllt sein? So böse? Ich verstand es wirklich nicht.

»Jack, raus hier! Ich klär das«, befahl sein Vater ihm kalt.

Mir klappte die Kinnlade runter und auch Jacks Gesichtsausdruck fiel vollkommen in sich zusammen.

»Mein Bruder liegt im Sterben und du sagst, ich soll gehen und du würdest es klären? Was zum Teufel willst du hier denn bitte noch klären?! MEIN BRUDER STIRBT!« Er atmete tief durch, war verständlicherweise außer sich … »Was ist hier passiert?«, setzte er leiser nach.

Doch sein Vater antwortete ihm nicht. Stattdessen füllte sich sein Blick nur immer mehr mit Hass. Als würde er gleich wie eine Bombe explodieren und uns alle mit sich in den Abgrund reißen.

»Nat?«, fragte Jack dann an ihn gewandt und sah ihn mit glasigen Augen an.

Mir zerriss es bei diesem Anblick beinah das Herz. Auch wenn ich nie wirklich großartigen Kontakt zu ihm gehabt hatte, weil Cam es nicht wollte, so mochte ich ihn und ich wollte ihn nicht leiden sehen. Jack war einer von den Guten und er hatte das hier einfach nicht verdient.

»Nathan!«, mahnte sein Vater ihn überraschend von hinten. Als wollte er nicht, dass Nat Jack aufklärte. Aber er musste doch aufgeklärt werden!

Irritiert sah er zu seinem Vater, dann runter zu Cam, der nun bewusstlos war. Ich hoffte zumindest, dass er nur sein Bewusstsein verloren hatte. Traute mich allerdings auch nicht, es zu überprüfen.

Wieder fiel der Blick auf seinen Vater, ehe er leicht den Kopf schüttelte und wieder zu Jack sah.

»Jack, dein Bruder wird es nicht schaffen. Und wenn du wissen willst, warum er verwundet wurde, solltest du deinen Vater fragen.« Damit nahm Nathan seine beiden Hände von Camerons Brust und hörte auf, die Blutung zu mindern, denn stoppen konnte er sie nicht mehr. Die Kugel hatte zu viel in seinem Inneren verletzt, das Blut rann nur so aus seiner Wunde und tränkte um uns herum alles noch mehr mit der dunkelroten Flüssigkeit.

Jack schüttelte immer und immer wieder fassungslos den Kopf. Konnte nicht glauben, was hier gerade passierte. Ich konnte ihn gut verstehen, denn ich konnte es ebenso wenig. Hielt es für surreal oder einen Albtraum. Denn anders konnte ich mir all das hier nicht erklären.

»Du kleiner Wichser! Das ist alles eure Schuld! Von dir, deinem Vater und der kleinen Hure dort! Ihr seid schuld, dass mein Ältester tot ist!«, brüllte Jacks Vater dann wütend und richtete wieder die Waffe auf Nathan, dann auf mich.

Nat drehte sich so, dass er mich vollkommen abschirmte. Ich saß noch immer neben Cam und hielt seine Hand. Die Hand eines Leichnams, denn inzwischen war ich mir sicher, er würde nicht mehr leben. Es fühlte sich jedenfalls so an. Ich bildete mir ein, er würde bereits kalt werden. Was Schwachsinn war, und dennoch fühlte es sich für mich so an. Bei dem Gedanken begann ich zu frösteln.

Dann sah ich es, es passierte wie in Zeitlupe, wie sein Finger den Abzug betätigen wollte. Ganz langsam und als hätte jemand die Zeit einfach eingefroren. Ein Schuss ertönte und ich kniff panisch die Augen zusammen. Als würde es den Schmerz mindern, wenn ich die Kugel nicht auf mich zurasen sah.

Stille.

Ein quälend langer Moment, in dem alles um uns herum still war und dann ein dumpfer Aufschlag. Gepolter. Wieder Stille. Und noch immer kein brennender Schmerz, der mich durchzuckte. Oder war es der Schock, der mich im ersten Moment nichts spüren ließ?

Langsam öffnete ich meine Augen und versuchte, die Szenerie, die sich vor mir abgespielt hatte, zusammenzusetzen. Denn ich konnte nicht glauben, was ich sah.

Ich sah zu Jack, der nun dichter bei uns stand und eine Waffe in der Hand hielt. Kurz überlegte ich, woher zum Teufel er eine Pistole hatte, doch dann erkannte ich sie wieder. Es war Camerons Waffe. Er musste sie wohl bei dem Manöver, mich zu retten, verloren haben. Denn kurz zuvor hatte er sie noch in der Hand gehabt.

Mein Blick schweifte zu seinem Vater. Dann wurde mir alles klar und ich keuchte erschrocken auf, als ich das volle Ausmaß verstand. Jack hatte seinen eigenen Vater erschossen, weil dieser uns erschießen wollte.

Er hatte also heute nicht nur seinen großen Bruder, sondern auch seinen Vater verloren und das nur, weil dieser blind vor Wut, Hass und Rache war. Jack tat mir schrecklich leid und am liebsten hätte ich ihn nun in den Arm genommen, doch für Gefühlsduselei war keine Zeit. Zumindest nicht, wenn es nach Nathans Vater ging.

»Wir müssen hier weg!«, befahl dieser rau, half seinem Freund auf und kam auf uns zu, damit wir mit ihnen gingen.

Nat erhob sich und hielt mir die Hand entgegen. Mein Blick glitt zu Cam, dessen Finger ich noch immer umklammerte. Der Gedanke daran, dass ich ihn nun das letzte Mal gesehen haben sollte, er nie wiederkommen würde, zerriss mich beinah. Wie musste sich Jack jetzt fühlen?

Mein Blick wanderte zu ihm und er stand noch immer wie zuvor an Ort und Stelle, weiterhin mit erhobener Waffe und weit aufgerissenen Augen. Er stand ganz offensichtlich unter Schock.

»Komm, Honey!«, befahl mir Nat sanft und nahm meine andere Hand.

Ich schüttelte jedoch den Kopf und sah wieder zu Cameron.

»Was ist mit ihm? Wir können ihn nicht hierlassen!«, hielt ich dagegen.

Ja, Cam hatte ein Arschloch sein können, ein großes. Er hatte mich bei sich behalten. Mir meine Freiheit genommen, mich für sich arbeiten lassen und vieles mehr, dennoch hatte er auch eine gute Seite in sich gehabt. Nicht all unsere gemeinsame Zeit war schlecht gewesen. Wir konnten ihn doch nicht einfach hierlassen, als wäre er nichts wert. *Das geht nicht!*

»Nathan, wir müssen hier weg, jetzt! Zwei Leichen, eine riesige Drogenhalle! Bewusstlose Männer. Das sieht nicht gut aus, wenn uns jemand erwischt. Also los!«, drängte Nats Vater uns und schenkte auch mir einen mahnenden Blick.

Und er hatte auch nicht unrecht mit dem, was er sagte. Dennoch konnte ich ihn hier nicht einfach liegen lassen. Außerdem mussten wir uns um Jack kümmern. Er würde jede Minute zusammenbrechen. Wir konnten ihn jetzt nicht allein lassen.

Ich suchte Nathans Blick, dann sah ich zu Jack und wieder zu ihm. Er sollte verstehen, dass es hier nicht nur um uns ging. Sein Blick wurde nachdenklich, dann ernst und am Ende seufzte er laut auf und warf seinen Kopf in den Nacken, blickte einen Augenblick zur Zimmerdecke, ehe er sich seinem Vater zuwandte.

»Wir können hier nicht einfach verschwinden und so tun, als würde uns das alles nichts angehen. Jack hat gerade seine ganze Familie verloren. Er hält keinem Verhör stand und wandert in den Knast, warum? Weil er mir und ihr das Leben gerettet hat. Dad, du hast mich nicht zu einem Feigling erzogen. Ich werde nicht weglaufen und ich werde meinen Freund nicht sich selbst überlassen! Aber du hast recht, ihr zwei solltet gehen. Vor allem du, mit deinem … du weißt schon«, erklärte Nat ihm ruhig, jedoch bestimmt.

Sein Vater sah ihn im ersten Moment einfach nur an, dann zu seinem Freund, ehe dieser mit verhärteter Miene den Kopf schüttelte.

»Es ist dein Sohn, sieh mich nicht so an. Außerdem, als hättest du anders reagiert. Also los, lass uns nach einer schnellen und plausiblen Lösung suchen und dann verschwinden«, mischte sich nun sein Freund ein und klopfte ihm schmunzelnd auf den Rücken.

Sie schienen sich schon sehr lange zu kennen. Ich glaubte, mich zu erinnern, dass Nat ihn *Onkel Ryan* nannte, doch Brüder waren die beiden sicher nicht.

Nat blickte seinem Vater flehend entgegen und dieser schien

tatsächlich zu überlegen und nach einer Lösung zu suchen. Ich sah mich nach Jack um, der noch immer wie eine Statue unbeweglich an Ort und Stelle stand. Seine Augen starr. Nur seine Hände begannen allmählich zu zittern.

Ich sah noch einmal auf Cam herab, dann ließ ich seine Hand los und legte sie behutsam auf seine Brust. Ich wollte mich bereits erheben, hielt jedoch noch einmal in der Bewegung inne und sah erneut auf ihn herab. *Er hat mich gerettet …*

Langsam beugte ich mich zu Cam nach unten und drückte ihm einen vorsichtigen Kuss auf seine Stirn, verabschiedete mich somit endgültig von ihm, ehe ich aufstand und zu Jack ging. Das viele Blut an meinen Händen und Klamotten blendete ich einfach aus. Es reichte, wenn einer von uns hier einen Nervenzusammenbruch hatte, da brauchte ich nicht auch noch einen bekommen.

Langsam und vorsichtig ging ich auf Jack zu. Dabei stellte ich mich seitlich von ihm, um nicht unbedingt direkt vor dem Lauf zu stehen. Sanft legte ich meine Hand auf seine und drückte sie leicht nach unten, damit er endlich die Waffe sinken ließ.

»Schon gut, Jack«, redete ich ruhig auf ihn ein und nahm ihm anschließend die Waffe aus der Hand und sicherte sie.

Es schien, als würde er mich gar nicht bemerken, als wäre er noch immer in einer Art Schockzustand. *Wie kann ich ihm nur helfen?*

Vorsichtig legte ich die Waffe auf den Boden und schob sie mit einem sanften Tritt weit von uns, ehe ich mich dicht vor ihn stellte und sein Gesicht sanft zwischen meine Hände nahm.

»Jack«, flüsterte ich und sah ihm dabei tief in die Augen.

»Ich hab ihn umgebracht!«, raunte er so leise und schwach, dass ich ihn kaum verstand.

»Du hast uns gerettet, Jack!«, hielt ich dagegen und zog sein Gesicht noch etwas tiefer zu meinem.

»Jack, du musst jetzt wieder zu dir kommen. Wir müssen hier weg!«, versuchte ich ihn auf das Kommende vorzubereiten.

Sofort, als mein Gesagtes bei ihm ankam, entriss er mir sein Gesicht und machte einen Schritt zurück. Dann erst sah er sich um und schien das volle Ausmaß seiner Tat und der heutigen Geschehnisse zu begreifen.

Heftig begann er immer und immer wieder mit dem Kopf zu schütteln, ehe er sich unerwartet und vor allem ziemlich kräftig vermehrt mit der flachen Hand gegen seinen Kopf schlug.

»Jack! JACK! Hör auf damit!«, rief ich verzweifelt.

Völlig überfordert blickte ich mich zu den anderen um. Ich wusste nicht, was ich nun tun sollte. Sofort, als sie es bemerkten, setzten sich alle drei in Bewegung. Nathans Dad war am schnellsten bei ihm und packte bestimmt seine beiden Hände, hielt sie mit einer gefangen, dann griff er in seinen Nacken und zog ihn dicht zu sich heran.

»Beruhig dich!« Seine raue Stimme war beinah samten und wirkte selbst auf mich beruhigend. Erstaunlich, wenn man bedachte, was für ein Tier dieser Mann war.

Doch Jack hatte wohl nicht vor, sich zu beruhigen, denn er versuchte, sich gegen ihn zu wehren, und begann unverständliche Flüche auszusprechen. Ich wusste nicht einmal, ob er ihn oder einfach die Situation beschimpfte.

Nathans Dad hatte jedoch keine Schwierigkeiten, ihn zu bändigen und hielt ihn weiterhin und in aller Seelenruhe fest.

»Ich weiß, es tut weh! Lass den Schmerz zu und unterdrücke ihn nicht. Du wirst im ersten Moment ertrinken. Er wird dich übermannen, aber dann, dann atmest du und es wird leichter. Versprochen. Jetzt atme.«

Nach seinen Worten begann Jack sich tatsächlich zu beruhigen und anschließend, wie er sagte, tief ein- und auszuatmen. Immer und immer wieder sog er die Luft in die Lunge und stieß sie wieder heraus. Dabei sah er nur Nathans Vater an, und man merkte es ihm an, es half.

»Geht's wieder?«, fragte er ihn ruhig und lockerte allmählich seinen Griff. Jack nickte schwach, hielt aber noch immer den Blickkontakt bei.

»Gut. Denn du musst mir jetzt genau zuhören und eine wichtige Entscheidung treffen«, erklärte er Jack und ließ von ihm ab, blieb jedoch dicht vor ihm stehen.

Ich hatte keine Ahnung, was nun kommen würde, und wartete gespannt. Erneut nickte Jack schwach und fuhr sich anschließend durch sein wirres Haar.

»Du musst dich jetzt entscheiden, was du mit dem Imperium deines Vaters machen möchtest. Willst du es weiterführen? Dann brauchst du aber eine gute Ausrede und Erklärung für zwei Leichen. Oder … willst du alle Beweise beseitigen und dem Ganzen ein Ende setzen?«, offenbarte Nathans Vater Jack seine zwei Optionen.

»Ein Ende setzen? Wie soll ich dem hier denn bitte ein Ende setzen? Mein Vater und Bruder sind tot. Das kann man nicht mal eben vertuschen, geschweige denn, dass ich das überhaupt will!«, hielt er dagegen, nahm Abstand von ihm und begann auf und ab zu tigern.

»Ganz einfach. Ein schrecklicher Brand. Alle sterben. Keine Beweise. Erledigt«, erklärte Nats Vater vollkommen nüchtern.

»Blake!«, schimpfte sein Freund mit ihm und trat dichter an die beiden heran.

»Was der Gefühlskrüppel sagen wollte: Wenn du mit all dem Scheiß hier, den Drogen, dem Tod, der Erpressung, nichts mehr zu schaffen haben willst und dem auf dich zukommenden Verhör, das sicher kein Zuckerschlecken werden wird, entgehen willst, dann wäre das die beste Lösung. Es wäre eine Erklärung, würde die Spuren verwischen und keiner von uns, einschließlich dir, hätte Probleme. Und ja, ich weiß, dass das eine schwere Entscheidung ist. Du solltest sie auch nicht treffen müssen. Nicht in deinem Alter und eigentlich niemals, doch nun ist es, wie es ist, und du musst dich entscheiden.«

Aufmunternd nickte er Jack zu und legte eine Hand auf seine Schulter, um ihm Mut zu machen.

Auch ich und Nat nickten ihm zu. Es war nun mal die beste Lösung und wohl der einzige Weg. Jack sah zu uns, dann wieder zu den beiden, ehe auch er leicht nickte und damit einwilligte. Ich konnte nicht anders, ich musste ihn nun umarmen und festhalten. Fest drückte ich ihn an mich und versuchte, ihm somit etwas Trost und Kraft zu spenden. Denn für das Nächste würde er beides brauchen.

»Ihr solltet euch verabschieden, denn ich denke, wir müssen hier gleich verschwinden«, ertönte Nats Stimme dicht neben uns.

Wir lösten uns aus unserer Umarmung, dann nickten wir ihm beide zu. Jack ging zu dem Leichnam seines Bruders. Ich allerdings blieb an Ort und Stelle stehen. Abschiede und ich, das passte nicht so ganz zusammen. Außerdem gehörte dieser Moment nur Jack, schließlich hatte er heute seine gesamte Familie verloren. Hierbei ging es um ihn und seinen Verlust, nicht meinen.

»Geht es dir gut?«, fragte mich Nathan vorsichtig und ich spürte seine Hand an meinem Rücken. Seine Finger, wie sie mich sanft streichelten.

Mein Nicken ging in ein Kopfschütteln über. Nein, mir ging es nicht gut, aber wir hatten jetzt auch keine Zeit, damit ich diesen verstörenden Tag verarbeiten konnte. Denn die beiden Männer waren schon dabei, das Feuer zu legen. Sie gingen zu den Tischen mit den Drogen, dort legten sie das erste Feuer, das zweite im hinteren Teil, indem sie eine Tischgarnitur anzündeten, und der dritte und letzte Punkt sollten die beiden Leichen werden.

Nat und ich schafften Jack hier raus, damit er nicht mitansehen musste, wie die beiden verbrannten. Das wäre grausam und diese Bilder würden ihn auf ewig verfolgen. Das musste wirklich nicht sein.

Wenig später standen wir alle fünf draußen und sahen, wie sich das Feuer schnell in der riesigen Lagerhalle ausbreitete. Die vielen Chemikalien für die Drogen dienten wohl perfekt als Brandbeschleuniger. Schnell brannte die gesamte Halle und es war Zeit für uns, zu gehen, bevor die Polizei und die Feuerwehr eintreffen würden.

KAPITEL 32

Knapp eine Woche war nun vergangen und die Bullen hatten das Drama mit dem Feuer tatsächlich geschluckt. Jack musste all ihre Fragen plausibel beantwortet haben, so wie mein Dad es noch mit ihm geübt hatte, nur für den Fall, hatte er gesagt und recht behalten.

Mein Dad und ich mussten wegen unserer Verletzungen zu einem alten Bekannten von ihm, da er eine Schusswunde hatte und diese immer gemeldet werden mussten und ich auch ganz klar mehr nach einem Verbrechen aussah als nach einem In-der-Dusche-ausgerutscht-Unfall.

Mum hatte natürlich getobt und um Erklärung verlangt. Dad gab sie ihr nicht, zumindest keine vollständige. Ich ließ das die beiden untereinander klären, Dad wusste schon, wie er Mum wieder besänftigen konnte, und da er so oder so nicht sonderlich gut auf mich zu sprechen war und ich nicht wusste, wie ich nun nach all dem mit ihm umgehen sollte, war es mir nur recht, wenn ich ihm etwas aus dem Weg gehen konnte.

Wie es Jack ging, wusste ich nicht so genau. Er schottete sich etwas ab. Nicht nur vor mir oder Nick, sondern auch vor Haley. Keiner kam an ihn heran. Wir hofften einfach, dass er sich irgendwann wieder fangen und uns an sich heranlassen würde.

Wir wären für ihn da. Egal, wann er uns brauchte.

Onkel Ryan hatte sich an sein Versprechen, sich um das Problem von Nick zu kümmern, gehalten. Er kam wieder aus dem Knast frei und das sogar mit einer sauberen Weste. Wie Ryan es sagte, kannte mein Vater jemanden, der ihm oder besser gesagt meinem Großvater noch einen Gefallen schuldete, und diesen nun durch die Freilassung von Nick einforderte.

Doch die Aussprache mit meinem Vater blieb nach wie vor aus. Wir hatten uns die vergangenen Tage, seit dem 'Arztbesuch', nicht mehr gesehen und nur über Ryan kommuniziert. Ich wusste auch nicht so ganz, wie ich auf ihn zugehen sollte. Es war viel passiert. Doch da ich irgendwann mal wieder arbeiten musste, konnte ich ihm wohl nicht ewig aus dem Weg gehen. Meine Wunden waren auch beinah wieder verheilt und somit sah ich wieder tageslichttauglich aus.

»Willst du wirklich schon wieder arbeiten gehen?«, fragte mich Haley besorgt in meinen Rücken, als ich vor meinem Schrank stand, um mich anzuziehen.

Leicht blickte ich über meine Schulter, ließ ungeniert mein Handtuch fallen und zog mich an.

»Mir geht es gut, Honey«, beruhigte ich sie und ging, als ich vollständig bekleidet war, auf sie zu.

Haley wohnte vorübergehend bei uns, zumindest betonte sie immer und immer wieder, es sei nur vorübergehend. Wenn es nach mir ging, könnte sie auch bei mir bleiben. Nach all dem Drama und der Sache mit Cam wollte ich sie gar nicht mehr gehen lassen. Wollte, dass sie bei mir blieb. Das Leben war einfach zu kurz, das hatte diese Nacht bewiesen.

Wie es ihr mit seinem Tod ging? Ich wusste es ehrlich gesagt nicht so genau. Das Thema war tabu. Aber da sie sich nicht Nacht für Nacht die Augen ausweinte oder bedrückt wirkte, würde ich behaupten, sie verarbeitete es auf ihre Art und Weise und es ging ihr den Umständen entsprechend gut.

Wir hatten uns auch über die vergangenen Wochen ausgesprochen. Hatten über alles gesprochen, was passiert war. Das war wichtig. Das hatten wir gebraucht. Haley hatte sich bei mir entschuldigt und ich ihr natürlich verziehen. Natürlich war es scheiße, dass sie mich damals verarscht hatte, und doch konnte ich sie im Nachhinein verstehen.

»Ich kann Ryan nicht noch länger allein lassen. Mein Dad wird wohl dank der Strenge meiner Mutter noch etwas länger ausfallen und ich bin mir ziemlich sicher, er tut gerade alles, um sie zu besänftigen.« Leicht schmunzelnd schüttelte ich den Kopf. Dieser Bär von Mann ließ sich etwas von meiner Mutter sagen. Ehrte und schätzte sie.

»Ich könnte dir doch helfen?«, bot sie mir lächelnd an und schlang ihre Arme um meinen Nacken. Dabei stellte sie sich leicht auf die Zehenspitzen und drückte mir einen sanften Kuss auf den Mundwinkel.

Schmunzelnd drückte auch ich ihr einen kleinen Kuss auf, ehe ich mich von ihr löste, um zu gehen. Ich war eigentlich schon wieder zu spät dran.

»Du kannst gern mitkommen, aber ich bin mir sicher, du wirst dich mehr langweilen als alles andere. Ryan mag es nicht, wenn jemand ihm in seine Bar reinredet.«

Ich hatte ihr noch immer nichts von Ryan und ihrer Mutter gesagt, denn er hatte mich darum gebeten, dass er das machen wollte. Doch zuerst wollte er ihr noch etwas Zeit geben, um all das zu verarbeiten. War wohl auch besser so, dennoch hasste ich es, sie anzulügen.

Traurig nickte sie, dann ließ sie mich gehen. Grinsend gab ich ihr noch einen letzten Kuss, ehe ich tatsächlich endlich die

Wohnung verließ. Nick und Haley verstanden sich nun auch endlich. Zumindest musste ich mir keine Sorgen mehr machen, dass er sie gewaltsam aus der Wohnung schmiss oder sie sich gegenseitig die Köpfe einschlugen. Ich sagte ja, die Nacht hatte uns alle verändert. Selbst Nick, der nicht einmal anwesend gewesen war. Doch die Erzählung reichte ihm und die Erfahrung im Knast wohl auch.

* * *

»Du bist spät dran«, war die Begrüßung von Ryan, als ich die Kneipe betrat.

»Entschuldige«, nuschelte ich und ging nach hinten, um mich umzuziehen. Er rief mir noch hinterher, das Lager aufzuräumen. Also machte ich mich gleich an die Arbeit. Das war auch bitternötig, denn hier sah es mal wieder schlimm aus.

Nach knapp einer Stunde, in der ich von dem vielen Schleppen nur so schwitzte, ging unerwartet die Tür hinter mir auf. Ich wandte mich schwer atmend um und sah, wie mein Vater das Lager betrat. Im ersten Moment wusste ich nicht so recht mit ihm umzugehen oder was ich sagen sollte. Doch er nahm es mir schnell ab, indem er mir ein kaltes Bier reichte und einen großzügigen Schluck aus seiner eigenen Flasche nahm.

Er setzte sich auf einen Kasten Bier und nickte nach einem Augenblick auf einen ihm gegenüber, damit ich mich ebenfalls setzte. Er war wohl nun so weit, mit mir über die vergangenen Tage zu sprechen. Oder ich hatte wieder etwas Neues angestellt, von dem ich noch nichts wusste. *Ich werde es ja gleich erfahren …*

»Wie geht es Haley?«, war das Erste, was er mich nach so langer Zeit fragte. Doch zuvor hatte er mein Gesicht genauestens unter die Lupe genommen. Und da ich heute hier war, wusste er, es ging mir besser. Ich rechnete es ihm hoch an, dass er sich nach Haley erkundigte. Er wusste, sie war mir wichtig. Sehr sogar.

»Ich denke, es geht ihr den Umständen entsprechend ganz gut. Sie redet nicht sonderlich gern über ihr Befinden, musst du wissen.«

Er schmunzelte leicht bei meiner Anmerkung. Denn er war genauso. Dann nickte er und trank noch einen Schluck von seinem Bier. Ich tat es ihm gleich. Das kühle Getränk tat nach der harten Arbeit gut und es lenkte etwas von der bedrückenden Atmosphäre hier drin ab.

»Hör zu, Nat, ich bin nach wie vor dagegen, dir meine Vergangenheit offenzulegen. Das hat seine Gründe. Aber ich sehe es ein, dass es auch nicht der richtige Weg war, dich vollkommen im Dunkeln zu lassen. Also wenn du etwas wissen möchtest, dann werde ich dir hier und jetzt ehrlich antworten, okay?«, bot er mir an und ich war im ersten Moment tatsächlich sprachlos.

Seit ich denken konnte, machte mein Vater ein Geheimnis um sein früheres Leben und nun wollte er mir auf alles antworten, obwohl er nach wie vor dagegen war? Ich war ehrlich erstaunt und rechnete es ihm gleichzeitig hoch an. Doch was sollte ich nur zuerst fragen?

»Warum hast du den Brief so lange aufbewahrt, wenn du der Meinung bist, es seien alles nur Lügen?«, tastete ich mich langsam ran. Ich wollte ihn nicht gleich überfallen.

Dad verzog abschätzig die Brauen. Ihm passte meine Frage nicht, aber da er ein Mann war, der sich immer an sein Wort hielt, würde er mir ehrlich antworten, das wusste ich.

»Evy war der Teufel in weiblicher Gestalt. Sie hat schrecklich gerne Spielchen gespielt und die Menschen damit manipuliert. Ich weiß, dass ich nicht der Vater ihres Kindes bin. Aber ein Teil in mir hatte gewusst oder geahnt, dass ich den Namen und die

Informationen in dem Brief irgendwann mal benötigen werden würde. Ich hätte nur nicht damit gerechnet, dass ich sie für meinen besten Freund brauche«, setzte er etwas angepisst nach und nahm erneut einen großzügigen Schluck.

Ryan hatte ihm wohl alles gebeichtet und da er unversehrt hier hinter der Bar stand, hatte mein Vater ihm wohl auch verziehen. Dennoch wirkte er gerade ziemlich angepisst.

»Du nimmst es ihm noch immer übel, nach so vielen Jahren?«, hinterfragte ich vorsichtig.

Sein ernster Blick traf mich, ehe er seufzte und kopfschüttelnd zur Zimmerdecke blickte.

»Nein. Damals ja. Damals hat mich nur der Gedanke, er könnte sie berührt haben, verrückt werden lassen. Jetzt geht es mir so mit deiner Mutter. Nur macht deine Mutter einen besseren Menschen aus mir. Ich will nichts mehr auf der Welt, als ihr und ihrer unglaublichen Güte gerecht zu werden. Evy war das genaue Gegenteil. Sie hat gewaltsam das Schlimmste aus mir herausgeholt. Mit meinem Temperament gespielt, es für sich genutzt. Ich kann und werde ihr aber nicht die Schuld an meinen schrecklichen und unverzeihlichen Taten geben, denn das wäre feige und nicht wahr. Ich bin ein eigenständiger Mensch, der immer die Wahl hatte. Ich hatte mich grundsätzlich immer für den falschen Weg entschieden. Zum einen, weil man es mir nicht besser beigebracht hatte, zum anderen, weil ich nicht der Gute sein wollte. Ich war der Meinung, es gäbe nichts Gutes in mir. Außerdem war es leichter, sich ihr hinzugeben, als gegen sie zu kämpfen.«

Er hatte seine gesamte Rede über nach oben zur Decke gewandt gesprochen und auch jetzt vermied er es, mich anzusehen.

»Winter sagte, du seist ein Mörder.« Ich sprach es leise aus und doch musste ich es sagen. Mussten wir darüber sprechen.

Langsam senkte er seinen Kopf wieder und sah mich mit harter Miene an. Seine Kieferknochen arbeiteten. Er übte sich in Beherrschung und überlegte wohl, was oder ob er mir antworten sollte.

»Ja, das bin ich. Du wirst aber keine Details hören. Es reicht, wenn du weißt, dass nicht alle aus Notwehr entstanden sind und ich bis auf einen jeden Einzelnen bereue.«

Irritiert verzog ich die Brauen. Er bereute einen Mord nicht? Ich verstand es nicht ganz. Mein Vater sah es mir an und seufzte sogleich ergeben auf.

»Den Mord, für den ich in den Knast gewandert bin. Es war gut für mich und hat mich verändert, mich zu deiner Mutter gebracht. Und zu dem Mann gemacht, der ich heute bin. Wenn ich könnte, würde ich die Sache vielleicht anders lösen, aber in dieser Situation hieß es: der Kerl oder mein bester Freund. Und ich werde mich immer für die Menschen entscheiden, die ich liebe. Auch wenn es der falsche Weg ist. Das ist auch keine Entschuldigung, Schlechtes zu tun. Und du wirst nichts davon auch nur im Entferntesten nachmachen, sonst prügle ich die Scheiße aus dir heraus. Aber ich bin, wie ich bin, und daran wird sich auch nichts ändern«, erklärte er mir ruhig und doch bestimmt.

Ich nickte, denn ich verstand ihn und war ihm dankbar, dass er mir endlich mehr von sich erzählte, damit ich meinen Dad nun endlich auch besser verstehen konnte.

Manchmal kam er mir wie ein Fremder vor, obwohl er alles für mich tat, immer für mich da war, und dennoch war dort immer eine unsichtbare Mauer zwischen uns. Diese hatte er soeben eingerissen und ich war ihm dankbar dafür. Deshalb beschloss ich, nicht weiter und nie wieder seine Taten zu hinterfragen. Es fiel ihm schwer und außerdem war er nicht mehr dieser Mann von früher. Er bereute und wollte nie wieder so sein. Mein Dad war kein schlechter Mensch, aber das wusste ich auch schon vorher. Ich senkte meinen Blick und spielte an dem Etikett meiner Flasche herum.

»Hast du mit Jack gesprochen?«, durchbrach er nach einem langen Moment die Stille zwischen uns.

Ich blickte zu ihm hoch, leicht schüttelte ich den Kopf.

»Nein leider nicht. Er schottet sich ab«, erklärte ich ihm gedankenverloren.

»Ich werde mal nach ihm sehen«, informierte mein Vater mich und überraschte mich damit erneut.

»Wieso?«, fragte ich ihn, denn es erstaunte mich dann doch, wieso Jack ihm so wichtig war.

»Weil keiner allein sein sollte, wenn man es muss«, antwortete er kryptisch. Ich verstand kein Wort, das sah man mir wohl an, denn Dad beugte sich nach vorne und stützte seine Unterarme auf seinen Knien ab, ehe er mich wieder ansah.

»Sagen wir, ich weiß, wie es ist, jemanden zu verlieren, der deine Welt zusammengehalten hat. Man ertrinkt vor Schmerz und Kummer. Ist allein, weil eben keiner da ist. Er sieht vor lauter Trauer niemanden mehr und steht allein im dunklen Wald, verstehst du?«, erklärte er.

Ich nickte, denn ich begann zu verstehen. Deswegen die Worte, als Jack kurz davorgestanden hatte, durchzudrehen.

»Wer war es bei dir?«, fragte ich vorsichtig und zog leicht den Kopf ein, weil ich nicht wusste, ob er darüber reden wollte.

Das Grün seiner Augen begann einen Moment zu blitzen, dann senkte er den Blick und sprach zu Boden.

»Meine jüngere Schwester und auch mein bester Freund. Von beiden konnte ich mich nicht wirklich verabschieden. Beiden konnte ich nicht helfen. Beides ist schon sehr viele Jahre her, aber damals lähmte mich der Schmerz. Ich will einfach nicht, dass der Junge deswegen, nur weil er sich allein fühlt, weil er niemanden sieht, abrutscht, wie ich es tat. Hätte ich jemanden an mich herangelassen, wäre vieles womöglich anders verlaufen.«

Nach einem Moment sah er mich wieder an. Es fiel ihm schwer, das alles mit mir zu teilen, und dennoch tat er es. Deswegen erwiderte ich auf seine Geschichte nichts. Ich ließ es stehen, denn ich wusste, so war es ihm am liebsten.

»Danke, dass du ihm hilfst«, sagte ich stattdessen nur und prostete ihm zu. Dankbar nickte mein Vater, hob seine Flasche und nahm wie ich einen weiteren Schluck.

»Ryan hat es ihr noch nicht gesagt, hm?«, fragte Dad dann nach einem weiteren Moment der Stille, in dem wir unseren eigenen Gedanken nachgejagt waren.

Gedankenverloren schüttelte ich den Kopf.

»Nein, und ich hasse es, sie Tag für Tag anlügen zu müssen. Außerdem würde ich mich wohler fühlen, wenn ich Gewissheit hätte, wenn du verstehst«, nuschelte ich das Letzte.

Es war mir unangenehm, es laut auszusprechen. Allein der Gedanke, Haley könnte meine Halbschwester sein, gruselte mich. Weshalb ich es auch vermied, mit ihr intim zu werden. Was nicht so leicht war, denn diese Frau war einfach die pure Versuchung und verbotenste Sünde für mich, die es gab.

Mit ernster Miene nickte er.

»Ihr solltet es Haley heute sagen. Sie verdient es, zu wissen, wer ihr leiblicher Vater ist, und ihr braucht Gewissheit für eure Beziehung. Sie scheint dir sehr wichtig zu sein.«

Nachdenklich nickte ich, er hatte recht, und ja, Haley war mir wichtig. Ich wollte etwas erwidern und ihn bitten, die Bar später allein zuzusperren, damit Ryan, Haley und ich ein recht unangenehmes Gespräch führen konnten, doch leider wurde ich unterbrochen. Von einer Stimme, von der ich in diesem Gespräch auf keinen Fall hätte unterbrochen werden wollen.

»Meinen was?!« *Fuck!*

KAPITEL 33

Haley

»Meinen was?!«, fragte ich fassungslos.

Sagte Blake gerade: mein leiblicher Vater?! Entsetzt sah ich zwischen den beiden hin und her. Bis sich Nats Dad erhob und ihm auf die Schulter klopfte.

»Viel Spaß.« Damit ließ er uns allein.

Irritiert sah ich ihm hinterher, dann wieder zu Nat. Dieser saß noch immer auf dem Kasten Bier und kratzte sich verlegen am Hinterkopf. Das tat er immer, wenn er nervös war oder nicht wusste, was er sagen sollte. Und sonst machte mich diese Geste auch immer schwach, denn es war nicht Nats Art, unsicher zu sein, doch jetzt pfiff ich darauf. Ich wollte Antworten. Wer war mein leiblicher Vater und wieso zum Teufel wusste Nathan es und sagte es mir nicht? Wie lange wusste er es schon und verschwieg es mir?! *Gott, ich drehe hier gleich durch!*

»Klärst du mich mal auf? Warum lügst du mich an?! Warum verschweigst du mir, wer mein Vater ist, und redest mit jedem darüber, nur mit mir nicht?!«, herrschte ich ihn an und konnte mich gar nicht mehr beruhigen. Wollte ich auch nicht, denn ich war stinksauer.

»Haley, beruhig dich. Ich erkläre dir ja alles. Nur es ist eben etwas … kompliziert. Verstehst du?«, versuchte er mich zu beschwichtigen und stand auf.

Seine Flasche hatte er auf dem Boden neben dem Kasten abgestellt und kam nun langsam auf mich zu. Doch ich war außer mir vor Wut und wollte nun keine Nähe. Ich wollte Antworten!

»Nein, ich werde mich nicht beruhigen, Nathan! Antworte mir! Wer ist mein Vater und woher weißt du das?!«, schrie ich ihn an und ging rückwärts, weil ich den Abstand brauchte.

Alles in meinem Kopf drehte sich. Mir war schlecht und schwindelig zugleich. Meine Gedanken überschlugen sich nur so und ich wusste nicht, wie ich dieses verfluchte Gedankenkarussell anhalten sollte. Bis eine Stimme hinter mir ertönte. Dann stand plötzlich alles ganz still in mir. Es fühlte sich an, als wären alle meine Moleküle eingefroren, als ich diese Worte, gepaart mit dieser Stimme, hörte. Als ich hörte, wie Ryan, Nats Onkel Ryan, hinter mir sagte:

»Weil ich es so wollte. Weil ich dir sagen wollte, dass ich dein Vater bin, Haley.«

Vollkommen fassungslos sah ich Nathan an. Versuchte, die Wahrheit in seinen schönen, grünen Augen zu lesen.

»Haley, es tut mir leid, dass ich dich belogen habe. … Ich lasse euch mal allein«, raunte Nat leise, ging auf mich zu, drückte mir noch einen sanften Kuss auf die Stirn, ehe er uns allein ließ. *Mich und meinen … ich bin doch im falschen Film?!*

Ein nervöses Räuspern holte mich aus meinen wirren Gedanken und ich wandte mich langsam zu Ryan um. Betrachtete ihn plötzlich mit ganz anderen Augen. Sah Ähnlichkeiten, wo doch eigentlich keine sein sollten, oder?

»Wollen wir uns nicht an einen Tisch setzen, etwas trinken, denn ich könnte einen Drink gebrauchen, und ich erklär dir alles?«, fragte er sanft und mit einem leicht verschmitzten Lächeln auf den Lippen. Es war ansteckend, ich konnte gar nichts dagegen tun und schmunzelte zart, ehe ich unsicher nickte und wir uns zusammen an einen der hinteren Tische in der Kneipe setzten.

Blake brachte uns zwei Drinks. Für Ryan einen Scotch und für mich einen Sex on the Beach, der mich schmunzelnd zur Bar sehen ließ, denn ich wusste sofort, den hatte Nat für mich gemacht. Er zwinkerte mir aufmunternd zu, ehe er sich wieder an die Arbeit machte und ich mich wohl diesem Gespräch mit meinem … Nein, ich konnte es immer noch nicht aussprechen, auch nicht gedanklich.

»Ich könnte dir jetzt die gesamte Geschichte von mir und deiner Mutter erzählen, aber ich denke, das hier sagt mehr aus. Lies das und dann werde ich dir alle deine Fragen beantworten.« Damit schob Ryan ein Stück Papier über den Tisch.

Ich sah auf dieses herab, dann wieder in sein Gesicht, das mir nun so vertraut vorkam, als würde ich ihn schon ewig kennen. Es war verrückt. Mit leicht zittrigen Händen nahm ich den Brief, entfaltete ihn und begann ihn zu lesen. Mein Herz schlug mir bis zum Hals. Der Brief sagte sowohl alles als auch nichts aus. Ich wusste noch immer nicht, wer meine Mutter war. Und doch kannte ich nun ihren vollen Namen. Wusste, dass sie in der Zeit, als sie den Brief geschrieben hatte, im Gefängnis gewesen und wohl auch dort verstorben war.

Ich las ihn immer und immer wieder durch, bis ich ihn dann doch vorsichtig auf dem Tisch ablegte, meinen Blick jedoch nicht von ihm lösen konnte. Andächtig fuhr ich über ihre Zeilen. Das hatte meine Mutter geschrieben. Sie hatte es berührt. In der Hand gehalten. Es war komisch, etwas, das sie einst in ihren Händen gehalten hatte, nun zu berühren und vor mir zu haben.

»Meine Mutter ist also tot?«, fragte ich dann das Offensichtliche, aber ich musste es hören. Er musste es aussprechen und somit bestätigen, damit ich es glauben und verarbeiten konnte.

Leicht nickte er, seine Miene ernst und nachdenklich. Es passte nicht zu ihm, denn sonst hatte er immer ein Lächeln im Gesicht, wenn ich ihn mal gesehen hatte.

»Ja, es tut mir sehr leid. Sie muss vor einigen Jahren im Gefängnis gestorben sein. Ich kann gern etwas nachforschen, wenn du möchtest?«, bot er mir an, doch ich schüttelte den Kopf und lehnte somit ab.

Ich wollte nicht wissen, wie sie gestorben war. Es würde sie ja auch nicht zurückbringen oder die Dinge, mein Leben, ungeschehen machen. Außerdem offenbarte der Brief noch ein viel größeres Problem, das mich im ersten Moment auch etwas erschreckt hatte.

»Warum steht in dem Brief, Blake sei mein Vater?«, stellte ich die alles entscheidende Frage.

Ryan stützte seine Arme auf dem Tisch ab und sah mich mit undurchdringlicher Miene an, ehe er mir alles erzählte.

* * *

Wir redeten beinah die halbe Nacht und waren mittlerweile die Letzten in der Kneipe. Selbst Blake und Nat waren schon gegangen, nachdem sie den Laden noch aufgeräumt und für den morgigen Betrieb wieder vorbereitet hatten.

Ryan beantwortete mir Fragen über Fragen oder stellte auch selbst ein paar. Zum Beispiel, wie es mir denn so in meinem Leben erging oder wie ich mit dem Tod von Cameron zurechtkam, da er von Nat erfahren hatte, dass wir eine gemeinsame Vergangenheit teilten. Ich wusste ehrlich gesagt nicht so wirklich, wie ich mich mit dem Ableben von Cam fühlen sollte. Ich war zwar nun endlich frei, doch das wäre ich auch ohne seinen – für mich mehr als sinnlosen – Tod gewesen, da er es mir versprochen hatte. Und ich glaubte ihm. Ich würde wohl noch eine Weile brauchen, um das wirklich zu verarbeiten.

Ich erzählte Ryan ein bisschen von mir und Cam oder meinem Leben. Er hörte mir zu und kommentierte auch einige meiner Geschichten, nicht unbedingt typisch väterlich. Was mir wiederum gut gefiel und am besten zu dieser verrückten Situation, aber auch zu ihm passte.

Es war sehr schön, mit ihm zu reden, ihn kennenzulernen. Sein Interesse an mir und meinem Leben rührte mich, denn ich kannte es nicht. Nie hatte ich wirklich jemandem etwas bedeutet. Ich fühlte mich immer allein und unvollständig. Nicht dazugehörig. Doch nun könnte sich das vielleicht ändern. Vielleicht durfte ich nun eine Familie haben. Auch wenn diese nur aus einer Person bestand. Dennoch würde ich Ryan gern zu dieser machen, wenn er es denn auch wollte und sich rausstellte, dass er wirklich mein Vater war. Schließlich waren es nur Vermutungen und wirkliche Sicherheit konnte uns nur ein Vaterschaftstest geben.

Wir verabredeten uns für Montag im Krankenhaus, um dort einen Vaterschaftstest durchführen zu lassen. In wenigen Tagen hätten wir dann das Ergebnis und wüssten mehr.

Ich verabschiedete mich draußen noch von ihm und lehnte dankend ab, von ihm nach Hause, beziehungsweise zu Nathan gebracht zu werden. Ich brauchte nun einen Moment für mich allein und musste nachdenken, außerdem wohnte er nicht weit weg. Somit gingen wir in getrennte Richtungen. Die Morgenluft tat unglaublich gut, denn es dämmerte bald.

Ich ging wenige Schritte, doch dann bemerkte ich einen Mann, der an einem Auto lehnte und in meine Richtung sah. Als ich nähertrat, erkannte ich, dass es Nat war. Ich lächelte und war dennoch etwas verwirrt, was er hier machte.

»Was machst du denn hier?«, hinterfragte ich daher, denn

er und sein Vater waren schon vor mindestens zwei Stunden gegangen. Hatte ich zumindest geglaubt.

»Ich dachte, du könntest nach diesem Gespräch Gesellschaft brauchen. Du musst nichts sagen, ich will nur, dass du weißt, ich bin da und halte deine Hand.« Damit nahm er meine Hand in seine, verschränkte unsere Finger ineinander und zog mich leicht mit sich, damit wir gemeinsam nach Hause gehen konnten.

Ich fand diese Geste sehr süß von ihm und obwohl ich eigentlich dachte, allein zu sein, um nachdenken zu können, wäre das Beste für mich, so musste ich nun feststellen, dass ich genau hier und jetzt niemanden sonst bei mir haben wollte als ihn.

Schmunzelnd verschränkte auch ich nun meine Finger mit den seinen und wir gingen schweigend durch die Nacht.

»Wir haben uns für Montag im Krankenhaus verabredet. Für den Test«, sprach ich nach unten gewandt und vermied den Blick zu ihm.

Ich wusste nun, warum Nat es für sich behalten und es Ryan überlassen hatte, es mit mir zu klären. Nicht nur, weil er Nat darum gebeten hatte, es mir sagen zu dürfen, sondern auch wegen uns. Ich meine, wie zum Teufel begann man solch ein Gespräch? *'Hallo Liebling, es könnte sein, dass wir Halbgeschwister sind. Also bis wir uns sicher sind, sollten wir nur noch ein Gummi benutzen.'* Ja, gutes Gespräch …

Nathan nickte gedankenverloren neben mir und hielt meine Hand noch etwas fester. Er war nervös, das merkte ich ihm an, ohne ihn ansehen zu müssen.

»Soll ich dich begleiten?«, fragte er mich dann und ich nickte sofort. Ich konnte mir nicht vorstellen, diesen Weg ohne ihn zu gehen. Brauchte ihn an meiner Seite. Als meine Stütze. Als meinen Partner, der mich liebte und ich ihn.

* * *

Die gesamte Nacht hatte er mich in seinen Armen gehalten. Nathan gab mir dadurch Schutz, Sicherheit und Geborgenheit. Alles, was ich immer wollte und brauchte.

»Bist du bereit?«, fragte Nat mich, drückte mir noch einen unschuldigen Kuss auf die Stirn und nickte dann Richtung Arztzimmer. Denn es war Montag und ich hatte nun den Termin. Ryan war schon drin und machte den Abstrich. Ich war als Nächste dran.

Unsicher nickte ich. Ich konnte das Ergebnis kaum abwarten und gleichzeitig fürchtete ich mich genau vor diesem zu Tode. Es könnte alles verändern. Zerstören oder besser machen.

»Komm schon, du bist dran, Honey«, holte mich Nathans sanfte Stimme wieder ins Hier und Jetzt zurück. Denn mein Hirn spielte schon sämtliche Horrorszenarien ab.

Ich war es nicht gewohnt, dass mal etwas gut lief in meinem Leben. Warum sollte sich das nun heute ändern? Also wieso Hoffnung machen, wenn ich nie welche gehabt hatte? Es nie welche für mich gegeben hatte und womöglich nie geben würde, da das Leben nun mal grausam und erbarmungslos war.

Unsicher ging ich in das Zimmer und ließ einen Wangenabstrich bei mir machen, um herauszufinden, ob Ryan mein Vater war. Ob ich nun endlich mal Glück in meinem Leben haben würde. Das Blatt sich wenden würde und Nathan und ich zusammenbleiben konnten. Würde ich endlich eine Familie bekommen? Glücklich werden?

EPILOG

Haley

Wenige Tage später war es dann so weit und wir sollten erneut in die Klinik kommen, damit man uns das Testergebnis mitteilen konnte. Ich war so unglaublich nervös. Hatte kaum geschlafen und Nathan beinah in den Wahnsinn getrieben. Zumindest war ich der Überzeugung gewesen – er sagte natürlich etwas anderes. Nat kümmerte sich um mich, stand mir bei. Ließ mich meine verrückten Fantasien zusammenspinnen, was alles passieren könnte, und nahm mir dann mit einem einzigen Satz all meine Panik.

»Egal, was passiert, ich bin bei dir, Honey!«, sagte er in den vergangenen Tagen immer und immer wieder zu mir. Obwohl er nicht wissen konnte, was der Test sagte, was wirklich passieren würde, versprach Nathan es mir einfach.

Nervös trat ich von dem einen auf das andere Bein. Nathan hielt meine Hand und sah mit seinen wunderschönen grünen Augen sanft auf mich herab. Mit einem aufbauenden Schmunzeln auf seinen schönen Lippen versuchte er mich aufzumuntern und mir weiterhin zu versichern, dass alles gut werden würde. *Das sagt er so einfach …*

»Mr. Scott, Miss McCallum, das Testergebnis liegt nur vor«, begann der Arzt und machte hier tatsächlich eine dramatische

Kunstpause. *Ich mein – hallo? – geht's noch?*

Ich sah zu Nathan, dann zu Ryan. Von dem Mann, an den ich mein Herz verloren hatte, obwohl ich es nie hätte verlieren dürfen, zu dem anderen Mann, der mir in den vergangenen Tagen schon mehr Familie gewesen war, als alle meine Pflegefamilien und das Heim es je hätten sein können. Einfach nur, indem er bei mir war, sich um mich sorgte, kümmerte und sich für mich interessierte.

Ein verschmitztes Lächeln und aufbauendes Zwinkern von Ryan, dann wusste ich es, es würde alles gut werden.

»Wir können zu 99,999 Prozent sagen, dass Sie Mr. Scott, der Vater von Haley McCallum sind«, teilte uns der Arzt freundlich lächelnd mit.

Im ersten Moment hielt ich die Luft an. Brauchte einen Augenblick, um wirklich zu verstehen, was er uns gerade mitgeteilt hatte. Doch als Nathan mich leise lachend in die Arme schloss, mich fest an sich drückte und sich dann einmal um seine eigene Achse drehte, kamen die Worte auch bei mir an und ich begann zu strahlen.

Als Nat mich wieder absetzte, wandte ich mich Ryan zu. Auch er lächelte mir breit entgegen.

»Ich freue mich darauf, meine Tochter kennenlernen zu dürfen und, wenn du es erlaubst, Teil deines Lebens zu sein.«

Bei seinen Worten konnte ich nicht anders, ich musste ihm einfach freudestrahlend in die Arme fallen. Obwohl ich es eigentlich nicht wollte, schließlich kannten wir uns kaum und doch musste ich das gerade tun. Denn ich wollte nichts mehr, als ihn kennenzulernen und ihn in meinem Leben zu haben. Einen Vater zu haben.

»So, das muss gefeiert werden. Blake und Freya warten schon auf uns«, informierte Ryan uns, als wir uns wieder voneinander lösten.

Nathan und ich sahen ihn beide irritiert an. Schließlich konnte er doch nicht wissen, wie der Test ausfiel.

»Ryan, wie können Mum und Dad auf uns warten?«, fragte Nathan ihn kopfschüttelnd, nahm mich bei der Hand und gemeinsam verließen wir drei das Zimmer.

»Na ja, entweder es wäre ein Freudenessen oder ein Abschiedsessen geworden«, antwortete er achselzuckend und brachte mich mit dieser nüchternen Aussage ehrlich zum Lachen.

»Ha, ha. Witzig. Ihr seid wirklich verwandt, bei dem schlechten Humor, den ihr teilt«, beschwerte sich Nat und brachte mich damit nur noch mehr zum Lachen. Und es tat so unheimlich gut, wieder zu lachen. Endlich glücklich zu sein. Bis mich plötzlich die Erkenntnis traf und ich, auf dem Parkplatz angekommen, wie angewurzelt stehen blieb. Nat wandte sich mir mit zusammengezogenen Augenbrauen zu.

»Was ist?«, fragte er mich und trat dichter an mich heran.

»Ich werde gleich deine Mutter kennenlernen. Und deinen Dad. Also richtig kennenlernen, ohne Waffen und all das Drama«, raunte ich erstickt und sah mit großen Augen zu ihm nach oben.

»Ohne Drama ja, aber ohne Waffen wäre ich mir bei Blake nicht so sicher«, scherzte Ryan schlecht in unseren Rücken und machte sich damit über mich und meine Nervosität lustig.

»Sollte ich eigentlich beleidigt sein, dass du nervöser wegen den beiden bist als wegen mir? Schließlich ist es unser erstes gemeinsames Essen als Familie.« Ryan sagte das Letzte voller Stolz, was mich sofort wieder beruhigte und mir ein Lächeln ins Gesicht zauberte.

»Na, komm schon. Meine Mutter wird dich lieben. Versprochen, Honey«, entgegnete Nat mit sanfter Stimme dicht an meinen Lippen, ehe er mir einen zarten Kuss aufdrückte.

Wenig später standen wir vor Nathans Elternhaus und wie sich rausstellte auch Ryans zu Hause, denn er wohnte ebenfalls mit in diesem Haus in einer der beiden Wohnungen. Ich fand es schön, was für eine innige Freundschaft Blake und Ryan verband. Sie lebten im selben Haus, lebten denselben Traum mit ihrer eigenen Bar und waren immer füreinander da, wenn sie sich brauchten.

Auch wenn mich Blake etwas einschüchterte und ich ihn immer siezen und beim Nachnamen nennen wollte, wenn ich ihn sah, doch er hatte es mir die letzten Male untersagt. Nat war ihm sehr ähnlich, auch wenn er das noch immer anders sah.

Etwas aufgeregt – okay, Untertreibung des Jahres – betraten wir zu dritt die wirklich geschmackvoll eingerichtete Wohnung von Nathans Eltern. Kaum kündigte Ryan uns mit einem schlechten Witz an, kam Blake auf ihn zu und klopfte ihm freundschaftlich auf den Rücken.

»Willkommen im Club und viel Spaß mit den Freuden des Elterndaseins. Alias Sorgen, Sorgen und noch mehr Sorgen«, gratulierte er ihm und brachte mich damit zum Schmunzeln.

»Na ja, so schlimm wird es schon nicht werden. Schließlich ist Haley bereits erwachsen, viel habe ich da nicht mehr mitzureden. Sie lebt ihr eigenes Leben und ich darf sie dabei begleiten«, entgegnete Ryan und zwinkerte mir erneut aufmunternd zu.

Blake begann leise zu lachen und ging zu seiner eigenen kleinen Hausbar, um uns allen ein Getränk zu mixen.

»Ich erinnere dich daran, wenn sie dir deine Waffe klaut oder sonst einen Bullshit verzapft, den du dann als ihr Vater ausbügeln darfst«, scherzte er und traf dabei leider ins Schwarze.

Leicht zog ich den Kopf ein und sah unsicher zu Nathan. Dieser schüttelte jedoch nur grinsend den Kopf und verdrehte die Augen.

»Ist gut, Dad. Kommt nicht wieder vor«, seufzte Nat und zog mich leicht mit sich, damit wir ihnen in das offene und ebenfalls schön eingerichtete Wohnzimmer folgten.

Unsere Väter begannen sich angeregt zu unterhalten. Während Nat mich dicht an sich heranzog und mich küssen wollte.

»Da seid ihr ja«, unterbrach uns eine freundlich klingende Frauenstimme und ich lief augenblicklich rot an, da ich gerade ihren Sohn küssen wollte.

Ja, wir waren erwachsen, dennoch sollte man so nicht die Mutter seines Freundes begrüßen. Außerdem hatte ich mit all dem Familienzeug keine Erfahrungen. Wenn ich denn mal Freunde gehabt hatte, dann nicht solche, die mich ihrer Mutter vorstellten. Dann war Cam gekommen, der definitiv ebenso wenig zu dieser Sorte Mann gehört und auch keine Mutter mehr gehabt hatte.

Dementsprechend war es verständlich, dass ich mir das schon etwas anders vorgestellt hatte.

»Hi, Mum«, begrüßte er seine Mutter und drückte ihr einen kurzen Wangenkuss auf, ehe er wieder zu mir kam, sich an meine Seite stellte, den Arm sanft um meine Taille legte und mich ihr vorstellte.

Verlegen lächelnd begrüßte ich sie und bedankte mich bei ihr für die Einladung.

»Natürlich. Ich war schon ganz gespannt auf dich. Außerdem gehörst du doch jetzt zur Familie und ich freue mich wirklich sehr darüber, Haley.«

Ich war gerührt von ihren Worten. Sie war so nett und freundlich. Herzlich und liebevoll, obwohl wir uns nicht kannten. Nathan hatte recht, was er mir über seine Mutter erzählt hatte. Sie war wirklich der gütigste und reinste Mensch, den ich je kennengelernt hatte. Und sie und Blake wohl das am besten zusammenpassende Paar, das mir je untergekommen war. Nach all den Jahren wirkten sie noch immer so wahnsinnig verliebt und glücklich. Und obwohl sie so gütig war, konnte sie auch streng und bestimmend sein, wenn Blake oder Ryan einen ihrer 'dummen' Witze machten.

Ich hatte das gesamte Essen ein Dauergrinsen auf den Lippen, weil ich diese harmonische Zusammenkunft hier so sehr genoss. Wir aßen, scherzten und redeten über Gott und die Welt. Für sie war es Normalität, für mich war es alles. Ein Neuanfang. Eine Chance. Eine Familie.

Ich hatte keine Ahnung, was ich nun mit meinem neuen Leben anfangen wollte. Welchen anständigen Beruf ich nun ausüben wollte, denn Taschendiebin und Drogendealerin konnte ich ja wohl schlecht bleiben. Aber für meine berufliche Zukunft ließ ich mir noch etwas Zeit. Um mich zu finden, zu wissen, wer ich wirklich war, brauchte ich diese auch. Schließlich war mir mein ganzes Leben immer gesagt worden, was ich tun sollte. Wer ich sein sollte. Nun musste ich das selbst herausfinden und ich freute mich darauf.

Nachdem ich Freya in der Küche geholfen und mich nett mit ihr unterhalten hatte, verabschiedeten Nat und ich uns von ihnen und wir fuhren nach Hause. Auch das war etwas Neues für mich, mich irgendwo wirklich angekommen zu fühlen, wohlzufühlen und es mein Heim zu nennen. Doch da, wo Nathan war, war ich daheim. So einfach war das.

Auch mit Nick verstand ich mich immer besser. Wir hatten uns in den vergangenen Tagen ausgesprochen und ich hatte mich bei ihm entschuldigt. Ihm versichert, dass ich Nathan oder ihn nie wieder in irgendeine Scheiße reinziehen würde. Er glaubte mir und wir tranken zusammen ein Bier. Nathan war sehr erleichtert gewesen, als ich ihm davon erzählt hatte. Ihm war es wichtig, dass wir uns verstanden, und mir war es wichtig, dass er glücklich war. So glücklich, wie er mich machte. Denn nun, da endlich etwas

Ruhe eingekehrt war, konnten wir die Zeit zu zweit genießen. Konnten begreifen, was wir Wundervolles zusammen hatten.

»Und was machen wir zwei jetzt noch, Honey?«, raunte Nat mit seiner sexy, tiefen Stimme dicht an meine Lippen, als wir nach diesem wunderschönen Tag endlich gemeinsam im Bett lagen.

Ich lächelte, dann überbrückte ich die letzten Millimeter, die unsere Lippen trennten, und küsste ihn verlangend. Schnell wurde daraus eine leidenschaftliche Knutscherei, die darin endete, dass wir nackt in seinem Bett lagen, er über mir. Ich sah ihm in seine smaragdgrünen Augen, während er tief in mich eindrang, mich ausfüllte und vollständig machte. Ich war in diesem Moment so dermaßen glücklich, dass ich es nicht fassen konnte und ihn stürmisch und doch auch leidenschaftlich küsste. Ich war endlich angekommen, in meinem Zuhause. Bei meiner Familie. Und bei diesem wundervollen Mann, der mich nach allen Regeln der Kunst liebte, reizte und glücklich machte.

»Du und ich, Honey«, raunte er an meine geschwollenen Lippen, als er mich danach kuschelnd an sich zog und wir gemeinsam einschliefen, so, wie wir noch so unendlich viele gemeinsame Nächte einschlafen und am nächsten Morgen wieder erwachen würden. Und ich niemals genug von ihm, seinen wunderschönen grünen Augen, seiner Zunge mit diesem kleinen Glücklichmacher darin, seinem sexy Körper und seiner liebevollen Art bekommen würde. *Niemals!*

Ende

DANKSAGUNG

Eine weitere Reihe geht zu Ende und ich schließe dieses Buch mit einem lachenden und einem weinenden Auge. Denn ich liebe meinen Bad Hero Blake einfach unheimlich. Dieser temperamentvolle Riese hat sich so schnell und aufdringlich in meinen Kopf geschoben und zum Glück nicht mehr losgelassen. Und weil die Liebe zu meinem Hottie so groß war, musste ich auch seinem Sohn eine Geschichte schenken, sodass ich meinen geliebten Bad Hero noch nicht gleich wieder gehen lassen musste und dieses Spin-Off schreiben konnte.

Also ja, ich bin gerade etwas nostalgisch, aber auch froh, denn ich freue mich immer wieder, neue Geschichten, die unzähligen, die in meinem Kopf herumschwirren, aufschreiben und später einmal mit euch teilen zu dürfen.

Lange Rede, wenig Sinn … ich bin einfach nur dankbar, meine Leidenschaft ausleben zu dürfen, und dass nur dank euch und meinem wundervollen Mann!

Danke, mein Schatz! <3

Ebenso möchte ich natürlich noch einigen anderen lieben Menschen danken, die mich bei dieser Geschichte bestärkt und unterstützt haben.

Ein dickes Danke geht an meine Namens- und Plotqueen Ceylan. Mit dir hat alles angefangen, und ich danke dir von Herzen für all die vielen wundervollen Stunden.

Natürlich möchte ich auch wieder meinen bezaubernden Bloggerdamen danken. Was wäre ich nur ohne euch Mädels?!

Danke Theresa, Nadine, Sara, Lisa, kleine Elfe, Saskia, Anni, mein Teufelchen, Mary, Lara, Vivian, Sonja, Emi, Silke und Laura.

Ihr seid die Besten!

Ebenso ein dickes Danke an meine fleißigen Testlesebienchen.

Auch dem Heartcraft Verlag möchte ich für die fantastische Zusammenarbeit und liebevolle Unterstützung danken.

Danke, dass ihr all meinen Babys ein Zuhause gebt.

Mein letztes Danke geht an meinen Lieblingsmenschen.

Sammylein, ohne dich geht einfach nichts mehr!

Hab dich lieb <3

So, ihr Süßen, das war's schon wieder. Eine weitere Reihe endet und doch wartet bereits eine neue. Und das nicht einmal in allzu weiter Ferne.

Wenn ihr nichts verpassen wollt, haltet die Augen offen und besucht mich auf meiner Instagramseite unter:

@_sally__dark_

Oder besucht gern meinen Shop:

www.shopsallydark.de

Dunkle Grüße

Eure Sally

ÜBER SALLY DARK

Man nennt mich Sally Dark.

Kommt und folgt mir in meine Welt der dunklen Liebesromane und erotischen Geschichten.

Fühlt ihr euch auch eher zu den düsteren Kerlen hingezogen? Steht ihr auf raue und prickelnde Sexszenen? Und mögt ihr ebenso wie ich Protagonisten, die kein Blatt vor den Mund nehmen und auch mal eine etwas derbere Aussprache haben dürfen?

Dann heiße ich euch in meiner Welt willkommen.

Ich habe ein Faible für Bad Boys und Bad Heros, die die Welt ein klein wenig heißer machen.

Denn sind wir doch mal ehrlich: Wer will schon den Guten, wenn man den Heißen haben kann?!

Dunkle Grüße

Eure Sally Dark

Sin - Reihe

Band 1: The Sweet Sin - Du bedeutest meinen Untergang

Band 2: The Deadly Sin - Du wirst mich zerstören

Klappentext:

Schneewittchen:

Ein Blick in diese Augen und meine ganze Welt geriet ins Wanken. Sie leuchteten in so einem intensiven Grün und doch wohnte Dunkelheit und tiefe Traurigkeit in ihnen. Wieso zog mich dieser mysteriöse Fremde mit seinem düsteren Erscheinen so an? Wieso konnte ich ihn nicht vergessen? Dabei sollte ich es unbedingt, denn mein Leben ist bereits vorherbestimmt – und ein Mann wie er passt niemals in meine Welt.

Blake:

Oh, Schneewittchen, wie konnte ausgerechnet ein unschuldiges Mädchen wie du an einen Mann wie mich geraten? Verstehst du denn nicht, dass ich nichts weiter bin als ein rücksichtsloser Mistkerl? Ich bin nicht der Retter, den du so dringend brauchst. Ich bin nicht der gute Mensch, den du so verzweifelt in mir sehen willst. **Aber du … du bist mein Untergang.**

Princess - Reihe
Band 1: The Princess and the Beast: Dunkles Spiel
Band 2: The Princess and the Beast: Tödliche Jagd

Klappentext:
Um gleich eins klarzustellen:
Das hier ist weder ein zuckersüßes Märchen noch eine harmlose Lovestory. Meine Geschichte ist nichts für schwache Nerven. Mein Leben besteht aus Gewalt, Tod, Drogen und Sex.

Hier gibt es keine Moral.

Ich bin auch kein verschissener Ritter in strahlender Rüstung. Ich bin ein Monster, das sich nimmt, was es will und tötet, wer ihm im Weg steht.

Will ich dich töten oder nur mit dir spielen?

Ich bin der Hunter und du meine Beute. Was auch immer ich mit dir vorhabe, ich verspreche dir, dass es dich fesseln wird. **Also, traust du dich in meine Welt?**

Angel- Reihe
Band 1: Lonely Angel - Dunkle Vergangenheit
Band 2: Hopeless Angel - Kein Entkommen
Band 3: Darkest Angel - Sein Besitz

Klappentext:
Man nennt mich Angel. Warum, fragst du dich? Tja, um das herauszufinden, musst du meine Geschichte kennen. Aber bedenke: Nicht jeder, der einen Heiligenschein trägt, gehört automatisch zu den Guten. In meinem Leben dreht sich alles nur um Lust, primitive Begierde, Verlangen und dunkle Geheimnisse, die nie ans Licht kommen dürfen. Liebe oder Gefühle sind mir fremd! In meinem Beruf wären sie mir auch nur im Weg. Doch was tust du, wenn plötzlich nicht nur ein Mann, sondern gleich zwei unglaublich attraktive Männer in dein Leben treten? Deine dir selbst auferlegten Regeln einfach über Bord werfen? Dich an deine Grenzen bringen und Dinge fühlen lassen, die noch nie da waren? Eine Lust in dir wecken, die du nie in dir vermutet hättest? Dabei warst du dir doch so sicher, anders als die anderen zu sein. Besser. Also? Wie steht es um deine Lust? Habe ich sie geweckt? Verlangt es dir nach mehr? Gut! Dann tauche in meine Welt ein und lass dich verführen. Aber gib auf dich acht, denn es gibt keine Garantie, dass sie nicht süchtig macht.

Kingdom-Reihe gemeinsam mit Sam Woods

Klappentext:

»Verdammt, dieses Mädchen könnte meinen Untergang - den meines Königreichs - bedeuten und gerade in diesem Moment würde ich es hergeben, würde alles hergeben, für sie.«

Zwei Spielfiguren ... schwarz und weiß!
Zwei Könige ... manipulativ und rachsüchtig!
Zwei Kronen ... schwer und mächtig!
Zwei Damen ... die ihrer beider Leben verändern!
Ein dunkles Königreich ...
das es zu erobern oder zu verteidigen gilt!
Ein Krieg ...
der schon so viele Jahre andauert und alles verändern wird!

Was passiert, wenn zwei mächtige Männer aufeinandertreffen, ihr tödliches Schachbrett aufbauen und du die Dame **in diesem Spiel bist?**

HEARTCRAFT